U0836141

知音动漫图书 · 漫客小说绘
ZHI YIN COMIC BOOK 以梦想之名 点燃阅读
知音动漫 漫客小说绘

蓝　帽　会

原晓◎著
YUAN XIAO

THE BLUE HAT

中国致公出版社　知音动漫

知音动漫图书・漫客小说绘出品

目录

第一章 未知的第九人

※ 一 ※

五月不减肥，七月徒伤悲。

事情起源于林浅浅逛淘宝时受夏装刺激了，愤然参加了一个网上组织的游泳协会。

白水市在历史上是靠水路兴盛起来的城市。沿着白水江，水网四通八达。然而，到了现在这个火车、汽车和飞机如雨后春笋般破土而出的时代，河道反而失去了当初的重要地位。政府在白水江两岸修建了滨江公园，把它改造成市民休闲娱乐的场所，由此催生了众多民间游泳团体。林浅浅参加的这个协会成立至今已有两年，冬泳夏泳都组织，看上去很正规。正好有成员退出去，她就开开心心地提交了入会申请。

退队的是个女孩，在新人欢迎会上拉着林浅浅的手，神经兮兮地说："这个游泳队犯水鬼，人数永远只能是八个，多一个人都会出事。要是有新人来，你就退出去吧。信不信由你。"

林浅浅自是不信。

游泳队的活动总选在阳光温和的时候，从公园边的堤岸处下水，逆流而上，或者有时带着器材坐车到上游去，顺着河床漂流回来。冰激凌和清凉的水花，泡在水里看帅哥——让人觉得夏天真好。

林浅浅觉得事情古怪，最早源于一次聚餐。

她正在啃鸡翅，一抬头，就看见游泳队的队长跟人吵架。队长把啤酒杯往桌上一搁，气势汹汹："你还想招新人？现在我们的成员已经八个了！八个看不见吗？难道你忘了郭音音？"

林浅浅小心翼翼地问身边的人："郭音音怎么了？跟队长分手啦？"

坐在她身边的年轻人叫吴越，是个风度翩翩的建筑设计师，不屑道："迷信。"

他附在浅浅耳边："都是谣言。我们游泳队最开始是九个玩得很好的朋友成立的，后来才开始在网上招人。那九个人里面，有一个叫郭音音的女孩子，后来意外溺水了。她的尸体被水冲走，一直没打捞到——结果就有人乱传，说我们队人数不能超过八个，超过八个一定会出事。之前队里有两个人出事，就是因为多进了两个新人。"

林浅浅不是很明白："可是为什么只能八个呀？"

"因为第九个是郭音音的位置。谁抢了她的位置，谁就得下水陪她。"

大热天的，林浅浅打了个寒颤："你……妹……"

吴越哈哈大笑，小人得志："都告诉你是谣言啦！这些话你可不能在队长面前提，提了他绝对翻脸！其实我是支持队长招新人的。哦对了，你知道下周日是什么日子吗？"

林浅浅白了他一眼："七夕已经过了。"

"是七月半，鬼节，百鬼夜行的日子。"吴越瞅着正在吵架的两个人，"队长准备在鬼节组织一次大漂流，从苏家湾往下漂。他非不信这个邪，特地要在鬼节下一次水——当然，我不信这个，所以无所谓。浅浅，你呢？"

林浅浅虽然不迷信，但是心里还是有点儿忐忑。队长姓赵，是个认真负责的汉子，三十来岁，水性好，平时待人很和蔼，只是一遇到水鬼作祟的谣言就翻脸。毕竟距离上次出事已经很久了，队员也换了好几批，很多人骨子里跟吴越一样对这个谣言不屑一顾。最后队里就组不组织鬼节漂流举手投票，七票赞成一票反对，顺利通过。

唯一梗着脖子投反对票的人叫李启明，在聚餐会上和赵队长吵过架，到现在气还没消。他有一个业余防水照相机，大家见他不想参加活动，就动员他把相机借出来。结果漂流的当天早上，李启明还是抱着自己的宝贝相机，委委屈屈地到场了。

然而，那天果然出事了。

※ 二 ※

死者，正是吴越。

漂流到半途时，林浅浅回头，看见最后方的吴越忽然高高地把手举起来，猛烈挥动。

他像是被水下的什么东西弄伤了，身边的水突然变成血红色。红色的水向四周晕开来。

吴越的尸体很快被打捞起来。水底的铁丝划破了他背部大动脉，尸体上能看见沾有铁锈的曲线形伤口。

割腕自杀的人会将手浸在浴缸里，因为水会加速血液流失速度。当时吴越整个人都浸在湍急的水流中，被铁丝割断的腰漂被水冲到了远处，而急速的失血导致了暂时性休克，溺水只是一瞬间的事情。

这件事成了林浅浅晚上的噩梦。噩梦过后的第三天，有位警察找上了门。

来人穿着衬衫长裤，清冷俊秀，举止彬彬有礼。他出示了警官证，但是并没有带林浅浅去警察局做笔录，而是就近找了一家冷僻的咖啡店了解情况。

“我叫张镜，”他单刀直入，“想找林小姐了解三天前溺水事件的案发情况。我认为这不是事故，而是一场谋杀。”

林浅浅很惊讶。因为她回头那一瞬，吴越已经受伤了，而周围水面上并没有人。准确地说，那片被血染红的水域里只有他一个人。白水江以前商贸繁荣，水下有很多沉船。大家都说吴越是被沉船留下的锋利铁丝划伤，失血休克，呛水身亡的。除此之外，林浅浅也想不出还有什么别的可能性。

张镜否定了这种推论：“要让水面上看起来只有受害者一个人很简单，凶手逃走时只需要闭气潜入水下就行。等同伴游过来救人时，他再若无其事地浮出水面。”

“可是当时我离吴越很近，河面上没有游泳队以外的人。”林浅浅争辩道。

“我不是说游泳队以外的人。”张镜取出一叠照片放在桌上，示意她仔细看，“里面另有玄机。”

桌上放着的是漂流当天的现场照片，摄影师是李启明。他技术本身就差，再加上心情不好，成片效果惨不忍睹，连一张能拿出来放网上做宣传的都没有。

林浅浅一张一张看过去，忽然发现了一个问题。明明是盛夏，寒意却慢慢爬上她的背脊——每张照片上，都最多只有六个人！

游泳队一共八位队员，而照片上有六人，加上负责摄影的李启明，一共只有七个人。

要么这是一种巧合，要么就是有一个人永远不在照片里面。

林浅浅把照片放回去：“如果说是巧合，这数字未免也太巧合了。你认为，是有一个人始终在躲避照相机镜头？”

林浅浅抬头，正对上张镜赞许的眼神。

“是的，我称他为‘失踪者’。一个人每次都躲避镜头，一定有他的理由。”虽然是咖啡店，他却点了一杯红茶，温和地看着对面的女孩，“林小姐，吴越身上的伤口很深，而且形状上大有文章。这不是水下铁丝造成的事故，这是一起谋杀案。有人用生锈的刀捅了他。我想请你帮我找出游泳队里，谁是照片上的失踪者。”

漂流过的人都知道，游泳速度和水的流速关系很大，而一条河的水流情况复杂，因此漂流的队伍通常前后拉得很长。张镜给的照片是李启明拍的，而李摄影师当天在闹脾气，拍出来的照片只能看清楚水面上的人头和跟在其后的橘红色漂包，除此之外难以辨认。林浅浅问：“那万一我是失踪者呢？”

张镜笑了，他笑起来时属于公安系统特有的冷峻表情像春雪般融化，非常好看。他把照片再次推过来：“小姐你很聪明的。”

林浅浅翻完后就泪奔了。虽然大部分照片上的大部分人都看不清，但是有一个人非常好辨识——回头比 V 字，摆造型，挥手……

林浅浅摔照片：“女孩子爱抢镜头好笑吗！”

他含笑道：“哪有，哪有。你好辨认，反而帮了我的忙。要知道谁是失踪者，需要请林小姐帮忙打听点事。”

※ 三 ※

张镜让林浅浅打听的事，正是几年前的水鬼传说。他怀疑这是一场针对当年的蓄意报复。林浅浅答应下来，是因为吴越是她在游泳队里为数不多的好友。

张镜问：“你看吴越背上 S 形的伤口，像不像女人的抓痕？”

吴越的死亡常常化身为在夜里扰人的噩梦。梦里总有一只苍白的手，把他拖向黑水深处，而林浅浅站在不远处，无能为力。

林浅浅不是一个迷信的人。但是实话实说，当时回头的那一瞬间，她第一反应不是吴越被铁丝划到了，而是水下有什么东西——比如说水草——在把他往下拖。

所以他奋力地举起手，仿佛想抓住什么东西浮上来。

有时候林浅浅觉得，张镜选自己做帮手，眼光真不错。林浅浅在市修志办公室工作，负责编撰一本白水市地方志。盛世修志，所谓志书，就是把市里的风土人情、鸡毛蒜皮，统统收罗进一本书里。

这种书基本上没有读者，大部分人只会在上厕所找不到纸的时候想起它，因此工作压力相当小。

她在办公室里负责采访工作，没写多少字，倒练就了相当的八卦水平。

林浅浅算了算，两年前的九个人，现在只有三个人还在队里。赵队长、李启明，还有一位叫钱武的人。钱武在白水市繁华街区开了一家珠宝首饰店。店面相当小，但窗明几净，装潢很有格调。

林浅浅去找了钱武。

钱老板并不老，三十出头，穿着黑色小马甲。

他靠在柜台上，劝道："浅浅，别问了，没有什么好问的。我本来也不信的……可是正好是七月半，而且你看吴越背上的伤，就跟被厉鬼抓过似的。"

他停顿片刻，幽幽地说："郭音音以前是学古筝的，每次弹琴都戴很长的假指甲。"

"可是伤口有铁锈残留，说是水底的铁丝……而且弹古筝用的假指甲怎么可能那么硬？"林浅浅反驳道。

钱武悲伤地摇摇头："鬼神的世界，不能用常理来推断。你知道吗，漂流之前赵队就敲定了进新人的事情。队员人数超过了八个，果然出事了……退了这个游泳队吧，没事别去河边。"

林浅浅没问出什么，只好转头去找李启明。她假装想买一台防水照相机，去李摄影师家登门请教。李启明整个身体都陷在沙发里，夹着一支烟愤愤然："我就说不应该在鬼节下水，你们都不听劝，说什么迷信！小心点儿有错吗？现在出事情了，谁能负责？"

林浅浅想，如果当时同意了他的观点，吴越可能还活着。

想到吴越的死，她鼻子有些发酸："那当年……到底发生了什么？"

李启明拿出了一张郭音音的照片。照片上是一位典雅秀美的姑娘，和浅浅差不多的年纪，皓齿明眸，笑靥如花。

她在一架深色古筝边俯身，白净的手指挑拨琴弦。

"很少有丫头像她当年那么有气质了。"李启明叹息，"其实当年没什么曲折的。她是我们中水性最好的一个。大家一起漂流，谁也没想到她会被水冲走，从此消失在这条河里。只是很少人提这一点——她是赵队长的女朋友。"

林浅浅走的时候，耳畔一直回响着李启明的冷笑："赵梁裕当然不怕了。他觉得即使郭音音真的变成了水鬼，也不会害自己的，不是吗？他说不定只是想再见她一面。"

林浅浅本想帮警察问一点儿有价值的东西，可是这些回答，让她觉得不是自己疯了，就是世界疯了。

※四※

林浅浅并不认为队长赵梁裕是照片中的“未知者”，因为整个漂流过程中，他离吴越很远，而且一直在前前后后游着帮忙联络，但是还是想跟他谈一谈。可是这件事情以后，赵梁裕不接听电话，敲门也不答应。大概是吴越的死亡，让他遭受了巨大的打击。

林浅浅决定靠自己的能力找一些可靠的资料。

林浅浅在修志工作中主要负责采访这一块，因此有权限接触到一些政府内部不具备保密性质的资料。她查阅了游泳队两年前成立时，在政府备案的材料。

材料里有初始九位成员的名单，其中就包括李启明、赵梁裕和钱武。

备案很简单，就半页纸：白水市招财游泳协会通过网站 BBS 发帖，召集成员共九名。该协会以加强社会主义精神文明建设，丰富百姓文娱生活为目的……特此备案。

翻过这页纸，后面还有一页，记录了郭音音死后的两起事故。非常简洁，只有单纯的数字。从里面可以看出，事故一共两起，都是被水下东西划伤，导致失血性休克，溺水身亡。

再之后就没有记录了。

文字记录虽然短，可是反映了两个问题：

第一，游泳队是通过网上发帖的形式组建起来的，并不是传言说的九个认识的好友。郭音音只是九位报名队员中的一位。

第二，吴越并不是第一个因失血性休克而溺死的人。

此后不久，张镜再次敲响了林浅浅的门。这一次他穿了警服，显得英姿挺拔。林浅浅给他泡了一壶红茶，详细地把听来的八卦都讲了一遍。

正是傍晚，夕阳缓缓自窗边落下，把整个房间映照成耀眼的橘黄色。时间过得很缓慢。林浅浅说的一半是废话，但是张镜没有打断，全程只是胳膊肘压着桌面，十指交叉，安静地听。最后他递过一张卫生纸，说：“眼泪擦一下吧。我知道失去朋友不好受。抱歉，让你调查本该忘掉的事情。”

“林小姐，你的材料很有用。现在情报对等交换，我来说说我这边的工作。”

张镜调查了吴越的交际圈，发现他没有敌人，没有恋人，没有欠债，没有借钱。

“简而言之，吴越是一张白纸。不管是游泳队内部还是外部，我想不出为什么有人会想杀他。”他概括道，“根据你说的情况，他也和郭音音的死没有任何关系——他的交际圈里没有这个人。

“我又调查了游泳队，想找到照片上那个‘失踪者’。你知道，一个人想把自己隐藏起来，一定有必须这么做的理由。我想知道这个理由，看看和案件有没有关系。可是，我却又发现了一件事，竟然没有人察觉到它！”

张镜取出一只牛皮信封，打开，从中取出两份报纸，从桌面上推了过去。

两份报纸分别报道了两年前游泳队的两次事故，上面刊登了案发现场的照片。死者的脸被白布蒙着，只露出了浸泡得发胀的身体。第一位死者的腿上，有一条弯曲的“∽”形伤痕。报道上说，河床里的利器割破了他的腿部大动脉，并且刺破了他救生用的漂包。

林浅浅迅速翻看另一张报纸。

“怎么样？”张镜问。

她合上报纸，觉得浑身发冷：“一样的……伤口……”

两张报纸上，死者的伤口几乎是同样的形状，方向相反的“∽”形波浪线。真的……仿佛女人食指的指甲顺着躯干抓出的痕迹。只是指甲划过的地方，皮肉都翻卷出来了。

除了大小和伤口位置以外，这两个伤口，和吴越身上的伤痕几乎一模一样！

※ 五 ※

“水底不管有铁丝还是什么东西，都不可能弄出相似度这么高的伤口。它一定有什么意义。”张镜看着她，“林小姐，你害怕了吗？”

太阳下山了，只有窗前的月光照亮深黑的夜。林浅浅很害怕，想打开房间里所有的灯，然后把头埋进毯子里，躲起来。最后她只是摇摇头：“不，你继续说。”

张镜有些赞许：“你很勇敢，和我之前想象的不一样。”

他再一次打开牛皮信封。

这一次他取出了一张照片，递过去。

出乎意料，这张照片很平常，和之前看的案发当日的照片没有区别。水面上有七个穿着鲜红色游泳衣的人，其中一个举着队旗。

林浅浅疑惑道：“七个人，加上照相的，这次人齐了？‘失踪者’在照片里了？”

张镜没说话，伸手指了指右下角的机打时间。

他修长的手指定在10：34：15上。

林浅浅明白了——这是事故发生时的时间，所有的人正在进行救援行动。离吴越沉下去的地点最近的人应该是赵队，他已经奋力地游过去。她原本也试图过去，可是逆水，水流湍急，反而被冲到更远处。

吴越的防水表在没入深水后受损，定格在10:30分。在吴越沉下去前，林浅浅正远远地看见吴越向自己招手。随后，红色的血在吴越四周晕开，他沉入了深暗的水底。

因此在10:34分时，八个人中吴越已经沉入深深水底，再除去拿相机的李启明，水面上应该只能照到六个人。可是这里有七个人！

这张照片上，不是少了一个人，而是多了一个人！

多了一位未知的第九人。

一位不应该存在的人。

这张照片虽然焦距很长，几乎只看得见人的脑袋，可是林浅浅能清晰地分辨谁是“未知的第九人”。因为他的背后，明显跟着一根潜水用的软管。

这张照片被从其他照片中分辨出来以后，案发过程就明显了。这是一起连环杀人案，吴越不是第一个受害者。正是这个人混进了游泳队，潜入水下用生了锈的刀杀死了受害者，并且让伤口形成一个“∽”形。他随后潜水离开——因此当林浅浅回头看见吴越的那一瞬间，他周围是片无人区。

可是林浅浅想不通，这个人到底是谁？

他什么要这么杀吴越？

波浪线的伤痕有什么意义？

如果他是凶手，那么照片上的“失踪者”又是谁？

※ 六 ※

“未知的第九人”所在的照片被发现以后，白水市警察局成立了一个由张镜担任组长的专案组。所有相关人员都去警察局做了笔录。林浅浅也去了，看见了精神恍惚的赵梁裕。他受的打击过于巨大，整个人处于恍惚状态，不管问什么开口只有两个字：“音音……”

林浅浅终于知道了郭音音的故事。

郭音音是位漂亮的富家女，自幼学习古筝，业余做古董收藏，不知怎么就喜欢上了做中学地理老师的赵梁裕。因为家里反对，两人的恋情并没有公开，连吃个饭拉拉手都是偷偷摸摸的，每次参加游泳协会的活动就当约会了。再后来，郭音音在漂流中遇险，永远地离开了这个世界。

赵队终于冷静下来，他喝了一口水，一鼓作气说下去：“这个游泳队是我和音音相识的契机，因此我努力想留住它，也把自己留在她永远消失的河边。后来有传闻说她变成水鬼害人什么的，每次听到我都火冒三丈……如果能找到张警官说的‘未知第九人’，老子要打得他爹妈不认，还音音清白！”

可是关于这位“未知的第九人”，有一点却让人寒毛倒立——警察局走访了案发河段周围的住户，没有一个人见到过带着潜水器材的陌生人下水或者上岸。而游泳队里，竟然也没有任何人察觉到“它”的潜入。

这个人仿佛是幽灵一般，仅仅存在于照片上。

林浅浅猜不到“它”的杀人动机，因此把注意力放在吴越身上的伤口上。

“它”为什么一定要在死者身上留下波浪形的伤痕呢？

当时所有人都在白水市警察局张镜的办公室外面等待新一轮的调查笔录，林浅浅与珠宝店钱老板探讨这个问题。她把三位死者的伤痕画在纸张上——第一位是正位波浪线“∽”，第二位是反位波浪线“~”，吴越的又是正位波浪线“∽”……

钱老板是理工专业毕业的，他很自然地用笔在纸上画了出来：“拼在一起不正是数学上无限大的符号‘∞’吗？”

“可是这个案件跟数学有什么关系呢？”张镜坐在办公桌后面，停下手中的笔，“林小姐，这次可能是你想多了。巧合吧？”

可是很快林浅浅就知道，这并不是巧合。

第二天晚上，她下班独自回家，上楼时忽然被人推了一把。

当时停电，林浅浅看不清楚对方是谁。她顺着长长的楼梯滚下去，连磕带碰，疼得眼泪直冒。凶手并没有就此放过她。林浅浅躺在冰冷的水泥地上动不了，却能听见这个人顺着楼梯下来的脚步声在空旷的楼道里回响。

脚步声离她很近的时候，突然停了下来。然后迅速往回退去。

张镜带着一只黑色提包，沐浴在单元门外的月光里：“林小姐，你怎么了？”

在林浅浅的记忆中，张镜先是愣了愣，然后迅速走过来，用一双有力的胳膊把她抱起来。因为怕硌着，身下还垫了一层柔软的外套。

她再次醒来时，是在自己卧室的床上。张镜就坐在旁边，安静地削一只苹果。

林浅浅撑着坐起来：“追到推我的人了吗？他应该就是凶手！”

他沉默片刻，说：“你受伤了，我没有追。”

林浅浅愣住了，觉得这不是他的作风。

张镜很温柔地把苹果切成一小块一小块，放在盘子里递过来。林浅浅去接盘子，手却突然被抓住。片刻后张镜松手，一言未发。

※七※

林浅浅知道，如果不是张镜及时赶到，自己可能已经成为下一个冤魂了。

她反复思考，自己到底知道了什么，让凶手非得除之而后快？

想来想去，最后还是回到伤口的痕迹上。

既然凶手想除掉她，那么说明无限大符号的猜测可能是正确的。警方会筛查近两年来有没有和这个符号相关的仇杀案。让林浅浅想不通的是，当时首先想到这个符号的人是钱武，为什么他没事？而且她已经把这个猜想告诉了警察，凶手在此之后下手，岂不是等于自我承认了符号和凶杀案的联系？

她思考了很久，得出了一个结论——这不是无限大的“∞”。凶手故意这么做，是想把警方的思维引导向这个方向。真相应该只有一线之隔，因此凶手才会急急忙忙下手，怕再晚一点儿，真相就被揭穿了。

林浅浅发现了一个问题。

她和钱武之所以觉得伤口的形状是一根“∽”线，是因为人习惯横着看照片。前两张照片，没有人注意到伤口的形状，因此也没有特地照伤口的局部照片。他们看到的，是摄像师照整具尸体的照片。要把一个横躺在地上的人完整地收进长方形的照片中，摄影师会习惯性地横向取景。对于一张横向取景的照片，人们看的时候当然会横着看。因此这些伤口被潜意识当成了“∽”线。

实际上，凶杀案发生的那一瞬间，吴越不是横躺在地面上的，他是直立在水中的。凶手在他身上下刀时，必定是按照自己的直立视角动手。

如果让三具尸体站起来，就会发现——这些线条不是横向的“∽”，而是纵向的“S”。

两个正反位纵向的“S”组合在一起，成为一个数字8。

林浅浅参加的游泳协会叫招财游泳队，8是这支队的队标。

不仅如此，她还想到一起案件，能够和这个图案扯上关系。

林浅浅翻箱倒柜，搬出一只封尘已久的福禄套瓶和两年前的工作笔记，然后打通了张镜的电话。

※八※

林浅浅在市修志办公室工作，因此会接到一些采访任务。两年前她采访过一起轰动全国的博物馆文物盗窃案，然后收录进志书里面。现在手上依然有当年详尽的工作笔记。

陕西历史博物馆有兵马俑和金缕玉衣，湖北省博物馆有曾侯乙编钟和越王勾践剑，白水市博物馆有一只福禄瓶。准确地说，这件镇馆之宝叫瑞祥翡翠镶玉三彩福禄套瓶。它由唐代天竺王遣使送给唐玄宗，又被玄宗皇帝赏赐给一位历史上鼎鼎大名的将领，最后流落在将领的故乡，也就是现在的白水市。

只听这个来历，就知道它所体现的历史价值。

三年前的夏天，国宝失窃了。

博物馆所有警报系统当夜运行完好，直到第二天早上开馆前警卫检查，才发现主展厅正中展位上的瑞祥翡翠镶玉三彩福禄套瓶连着小展台都不见了。

套瓶外的防盗玻璃罩完好无损，罩内空空如也，只有一个洞，洞里能听到潺潺水流声。

白水市博物馆是由明代文庙翻新改建的。出于保护古建筑的考虑，地基一直没有动过。因此这么多年，谁也没有发现，它下面其实有一条地下暗河。一伙盗宝贼找到了暗河入口，潜入到博物馆正殿正下方。

盗墓贼是往下打洞，他们却是往上打洞。盗洞精确地打在了国宝展台的正下方，防盗玻璃罩以内。

博物馆采用的是温控性质的红外线警报装置，夜晚开启时探头会向外发射红外线，接触到高于背景温度的物体时将自动拉响警报。如果当夜有任何人站在展厅里，体温高于周围的瓶瓶罐罐和古人尸体，警报器是一定会响的。

这帮盗贼巧妙地避开了这一点。他们通过打洞，让放置文物的基座从洞里漏下来，不引起地面展厅内任何温度变化，继而这批人顺着地下暗河潜逃。

这是当时的重案，警方专门成立了刑侦小组。

然而忙活了一个夏天，案子没破，只找到一具盗贼的尸体。

尸体是个女人的，在白水市偏远的郊区被发现。随后警方在尸体附近发现了通往博物馆的地下暗河入口，由此判断她是偷盗团伙的成员之一。

当时的报道说，警方根据这具尸体的身份摸清了涉案团伙，发现他们竟然是通过网络认识的。这些人分别负责作案的一部分：有人踩点，有人偷盗，偷盗的东西放在约定的地方，自然有人拿去销赃。事成之后钱会打到各自账户上。这些人甚至可能根本不认识彼此。

警察实地考察过地下河，发现它的河道极其狭小，只能容一个人通过，三人以上同时下水，行动会极其不方便。因此专案组认为虽然打盗洞的过程持续了很多天，但是犯案当晚犯人可能不超过两人。他们其中一人想独吞财产，因此杀死了自己的同伴，抛尸暗河入口。

谁也想不到博物馆下方会有一条地下河，也想不到有人会潜水进去。这起案子最终成为悬案。

本来林浅浅也想不到它和吴越死亡的联系，但是这只瓶子，全身密密麻麻布满了阿拉伯数字的8。她也是修志书时才知道，阿拉伯数字是早期古印度人发明的。当时天竺（古印度）人仿制了三彩福禄瓶，听说中土大唐以8为吉数，就在瓶身上烧制满了自己文字里的8，故称之为瑞祥福禄瓶。

林浅浅的办公室至今还有一套仿制的福禄瓶。她带着工作笔记和仿品去见张镜，张镜拿在手里掂量了一圈：“实物也是这样子的？”

“八九不离十。这是我采访时在博物馆门口买的仿制品，差也差不到哪儿去。”林浅浅指给他看，“所谓福禄瓶，其实就是葫芦瓶，造型像一只葫芦。因为是套瓶，上下可以拆卸。小葫芦套着大葫芦……你看，不仅仅是瓶子上的字，整体看套瓶本身像不像一个8字？”

张镜若有所思：“不止是这样，你看，那个网络盗窃团伙最后被查明正好八个人……”

林浅浅苦笑起来：“看来还真和这个案子脱不了干系了。”

※ 九 ※

张镜借走了林浅浅的仿品，据说在局里开了几场讨论会。其间少有再联系，偶尔打电话，也只是作为朋友，决口不提工作上的事情。

林浅浅渐渐从朋友死亡的阴影里挣脱出来，照常上班下班，盛世安稳，岁月静好。

再次见到张镜，是中秋节前夕。张镜突然打电话，约她喝咖啡，说算之前帮忙的谢礼。

见面的地点还是第一次那家咖啡馆，张镜说案子有重大进展。所谓进展，其实是一个推论。他成功地从纷繁复杂的事情中找到了端倪，把两个案件联系了起来。

这次张镜点了咖啡，没有加糖：“为什么福禄瓶失窃的当晚，只有两名盗贼？”

这个林浅浅看过报道。警方之所以认为盗贼一共两人，一个死者，一个凶手，是根据现场痕检的结果。对方之所以这么做，却是出自一种内部平衡术。

“既然这批人素不相识，未曾蒙面，那么他们必须采取某种方法，确保犯罪成果不被其中某一个人独吞。在这个案件的这一个环节上，它就是双人制。”他说，“林小姐你可能没接触过古董收藏圈，在这个圈子里，完整品和残次品的价格可是天差地别。”

这个福禄套瓶是可以拆卸的，上面一半是个小圆肚瓶，下面一半是个罐子，拼接在一起才是葫芦形状的套瓶。因此，当夜负责偷盗的两个人，一个人拿了上层的瓶子，一个人拿了下面的罐子，分别逃匿。等风头过了，他们会在约定的时间，一起把东西留在约定的地点，等负责销赃的人来取货。

他们约定的地点就是在地下河的入口处。其中一位当时起了异心，想独吞赃物，乘其不备，给了同伴一枪。然而他拿起对方那一半赃物时，发现那竟然是一个赝品。也就是说，对方和他同时起了异心，想独吞赃物，带来的只是一只糊弄人的赝品。真品应该已经交给了组织内部或者外部的朋友。

杀人的凶手大约还暗自庆幸，如果不是下手早，死在那里的就是自己了。

然后凶手带着他那一半赃物，从此销声匿迹。

林浅浅明白了："你是说，本来价值连城的东西，如果缺了一半，就会变得不那么值钱了？所以有圆肚瓶的那人，一直在试图找到有罐子的那人，有罐子的那人，一直想找到有瓶子的那人。"

"而他们彼此又必须隐瞒身份，以便独吞赃物。现在，从朋友手中得到文物的那一位出手了。"张镜点头，"他们两人彼此不认识。林小姐，如果你是其中一位，会怎么办？"

"我记得那条地下河是半溶洞性质的，一半需要游泳，一半需要潜水……"林浅浅犹豫道，"那么其中参与当夜偷盗的那位，水性一定特别好。"

"对。"张镜笑道，"所以其中一位，他想到组建一支游泳队。他把游泳队的信息放在一些以前犯罪团伙成员常去的网站上，并且把队标设计成了一个8。普通人可能不会注意，但是文物另一半的所有者，一定不会错过。"

林浅浅反驳："就凭一个8，要引对方上钩不容易吧？"

"当然，引我们切入这个案件的切入点是8，但事实上这个人透露的信息可能远远不止这一点。我记得这个游泳协会叫'招财'游泳队？很有可能'招财'是盗窃案中死去的成员网名，或者是他们的偷盗行动的代号……这个不一而论。总之，他把自己做成了一个诱饵，等对方上钩。"

张镜的猜测大胆而逻辑严密。接下来的故事她就猜到了。这个人调查了接近这支游泳队的所有值得怀疑的人。他的手法超乎想象的凶残——他对怀疑对象采用了"排除法"，即怀疑某人，与之接触，如果怀疑错误，就把他杀掉，并且在他尸体上留下8字图形的一半。

当死亡信息通过媒体大量披露出去时，别人不会明白伤痕的意义，但是文物的另一半持有者看报纸时一定会注意。他如果再花一点儿时间上网查一查这个游泳组织的信息，就会明白这是对自己的"邀请函"。

他们以为郭音音是事情的起源，其实她只是这个游泳队的第一位受害者。她的身上应该也有和吴越相同的伤口，因为尸体没打捞上来，所以没人知道。她之所以会出事，与恋情没有任何关系，而是因为“业余古董爱好者”这重身份。吴越之所以被怀疑，是因为他是建筑师，参与过博物馆翻修设计。

张镜推测，犯人找了一位共犯，因此一共有两位。一位是游泳队内部的“失踪者”，另一位是来自外部的“未知的第九人”。

“失踪者”负责调查队员信息，而“未知的第九人”则负责对嫌疑人的谋杀。

※十※

“为什么他们中的一个人不能主动站出来表示‘我有福禄瓶的一半，谁能和我凑成另一半，销赃后所得对半分’呢？”林浅浅不解道，“这样不就简单了？”

张镜又笑了，他眯起眼睛打量对面的女孩：“林小姐，这个想法的确最便捷有效，但是你忘了两点。第一，人的贪欲是无限的。有些人并不满足于‘一半’；第二，人心是猜疑的，尤其是做他们这种行当的人。还记得两个参与偷盗的同伙间发生的事吗？你站在明处提议进行利益公平分配，可是怎么知道对方会不会放你暗枪，独吞东西？敌暗我明是大忌啊。”

如果张镜的推理成立，按照这个逻辑，凶手要符合两个条件。第一，是8字队符的提议者。第二，是九位初始队员中的一位。

最初参与者留到现在的只有三个人：队长赵梁裕，负责摄影的李启明和普通队员钱武。

符合这两条的只有一个人：队长赵梁裕。

他就是“失踪者”。

很快林浅浅就听到了赵梁裕被带走调查的消息，审讯结果却很沮丧。赵队长坚持说一开始没有队名，队名和队标都是郭音音提议的。张镜认为这个人在说谎，而且即使他没有，现在郭音音死无对证，谁也不知道最初的这些想法是谁塞进她脑子里的。

最让张镜沮丧的是，赵梁裕是地理教师，他的交际圈子几乎和吴越一样干净——没有任何“未知的第九人”存在的蛛丝马迹。

不仅是赵梁裕，警方秘密监视了其余两位犯罪嫌疑人，没有发现任何“未知的第九人”存在的影子。

它就像一个潜伏于案件中的影子，时刻笼罩在人们心上。

张镜曾给过林浅浅一套漂流时李启明相机的照片。她没事的时候，就躺在床上一张一张反复看，企图从中找出解开谜底的线索。

那是秋天，一个阳光灿烂的下午，距离七月半漂流活动和吴越的死已经很久了。林浅浅忽然注意到了照片右下角机器打印的拍照时间。

照片原本杂乱地放着，林浅浅以前看时，最多注意大致时间段，很少细看到分和秒。这一次，她觉得心脏在棕色毛衣下怦怦直跳。

她从这沓照片中整理出了三张照片，然后去了吴越出事的河边。河面上正好有一艘渔船，她花了十块钱，坐上船让渔翁把船向江心划去。

站在江心，年轻的女孩眼含泪水——

吴越，我看到了这场谋杀的整个真相。

根本没有所谓的——未知的第九人。

※ 十一 ※

“赵梁裕是无辜的？”张镜依旧坐在自己的办公桌背后，穿着警服，看上去很忙。他桌上只有茶叶，手忙脚乱去隔壁办公室借了速溶咖啡，加了奶、糖端过来，眉头却还是皱着的，“浅浅，上次让你受伤是我不对。从那以后我就不希望你再参与这个案件，不安全。”

“你先看我这三张照片。”林浅浅把桌面上的照片推给他，“这三张都是救吴越时的照片，按照时间顺序排列。第一张和第二张没有特殊点，第三张我们都很熟悉，是‘未知的第九人’出现的照片。我们需要看的是右下角拍照时间：2011/7/14/10:34:13、10:34:14、10:34:15——那么紧张混乱的场面，它们之间的间隔竟然被完美地控制在了一秒钟！”

“我们之所以不怀疑李启明，是因为案发时他一直在拍照——所以我们才能看见这些照片。可是你想过没有，其实大部分相机有自动连拍功能。”她推过另外三张照片，“我去了三个月前案发时的河段。那里水流很湍急，水文条件复杂，水下乱石很多，有一块岩石突出江面。这是我把相机放在岩石上用自动连拍拍摄的照片，你看是不是和前三张几乎一模一样的取景画面？”

张镜听得非常专注。

“其实没有所谓的‘未知第九人’，也没有任何照片上的‘失踪者’。有能力玩这种把戏的只有一个人，负责照相的李启明。他在漂流的前一天，在预定下手的河段附近，比方说江心的岩石边，藏匿了凶器和一套轻便的潜水装备。案发当时，他事先游到岩石处，把相机对准吴越将要过来的大方向，设置一定时间的连拍。然后李启明戴上呼吸器潜入水中，对吴越行凶。

“成功以后，他迅速从水底游开，取下装备并把凶器绑在装备上随水冲走。等人们靠近了，他再加入救援队伍。混乱的场面中谁都不会真正注意别人在干什么，何况他还有照片作证，可以解释当时正在拍照。只是这三张照片中，恰好有一张拍到了他出水的那一瞬间。我们以为它上面有九个人，其实只有八个——水下的吴越，和水面上包括李启明在内的全部队员。”

“那为什么其他的照片每张都少一个人呢？”

“为了把我们的思维引向失踪者啊！他故意每次照相时都少拍一个人，造成总有一个人躲避镜头的感觉。如果事情不被当作意外处理，那么警察也只会怀疑不停躲镜头的人，而不是摄影师他自己。”因为张镜目不转睛地看着她，林浅浅不得不移开视线，装作对办公桌上的仙人掌感兴趣，“那一带水文复杂，河床下都是乱石。我觉得李启明的凶器和简易潜水装备多半没有被冲走，而是被卡在卵石中间，打捞的话能够找到的……虽然指纹唾液都已经查不到了。”

林浅浅身体微微震动了一下。因为张镜从椅子上站了起来，绕过办公桌，走到她身后。他的胳膊环住女孩肩膀，声音就在她耳边，轻得像耳语：“你棒极了，浅浅。”

※ 十二 ※

这个案件最终完美地解决了。警察局从白水江底打捞起了一套潜水设备和一把生锈的尖锥刀。张镜凭借小型氧气罐底钢印的编号查到了生产厂家，再通过销售渠道和加气记录同时印证了买家——果然是李启明。

对李启明房间重点搜查后，从木质地板下面，找到了瑞祥翡翠镶玉三彩福禄套瓶上半部分的小圆肚瓶。

破案的当天，张镜给林浅浅打了电话。听到结果的那一瞬间，她感到全身都松了一口气。深秋的天空突然显得那么高远蔚蓝，白色鸽子在上面一圈又一圈地盘旋。

仿佛秋天温暖的阳光突然透过了阴云，长期压在身上的无形压力烟消云散。

她去警察局取借出去的那个仿制福禄瓶，被张镜拦在走廊上。年轻的警察眼睛里满是笑意：“浅浅，你今天格外好看。”

“哦，那可能是新换了白色高领毛衣的关系。”林浅浅说。

他把女孩拉进刑侦科办公室，倒了两杯茶，推了一杯给她：“你喜欢的咖啡没有了，将就将就。”

浅浅转身捧茶杯时，他用钥匙打开保险箱，小心翼翼地捧出一件陶器，放在桌面上。

这是一件古朴宁静的黄白绿三色窄口圆肚瓶。工匠用温润的碎玉和翡翠拼成了 8 字图形，密密麻麻镶嵌满了整个瓶身，仿佛借此就能给它镶嵌上东方大唐盛世那种内敛而张扬的美。

张镜站在旁边，笑声很好听：“明天博物馆的人就来收回去了，我想让你看看它。”

他说：“浅浅，在我心中，你比它更珍贵。”

林浅浅听见窗外秋天的大风吹动金色梧桐树叶，哗啦啦地响。张镜的手臂环住她的腰，他的气息蹭得她脸发痒，于是林浅浅也转身抱住他脖子。

他的眼神忽然变得有点儿迷惘：“浅浅，你刚才在我茶里……加了什么……”

张镜的手撑着额头，慢慢坐在身后的椅子上。林浅浅轻轻扶着他，直到这个人完全失去意识。办公桌上放了半杯茶，她把茶杯端起来，把碧绿的茶汤倒进窗台上的花盆里。这种药起效慢，但持续时间却很久，足够她取下仿制福禄瓶上半部分，套在真品福禄瓶的圆肚上。

上下契合，金玉碧成，天合之作。

离开房间时，林浅浅低头吻了吻沉睡的青年，轻声说：“亲爱的，我也爱你。可是你看，我们不能在一起。”

林浅浅抱着这件稀世珍宝走出警察局，警卫笑着打招呼：“林小姐，来取你的福禄瓶？听说破案你帮了不少忙，代局里跟你说声谢谢了！”

为了这一天，林浅浅准备了很久。她明白这个福禄瓶的市场价值。距离张镜醒来还有很长一段时间，在这期间，她已经选择了白水市众多交通工具中的一种，去向遥远的地方。

偶尔当林浅浅独处时，她会翻开曾经编撰过的白水市志。这本志书的第 347 页右下角，有一小段古籍文摘：“有暗河自文庙下过，穿正殿，丽山北麓出，时人以为不祥。”

这段话，才是这个故事真正的源头。

再见了，吴越。

再见了，张镜。

再见了，她的过去。

第二章 幽灵巴士

※ 一 ※

肖桐蹲在办公室里吃盒饭时，李浩已经在窗外把那辆破捷达发动起来了。

肖桐是个在旅游城市刑侦支队上班的菜鸟小警察。刑侦支队听上去很威风，其实他的工作就是打杂，每天早上先给支队长倒茶，再给其他工作年限长的前辈倒茶，接着给支队长的爱犬旺旺倒水，最后自觉自愿地去资料室整理近几年市里犯罪档案资料。他好不容易把琐事忙完，一抬头，就看见李浩端着空茶盅很委屈地靠在档案室门口，抱怨："肖桐，你给旺旺倒水都不给我倒水。"

肖桐辩解："你又不是我们刑侦科的。"

李浩就在隔壁的法医科，是局里唯一一个法医，技术精湛，业务过关，平时很是寂寞。两人去年一起办过一起凶宅遗产案后，成了铁哥们。这次局里警车紧张，肖桐就借了李浩的破捷达去办事。黑色的捷达一路开出市区，上了高速，来到风景区，山色秀美，空气清新。李浩看了一眼油箱指示表，抗议："你借我车的时候没有说案发地点在这种深山老林啊？"

"我没想到黄队给我的地图比例尺这么小啊……"肖桐用手在地图两点之间比了一下，"你看，也就不到两寸远。"

李浩心里一阵绞痛："亲，你拿的是一张省全境地图，我们只是个地级市。"

案发地是某著名风景区主峰的后山，透过明净的车窗可以望见延绵起伏数公里的山峦。

正是秋天，旅游用的盘山公路两旁铺满了明黄和鲜红的槭树落叶，仿若油画。李浩把车停在公路边，两人顺着小道穿过一小片密林，终于看到了停放在林间空地中的巴士。

肖桐只是代表市局刑侦科来打个酱油，早有辖区派出所的民警等在车旁。不是黄队不负责任，而是这件事真的太不重要了。秋天草木枯黄，是打柴的好季节。有个山民违规进了景区后山砍柴，无意中发现一辆停放在林中空地无人认领的巴士。

违章停车不是什么大事，请人拖走就了事。可是通往空地的羊肠小道太过窄小，不大量砍掉小径周围的树木，重型拖车根本无法通过。既然拖车不能进树林，那么这辆巴士是怎么进去的呢？出于对案件的谨慎，片区民警把这件事向局里汇报了。于是市局派了一个小菜鸟去现场勘查，没有问题就砍树把车拖走。

肖桐问年轻的民警："这辆车在车管局有登记吗？"

"问题在于没有啊——没有任何登记，也没有任何公交公司说它们丢了车……真是奇了怪了，像凭空变出来的一样。"

那是一辆非常普通的橘黄色巴士，行驶在市区里没有任何人会多看它一眼。车窗里垂着蓝色打褶的遮光窗帘。车内光线非常暗，但大体和普通公共汽车没有区别。此刻它没有在市区行使，而是安静地停在林中一小片空地中，车顶覆盖满了色彩鲜艳的落叶，有一种诡异的美。李浩眯着眼睛绕巴士转了一圈，绕到车屁股后面，弯下腰："要想知道这车从哪里来，可以打开它的油箱，看看还剩多少油。"

话刚说完，他的身体忽然变得极度僵硬。他慢慢直起身子，脸色难看得要死："肖桐，你过来看看。油箱里装的不是油，是半箱人血。"

准确地说，油箱里的不是半箱血，而是小半箱氧化腐败而膨胀的深黑色液体。油箱盖子一直紧盖着，蒸发量小，因此并未完全干涸。油箱打开的瞬间，空气里就出现了强烈的有机物腐败的刺鼻气息。

肖桐问："你怎么知道是人血，不是什么动物的血？猫猫狗狗什么的？"

李浩摇了摇头。他这个人平时随便，一旦涉及到工作却很严肃："第一，和动物血相比，人血颜色更深。第二，人血更容易凝结，气味也更浓。第三，如果你愿意尝一点，一定会发现它更咸，人血的含盐量比动物高。"

一辆普通的公共汽车油箱加满是 170 升，这辆巴士油箱底部的残血不算蒸发量，还原成血浆至少有 30 升。一个成年人的全部血液量大约在 4 到 6 升，也就是说，这个油箱里，至少装着 6 位成年人的血。

没有医院会用公共巴士运送血袋，肖桐意识到，这里可能发生过一起凶杀案。

李浩把油箱里的血取样后，拿回实验室检查去了。肖桐给现场拉了警戒线，又给局里打了电话，申请调用黄队的爱宠旺旺。旺旺把巴士附近的每一寸土地都嗅了一圈，然后冲着停放不动的巴士不停狂吠，仿佛那辆巴士本身有什么令它感到恐惧的东西。肖桐和片警们挽起袖口把它周围的土一寸一寸翻过了，却什么都没找出来。

“深山里的巴士，停在完全不可能开进去的林间空地，油箱里没有油，只有半箱腐败的血液，没有乘客，牌照是假的……”

秋日静好，李浩躺在解剖室里他最钟爱的停尸台上准备午睡，递给肖桐一张报纸：“你看看，像不像辆‘幽灵巴士’。连记者都说闹鬼了。”

肖桐摇头：“上次‘凶宅’的案件，继承人一个接一个死在观音像前，一开始不也有人说房子不干净吗？我不认为这个世界上有鬼，鬼在人心。”

李浩笑了：“那你怎么想的？”

“昨天我们走的那条山路特别崎岖，全是耗油的上坡。昨天我们去时，你那辆满油的捷达只开了一个往返，油箱就见底了。我以前看书，说二战时德国空军飞行员跨越英吉利海峡返航，飞机没油了，飞行员就往飞机油箱里灌酒。酒精让油箱凹槽里的残油浮起来，让本来应该油尽坠海的战机飞回纳粹本土。”

李浩睁开半眯起的眼睛，慢条斯理地说：“我也听说过，确实有跑长途的老司机在油箱见底，又实在没办法加到油的情况下，往油箱里加水。因为水比油重，加了水，油会浮起来，车子又能跑了。不过这样做太伤车，容易熄火，不常有人用。我明白了你的意思，但是往里面加血这种事情……你是想说，那辆巴士绑架了一车乘客，行驶到一半时和我们一样也没油了。它不方便去加油站，因此开车的人把乘客的血灌进了油箱里，一直把车开到目的地。”

中午阳光惹人犯困，解剖台边有个破了洞的真皮黑沙发，肖桐爬上去躺着：“随便猜的。黄队准备亲自牵头拉个专案组，不关我的事，睡觉睡觉。”

下一秒钟李浩说了一句话，气得他差点儿从沙发上滚下去。

“哦专案组啊？我早上在黄队办公室看见了名单，有你的名字。”李法医打了个哈欠，翻身继续睡，“是我建议的。我觉得你在‘凶宅’那起案子里表现得挺好的。”

※ 二 ※

金秋十月，天高云朗，而案件进展甚微。市局没查到巴士的来历。青岗市里没有同型号巴士的购买、保养和失窃记录，所以它应该是外来的，挂了伪造牌照。最为可怕的是，巴士的油箱里有大量人血，却找不到受害者。

一辆被遗弃的巴士油箱里装着数十升人血，然而没有任何人遇害。

从血液腐败程度以及巴士积尘厚度判断，它被遗弃的时间不超过三个月。而查遍全市以及周边地区，一个月内并没有接到凶杀案报警，也没有任何血站上报血袋丢失。

肖桐觉得这个案件应该换一种思维方式。

“换一种思维方式，”李浩问，“继续回你的资料室泡杯茶整理档案？”

肖桐翻了个白眼。两天后，他顶着黑眼圈从黄队办公室出来，把一份打印资料扔在李浩面前：“这三个月以内，发生在A市及其周边的失踪事件——的一部分。”

“一部分？”

青岗市一年四季游客数量不少，特别是一到寒暑假和“十一”这种旺季，火车站就会爆满。旅游带来的负面作用是治安，治安一旦处理不好，容易发生针对游客的拐卖和诈骗案件。

每年赏红叶的秋季，辖区片警每天会接到很多失踪报警，要么是出来旅游和朋友走散了，要么是孩子挤不见了，要么就是自家狗跟丢了……这些报案情况多种多样，但很少需要立案。

肖桐整理的正是案发当月市内失踪人口报案记录。

他把资料放桌子上：“今年的7月24日，我市一共有15名市民在各个地方失去联系。他们的数量加起来，恰好接近一辆小型巴士的总乘客数。”

李浩皱眉：“可是那辆被抛弃的巴士核定载员是20人。”

肖桐拿了一本笔录，翻给他看：“这个人叫周暮，借了亲戚的钱。八月份他亲戚来辖区派出所报案，说去讨债，发现他家空无一人。周暮的工作单位说他们在7月24日当天，接到了周暮本人的请假电话，说家里有急事，要请一段时间假，具体多久含糊不清。7月24日以后，他和他妻子的手机就再也打不通了。周暮夫妻是具有完全民事行为能力的成年人，本来来去自由，所有没有算失踪人口。如果算上，就是17人。”

“依然有3个名额空余。”

肖桐盯着他的眼睛，慢慢说：“这三个人就是凶手。”

李浩似乎有点儿兴趣了：“要我帮你问问黄队吗？”

肖桐拍了拍他的肩膀：“早上已经去过了，黄队叫我找个同事一起顺藤摸瓜查查看。兄弟，我推荐了你。”

※三※

最后的调查结果多少出人意料，以至于很久以后，肖桐在阳光温暖的办公室午睡时，还会因为梦见“蓝帽子”而一身冷汗地惊醒。

一辆橘黄色的巴士缓缓驶向主城区某幼儿园。正是放学，家长牵着孩子一对一对走出园门，笑声柔软了夕阳。渐渐孩子走光了，只剩下一名年轻老师陪着一名叫周小颖的小女孩孤零零地留在门口。小女孩穿着泡泡袖的公主裙，眼神明亮，目光清澈，柔软的头发上扎着一朵红蝴蝶结。焦躁的等待中，老师收到一条来自孩子父亲的短信。孩子的父亲叫周暮，道歉说自己有事不能来，已经拜托了单位一位女同事搭班车替自己接女儿。老师还没来得及奇怪这次孩子父亲的语气格外彬彬有礼，就看见一辆橘黄色巴士停在自己面前。从车的前门跳下来的女孩戴着一顶深蓝色宽檐尼龙帽，甜甜地笑着接过周小颖的书包。

这辆巴士驶进暮色里，和小女孩一起，再也没有在幼儿园年轻女老师面前出现过。

三个月以后，某辆被抛弃在野外的一模一样的橘黄色巴士油箱里，检验出了属于周小颖的血液。

同一天的早上，三十九岁的赵睿登上了公司租赁的旅游巴士。那是一辆橘黄色的小型巴士，茶色玻璃，看不清车内景象。巴士来接他的时间是八点整，七点五十五分赵睿走出家门，深吸一口早上微凉的空气时，这辆车正好停在他面前。前门打开，一名戴深蓝色宽檐尼龙帽的工作人员探出半边身子，喊他的名字。

赵睿回头看了看晨曦中沉睡的家，踏进巴士前门，准备开始公司组织的长达一周的省外旅游。这是他最后一次看到自己深爱的地方。三个月之后，属于他的血同样从一辆被抛弃在野外的橘黄色巴士油箱中检验了出来。

梦中的片段来自随后的侦查访问。那些文字像活了一般，从笔录中站起来，组成一帧又一帧的画面，在肖桐的深层意识中反复演绎。如果分开看，这只是关于十七个人，五个完整的家庭突然失踪的案件。然而在肖桐深入调查后，却发现他们都被一辆橘黄色的幽灵巴士串联起来，开往了未知的地方。

肖桐之所以知道第二个故事的细节，是因为故事的主人公赵睿有一名尚未成年的女儿。赵睿的妻子早亡，他原计划带女儿一同旅行，出发前一天女儿正好遇上生理期，身体不舒服。赵睿登上巴士的那一刻，他的女儿赵巧巧掀起卧室窗帘的一角，正好看见父亲离开。这是她最后一次见到自己的父亲。

这个乖巧安静的女孩坐在刑侦科办公室里说话时，手还在微微地颤抖。李浩给她倒了杯红茶，做了很久的心理疏导。李浩在医学院读研时除了解剖最擅长的就是心理学，穿着白大褂时具有一种特别的亲切感。

赵巧巧的叙述和幼儿园教师的区别在于，她肯定地说蓝帽子是个男人，而后者却说戴蓝帽子的是个女孩。

肖桐和小姑娘坐在一间办公室，做了整整一天笔录。失踪的十七个人中，有四个是整个小家庭集体消失，只有赵睿的女儿赵巧巧偶然留下来了。五个家庭毫无相同点。如果说一定要有东西把他们串联起来，那么就是7月24日他们的生活范围内，都出现了一辆橘黄色巴士。它像幽灵一般尾随他们，等待他们上车，然后驶向一条不归路。

青岗市的监视设备并不完善，不是所有街道路口都有摄像头，所以很难查到司机的具体信息。只有一次，它从出城收费站路口经过时，肖桐在收费站的监控中看到了这辆车的近貌。车窗摇了下来，递出一张伪造证件。坐在司机位置上的是一个戴蓝色宽檐尼龙帽的年轻人。帽檐压下来，只能看见勾勒出一个意义不明的笑容的嘴角。

肖桐为了这个案子好几天没睡了，胡子拉碴的。他受不了做笔录时房间里的呛人烟味，出来透气。李浩也随即跟了出来，靠在旁边的墙上："怎样？"

"不知道。"肖桐叹了一口气，"我们找不到任何作案动机。如果真有一个黑暗中的绑架组织，在7月24日那天绑架了包括赵睿在内的十七个人，为什么他们不要赎金？这些被绑架的人都死了吗？他们的尸体在哪里？他们的身上到底有什么东西，是这个组织不惜犯法一定要得到的？"

"肖桐，你有没有想过，"李浩思考问题的角度很独特，偏过头看他，"为什么油箱里的血液没有凝固？"

血液在接触空气数分钟之后，会发生一系列化学反应，产生凝血现象，使血液由液体凝结成块状。如果要保持液体状态，使残油浮于其上以点燃引擎，需要注射抗凝剂。犯罪组织使用的抗凝剂是肝素。

肖桐知道他的疑点在哪里："抗凝用普通柠檬酸钠就可以了，非处方药，火锅店做血豆腐就用它。肝素抗凝效果是好，但它是医用处方药，不容易搞到手。明明柠檬酸钠就可以做到的事情，这些人为什么要用肝素？"

"不，我考虑的不是这个问题。"李浩摇头，"在这十七个人中，AB血型的人是不是太多了一点？"

从李浩问这个问题开始，他们就开始沿着一条和黄队完全不同的思路看待这个案件。李浩所说的血液凝固，并不是凝血反应，而是不同血型的血混合在一起而产生的溶血反应。

不同血型的血液融合在一起，会因为红细胞膜破裂而凝聚成胶状血块，古代的“滴血认亲”正是从这里来的。巴士油箱里的血被发现时没有凝固，是因为它只含有一种血型：AB 型血。

油箱内的血量至少有 30 升，就意味着这十七个人中，至少有六位以上的人是并不常见的 AB 血型。

“这个犯罪组织对血型有莫名其妙的执着。”李浩点评道。

肖桐开始着手调查所有失踪者的医院档案。他和李浩分头去医院调查，最后把信息汇总在一起。汇总起来的资料有些微妙。

第一，五个家庭的医院档案表面上看各不相同，但是每一个家庭都有一位成员曾经做过手术。周暮十年前做过阑尾切除手术，赵睿手骨折过，做过矫正术。手术的医院、部位、原因毫无相同点，共同点仅仅是有过手术经历而已。

第二，五个家庭中，AB 血型有七人，A、B 和 O 血型各三人。

第三，有名叫李丝丝的女生，是 AB 型 RH 阴性血型——通称熊猫血。

都说 AB 型 RH 阴性血只占普通人群中万分之三，是血库最稀缺的血源，肖桐却不是很明白：“万分之三并不少啊？我们国家有十三亿人，基数大着呢。”

李浩白了他一眼：“哦，你就一直这么自我安慰来着？如果你不是小学时作死用铅笔刀划伤动脉，你也不知道自己是熊猫血。有多少人特地查过自己血型，又有多少人恰好在适合献血的时间段内，还愿意献？

“肖桐你是不是傻？你知道黄队为什么总让你做后勤吗？一次大型手术有可能会达到两万毫升的用血量，万一你在任务中受了伤，别说我们市，全省血库紧急调运都不够你用。”他端着茶杯叹气，继而安慰道，“不过话说回来，死是什么？不就是去和拿破仑、恺撒那种大人物共聚一堂吗？”

肖桐还想多活几年，赶紧把话题正回来：“你觉得这有什么问题？”

办公室别无他人，李浩走到肖桐面前，俯身，食指拇指虚捏，仿佛凭空握了一把手术刀，带着一丝解剖时的愉悦，从他心脏处一刀划下去。

“我只是想到一个理由，可以解释这些现象。”他低声说，“器官贩卖——后台非常大的器官贩卖。”

这是一次精巧而冒险的犯罪，用黄队的话说，犯下的重罪足以让实施者毫无疑问地被判死刑。是什么东西，驱动犯人实施这样的犯罪？是什么样的暴利行业，能让这个组织不惜涉足重罪？假设你有数以亿计的资产和一颗衰竭的心脏，全球的医疗资源都找不到适合你的新鲜器官。现在一位戴着蓝帽子的年轻人按响了你的门铃，彬彬有礼地告诉你，你不用担心即将来临的死亡，因为他们已经为你找到了一颗适配心脏，新鲜、完全匹配，甚至也可以同时换掉你正在急速衰竭的肾脏。对方给开出了几乎不可能的天文价码，你会答应吗？

或许真的有这样一个组织存在。他们的行踪遍布世界各地，为能接受那个天文数字价码的富豪们寻找最健康、排异反应最小的移植适配供体。只是不幸的是——这些适配供体不巧都还活着。

李浩就大量相似血型的问题提出了一个大胆假设。器官被取下后生存时间几乎不超过二十个小时，并且需要在低温下通过特殊的营养液进行保存。即使这样，依然不能保证器官运送到手术台前绝对存活。这个组织必须为自己已经在做手术准备的客户提供备用器官——万一适配器官中途死亡，也能保证手术正常进行。失踪人员中A、B和O血型各三人，说明他们至少额外准备了两颗备用器官。这也解释了为什么是一个家庭同时失踪，因为最适配移植对象的亲人，很可能是其次适配移植供体。

这也解释了为什么油箱血液中发现的抗凝剂使用的是肝素而不是柠檬酸钠。参与绑架的人中有医生，他可以轻易获得肝素。

7月24日那天，橘黄色的巴士依次在目标人面前停下来。当他们上车后，这名医生就给他们注射镇静剂和安眠药，然后驶向下一个目标。这样，满载一车昏昏沉沉的旅客的巴士，就这样驶向死亡终点。

“为什么AB血型的人有7位呢？”肖桐问。

“这是最残忍的地方。”李浩再次举起虚拟的手术刀，隔着空气斜斜地在肖桐的肚子上比划了一下，“也许有一位AB血型的客户要同时进行两个以上的器官移植。为了最优适配，蓝帽子组织摘取了这个人的心脏，和另一个人的肝。”

无论如何，这只是一个猜想。没有足够的证据支持时，甚至不能放在台面上公开讨论。肖桐开始思考一个问题——虽然失踪的人中每个家庭都有手术记录，然而手术的医院、种类、主刀医生完全不同。如果李浩的猜想正确，那这个组织是怎样锁定目标的？

他放弃了翻病历本，在医院网页上无聊闲逛。

灵感只在一瞬之间——有一位医生，先后在五家医院供职过！

一般手术前都会做详尽的身体检查，先后供职过五家医院，就意味着他有更多机会获得病人的病历信息。肖桐关了电脑就要去医院，被李浩一把拉住：“如果他参与了这起器官贩卖，早就把尸体处理好了。现在去医院查停尸房有用吗？”

“死人当然好藏。”肖桐说，“活人可不一样。巴士上的十七个人中，有一个人现在应该还活着。”

熊猫血的女生李丝丝。

李丝丝的单独出现，说明这个组织同时也在进行血液贩卖。他们向富有而在手术中急需用血的稀有血型者出售稀有血源。熊猫血过于稀少，为了大量而持续取血，作为供血者的李丝丝，应该保持存活状态。

※ 四 ※

然而肖桐还没来得及出发，就接到报警电话，李丝丝死了。

失踪已久的李丝丝突然出现在一栋大楼第九层的露天阳台上，并且从那里跳了下来。

肖桐去现场勘查，发现那是一栋位于市中区的九十年代建筑，因为拆迁而人去楼空。露天阳台上半人高的围栏被拆掉了一半，人走到围栏边，再往前走一步，低头就能看到街道上密密麻麻的行人和川流不息的车辆，每个都袖珍得像棋子一样。

目击者说，一位穿着白毛衣的少女独自在露天阳台上围栏被拆掉的一侧站了很久，随后身子直直前倾，断线蝴蝶一般坠下。少女背后是空无一人的露台和阴沉沉的天幕。

“自杀？”

“目前只能这样认定。”李浩摇头，他刚从尸体停放的医院回来，仰倒在转椅上，“但是尸检的结果，你猜怎么样？AAH——急性造血功能停滞。也就是说，李丝丝的身体因为某种原因，短期不能再造血了。”

肖桐问：“你确定？”

“我当然确定，因为尸检人是我。”李浩瞟了他一眼，意味深长，“我们继续进行假设。我们假设这是他杀，李丝丝因为某种原因身体不能造血，被组织处理了，那么这个组织一定需要新的血源。”

李浩明知故问：“肖桐，你好像也是RH阴性？”

青岗市在全国以风景秀丽、空气清新著称，景区附近建了不少疗养院和精神病医院。李浩一路颠簸，终于把他的小破捷达停在黑山精神病院外面的小型停车场里，带着肖桐下车挂了专家门诊。

医院很老旧，奶油黄的墙，还延续着上个世纪九十年代的建筑风格。接诊的医生叫陈志林。肖桐坐在光线阴暗的走廊的长凳上，透过门上的小窗户看李浩和他严肃详谈。半个小时后，李浩推门出来：“想不到这医生还挺眉清目秀的嘛。”

肖桐一进诊室，就看到了眉清目秀的陈医生。医生趴在掉了漆的桌子上写病历，鼻梁上架着一副金丝眼镜，笑起来温和无害："你叫肖桐对不对？二十三岁，RH阴性血……别紧张啊，我们慢慢聊。刚才你表哥说，你自从被前女友抛弃后就抑郁了？"

肖桐心想，出了这门老子定不让李浩竖着走回家。

从那天起，他每个周末都来一次精神病医院，和陈志林"聊天"。陈志林很擅长拉近与人的心理距离，说话亲切温柔，轻言细语，仿佛声音重了一点儿病人的神经都会承受不住。他跟肖桐说，自己因为曾经出过医疗事故，辗转几家医院都不能被长期聘用，最终只能在这里落脚。虽然是私立医院，但是专业对口、儿子也能在附近小学上学。

肖桐很惊讶："你有孩子了？"

"小学一年级。看不出我是单身爸爸？"

他摇头："看不出来。"

他的儿子今年六岁，总爱穿一件天蓝色小熊套头毛衣，有一双漂亮水灵的黑眼睛。他很爱吃糖，偶尔来一趟医院，总是吮着白胖的小手指向护士姐姐们讨糖吃，笑容甜甜的。

肖桐渐渐觉得自己和李浩的推论是错误的。这样一个温和无害的单身父亲，怎么可能和器官贩卖的凶杀案有所联系呢？自己一定是哪里弄错了。

案件仿佛进入了迷宫。黄队天天在办公室抽闷烟。一个工作压力大的同事买了一顶蓝色宽檐软帽挂在办公室墙上，李浩每天没事对着它扔飞镖泄愤。

※ 五 ※

肖桐接到陈志林的电话时，秋天只剩下个小尾巴了。怀疑消除后，肖桐已经很久没有去黑山精神病院。陈志林在电话那头问他抑郁症怎么样了，说想做一次回访。为了方便，地点就定在他家。那是市区里一处宁静的小区，肖桐在里面绕迷路了，只好拦住迎面走来的行人。

"陈医生啊，就在左边那栋楼一单元一楼。"

"谢谢你啊！"

那人礼貌地笑了笑："不客气。路上小心。"

肖桐觉得自己的状态有点儿奇怪，不知为什么目光落在路人的背影上，半天收不回来。

陈志林家的地毯很厚，踩上去几乎没有声音。他儿子抱着玩具在家里跑来跑去，悄无声息。两人在客厅坐下，还没有交谈几分钟，陈志林忽然接了一个电话。他抱歉地笑笑："医院有点儿事，我得过去一趟。能帮我照顾一下孩子吗？如果他闹，你就陪他玩‘小蜜蜂’。”

陈志林笑着比划：“两只小蜜蜂呀，飞到花丛中呀……飞呀！飞呀！其实就是石头剪子布，那边柜子上有罐糖，赢了的人可以吃一颗。”

说话时，小朋友已经搭着小板凳，去把柜子上一只糖果罐抱了下来。肖桐一抬头，就看见小男孩吮着指头站在旁边望着他，眼睛乌黑透亮。

秋阳绚烂，他躺在大而舒适的帆布沙发上，晒着太阳，逗逗小屁孩，感觉挺不错的。小朋友特别喜欢椰子味的奶糖，肖桐怕孩子吃太多糖不好，不敢太过放水，只是象征性输了几把，结果吃了不少巧克力。他玩得还算惬意，手机忽然响了。

肖桐接起来，听见李浩急吼吼地问：“你在哪里？”

“怎么了？”

“我在物证科，想再检查一下和李丝丝有关的东西。我把李丝丝当时穿的白毛衣从密封袋里取出来，平铺在窗前的工作台上，然后去隔壁倒了杯水。回来的时候，毛衣上爬了蚂蚁。”

肖桐嗤了一声：“你该打扫办公室了吧？”

“不是，蚂蚁只聚集在毛衣最下部的一个点上。如果按照穿上衣服的视角，就是李丝丝的后腰上。我把毛衣仔细检验了，发现那一点上沾了融化的糖水。你想过没有，如果李丝丝是他杀，为什么她跳楼时身边一个人都没有？我们都错了，她身边有一个人。这个人站在栏杆后，个子比栏杆矮，因此目击者看不到。这个人爱吃糖，并且爱吮手指。他用沾了糖水的手推李丝丝时，糖浆留在她的毛衣上了。再结合手指的位置——肖桐，你身边认识爱吃糖和吮手指的小孩吗？”

肖桐目光扫过蹲在面前的小不点，心跳忽然慢了一点儿：“我就知道陈医生家的孩子……”

说还没有说完，电话被掐断了。不知什么时候，陈志林回来了。他越过沙发，俯身从肖桐手中取走手机，按下关机键。陈医生说话依旧那么温和：“肖警官，不要担心，就当吃了点儿安眠药。”

小男孩已经消失在房间的某个角落。陈志林夺走手机时，肖桐挣扎反抗，打翻了糖果罐，五颜六色的糖果无声地落在地毯上。陈志林弯腰捡起其中一颗，举起来：“除了椰子味，都加了助眠药物。很多人都会对糖果和小孩丧失戒心，看来肖警官也不例外啊。”

这时肖桐才明白，为什么之前自己会格外留意小区里那位擦肩而过的路人。不是因为他礼貌得体的回答，也不是他笑起来时嘴角弯起的好看弧度，而是因为他的帽子。那顶帽子在绚烂的秋阳下看上去是黑色的，其实它应该是顶不折不扣的深蓝色宽檐软帽。

“你知道我是警察？”

“你一出现我就明白了——心里想什么都写在脸上的人，哪个时代都不多啊！”陈志林坐在旁边，一如初遇时的谦和。他一边往肖桐手腕上扎取血用的塑料管，一边陪他说话：“就个人来说，我很喜欢你。弱小、单薄、咬定了一条线索坚持不放，最终竟然真的找到了我。其实肖警官，你作为弱者，在这个案件中所做出的无力挣扎，欣赏起来赏心悦目。”

肖桐在铺天盖地的困意中抓住一丝理智：“警方才是强者。”

“你不知道组织的背景。组织的能力远远在你想象之上。你这种无异于飞蛾扑火的行为，其实窥见不了它的冰山一角。”陈志林摇头，“你不懂的。”

“我进小区时遇见一个戴蓝帽子的人，”肖桐问，“他……是谁？”

“他是组织在国内的负责人，你也可以理解为他代表组织本身。”陈志林掰起他的下巴，强迫灌了几口温水，“不喝水的话血压不够，血抽不出来。肖警官，RH阴性血，你知道有多稀少吗？”

针管最终扎进血管里时，肖桐不觉得痛。他看着殷红色的血液缓缓流入血袋，觉得自己的意识在渐渐抽离。陈志林附在他耳旁：“李丝丝的死是我们的一大损失。谁会想到她受不了做供血者每天采血的生活，偷了医院实验室里的苯，有意造成自己苯致急性造血机能停滞？不能造血，当然只有处理掉。我个人是很想肖警官活下来成为长期供血者，可是我们的负责人想要你死。至少，在杀你之前，让我先采集了你珍贵的血液。”

肖桐觉得身体越来越冷。秋日下午的太阳照在身上，像在冰箱里冻过一般，没有温度。

在意识即将离开大脑时，他听见子弹破空呼啸声，落地窗的玻璃如薄冰一样碎了一地。警笛和喊话声在年轻的小警察脑子里响成一片。有人走到他身边，拔掉了他动脉上的针头。

肖桐挣扎着睁开眼睛，看见脸色难看得要死的李法医。

他想说点儿安慰的话，但是意识模糊，蹦出的第一句话是李浩的至理名言：“死是什么？不就是……去和拿破仑、恺撒那种大人物共聚一堂吗？”

李浩一拳打在他肚子上。肖桐好不容易缓过来，差点儿又被打晕过去。

李浩把人从沙发上扶起来，咬牙切齿：“下次老子再听你这么说，直接把你打死。”

※六※

十七位失踪人员的尸体下落终于完全明晰。除去坠楼的李丝丝，其余的死者都是通过陈志林伪造死亡证明，以黑山精神病院的名义送去火葬场毁灭证据了。骨灰就撒在陈志林家门外的小花园里。被逮捕的不止陈志林，还有精神病院的负责人。让肖桐觉得奇妙的是，陈志林被捕后，反复在看守所声明他隶属于一个背景非常深厚的组织。组织一定会让他离开那里。局里没有调查出组织的名字，将它暂称之为蓝帽会。蓝帽会是一个国际犯罪团伙，器官买卖只是它经济来源的其中一个渠道。这个组织如幽灵般穿行于世界各地，选中某个地方快速作案，然后转向下一个目标。

陈志林本来只是一名普通的外科医师，因为医疗事故辗转了数家医院。最后一次失业后，他坐在医院大楼外病人来往的台阶上抽烟，抬眼就看见一位戴深蓝色宽檐软帽的年轻人。年轻人被帽檐遮住眼睛，声音低沉好听："有人告诉我，陈医生私下留存了所有工作过的医院的病人电子病历记录。"

陈志林掐掉烟："不，我从来不做这种违反规定的事情。你朋友听错了。"

年轻人却温和地伸出手。只是一个伸手的动作，不知为什么，却让人产生回握住的冲动。

"陈医生愿意来黑山精神病院工作吗？"

这是陈志林口述的自己加入蓝帽会的契机。从此他开始为这个组织寻找能够满足对方所需要的器官来源。肖桐问负责案件后续的老赵："又是这个戴着深蓝色软帽的年轻人！他到底是谁？男人还是女人？"

"不知道。陈志林只说了这么多——他死了。死在看守所里。"老赵刚从看守所回来，阴沉着脸，"氰化物中毒，死的时候嘴角还挂着笑。他自杀前咬破手指，在水泥地上用血写了一行字'组织来带我回家了'——应该是用药后的幻觉。黄队在查药是怎么流进看守所的，一直没有结果。"

肖桐庆幸当时黄队带着人来得及时，如果再晚一点儿，他可能就是具干尸了。他在医院休息了三天，自觉神清气爽，主动出院。回到科里，一切如常，只有李浩不见了。他问老赵，老赵很惊奇："当然陪黄队勘查现场去了！没有人告诉你吗？那辆巴士开进小树林的方法查出来了。"

陈志林被捕后，局里决定请人砍掉窄径两旁的树，加宽成一条能让车通过的路，把巴士开出去。请来开车的师傅坐上驾驶台，奇怪道："这车看上去挺旧，怎么螺丝钉都是新的？"

车是旧车，螺丝钉全部是新的——它在近期被组装过。

也就是说，这辆车本来停在其他地方，被人拆卸后，分成零件运进了这盘山公路旁的林间空地中，重新组装起来——这么做简直毫无道理。因此，黄队决定对现场进行再次勘查。

警车比李浩的破捷达好一些，但依然一路颠簸。盘山公路两旁的树叶已尽数落光，只剩下细瘦笔直的树干，直指苍天。肖桐毫不费力地走到巴士发现的现场。车还留在原地，顶棚用蓝色防雨布盖着。巴士的前后门都开着，黄队靠着车身抽烟，李浩戴着白手套，带着几个同事检查什么。

李浩看见了肖桐，扬了扬手中的紫外线灯，示意他上车："血迹检查。你过来看看，我们都漏了一个地方。"

被漏掉的地方是巴士本身。当发现油箱里的血液时，他们首先想到的是车里失踪的乘客，甚至还把附近的土地都翻了一遍，看有没有就地抛尸。几位同事挥着铲子挖土时，油箱已经被取去法医科检验了，而警犬依然狂吠不止。其实这是因为鼻子远远胜于人类的朋友，闻到了来自巴士自身的血味。巴士内部整洁干净，可是有些东西，不管怎么清洗仍然能留下痕迹。而血迹在紫外线灯照射下，会呈现土棕色。

巴士的窗帘都拉着，半明半暗中李浩举起紫外线灯。强光下，地板、车内壁、天花板上都布满了星星点点的斑点，像是整车一瞬间忽然开满了棕色的诡异小花。如果换成红色，这辆车曾经被血迹染红过。

李浩把灯举高了一些："喷溅型血迹，四壁都是。"

"但是座椅上没有。所有的座椅都是干干净净的，没有染上一点儿血。"肖桐环顾四周，皱起眉头，"这辆车不是被拆开，又在这里组装。它是被拆开，然后'改装'过了。"

※七※

之所以座位上没有血迹，是因为这辆车被运进林中组装起来时，是没有座椅的。肖桐发现，虽然大家一直叫它巴士，其实这并不是一辆巴士，而是一个移动医疗站。平坦的车厢内部，经过严格消毒以后，变成了一个手术场。就是在这个地方，失踪者们失去了他们宝贵的器官。也许麻醉措施没有做好，也许根本没有用足量麻药，他们挣扎时血液溅射到四壁上、天花板上、地板上——这就构成了现在所看到的土黄色斑点。

而没有血迹的座椅，是事后清理现场时加上去的。

肖桐重新整理了这个事件的过程。7 月 24 日那天，陈志林和蓝帽会组织的某些成员，载着满车受害者，驶向景区后山这片渺无人烟的地方。因为某种未知的原因，车行至目的地前，油箱没有油了。由于不方便去加油站，六位同血型的人被提前"手术"，血液被导入油箱当中，使残油浮起，支持巴士行往目的地。

在盘山公路某个僻静的地方，"蓝帽会"安排了另外一批人。他们迅速地把公交车拆成可以移动的部块，搬运至于密林中的隐秘地。在这里，巴士被重新组装起来：去掉座椅，安装移动手术台，放置手术用设备，整车消毒……成为一个移动医疗站，让医生能够在最好的条件下，取出受害人最健康的器官，达到符合移植手术的一切条件。

手术结束后，手术台和设备被移走，座椅重新安置上去，车内痕迹被清理干净。因此当肖桐第一次看见它时，它只是一辆停放在林中空地的橘黄色巴士而已。

这让肖桐产生了一个疑问：可施行手术的场所很多，为什么蓝帽会非要费尽周章在密林里藏匿一个移动医疗车？他跟李浩忙完工作后，离开巴士，开始在公路附近转悠。

如前所述，这是人迹罕至的景区后山。一面临着车辆稀少的盘山公路，一面是茂密树林。肖桐往树林深处走了十分钟，上山的坡度开始变缓，出现了一块小平地。平地是岩石地面，只长了几处低矮的灌木类小树。两人在空地中站了一会儿，李浩忽然蹲下去，捡起一根地上断裂的树枝，又拿起另一枝，若有所思。

“你看这些树枝的横断面，是不是太整齐了一点儿？”他问，“像不像被什么东西突然斩断的？”

肖桐突然明白了他的意思——为什么蓝帽会费尽心思地把巴士藏在这里，以及它到底想要什么。斩断树枝的是直升机的螺旋桨。这片平地适合直升机升降，并且有直升机在近期升降过！

器官离开人体后，能够存活的时间一般不超过二十个小时。面对随时可能衰竭的器官，蓝帽会的动作必须迅速。空运是最理想的运输方式。蓝帽会从这里通过空运，把获得的器官迅捷地转移到客户指定的医院——这些医院可能就在国内，也可能远在地球另一端……

李浩追上来：“喂，肖桐，你去哪里？”

“回局里，找一张省航线图！”

肖桐从资料室里翻出两年前的旧航空航线图，在办公桌上摊平。他用红笔在发现巴士的地方标注了一个A。以A为圆心，选中两座机场，分别标注B和C。

国内的私人直升机起飞前必须向航空管理局申请飞行计划，确定了飞行目的和路线后，起飞和目的地机场才会为飞机提供服务。青岗市能够允许直升机起飞的地方并不止这一处，为什么蓝帽会要把地点选在山林里——因为只有它正好在预定航线上！直升机可以从B机场起飞，中途在A点停留，继续起飞到达目的地C机场！在C机场，组织人员立刻带着低温保存的器官转机，前往客户指定的手术医院。

这么说，青岗市附近一定有一个起飞机场B和降落机场C。从空地残留痕迹来看，这是一款小型直升机，因此飞行距离不会特别远。肖桐飞快地在纸上写了符合起降机场的三个条件：第一，B、C两个机场连成一条直线，中间一定会经过A点；第二，很大可能是能够转国际航班的大机场；第三，小型直升机飞行距离有限，很大可能是距离A点相对较近的机场。

据此，肖桐在航线图上圈出了机场B和机场C。他惊讶地发现，解开这个案件的钥匙竟然如此简单——只需要找出7月24日，通行于BC两个机场之间的私人直升机是哪一架！

※八※

经过排查，果然有这样一架私人直升机，并且这架飞机现在就停在B市！

惊喜来得太突然，老赵拍着他的肩膀，眼睛都羡慕红了："很久没有和B市那帮人联合出警了啊！肖桐，你这功立大了啊！"

李浩不知道从哪里晃出来，手插在白大褂里，凉凉地瞟一眼："联合出什么警？熊猫血还想到处乱跑？这次行动他负责后勤工作。"

李浩有个喜欢的人体骨架标本叫小白。肖桐刚想抗议，就听李浩叹气："如果你实在想去呢，我也不拦你。反正万一出了事情，法医科是你的退路。到时候我办公室再添一个标本架，你站左边，小白站右边，定时搬出去晒太阳。"

老赵安慰他："没关系，小肖，你可以看行动报告。"

抓捕行动开始那天，肖桐坐镇后勤，心痒难耐，估摸着时间问老赵情况怎么样了。老赵在频道里沉默了几秒："有一个好消息和一个坏消息。"

坏消息是抓捕行动因为某种原因暴露，直升机得到风声强行提前起飞。警察赶到机场时，正好看见直升机升空。螺旋桨的强烈气流中，什么东西从机窗中飞了出来，又在风中一路滚到某个警察脚边——那是一顶深蓝色宽檐软帽。

"好消息呢？"肖桐问。

老赵哑着嗓子笑了："哎，其实我不相信因果报应的。这架飞机没有飞太远，就在B市远郊上空爆炸了。我们现在就在爆炸现场，满地都是直升机残骸，犯人尸体也找到了。"

爆炸原因是飞机在尚未维修完毕时强行起飞，螺丝帽刺破油箱导致爆炸。爆炸现场发现的肢体残片经过鉴定，是一名年轻女性，年龄大约在二十到二十五岁之间。

黄队在办公室里摔杯子："老子竟然被一个女人耍得团团转！"

可是肖桐总觉得有什么地方不对。因为他在陈志林住的小区遇见的那个年轻人声音低沉好听，确实是男声。直升机的注册资料是假的，警方很难判断嫌疑人的真实身份。年轻女子可以化装成少年，不过模仿低沉的嗓音却没有那么容易。

时间安然巧度，直升机爆炸后不久，青岗市下了入冬以来的第一场小雪。雪花从阴霾的天空中纷扬而下，安然覆盖这座灰色的城市。正是周末，肖桐坐在窗户前无聊地翻向黄队借的全省地图册。当初正是这张地图把他和李浩的破捷达带到案发地点的。肖桐找到B市，在飞机爆炸地点用铅笔打了一个X，又在起飞机场处打了一个X。出于无聊，他在两个地方中画了一条直线。直线的中点，有一个相当大的天然湖泊。

一瞬间，肖桐有些不确定。有没有一种可能，飞机爆炸前，戴深蓝色软帽的年轻人早已在湖泊上空跳伞离开了。他们现在发现的女性肢体残骸，其实是另一个人——这架小型直升机不止搭载了一名乘客。肖桐又想起陈志林的话——组织的能力远远在你想象之上，你无异于飞蛾扑火的行为，其实窥见不了它的冰山一角。

书桌上一直放着一顶深蓝色软帽。这就是从直升机机窗里掉落，滚到老赵脚边的那顶。柔软的呢绒面料，最初拿到手上时还带着男士清新香水的味道。在帽子内衬上，用口红写了一行英文：Say Hi to Mr.Xiao.

“向你致意啊！”李浩从黄队办公室把帽子拿出来，用食指顶着转圈圈，扔到肖桐桌子上，“黄队说你就留着做个纪念吧！”

肖桐一直在思考一个问题，为什么蓝帽会要把那辆空巴士留在树林空地里，而不是像把它放进来一样，再带出去销毁。他猜想，这个组织不满足偶尔一次的作案，而是打算长期和陈志林合作，尝试构建一套完整安全的医疗用途和杀人渠道。如果不是偷柴的人发现巴士，如果不是他和李浩重新审视看上去毫无联系的失踪案件，或许这辆巴士会永远安静地在密林间等待，等待一次又一次被搬进它内部摘取器官的受害者。

幸好，他们阻止了这个疯狂的行动。

推开出租屋的玻璃窗，冷风夹着雪花灌进温暖的室内。桌面上的晨报被风吹起来，满屋乱飞。肖桐顺手抓起一张，上面是一篇关于南澳大利亚首都阿德莱德的介绍。那边正是初夏，夏风习习，鲜花盛开。

简介中附了一张国内游客走出当地机场的黑白照片。熙熙攘攘的人拖着各色旅行箱，笑容鲜活灿烂。肖桐的目光停留在照片一角。那是一名戴着宽檐软帽的年轻人，帽檐压得很低，遮住眼睛。照片上，只能看见他向着镜头微微扬起的嘴角，弯成一个优雅而眼熟的弧度。肯定是上次案件压力过大产生了错觉，怎么看谁都像他？肖桐敲敲额头，觉得可能晚上和李浩老赵出去喝两杯酒就好了。

第三章 西洋棋子

※ 一 ※

聊城最近发生了一件全国人民喜闻乐见的趣事。有人在门户网站上发布了一张名为《一千万游戏币悬赏西洋棋子》的帖子，说愿意出一千万游戏币，请人帮忙偷一样东西，截止日期是 1 月 17 日早上 8 点，并且竟然真的给出了境外担保凭证。

要偷的东西很简单，是一枚国际象棋棋子。国际象棋三十六枚棋子，发帖人指明要的是白棋中的王，并且是聊城香积古董店老板随身带的那副棋。

如果这副西洋棋是稀世珍宝，那有人想要也在情理之中。问题在于这货是古董店老板在地摊上买的，十块钱一副还包棋盘，平摊下来这枚白王不到三毛钱。

“一千万游戏币，游戏种类任选？稍微玩过游戏的人都知道，不同的游戏里游戏币和人民币的兑换比例是不同的，要是人家指明兑换一比一的 Q 币，那这个发帖的白痴岂不是要破产了？”聊城公安局刑侦队里，郑语修叼着油条刷论坛，“猪肉都二十块一斤了，花这么多钱偷个三毛钱的棋子，疯了吧？”

同科室的小李点头：“老大没让网站删帖吗？”

“删了，每天都换着花样重新发，狗皮膏药一样。”

只值三毛钱的东西，诱人的奖励，看上去太像一场游戏，一时成为人们茶余饭后的话题。跟帖的人很多，大多一笑置之，没想到竟然真的有人在跟帖里讨论，应该如何偷那颗棋子。

就连郑语修自己也控制不住跃跃欲试，暗想如果自己出手会怎么样。

最让他感到惊奇的却是，现在偷窃立案的标准是一千，而这个不到三毛钱的案子竟然被局里立为了特大案件。

“蓝帽会。”他自言自语地点开网页搜索引擎，“国际地下恐怖组织，通称Blue hat，成立于一九九五年，发起人不明。传闻参与过东京地铁毒气事件等多起国际恐怖袭击事件，但无确凿证据。该组织成员对蓝色帽子有特殊偏好……”

立案的原因在于，上面坚持认为它和蓝帽会有关系，并且专门从系统内借调了专案人员过来。借调过来的人叫张镜，兄弟公安局的人，办案期间郑语修暂时归他管。

“这种三毛钱的事情明显就是个玩笑，怎么可能跟国际恐怖组织扯上关系？”旁边办公桌的小李跟郑语修八卦，“你知道张镜的故事吗？他平时人很好，一旦遇到关于蓝帽会的事情就跟疯子一样执着。上面知道，所以这次才会调他过来。据说他女朋友——”

小李说到一半，猛地顿住。办公室里，不知从何时起，多了一位新同事。

来人二十六七的样子，身材挺拔，警服穿在他身上跟挂衣架子上一样，挺好看的。他就坐在新安放的办公桌旁边，神情淡漠，举止有礼。办公桌是临时从隔壁物证保管科借来的，挤在两张桌子中间，他似乎也并不介意。

他转头过，看向郑语修：“你们会这么想，那是因为你们还不了解这个组织——对于蓝帽会，这个世界就是一个玩笑。”

郑语修不服气道：“那张警官想必是十分了解了。”

“我追查了我前女朋友很久，猜想她可能是蓝帽会的成员。”

张镜说话时，声音不轻不重，几乎没有带情绪色彩。郑语修却感觉到一种莫名的高傲，仿佛一只被折断翅膀踩入泥里的雄鹰，还保留了当初那双锐利的眼睛。

※ 二 ※

香积古董店坐落在聊城一隅，左邻是省博物馆，右边是历史上的某著名古楼，背后白水江流过。那是一栋军阀时期留下来的西式小洋楼，只接待熟客。进了白色大理石门廊，第一层大厅是普通货色，像博物馆的陈设一样次第摆好在玻璃柜里，不常见的东西都在二楼，三楼和四楼是老板住的地方。有人说老板家解放前在南洋做生意，积累了些底业，后来出了变故，家族里只剩他一枝独苗。别看老板行事低调，财力和关系网都不容小觑。

此刻年轻老板正在三楼客厅喝咖啡，和自已的贴身保镖下棋。

“没想到你会放弃黑后啊。”老板意外的年轻，衬衫外披了一件白色休闲外衣，很舒适地躺在沙发上。房间里有地暖，透过大幅落地玻璃正好看见雪花从遥远的天际落下来，覆盖不远处风景区的密林。

回话的男人与老板年龄相仿，穿着黑西装：“弃后是为了拿到你的白王。”

老板笑着伸手从棋盘上把“白王”的王冠拿起来：“这枚棋子在网上可是被炒到一千万，搞得最近苍蝇真多。”

对于那张帖子，他本来一笑置之，结果前天外卖送来了没点过的披萨，刚想吃，被自己的贴身保镖一把夺下来——查验后竟然发现里面掺了毒鼠强。披萨店老板反复道歉说店内除四害大清洁，不小心误送误放了。昨天打扫卫生换了一位新保洁女工，搜身时搜出一枚仿工白棋和匕首。

类似的麻烦很多，下棋时常用的棋桌突然坏掉了，送修后拿回来时，黑西装皱着眉头在底座上摸了摸，结果摸出了一只微型窃听器。甚至有人直接找上门，说愿意拿一副真品象牙雕西洋古董棋跟他换十元一副的塑料棋，被黑西装冷着脸扔出去了。

他问自己的贴身保镖：“秦齐，你怎么看这件事情？”

黑西装叫秦齐，他仔细思考后回答：“要完成发帖人要求的事情非常难。店里的警卫系统是我做的，万无一失。这枚白王我会要求你随身携带，不给任何人偷走的机会。况且帖子没有透露出发帖人的任何信息。即使有人把棋子偷到手，也不知道上哪里找发帖人，把东西交出去。”

老板上下抛着这枚棋子，慢慢皱起眉头：“其实我关心的问题只有两点。第一，对方为什么想要这不值钱的玩意儿？古董店里任何一样东西拿出去，价值都是它的千百万倍。第二，万一它真的值钱，如果我嫌麻烦，把它随手扔掉，会不会造成损失？”

黑西装没有回答，起身离开棋桌，片刻又回来，端来一杯咖啡：“楼下来了两个警察，张妈请他们到会客室了，见还是不见？”

“还是那个张镜？都来过三次了，见吧。”老板端起骨瓷咖啡杯喝了一口，抗议道，“不是说让你加三颗方糖吗？”

“蛀牙。”黑西装面无表情地下楼去了。

※ 三 ※

实话说，郑语修是不服气的。同样都是普通刑警，张镜所在的公安局只是个地市级，为什么借调过来就踩到自己头上了呢？不知道他的实力如何，自己未必就比他差，走着瞧吧。张镜翻着放在茶几上供客人阅读的报纸，知道郑语修正偷偷用眼睛瞟自己，终于被看得受不了了：“又有事？”

郑语修呛了口茶：“这家古董店老板家以前在南洋做生意，背景很牛。帖子一发我们就联系过了，对方有个用了十几年的保镖，军校出身，根本不在乎警察局。这次见面多半没戏。”

“我们要争取对方配合。”

古董店老板姓韩，名雅文，丹凤眼，尖下巴。张镜看着韩雅文从木质旋转楼梯上走下来，觉得这人比自己想象中的年轻。郑语修附耳过来：“看见他身后那个黑西装没有，就是我说的军校出身的保镖，叫秦齐。据说是韩家出钱让他读的军校，毕业后用了点儿关系就直接来给韩少爷做了个人保镖。”

韩雅文很年轻，黑西装也不过二十七八，郑语修说用了十几年，张镜推想，黑西装应该是从韩雅文少年时期就开始为韩家工作了。张镜简单问候了韩老板，用三言两语表明来意，韩雅文只是笑着喝咖啡：“张警官的意思是，警方要为我提供免费保护？”

“如果韩老板愿意配合。”

“不值钱的玩意儿，就不劳张警官费心了。不过是外人看着韩家只剩我一个，拿我家开开玩笑罢了。我不知道蓝帽会是什么组织，不过只要有秦齐在，就不会有事。”

张镜没有反驳他，只是淡淡瞟了一眼黑西装：“刚才我说到‘蓝帽会’的时候，你保镖的眼神变了。他知道这个组织，那一定也知道这个组织不是他能应付的。你为什么不问问他？”

韩老板诧异地转向自己的保镖，黑西装没有发话。

张镜又问：“你认为，为什么有人会想要这枚棋子？”

没等韩老板回应，张镜又自答道：“第一种可能，这枚棋子非常重要，只是你不知道它为什么重要。它很可能被指认为某种契约的凭证，因此发帖人想得到它，而你不知道这个契约是什么；第二种可能，有人借着偷棋子的名义，给你们制造混乱。他想要的其实是店里的其他藏品。醉翁之意不在酒；第三种可能性，发帖人单纯想玩你。”

“第一条的契约是杀手的风格，第二条是怪盗的偏好，第三条是疯子的作法。”张镜端起咖啡杯，喝了一口，“任何一个理由都不可怕，可怕的是他们集合起来。只有蓝帽会，才会是杀手、怪盗和疯子的集合体——这就是我们为什么要为你提供人身保护的原因。”

“张警官别说得那么恐怖，几毛钱的东西能做什么凭证？”韩雅文笑道，“至于蓝帽会，鄙店安保有秦齐在，我放心。不过是韩某人缘不好，让人恶意开这种玩笑。说白了就是一场闹剧而已。要是你们警察天天在这里守着，顾客都以为出了什么事儿，还敢不敢上门？”

张镜的脸色冷了起来：“韩老板，话先搁在这里。你可以不配合，但是事情我们会做。”

谈话有点儿不欢而散的意味，张镜坚持提供人身保护，韩雅文不屑一顾。送客后，韩雅文站在露台上，手插在长裤口袋里，望着远去的警车，回味道：“棋子很重要，有人想要这里的其他东西，或者发帖人只是想玩我。秦齐，如果有人真想偷这里的东西，你能帮我守住吗？”

黑西装站在他身后：“守得住。”

“条子竟然提到了蓝帽会……无论如何不能让他们进驻这里。”韩雅文仿佛突然想起一般，“对了，如果真的是蓝帽会找我麻烦，你能搞定吗？”

“我尽力。”

※ 四 ※

“我就知道他不会同意。”郑语修向坐在副驾驶上的男人抱怨。前面是红灯，警车停了下来，“韩雅文根本不知道蓝帽会是什么，有钱人眼睛都长在头顶上。况且这个案子有没有蓝帽会参与，其实我们也没有定论啊！”

“他们一定参与了。”

“为什么？”

“我的直觉。”张镜耸肩，“而且你错了，韩雅文知道这个组织，只是因为某种原因装傻而已。会客室里放的那几期报纸我刚好也买过，因为正好连载介绍了这个地下组织——可是刚才我发现相关版面都被取走了。有人把涉及这方面内容的报纸专门收集了起来……”

郑语修愣了愣。他只看见张镜随意翻报纸，没想到他竟然注意到了这种细节问题。

“而且我提醒的几点，他身边的黑西装早就想到了。他从头到尾面部表情太过平静。”张镜耸肩，“这种面瘫脸泡的咖啡，还真和他脸色一样苦。”

“据说韩老板少年时候爱吃糖，长了蛀牙，后来秦齐给他端的咖啡都只放一颗方糖了。有钱人也有有钱人的苦处啊。说别人面瘫脸，你不也……”郑语修刚想说你的脸也好不到哪里去，发现张镜转向窗外，脸色突变。

——绿灯亮起来，车辆行人再次流动，任何东西都只是一闪而过。

“怎么了？”郑语修问。

“不，我好像认错人了。”

张镜看上去很疲惫。他叹了一口气，仰起头靠在警车并不舒适的座椅靠背上，闭上眼睛，声音轻得像自言自语：“我好像看到了林浅浅。”

郑语修想起科里关于这个男人的传言。

两年前，隔壁的白水市曾发生过一起文物盗窃引起的恶性连环谋杀案。有个犯罪团伙通过地下河潜入博物院内部，偷走了国宝级文物瑞祥福禄瓶。犯罪团伙内讧，文物不知下落，引发了连环杀人案。当时牵头案件的警察很优秀，年纪轻轻当了专案组组长，前途一片光明。他不负众望破了案，最后却把追回来的国宝级文物弄丢了。有人说因为他爱上了犯罪团伙中的一个女人，亲手把文物交到了她手上，也有人说那个女人只是利用了他的感情，又一脚踹开。反正最后的处分是把他调到了一个三线城市的地方公安局，降级为普通警员，算是前途尽毁。这个男人就是张镜。

原来那女人的名字叫林浅浅。

“林浅浅，就是你说的，在蓝帽会的女朋友？”郑语修试探着问道。

张镜依旧阖着眼：“其实她还不是我的女朋友，说到底，只是我的单相思而已。”

“你认为她在蓝帽会？”

“这两年，我尽了全力找她。上天入地，挖干了自己所有的关系，她就像人间蒸发了一样。除了蓝帽会，我想不到其他组织，能有实力把一个人的社会关系清除得那么干净。”

“要是真找到了你想怎么办？比方说刚才，如果真的是林浅浅，你会向她喊‘站住，不站住就开枪’吗？”郑语修转动方向盘拐弯，“你其实在害怕，怕万一真的是她，所以才在仿佛看见的那瞬间本能地闭上了眼睛，是吗？”

张镜没有回答，只是咧了咧嘴角，扯出一个苦笑。

※ 五 ※

林浅浅抱着几枝红得像要燃烧起来的红梅穿过人群。她穿着粉色羽绒服，头戴毛线帽，梅花正好遮住了脸，行动轻捷自然。如果有人回忆，只能想起一位抱着花枝的漂亮女孩，花后面那张脸却是模糊不清的。路过一个十字路口时，她毫无缘由地转过身，正好看见一辆蓝白的警车，向刚变回绿灯的街道尽头一路疾驰。她调转方向，进了一家网吧。

网吧门口有一个书架，放着供网友随意看的杂志。林浅浅顺手取了一本，然后找到一台电脑，轻车熟路地点开一张帖子。

网吧的店主认识她：“又帮花店送花呀？”

“是啊。”林浅浅漫不经心地答道，“不过现在正想着要换一个新工作。”

杂志的主打报道是一起通过密码破译遗书的案子。办案警察叫张镜，据说因为失职被降级过，记者对他做了一些采访，还登了一张黑白侧面照片。

林浅浅瞟了一眼照片，起身重新把书放了回去。站起来时，屏幕上一直显示“无法载入页面”的帖子终于刷出来了，标题是“一千万游戏币悬赏西洋棋子，截止期倒数第三天”。

这张帖子每天上午十一点会准时出现在门户网站的贴吧里，标题从“截止期倒数第十天”一直到现在的“倒数第三天”。每张贴一发出来就被网站人工删掉，但是第二天同样时刻会再发一张新帖，倒计时继续进行。

※ 六 ※

韩雅文死了。

他死在睡梦中，就在自己古董店四楼舒适的起居室里，他最惯常躺的那张沙发上。膝盖上搭着一条羊毛毯，手边的咖啡杯里剩的半杯咖啡检验出了安眠药。咖啡杯旁边，放着一顶蓝色宽檐软帽。帽子不是韩雅文的东西，应该是有人杀了他，故意放在案发现场的。

“这是蓝帽会的标记。就像有些天才画家，总是忍不住在自己作品上签名。”张镜评论说。

郑语修盯着那顶蓝色软帽，心想看来这个男人昨天的判断并没有失误，这场看似游戏的东西，确实和蓝帽会有关系。虽然咖啡里发现了过量安眠药，但韩雅文并非安眠药致死。他死于吸入致命氰化物粉末，急性中毒，发现时尸体口中还残留有苦杏仁味。有人在他的咖啡里下了安眠药，然后趁熟睡时用含有氰化物粉末的毛巾或者手绢捂住他口鼻，强迫吸入氰化物粉末，导致急性中毒身亡。从吸入粉末到死亡，不过数分钟的时间。

“法医科报告说他的死亡时间是早上 8 点至 9 点之间。按照你的要求，局子确实给韩雅文派了便衣保护，结果事情就发生在我们换班的时候。当时咱们的兄弟买早饭去了，他的贴身保镖秦齐正带着新招的警卫外出晨练。张妈和用人在楼下打扫卫生，就韩雅文一个人在小白楼的三楼起居室里。落地玻璃窗大开着，可能有人从外面攀墙进来，在韩雅文平时喝咖啡的地方摆了一杯掺了安眠药的咖啡，然后在一旁躲起来。韩老板起床晚，以为是佣人为他准备的，就端到沙发上喝掉了。凶手随后下毒。不过玻璃上没有取到多余的指纹，估计戴了手套。”

第一个发现尸体的是上楼为韩雅文送早餐的张妈，看见韩老板仰靠在沙发上，睡得安详。她想把烤吐司放在韩雅文手边，不小心碰到他垂在沙发扶手上的手臂，发现冷得跟冰一样。

“咖啡是谁送来的？”张镜问协同办案的警员。

“没人送！平时早餐的咖啡是叫张妈的用人端上来的。当时张妈的咖啡还放在楼下呢！这杯咖啡是有人在这层楼的茶水间自己煮的，茶水间里还有咖啡机被用过的痕迹。”

张镜去了茶水间。有钱人就是不一样，装有大幅落地窗的起居室大约九十平，茶水间在起居室尽头，欧式风格，典雅整洁的白色。咖啡豆就放在茶水台上，咖啡机里有煮过的咖啡的残余。张镜打量着茶水台，茶水台比想象中的整洁，茶罐长长地摆了一排，咖啡豆也有好几种牌子。用过的咖啡机和咖啡壶就在操作台上，摆放得一丝不乱。郑语修不满：“张警官，你要从茶水台上面看出一朵花儿来了。”

“方糖在哪里？”

郑语修一通乱翻，调料品倒了大半，最后从红茶罐的后面翻出一盒方糖递过去：“我不会举报你偷吃证物的。”

“果然如此。”

“怎么？”郑语修举着糖盒，看着满台狼藉。

“我想重新查验一个东西。”张镜把调查材料扔回去，“你帮我给检验科打个电话。”

※ 七 ※

郑语修匆匆忙忙从局子赶着回来把咖啡检测报告递给张镜时，张镜正在研究韩雅文书房桌上的一只皮制笔记本，心情似乎很不错。那是个空白本子，前面有十几页被撕掉了。

他还是不习惯给这个人打下手，生硬地把材料递了过去：“安眠药的鉴定已经出来了，为什么还要再做一次咖啡的糖分含量测定？”

“我想看秦齐是不是清白的。我嗅觉不灵，但是刚发现咖啡杯时端起来闻了闻，觉得似乎没有上次喝时那么苦。既然鉴定结果说这杯咖啡至少放了三枚以上的方糖，那么把有毒咖啡端给韩雅文的肯定不是那个怕少爷长蛀牙的黑西装。这样我们就多了一位战友。”

“茶水间太整洁了。你看，一个陌生人进入茶水间，找一盒方糖都如此麻烦，更何况取出咖啡豆，煮一壶咖啡。这个茶水台太整洁了，那么只有两个可能：要么凶手很熟悉这里，要么……凶手是个女人。女人天生对厨房和茶水间这种地方有直觉。我首先怀疑的是黑西装，现在既然排除了他，那么凶手应该是一个女人。”

从杀人手法上来看，既然凶手已经能潜入房间躲藏起来，只要是成年男性，完全可以趁其不备将韩雅文制服，用含有氰化物的布条堵住他的口鼻。氰化物的致死时间只有数分钟，而安眠药生效需要半小时。如果这半小时内有其他人上楼，被发现的可能性很大。

凶手既然特意先让韩雅文服用安眠药，解除他的反抗能力，很可能是体力上不占优势的女性。

“尸体的发现时间是八点半。”张镜屈起手指敲额角，“安眠药从吃下到吸收，大致时间是半小时。张妈八点半发现尸体，那么八点以前韩雅文就要喝下毒咖啡……”

他轻声问：“还记得发帖人规定的游戏终止时间吗？”

“1 月 17 日早上 8 点？”郑语修恍然大悟，“就是案发当天！韩雅文在那张帖子设定的最后一天最后一个小时被杀死了！”

偷棋子的游戏和韩雅文的死，联系起来了！

韩家的用人张妈走过来，低声说道：“秦先生问张警官什么时候有空，他想要跟您谈一谈。”

黑西装把见面地点约在一家僻静的咖啡馆。他精神状态很糟糕：“之前没有劝韩少爷接受警方的人身保护，是我的失职。有什么需要配合调查的地方，请尽管告诉我。”

张镜笑了笑：“这话说反了。你单独把我约出来，难道不是有事情要告诉我吗？”

黑西装打开随身携带的手提箱，取出一副西洋棋放在桌上。这是一副十元店里常见的塑料棋，做工粗糙，颜色也不均匀。他取出“白王”递过去：“这是网上指定要的棋子，它被调包了。以前白棋的王的底部有一条不易察觉的磕痕，而这颗棋子上有两条。”

那是一枚泛着黄色的旧棋子。西洋棋里的“王”通常做成皇冠形状，这枚棋子就是一顶被固定在圆形塑料基座上的王冠。张镜把棋子翻过来，发现不仅是磕痕的问题，底部还有一个潦草的签名：3Q。

“Thank you。”黑西装了读出来，递过一只放大镜，“写得很嚣张。”

张镜瞟了一眼签名，神色猛地变得有些奇怪。黑西装仔细观察这个男人的脸，发现这种表情与其说是愤怒，更接近愉悦。

张镜最后抬起头：“花体 Q 小尾巴被画成一个圈……这种笔迹，我很熟悉。”

当你曾经深刻地爱过一个女人，又深刻地恨过她，她的一笔一画就会像烙印一样烙在心里。他拿出手机，调出一张旧照片：“你认识这个女人吗？”

“她是少爷在酒会上认识的记者，少爷出事的前一天下午来店里采访过。”

※ 八 ※

照片上的女人和录像设备里的女人差别很大。张镜给的照片上是一个穿白色毛衣的女孩，笑容温和清甜，让人想到秋天红润的苹果。而黑西装从录像设备里调出来的影像，是位穿皮毛短衣的女人，戴着茶色墨镜，涂着鲜红口红，身材妖娆。

“我肯定她们是一个人。”黑西装看着张镜。

张镜死死盯住屏幕，半晌赞同：“她越来越善于伪装了。我特地为她准备了一副手铐，拷上去就再也跑不掉。”

他想起之前的推论：凶手可能是个女人。

录像上显示的是一月十六日下午两点，香积古董店内客人稀少。韩雅文早早就等在了一楼大厅里，黑西装在他身边劝阻着什么。韩雅文摇摇头，似乎说没有关系。

“我在劝他不要接受采访。”黑西装按下暂停键，对张镜说，“这几天总有苍蝇在店里飞来飞去，不安全。老板没有同意。”

大厅的门开了。照片上的女人逆着光走进来。穿着皮草短衣，动作干练。她把记者证递给韩雅文看，寒暄后跟随他上了会客室。刚走了几步，被黑西装拦了下来。女人微微一笑，优雅地把提包交给了黑西装，跟着一位女保安去了更衣间，片刻后再出来。

“我要求她搜身。”他再次按下暂停，“进店和出店时都搜过身，结果是清白的。”

为了尊重客人隐私，会客室里没有监视器。秦齐说，女人和韩雅文坐得很近，相谈甚欢。她仔细观察着那枚白棋，问了一些关于这个事件的问题，拿出本子刷刷写笔记。中途她不小心碰倒了咖啡杯，咖啡泼在韩老板骚包的Gucci羽绒夹克上，还引起了一阵小忙乱。

“她进过二楼的会客室，但是没有上过第二天早上出事的三楼。”

林浅浅只待了三个小时，下午五点离开店里。第二天早上，韩雅文死了，“白王”被调包。

这真的只是一个巧合吗？

秦齐说了他的推论。

秦齐的搜身是无懈可击的，因此她不可能当场安然把棋子带出去。极有可能她预先来过店里，在店内藏匿了一枚高仿棋子，搜身之后取出来。她用这枚棋子替换掉正品棋子，再次藏在店里，搜身后走出去——这样两次搜身的结果都是清白的。

第二天投毒的同伙，或者她本人，在毒死韩雅文之后，再把棋子取出去。

“不，林浅浅没有那么简单。这个女人不会做没有意义的事情。”张镜摇摇头，“既然她有意泼了咖啡，我们就再去一趟古董店，看看那件被咖啡泼脏的羽绒服。”

羽绒服已经被送去干洗店干洗，又取回来挂在衣柜里。黑西装把它取下来，展平放在茶几上。张镜仔细检查衣服的每一个细节，翻起羽绒服背后的兜帽时，用食指点了一处地方。

这是羽绒服上可以拆卸的帽子背后，与衣服相接的面上贴着一小条褪色发黄的胶条，仿佛曾经有什么东西被胶条粘在上面，又取了下来。洗衣工没有注意到它，因此被保留了下来。

“她确实在店里藏了一枚西洋棋的替换棋子，但真棋子已经被当场取走了。真假西洋棋调包以后，她将真棋子用胶条贴在泼了咖啡的羽绒服的兜帽背后。羽绒服很厚，那个地方非常不容易察觉——弄洒咖啡第一是制造慌乱，为掉包棋子找机会，第二是为了让这件羽绒服藏棋子后不再被穿上。等衣服被送去洗时，‘白王’就自然出店了，根本不用特地上门去取。”张镜站起来，“走，我们去洗衣店！”

※ 九 ※

离香积古董店两条街的地方，有一家大型洗衣连锁店，韩雅文有这家店的钻石会员卡。

店长拿着一张打印出来的照片犹豫：“好像没有见过这个人。”

“麻烦您再想想。”警察温和地劝说，“一月十七号左右，她应该来过这家店。她可能化了装，应该还接触过这件羽绒服。”

正巧旁边帮工的小哥过来，瞟到照片：“咦，这人好像是前几天临时来帮忙的莉莉？”

洗衣店忙的时候会招临时工，帮忙叠衣服浆洗什么的。前段时间招了个临时工妹叫莉莉，从乡下老家来省城打工的，一口普通话平卷舌不分，老板娘开的工资一个月不到六百，她也不嫌弃少。性格木讷，任劳任怨，从不多话，第一次主动找老板娘说话是上周，说家里有事要回去一趟，现在人已经不在店里了。

“莉莉，不会吧！她那种村姑怎么可能突然这么潮？这衣服是皮草吧？”

“其实我也不确定……她总在后台低着头浆衣服，都不常看得到脸。有一次仔细看了看，觉得其实五官挺漂亮的。”帮工小哥红着脸搔了搔头，瞟一眼旁边的警察，发现年轻警察很认真地在听他说话，“感觉挺像她的。”

“谢谢你。”张镜收起警官证，写了一张带人名的条子，“这位是聊城公安局的郑警官，能不能麻烦你到局里去，跟他详细聊聊莉莉的事情？”

同办公室的小李愤慨：“不是说张镜很恨那个让他丢掉前程的女人吗？都找到线索了，

竟然把重要证人的调查笔录丢给你，一个人去瞎晃荡！”

郑语修咬着笔头，摇摇头：“张镜很厉害，能把他弄成现在这样的女人肯定不简单。她敢这么明目张胆地出现，肯定早把善后工作做好了。张镜知道从洗衣店小哥身上挖不出蛛丝马迹，才把事情丢给我。”

张镜没有上街瞎晃荡，他径直去了香积古董店。店门上贴了封条，黑西装如约等在门口。

上次黑西装说如果有需要配合的事情，尽管开口。张镜给他打了电话，希望他在身边的情况下，再做一遍现场勘查。古董都登记封存了，一样一样原样摆好。黑西装领着张镜从一楼开始，依次介绍，从清代的花鸟双树粉彩对瓶到明代青花素狮纽熏炉。展厅里隔着屏风，越往深处走，东西越珍贵稀有。外面传言韩家家产庞大，并非虚言。

“秦齐你竟然懂古玩。”

“跟着韩少爷学的。在古董店工作，自己店里的东西得会认。”

一路走过去，古董店的最深处，是一只青釉瓷香薰。

“这是我们的镇店之宝，宋代内府藏的汝窑香薰。”黑西装说。

“看起来就像是个蓝绿色镂空瓷罐子。放在拍卖会上能叫价多少？”张镜笑道。

“汝、钧、官、哥、定，五大名窑汝窑为魁，这种瓷器的颜色被称作‘雨过天晴云破处’的‘天青蓝’，至今仿不出来。现在全球完整的汝窑瓷器只有七十多件，都在博物馆，基本不进拍卖会。”

张镜只是随口一问，没想到黑西装板着脸认真反驳了，这让他想起忠实的看家犬，虽然主人死了，它仍然守在门口，不让外人涉足半步。

※十※

线索乱成一团麻，张镜知道自己手里掌握着真相的碎片，却不能把它们拼成完整的故事，因此想借由重新勘查现场，把事情串联起来。可越是勘查，越觉得有什么重要的东西遗失了。他起初是怀疑发帖人就是林浅浅。她借由这张帖子，为古董店制造无伤大雅的小麻烦，进而为自己的组织盗窃这里的古董。可是直到现在，没有任何一件古董遗失。

那么，蓝帽会要那副西洋棋中的“白王”，意义何在呢？虽然那是一个疯狂的组织，做的都是疯子做的事情，可是他们每做一件事情，背后一定有一个理由。

如果林浅浅只是想要棋子，棋子在韩雅文死的前一天晚上她就已经拿到手了，她没有必要杀掉他。如果不是林浅浅下的杀手，那么是谁，杀了他？如果是，她为什么要这么做？

又是怎样做到的？

还有最重要的一点，也是请黑西装来这里的原因。

韩雅文的书房是白色欧式纯木风格，柔软舒服的皮革靠椅，整洁干净。上次他检查这里时，发现了一点很让人在意的地方。

“有些事情，如果秦先生确实不打算告诉我，我也没有办法帮你找到杀死韩雅文的凶手。”走进书房时，张镜突然开口，“这里只有我和你，两个人。你可以相信我。”

黑西装面无表情。张镜在保持原样的书桌前俯下身，翻开其中一只空白记事本，举起来。

“其实这里还有一本空白笔记本，它的前十页被人撕掉了，因此我们不知道它原来写的是什么。不过只要有人在上面写过字，笔的力度一定会透过纸背传递下来，在下面一张纸上留下笔画轨迹——就算人的肉眼看不见。因此我让鉴定科的人查验一下，看能不能还原最后一页上的东西。你猜那页纸是什么？”

黑西装脸上闪过一丝紧张：“是什么？”

“欠条，一张高额现金欠条。不仅金额巨大，而且利息竟然高到让人感到可笑。欠条的时间是今年年初。因此我得出了一个猜想，或许前面这被撕掉的十页纸，都是同样的欠条。这么大的金额，这么高的利息，韩老板不可能频繁签。以一年一张的频率算，第一张欠条签订的时间应该是十年前。十年前的利息，利滚利，一直累积到现在，我粗略算了一下，即使楼下的宋代汝窑香薰上了拍卖会场，恐怕也还不清。”张镜盯着黑西装的眼睛，“而且欠条的落款，是两个英文单词——Blue Hat。秦齐，仅仅一句‘我会配合’是没办法抓住杀害韩雅文的凶手的，告诉我你老板与蓝帽会的关系。”

※ 十一 ※

张镜不知道黑西装会抽烟。

他走到窗前，点燃一支烟，缓缓叙述。

秦齐家原本一直为韩家工作。韩雅文的父母尚在东南亚时，他的父亲是韩家的管家，后来韩家来聊城开古董店，他就做了韩小少爷的贴身保镖。十一年前，韩先生和韩太太出了事，留下韩雅文孤身一人。那年秦齐刚军校毕业回到韩家，韩雅文也才十七岁。试想一个十七岁的少年努力撑起一家古董店，就像飞蛾扑火，螳臂当车，几年下来不仅没赚钱，反而欠了债。

就在那个时候，有人敲开这栋白色小洋楼的门，说愿意提供一笔足以挽救古董店的高利贷。来人的相貌记不清了，只记得戴着一顶蓝色宽檐软帽。帽檐下的笑容优雅迷人。

敲门的人说愿意提供借贷的组织名字叫作蓝帽会，他是这个组织与客户联系的中间人。

“我们有什么选择？那时的少爷经验不足，而我又不懂商。”黑西装望着远方，淡淡地说，“钱很快就上账了，但是后来我们才知道，这样高的利息根本无法还上。为了还上一年的债，我们必须借新的钱，债上加债，最后成了一笔天文数字。虽然这几年古董店的盈利很高，如果算上当初的债务，其实是入不敷出。”

“后来我们调查过蓝帽会，发现它是个非法组织，因此我们在你们找上门的时候，拒绝了警方提供的保护。”他叹了口气，“越深入调查，越明白它的恐怖之处，因此我们千方百计否认与它有关联。”

你不知道蓝帽会的成员是谁，也许是杂志上经常露面的商圈精英，也许就是门口送牛奶的小哥，也许就是洗衣店的帮工小哥。

你甚至不知道违背了与它的协议，会招来什么样的后果。有人会突然从这个世界上消失，有人消失的只是一只手或者一个器官，还有人整个家庭人间蒸发。你在明处，它在暗处。不动声色，不露痕迹，直到时机成熟，一跃而起摘走属于它的黑色果实。

黑西装说：“我这辈子做过的最错误的决策，就是没有阻止韩雅文在蓝帽会提供的欠条上签字。”

※ 十二 ※

私人会所的灯光很暗。林浅浅推开包厢的门时，正看见一顶蓝色宽檐软帽。戴帽子的人坐在飘窗上，屈起一条腿，从十五层楼高的地方俯视这座城市的车水马龙。

他的脸一半隐没在阴影中。

“约我在这里见面，你怎么知道发帖人是我？”

林浅浅笑了笑：“女人的直觉。其实你伪装得很好，我差一点儿就把你漏掉了。”

蓝帽子摇头：“哪敢和你比，林小姐。不管是白水市的淑女林浅浅还是洗衣店临时工莉莉，你都无懈可击。这让我很好奇地想看清楚你的脸，究竟哪一个才是真实的你。”

其实要判断谁是发帖人，并不困难，只需要明确两点。

第一，为了防止游戏参加者直接从地摊上买一副西洋棋来交差，这位发帖人必须非常了解这枚棋子，以便判断它的真伪。因此，他必定离老板很近，有机会见过这枚棋子。

第二，假定游戏真实有效，那么必须有一个合理的收货地址。要么是个邮寄地址，要么是个现实存在的人，必须游戏参加者亲自寻找。按照游戏规则，他应该是所有游戏参与者都会接触到的人。

符合这两点的人，只有一位。

林浅浅从随身携带的手提包里取出一只小小的透明塑料袋，里面装着一枚西洋棋里的“白王”。她晃了晃袋子：“蓝帽会从来不做没有意义的事情，为什么你们会要这么不值钱的东西？我来试着推测，这枚棋子的作用。

“它很重要，可是目前没有人知道它为什么重要——比方说有人指定它作为某种契约的凭证。这个契约和韩雅文的死有关。我调查了发生在韩雅文身边的事情，发现发生在他身边以偷棋子为目的的行为，其实并不是以偷棋子为目的——是以杀掉他为目的。”

如果仅仅以偷窃棋子为目的，外面送货员送错的比萨里放的应该是安眠药，而不是作为毒鼠强的四亚甲基二砜四氨。而打扫清洁的女工身上搜出来的，应该只有替换棋子，而没有匕首。偷了三毛钱的东西，就算被逮住，用得着杀人吗？

这些人，一开始就是以杀掉韩雅文为目的而行动的！

“推理起来很简单嘛。这张帖子其实是一张击杀令，杀掉韩雅文并且拿走他身边这颗棋子的蓝帽会内部成员，能够得到帖里所列出的奖赏。‘白王’就是领取奖励的契约凭证。”

有人说犯罪组织都是疯子，而蓝帽会是疯子中的精英。

他们视人生为一场疯狂而盛大的游戏，自己是游戏的玩家。

男人赞许道：“真不愧是盗得三彩福禄瓶的林小姐，佩服佩服。你想要什么？”

“我想知道，蓝帽会内部的游戏币和人民币兑换比例是多少？先看看手里的筹码值多少钱。”

“1 : 1，一千万人民币，小姐。这枚棋子如果到了蓝帽会成员的手上，可以调动组织内部一千万的资金。”

林浅浅拢了拢秀发，嫣然一笑：“那我可以和你做交易了。”

戴蓝帽子的人露出感兴趣的神色。

“蓝帽会的规定是，任何杀死击杀令人物的会员，都可以得到帖内约定的奖励。这就意味着包括发帖人你在内也可以参加这个游戏。我恰巧知道你杀了韩老板，而不幸的是凭证却被我提前取走了。因此我用这枚棋子，向你换一样东西，怎么样？”

“哦，你要什么？”

“我要一份加入蓝帽会的推荐信，由组织在这片地区的首席执行官你亲笔撰写。”

“兑换比例1:1，一千万人民币！”林浅浅走下私人会馆台阶时，愤愤然给朋友发短信：

人傻钱多速来……

※ 十三 ※

黑西装的奥迪 A8 行驶在机场高速公路上。他最后望了一眼身后的聊城的轮廓。两个小时后，他将登上去马来西亚的飞机，回到韩姓家族创业的地方。

一辆银灰色小车猛然从斜前方的高速路出口斜插进来。

黑西装警惕地瞥了小车一眼，加速。银灰小车也加速，伴随刺耳的刹车声，把奥迪逼停。

张镜从车里走下来，举起枪："秦齐，我以故意杀人罪和走私盗窃文物罪逮捕你。慢慢走下车，手举起来。"

黑西装淡淡地看了他一眼："刚才我如果不急刹车，可以直接把你撞飞出去。你何必以命相搏？"

他顿了顿："你又怎么知道是我？"

"蓝帽会从来不做没有意义的事情。我一直在想，通过韩雅文的死，它究竟想得到什么？你还记得那个汝窑的天青蓝宋代香薰吗？我请文物局专家对它做了鉴定，是赝品。"

专家四十来岁，看了东西的第一句话就是，虽然我国造假行业发展日新月异，但是有些领域一直停滞不前。他说："汝窑的天青蓝，技术上是不能被仿制的。所以这香薰连高仿品都称不上，整个颜色就不对嘛。"

"我请专家将整个古董店的文物都重新鉴定了一次，发现所有值价文物都被调包成了高仿品。秦先生，其他东西分辨不出来情有可原，指着颜色明显不对的汝窑瓷器告诉我是天青蓝，就不应该了。在这家古董店工作了十二年，镇店之宝的颜色至少应该记得住吧？"张镜盯着黑西装的脸，"我参观过秦先生在店里设置的安保系统，要从你手下偷东西，简直比登天还难——除非调包的是你本人。于是我又查了一样东西，就是复原后欠条上 Blue Hat 的英文签名。把一个签名依次和国内十三亿人的签名做对比，当然不可行。所以我只把它和你的签名做了对比，发现英文字母的写法一模一样——现在我终于明白这个案件让我觉得奇怪的地方是什么了。"

韩老板死得未免太舒服了。温暖的地暖，舒适的早晨，搭在膝盖上的羊毛毯和一杯甜咖啡。这种温柔，简直像杀手和他有感情，是多年至交一般。

"因为杀他的就是你啊，秦齐。"

"只有你熟悉这栋建筑的监控死角，晨练的中途通过落地窗攀登回了韩雅文所在的起居室，在常去的茶水间为他煮了一壶咖啡。咖啡煮好时韩雅文刚起床，问你今天为什么不去晨练。你随便找了个理由搪塞过去，把咖啡递给他，看着他喝完。韩雅文说困时，你把他扶到沙发上坐好。等他陷入深眠时，你再用事先包了氰化物的毛巾从背后捂住他口鼻。死亡来得应该很快，不过数分钟。

“我以为采取这种杀人方法，凶手应该是体力上不占优势的女人。其实真正的原因，是你没有勇气面对意识清醒的韩雅文，当着他的面，对他做这种事情。

“尸体死亡后温度会迅速降低。你临走时甚至为他在膝盖上掖好了一条羊毛毯。这种自欺欺人很可笑——那时的韩雅文已经是死人了，死人，是感觉不到寒冷的。

“你一直是蓝帽会的人，并且级别不低——至少高到有权利代表组织签署那么大金额的借款欠条。韩雅文直到死都不知道，把他推进火坑的人是谁。他每年都痛苦地在一张新的利滚利欠条上签字，却并不知道这本专门写借据的笔记本交出去后轮一圈，最后回到谁的手上，由谁签字审批——是不是很可笑？

“终于有一天韩雅文的资产已经不能还清他欠蓝帽会的债务，于是你就分批调包了他所有值钱的古董。如果我没猜错，你现在坐的这辆奥迪里，应该还有正待运出的文物。你代表组织发出了杀掉他的击杀帖，棋子就是击杀成功后领取奖励的信物。你就是发帖人，因为只有你才能完美地鉴定棋子是不是真品。如果这是蓝帽会的一场游戏，也只有作为保镖的你，是每个游戏参与者必须接触的人。”

出乎意料，黑西装眼神平淡如水：“你说得对，还有什么想说的吗？”

“你很矛盾。一方面想杀他，一方面又成为他的保镖，不断地阻止组织的其他人杀掉他，最后在组织规定的最后期限的最后一刻，给了他一杯毒咖啡。”

“我尽力了。你无法想象蓝帽会的组织制度，我在组织内部的确地位不低，但是我无法违抗它做出的决定。我只能把少爷保护到组织所给时间的最后一刻，然后亲手杀掉他。击杀令发出后他所活的每一分钟，都是我给予的。少爷一直想喝甜咖啡，所以我在他最后一杯咖啡里，放了三块方糖。”黑西装嘲讽道，“这不是和你一样吗？你一方面想逮捕林浅浅，一方面又害怕见到她，不断地给自己逃避的理由。”

话声刚落，他猛地一个侧滚翻，从后腰拔出一把手枪。

张镜侧身一闪！

砰砰两声，同时开火！

张镜的枪被打成废铁。他扔了枪，欺身而上，一拳打在黑西装肚子上，把他抵在车门前。秦齐右肩膀中弹，空气中顿时弥漫起血液的味道。

“告诉我。”张镜声音低沉如铁，“告诉我，既然你是蓝帽会的高层，告诉我林浅浅在哪里？”

黑西装咧了咧嘴：“我不懂你为什么非觉得你女朋友是我们的人，因为上次骗你那只破瓶子的手法太符合组织做事的气质了吗？不过你猜对了，从昨天起，林浅浅已经正式加入蓝帽会了……”

张镜抬手数次击向黑西装受伤的右臂，空气中血液的气味更浓了。

他拽起黑西装的衣领，眼神冰冷：“我之所以比同事先到现场，就是为了这个机会。现在的我不是警察，告诉我林浅浅在哪里。”

黑西装没有说话，片刻后他冷笑：“你的同事已经来了。”

一辆警车在他们身边停下来，郑语修下车急步走来，掰住张镜的肩膀：“理智点，别被处分！”

警笛蜂鸣声响起，警车开始次第出现，从四面八方把这段机场高速包围起来。张镜冷哼一声，放了手，向最近的警车走去。

黑西装呛了口血：“擅自行动，回去要被记大过的，张警官。这个女人对你这么重要？”

笔直前行的背影没有回头。

※ 十四 ※

林浅浅再次走进熟识的网吧。

店长在柜台后面问：“美女，上次不是说换工作吗？新工作怎么样？”

“人傻钱多速来。”她叹了口气，走到青年店长面前，递过一张纸，“上次你帮我查的资料可能会更新，我想要一份近期最新的。”

“哦，就是那个叫张镜的警官被蓝帽会打上标记的事情吧。我有熟悉黑客的兄弟可以做。”

纸上是从蓝帽会内部网站上下载下来的一份名单表，密密麻麻打印满了一张A4纸。每个人的名字后面都标注着重要等级和处理方式。倒数第三行赫然印着：

张镜

聊城警察局警员

重要级别：A

处理方式：观察

林浅浅叹了口气：这次事件之后，这个人在名单上的等级和处理方式应该会变更吧？既然你一直认为我在蓝帽会，我不如如你所愿，加入它。

如果我不能救你，至少让我亲手结束你。

林浅浅在电脑前坐下来。西洋棋子的悬赏帖已经没有了，论坛上都是明星八卦和美食帖。

她终于看到媒体对这个事件的报道。蓝帽会的事没有对外公开，但是记者花了很多笔墨大力渲染调包真假西洋棋子的事情。

旁边机位的玩网游的青年也在看这份报道："最近真是牛人辈出，原来是通过羽绒服把棋子弄出去的啊！不知道那人得到一千万游戏币没有……"

"帅哥，除了警察对记者说的这个，其实还有更好的方法。"林浅浅转过脸，插话说，"那件羽绒服的帽子后面根本没有粘任何棋子。偷棋子的女记者所做的，是趁着泼咖啡的慌乱时刻在帽子后面贴一段胶条，然后迅速在真棋子上用特殊胸针弄出一道磕痕和3Q两个字。多练练，手快就行。"

人的思维很奇妙，总是顺着同一个方向思考。比方说我们在纸上写一个正确的字，如果潜意识认为它是错误的，那么越看越觉得写得不对。如果我们潜意识认为这枚棋子是调包后的仿品，那么越看越像是假货——尤其在发现上面刻痕不对，以及羽绒服上粘的胶条以后。

"原来如此，这样对方就会觉得那枚真棋子是假的了！"青年恍然大悟，"但是不把真棋子从古董店拿出来，用什么东西交给发帖人啊？"

"都看到真货长什么样了，她回去自己仿一个不就得了嘛！老板手里的真货被认作是假货，那包括发帖人在内的所有人都会认为女记者手里的棋子就是真货啊。"

"高见高见！"

女记者把真棋子的所有特征都详细记在采访用的笔记本上，然后伪造了一枚假棋子交给秦齐，换取进入蓝帽会的推荐信。所有的事情，包括西洋棋，古董的掉包，都在打算换工作时预先预料到了。她只是在恰当的时候，以恰当的方式，进入了自己的新"工作"。

林浅浅打开钱包，从里面取出一张照片。这是一张几年前的彩照，保存得很好，照片上的女孩穿着白色高领毛衣，笑容清甜，像一只秋天的苹果。这是只有对摄影对象饱含深情的摄像师，才能捕捉到的笑容。

旁边玩网游的青年点了支烟抽，她把照片卷起来，递出去，说："借个火。"

第四章 长命约

※ 一 ※

肖桐给李浩打电话时，李浩正在排队买果汁。商场做活动，买一箱果汁，送一个U盘。他拿着U盘不怎么开心："你也只有办案时才会主动打电话约我。"

半个小时后李浩还是出现在了青岗市警察局刑侦大队的办公室里，上下抛着一个买果汁送的白色闪存盘："听说你抓到个盗墓的？哟，今天有古尸解剖？刮目相看了嘛！"

肖桐格外头痛。就算有古尸，也轮不到李浩来动刀。因为他不是考古专家，是法医——青岗市警察局有且仅有的一位法医。李浩一个人撑起一个法医科，论资排辈，肖桐得叫他一声哥，只是因为一起勾肩搭背喝酒喝得多了，关系才没那么拘谨。

这次案子的确和盗墓有关，不过没有尸体。

青岗市是座小有名气的历史名城，以前也发生过几起盗墓案。有人把盗洞打在山上的，也有人打在自家农舍院子里，但是这次的盗洞位置比较别致。李浩一边嫌弃笔录上的字不好看，一边皱眉头："打在水电站钢筋混凝土的大坝上？是很有挑战精神，可以申请吉尼斯世界纪录——'史上最难挖'盗墓行动。但是水电站是1995年修的，这群笨蛋想从现代建筑群里挖出什么？"

"古墓。"肖桐压低声音，"说有个古墓，被镇在大坝底下呢。"

肖桐很小的时候，听家里长辈说起过白水江底有古墓的事。据说有座宋代的墓被压在江底下，怨气很大，因此每年都会拉几个淹死鬼去陪墓主人。当时还来了专家学者，开着那个年代不常见的科考汽船沿江而下，要确定古墓的位置。后来汽船无功而返，古墓没找到，倒是修了座水电站。水电站修建好之后，下游江水变得平缓，淹死人的事情渐渐少有发生。有通阴阳的前辈说，这其实是因为水电站镇住了江底的墓，水鬼不敢兴风作浪。

具体怎么个镇法，肖桐也说不清楚。盗墓贼们不知道从哪里请了风水先生，算出古墓的具体位置，据说是拦水大坝正下方，因此他们才在大坝基角处打盗洞，打算挖进正下方压在底下的墓室。青岗市基本上就靠这座水电站供电，安保系统非常完善。就在昨天。保安夜巡，抓了这几个笨贼。没想到笨贼还真的挖出了点儿东西。几个宋代的漆器，一只铜镜，瓷酒壶，全都零零散散地摆在物证科的桌子上。五个贼可怜兮兮地蹲在看守所里，而文物局的专家还没有到。笔录是肖桐录的。他请李浩来，别有目的。

“我想请你帮他们测测谎。”肖桐恳求道，“我认为这群盗墓的没说实话。”

“我是法医。”李浩脸色阴沉，“我只研究死人。”

一个小时后，李浩端着茶杯进了刑侦大队的办公室，眉飞色舞：“这几个人说话时瞳孔总往左上角瞟，脉搏跳得比平时快，掌心有汗……确实藏了情况没交代。不过肖桐，你怎么看出来的？”

肖桐知道李浩当年在医大的成绩，心理学仅次于解剖学，亮闪闪挂在年级排名的第一个。李浩的判断，他还是很信服的。肖桐之所以觉得盗墓人说了谎，是因为摆在桌上的文物，像是现代仿品。李浩围着青翠莹亮的莲花酒壶转了两圈，啧啧称奇：“哪点儿长得像是仿品了？不是保安看着从地下偷出来的吗？”

“高度。”肖桐在古朴造型的酒壶边竖了一把直尺，“你看多高？”

“13 厘米刚好。怎么了，数字不吉利？”

“滚。”肖桐觉得李浩的眼睛一定是瞎了，“你见过宋代度量单位用厘米的吗？”

古代度量单位用的是尺、寸、厘，因此文物的大小长短通常都在这几个单位附近，比方说一个宽三寸两厘的香薰。一寸是 3.666 厘米，因此古代度量单位换成国际通用度量单位很难得到一个整数。现在这个酒壶 13 厘米量出来正好，当然有可能是工匠制作瓷器时的巧合，但是也有可能是现代人按照国际通用度量标准而仿制的。

肖桐的逻辑是，如果盗墓贼上交的所谓文物其实是仿制品，那么他们的供词一定撒谎了。这些人在大堤上挖盗洞，从里面挖出来的到底是什么东西？又藏在了什么地方？

具体文物是不是假货，要等专家鉴定。青岗市没有现成的文物鉴定专家，必须从隔壁市借调。等人的时间里，李浩跷着二郎腿，哼着小调，把肖桐的笔录认认真真看了一遍。

看着看着，眉峰渐渐拧在一起。

他摸出手机打了一个电话，又折腾办公室的传真机，画了张图传过去。

肖桐问："你刚才在给谁打电话？把什么东西传过去了？"

"一个朋友。"李浩说。他翻出一本《尸体解剖学》，就着科室冷淡苍白的白炽灯看得津津有味。二十分钟后，刑侦大队办公室的门被人从外向内砰地踹开："李浩！你传真过来的笔记本上那五处受力点是怎么回事！谁敢动老子的大坝！"

肖桐躲避不及，被门板"哐当"一声拍脑门上，脑门当即起了个包。

来人是个三十岁的胖子，穿了一件地摊上淘来的三十块一件的衬衫，前胸印着"粤利粤"后背印着"KFC"。胖子双眼饱含泪水，呼声满是悲愤，一把抓起李浩的衣领，悲痛欲绝。李法医轻巧地脱身出来，三下五除二把胖子举起来，扔在办公室角落里弹簧戳出来的黑沙发上，点头叫肖桐过去。

他伸手揉了揉小警察无辜受累的额头："那我果然猜对了。"

肖桐痛得头晕眼花，问到底怎么回事。李浩眨眨眼睛："阿喀琉斯之踵。"

他指了指还在沙发上滚来滚去痛不欲生的胖子："那些盗洞位置打得太有水平了，正好是水电站大坝的'阿喀琉斯之踵'。这是大坝的设计师周陌，我们一起喝过酒的。他一向把自己的作品当作情人，现在初恋情人艳照外泄，内心一时难以平复。"

※ 二 ※

阿喀琉斯之踵。

阿喀琉斯是凡人和天神之子。出世后，母亲将他倒提着浸入冥河，以神水沐浴换取刀枪不入之身。只有被母亲握在手中的脚踝没有沾到冥河水，成为唯一的弱点。阿喀琉斯最终被太阳神阿波罗的暗箭射中脚踵，没能逃离死亡。

桥梁和水坝属于战略基础建设，往往建得极其坚固，不易摧毁。既然是战略设施，为了防止紧急情况下被敌人利用，必须设计一种能将其摧毁的方法。设计师往往会预留下一个"阿喀琉斯之踵"，在图纸上标绘出数个关键点。这些关键点是建筑最薄弱的地方，只需要轻度的炸药，就能让一座巍峨大坝，或者一架钢筋混凝土的桥梁轰然倒塌。为了达到"我方能炸，敌方动不了"的效果，这类设计图纸是严格保密的。可是这些盗墓贼的盗洞，竟然不偏不倚正好打在青岗市水电站一处最薄弱的"关键点"上！

是巧合，还是水电站的图纸外泄？

后来肖桐才知道，这个案子只是众多事件的一个开端。当时他只是一个菜鸟警察，而青岗市刑侦大队也只是一个市级单位。他和李浩远远缺乏经验和必要援助。等意识到问题的严重性时，时间已经不够了。如果真的是大坝图纸外泄，那情况就会变得很复杂，肖桐第二天一大早就赶去水坝现场勘查。

肖桐到了现场后，松了一口气。盗洞一共五个，位置相距甚远，不过确实是标准的盗墓者为了进入墓穴挖的地洞。还没有通到主墓室，出土的文物是打洞中途挖到的，内部也没有安置炸药的痕迹。

肖桐站在一边看电站工人用混凝土把盗洞填上，一边想或许是自己多虑了。

胖子在电话那头还是忧心忡忡的："虽然看起来是巧合，但如果大坝下真的压了个墓的话，就风水上来说，盗洞不吉利。要是里面郁积千年的阴气从墓里跑出来，我家宝贝大坝镇不住的话——不行，老子这就去找鸡血灌进盗洞里，淹了这破墓。"

早听说学建筑的人讲究风水，信到胖子这种地步的也算是奇葩了。肖桐想还好文物专家不在现场，不然听了这话非得气死不可。

又过了一会儿，他接到李浩从局里打过来的电话。李浩声音很急切，但大坝上风大，肖桐喂了半天才听清楚他说什么。

"肖桐，大堤水位是不是在涨？"

肖桐看了看脚边，水位线确实比刚到的时候高了一些。他正在研究高了多少，就听见李浩在那头吼："肖桐，离开大堤！离开大堤！老子叫你跑，听见没有！要决堤了！"

青岗市是风景秀丽的旅游城市，郊区多山，水电站大堤就是在山间峡谷上拦水建造起来的。肖桐挂了手机拔腿就跑，刚把工人都招呼到山腰上，就听见下面震天动地的轰鸣。

明明还很平静的水面，猛然化作一条巨龙，冲破大坝，破空而下！

混凝土坍塌下去，肖桐和工人们刚才站的位置已经成为一道缺口！

"我X你祖宗十八代！"过了很久，肖桐才听见旁边有民工骂了一句。他转头一看，骂人的那人已经两腿一软扑通跪倒在地上。

他低头，发现自己的腿也在抖。

肖桐给李浩回了个电话，简明扼要地阐述了刚才的情况，问到底怎么回事。李浩只说了四个字："上游暴雨。"

人为让大坝决堤有两种方法。第一种是在"关键点"中安放炸药，只要成功引爆，拦水大坝就会瞬间分崩离析，一溃千里。

第二种方法自古以来百姓口耳相传——千里之堤，溃于蚁穴。

五月暮春，青岗市的天空万里无云，明媚湛蓝。而顺着白水江往上游走，好几座城市乌云密布，暴雨滂沱，市民们都在家集体看海。长江流到白水江这一段时，已经两次分流，水量骤减，因此青岗市并没有发布防汛警报——然而谁也没想到，大坝上的盗洞，正是打在水库大坝的某一个“关键点”上！

这些盗洞好比小小的“蚁穴”，虽然不会立刻发生危险，但会大大降低水库拦水坝的抗压能力。即使上游水位并没有涨到水位警戒线，甚至离警戒线还很远，大坝依然面临决堤的危险。李浩翻报纸，看到上游暴雨的消息，意识到这一点，心算了一下洪峰到达时间觉得不对，这才急着让肖桐离开大坝。

“如果你再晚五分钟接电话，我明天就该加班了。”

肖桐不解：“加班干吗？”

“开机动船沿江打捞你的尸体——法医肯定得到场啊。”他抱怨。

※三※

如果十年后再翻开青岗市图书馆的文献，一定会找到关于这次大坝决堤的记录。

洪水决堤而出，顺峡谷奔腾而下，冲毁了下游和峡谷沿岸三千多亩林地。正是春天种植幼苗的时期，刚种植的果园被洪水扫荡一空，坡地上的良田化为泡影。万幸的是下游农民的房屋大多建在高地，没有人员伤亡。直接经济损失高达八位数。

青岗市停水断电一个月。大批救灾部队调入市区的同时，记者蜂拥而至。打开电视，各个台铺天盖地都是这次抗洪抢险的消息。

黄队长在办公室抽了一早上的烟，通知开会，把专案组成员名单扔桌上，环视一圈，嘿嘿冷笑：“局里接到上面的死命令，限期一个月以内，查清楚大坝决堤原因。”

有人说，青岗市刑侦大队黄队长笑一笑，整个黑道都要晃三晃。

肖桐没想到自己的名字又进了专案组。

老赵拍他肩膀：“专案组也需要人打杂嘛！你不在，谁给黄队泡茶？”

肖桐眼观鼻，鼻观心，低头写会议记录。

文物局老专家的鉴定结果出来了，和肖桐之前的猜测一致——盗墓贼带出来的宋代文物，确实是现代仿制品！如果文物是仿制品，那么这个案子就变得复杂了。盗墓贼们说了谎，文物只是一个幌子。他们在大坝上打盗洞的目的根本不在于偷窃文物，而是在于损毁拦水大坝！

黄队带着老赵亲自审问，然而这群人始终坚持自己是在“盗墓”，说自己并不知道盗洞就打在大坝的“特殊点”上。公共安全是重罪，和盗墓完全不在一个量刑等级上。这群人正是看准这一点，才故意以盗墓为幌子，以求万一败露，减轻量刑。因此当然不愿说出真相。

肖桐真正关心的，不是这几个盗墓贼最终会被判多少年，而是他们背后的势力是谁。他们有设计图纸，以盗墓为幌子，试图摧毁这座大坝。到底是什么原因，让这群人不惜毁坏一个水电站，也要达成某件事？

“破坏一座水电站不会是个人行为，背后一定会有个支撑的组织。这些人不愿意开口，很可能是组织暗中封了他们的口。”他和李浩讨论，“不说的话只是坐牢，向我们说了，可能会丢命。”

当时李浩值夜班，正拿着一顶鸡毛掸子仔仔细细给他办公室的人体骨架小白掸灰尘，头也没抬：“你去看了被审问的嫌疑犯？”

昨天肖桐路过审讯室，正好瞟到了几个盗墓贼。他们和刚从水电站里被带回来的样子不同，身体虽然完好无损，精神状态却糟糕至极。肖桐见过人的心理防线被击垮后失魂落魄的样子——脸色苍白，双目无神，看东西目光几乎无法聚焦。警察系统里，确实有不违法，但是能够给嫌疑犯施加足够心理压力的审讯方法。在青岗市，能把审讯发展成一门艺术的，只有刑侦大队的黄队长本人。肖桐曾经发誓，如果有一天自己犯事，绝不能落在头儿手上。

然而饶是如此，没有一个嫌疑犯松口。

这让他想起去年冬天结案的一个案子。那是肖桐见过的最嚣张的封口令。一起器官倒卖案中，他们抓到的涉案人员只招供到一半，就死在看守所里，甚至没有给警方留下坦白真相的时间。组织的名字是肖桐的噩梦，已经随着上一个严冬而被埋葬在记忆里。他这一辈子愿意沐浴枪林弹雨，愿意出生入死，但不愿意再和它交手。

肖桐出租屋的桌面上，至今保留着一顶深蓝色的尼龙软帽。帽子内衬上，有人用口红写了一行字：Say Hi to Mr.Xiao。

向肖先生致意。

“所有犯罪集团，在策划其行动的时候，一定有一个利益链，和一定利益有关。”李浩找出一块抹布，慢条斯理地把人体骨架从上到下擦得闪闪发亮，问，“肖桐，你说，水库决堤，谁能赚钱？”

肖桐百思不得其解——究竟谁能赚钱？救灾是财政拨款，报刊媒体的受益和灾难比起来也微不足道。灾区重建中，建筑商会大捞一笔。但是这类项目是招投标，谁能在事先百分之百确定，未来重建时自己一定会中标呢?

第二天一大早，李浩穿着白大褂来，左手端着茶盅，右手抱着一沓他资料室报刊架上取的杂志报纸，进了肖桐的办公室。他把东西放桌上，在肖桐对面的办公桌上坐下来，施施然品他那十块钱一袋的茉莉花茶。

“‘争当读书先锋’活动上个月就已经搞过了。”小肖警官很疑惑，“而且我很忙，在专案组呢。”

李浩喝了口茶：“要是利益链真的存在，真的有人在大坝决堤事件中赚了很大一笔钱，你说哪类人最先知道？”

半天没有得到回应，他失望地摇头：“无孔不入的记者们啊亲！”

肖桐恍然大悟。

“这个月所有和我们市相关的出版刊物和八卦杂志我都找来了。”李浩指了指面前的书，“你翻翻，看谁得了一笔飞来横财。”

李浩确实把他平时的私藏都贡献出来了，肖桐翻到的一本杂志叫《时尚女星泳装秀》。刊物垒起来有半臂高，一篇一篇翻过去，都是救灾和捐款报道。他坐到下午，终于在一份官方刊物上找到一则不足百字的声明：青昌市郊区三千亩受灾山林底价转让。

肖桐反复地看这篇文章，又去资料室翻其他相关报道。

他去办公室找黄队时，黄队三天没睡觉，眼睛里全是血丝，推开门烟味呛得人能背过气去。他翻了翻肖桐递过去的报纸，差点儿扔地上：“你什么意思，说清楚？”

“利益链！想知道这群人为什么要毁坏大坝，就要知道大坝决堤后，谁能赚到钱！”肖桐说，“白水江下游这五千亩的山林，属于一个私人的联合农牧公司。这家公司三年前买了下游林地八十年的使用权，在上面种柑橘树，搞果园经济。后来公司经营出了问题，去年用林地使用权向一家医药公司做了抵押，借了一笔巨款。今年果林收益是用来还合同上一部分款项的，现在果林被洪水冲毁，那家公司是一分钱都还不上了。借钱的医药公司白得了三千亩林地，据说要用来种植中草药。”

黄队看上去就是个胡子拉碴的废材大叔，只会躺在藤椅上抽烟，可是肖桐相信他。他是市局的心脏。肖桐曾想过，必要的时候，自己可以牺牲生命保护他。

“这么说来？”他把烟掐了。

“这么说来大坝决堤，冲毁山林，这家医药公司会受益。这是目前发现的唯一的一条经济利益链——三千亩林地的使用权，正常交易可以卖到天价！”肖桐吸了口气，“我申请顺着这条线索，往下查查看。”

※四※

老赵说肖桐疯了，就算有天大的利益，也不可能有一家公司敢冒着“危害公共安全”罪，去毁坏一座水库。他问：“况且，就算他们真的这么做了，小肖啊，你要怎么证明医药公司和盗墓贼之间有关系？”

“赌一赌嘛。”肖桐说。

廉价得到三千亩林地的医药公司是Emuse药业，总裁姓刘，叫刘长根。肖桐用匿名邮箱向总裁办公室发了一封邮件，只有三行字：

尊敬的刘总：

林地已经如约交到您手上，尾款乞付。

知名不具。

“赌的就是‘信息不对称’，”肖桐点击发送按钮，解释说，“局里对外宣布的是抓获数名盗墓者，并没有向媒体公布具体人数。现在发这封信，会让雇佣方认为有一名同伙逃脱了追捕，正在代表同伴找雇主要钱。如果Emuse药业和事件没有关系，它可能会当诈骗邮件置之不理，或者向我们报警。如果真的是这件事情的后台，那么它得有所行动——我们等等，看有没有回复。”

邮件发出的第二天下午就收到了回复。这封回复言简意赅：“尾款面付，地址见后。”

同科室的老赵拍桌子：“小肖，你小子又立大功了啊！”

刘长根把见面地点定在市区一处嘈杂的咖啡厅。本来已经定了肖桐做接头人，结果李浩半路主动请缨，横刀夺爱。法医同志穿了身白色休闲西装，靠着窗坐在预定的位置上，等得无聊，拿起一把餐刀在指尖转得飞快。

肖桐赌的“信息不对称”有两点，第二点是Emuse并没有见过“盗墓团伙”的所有成员。作为一个犯罪团伙，为了自身安全，通常不可能把所有底牌都亮给雇主看，而是推选一位负责联系的接头人。当然，如果Emuse不巧知道每一个成员的相貌，李浩必然被揭穿。那时启用备用方案二，他给李浩一个撤退的信号，开始强行抓捕。

肖桐就负责在旁边把风给信号。

出乎意料的是，Emuse来的不是别人，正是总裁刘长根本人。

李浩瞟了一眼正向咖啡店走来的目标，对着通讯手表咂舌：“靠，规格这么高？不会吧？”

肖桐提醒他：“专心点，黄队在频道上听着呢。”

李浩就闭嘴了。

刘长根把车停在咖啡店外的停车位上，独自从后座下来，穿了件驼色外套。他年近六十了，每一步还走得稳稳当当。司机是一位身材娇小，笑容甜美的女秘书。女秘书提着一只银色手提箱跟在他身后，高跟鞋踩在地板上清脆作响，像只骄傲的猫。

进店以后，刘长根摆手拒绝了服务生，目光扫过整间咖啡厅，落在李浩身上，片刻又移开。他随后走向另一个方向。

肖桐紧张地咽了咽口水。

刘长根在肖桐对面的位置上坐了下来，向肖桐做了一个手势，忽然压低声音："先生，这里有条子，我们去楼上雅座怎么样？这里有上好的蓝山。"

※ 五 ※

条子是警察的意思，意味着警方的布置暴露了。

肖桐起身往楼上走时，李浩从座位上站了起来，似乎想跟上来。但是一个服务生拦住他，说楼上包场了。肖桐想想兄弟们都在楼下，没有什么好怕的，就硬着头皮上了。

肖桐这辈子，从来没有喝过这么高级的咖啡。和充斥着情侣呢喃与商业吵架的一楼不同，二楼像是变了个天地。整层楼被分隔成不同的小包间，每个包间都安装了进口隔音层。服务生将咖啡和蛋糕用银色餐车推进来后，关上门，外面的声音一丝都传不进来。

里面的当然也传不出去。

女秘书把银色保险箱放在桌上，刘长根弯腰打开。箱内现金的数量让肖桐目瞪口呆。这个手提保险箱是经过特殊设计的，外面看起来不大，里面其实很深。肖桐第一次见到这么多的现金，突然想明白为什么提它的女秘书高跟鞋踩在地板上时会那么响了，因为这个箱子比实际目测的要重很多。

他说："刘先生爽快。"

"你代表所有人过来？"

这句话肖桐不敢接，便说："我现在只代表我自己。其他朋友在哪里，刘先生想必在报纸上看到了。"

刘长根想了想，示意女秘书出去："我要和这位先生聊一聊。"

肖桐心想有戏，端起进口瓷器盛的咖啡，准备低头喝一口，猛然门边一声巨响！女秘书推门出去，手刚握住把手，门就被撞开了！子弹擦脸飞去，击碎窗玻璃，二十米外的对面楼传来一声微弱的惨叫。随后一把餐刀飞过来，直挺挺地插在英国骨瓷咖啡杯上，哗啦一声响，肖桐手中就只剩一堆碎片了。

他听到了李浩的声音：“肖桐，趴下！有埋伏！”

说时迟，那时快，看上去年纪显老的刘长根突然把手伸进装钱的保险箱里，从箱底抽出一把62式微声手枪。电光石火之间，枪管对准肖桐额头！

“Shit。”李浩文雅地骂了一句英文，把手中的枪放下，“肖桐，老子刚才叫你拔枪！”

“你刚才叫我趴下。”肖桐辩解。

原来，李浩看见肖桐上楼以后，就想在咖啡店对面的楼上找一个适合观察这边二楼的监视点。出门一抬头，就发现那边窗户里有狙击枪瞄准器的反光。那不是自己的人，是刘长根布置的狙击枪手。他不是来付钱，而是来灭口的！黄剑带人迅速把整个咖啡店包围起来，疏散人群，拉响警笛。与此同时，李浩只身冲上了楼。

肖桐想，如果当时自己跟刘长根周旋时脑子多转一下，说自己身边还有同伴，不是孤身一人，诱使刘长根再多问两句，局面不至于这么紧迫。刘长根让女秘书出去，并不是方便两人之间的谈话，而是让她在门外把风。他只用一个手势，就可以示意对面二楼的狙击手打爆肖桐的头。

幸好当时李浩冲了进来，抬手第一枪就解决了狙击手。肖桐平常总爱在李浩面前炫耀十环，从来不知道他竟然也是高手。如果那一刻，肖桐比刘长根先拔枪，事情就简单得多。但是现在他被枪指着，成了人质，动弹不得。李浩犹豫了一下，也把枪交了，默默地举起手站在门边。肖桐抬头，正好撞见李浩瞟过来的眼神，解读出两个字：“傻逼。”

肖桐没想到的是，刘长根完全没有理会李浩投降换命的意图。

他甚至连交涉都没有交涉，对着肖桐的额头，径直扣下扳机！

那一瞬很快，肖桐来得及做的最快的事情，就是闭上眼睛。他想自己这才活了二十多年，还没有报效国家，没有尽孝道，甚至还没有谈女朋友，怎么就粗心大意地交代在这里了呢？

然而枪声轻微得几乎听不见。

刘长根手中的枪枪管正常，不是消音手枪。声音轻，是因为他的枪卡膛了！

就在这间隙，黄剑安排的人到位了，从对面楼的狙击点，一枪正中拿枪男人的胸口！

刘长根死亡之后，Emuse药业被翻了个底朝天。调查发现，这家公司曾经与一个匿名组织接触过。组织答应协助它获得属于林牧业公司的三千亩山林使用权，但是并没有具体说会采取什么手段。匿名组织向Emuse的董事长刘长根承诺，可以等事情办好之后，再支付天价报酬。

肖桐不敢相信："竟然真的有这种组织，为了一笔钱，去毁坏一座水电站！"

李浩抱着手臂靠在办公室墙边，冷冰冰地扫了他一眼。自从那次乔装卧底，肖桐犯下没拔枪这种傻逼式错误以后，李浩见面就绕着他走，一副不冷不淡的样子。肖桐自知拖了行动组后腿，连累李浩专程来救他，差点两条命一起交代了，也就不敢多说什么。不过这一次，李浩倒是难得地开了口："你还不明白是哪个组织吗？当时茶馆那么多人，为什么刘长根偏偏坐到你面前？想想你当时头上戴的是什么？"

肖桐很困惑——我戴了什么？

卧底那天，他走得急，顺手抄起书桌上那顶蓝色软帽扣在头上，想到时候也能遮遮脸。

※ 六 ※

"蓝帽会。"肖桐说出了那三个字，"Blue Hat，他们回来了。"

这和肖桐一开始的猜测有偏差——和刘长根接触的人不是什么普通的盗墓团伙，而是蓝帽会。蓝帽会是一个国际恐怖组织，通称 Blue Hat，因为成员喜欢戴蓝色宽檐帽而得名。这个组织神秘而低调，长期在欧洲活动，最近几年才把触手伸入国内。去年冬天肖桐和他们接触过一次。那天他戴的蓝色尼龙软帽，就是去年冬天得到的战利品。

那是蓝帽会一个联络员自己常戴的一顶帽子。

刘长根坐在肖桐面前，正是因为他戴着蓝色软帽。

现在看来，这个案件中的很多疑点已经迎刃而解。为什么刘长根会亲自赴约？什么级别的人，才会让刘长根必须冒着危险亲自赴约？又是怎样危险的人，才让他不惜大费周章，想办法把假冒那人的肖桐除掉？

蓝帽会把握着刘长根太多的把柄，他以为肖桐是这个组织的接头人，害怕肖桐被警方逮捕后供出很多不能供的东西，因此着急下狠手。

而肖桐犯的另一个错误，是猜错了盗墓团伙到底隐瞒了什么。

那是一个货真价实的盗墓团伙，假文物也确实是他们从地下挖出来的。这群人从一个神秘组织那里买了古墓的情报，连同情报附带有通向古墓的盗洞方位。蓝帽会为了让他们相信盗洞信息是真的，一直挖到大坝的"关键点"上，甚至预先在盗洞的半路上设置了赝品文物。这就是黄剑一直得不到口供的原因，也是蓝帽会的高明之处——所有人都认为盗墓者在撒谎，而事实上他们说的是真话。要隐瞒真相，最好的方式就是不告诉对方真相。

而李浩测谎结果也没有错，他们说谎了。盗墓贼说谎，不是隐瞒故意毁坏大坝的原因，而是不敢说出背后那个叫“蓝帽会”的组织。后来黄剑在他们面前说出那三个字时，为首的盗墓贼精神瞬间崩溃，什么都说了。

只是有一点，让肖桐心生怀疑。被刘长根用消音枪指脸的时候，由于周围环境太嘈杂，自己又过度紧张，他没有听清楚枪卡膛的声音。事后肖桐检查了尸体的手枪，发现刘长根的枪并不是卡膛了，而是本身就是一把空枪。不知道谁取走了他手枪里的子弹，或者是他自己遗忘了。总之不管怎样，肖桐侥幸活下来了。

同样安然无恙的还有为他提保险箱的随行女秘书。这个女人在混乱中，像一滴水融入大海一般，消失在了人群里。肖桐只记得她青花瓷旗袍下玲珑可爱的身材，和苹果一般清甜的笑容。

※ 七 ※

案件涉及蓝帽会，真相不向普通媒体公开。铺天盖地的报道依然是《盗墓贼违法打洞，水电站大坝坍塌》。灾区救援队人数增加，被冲毁的房屋和道路也在重建之中。然而肖桐始终觉得有哪里不对。这种感觉跟他在上一个案子，和上上一个案子中一样——自己双眼所看见的，并不是真相的全部。

晨会上，李浩叼着一根烟，若有所思：“蓝帽会的确是一个疯狂的组织，可是到底要疯狂到哪种程度，才会毁坏一座水电站以换取收益？收益和风险严重不对等嘛。”

肖桐壮起胆子搭话：“精神病做事，谁知道啊？”

如果报酬是一个亿，的确有人可能会去杀一个人，可是如果报酬是一碗牛肉面，还会有靠谱的杀手接这种活儿？蓝帽会的行为，跟 Emuse 与它商定的报酬相比，就像常人为了五块钱一碗的牛肉面而杀人一样，不可理喻。

那时专案组已经解散了，肖桐正忙着写案件总结，抬头见看见周陌。周陌是水电站的核心设计师，李浩的狐朋狗友之一，来局里找李浩。作品就是他的爱人，现在爱人决堤了，胖子的心也碎了。他这段时间每天扑在水电站修复重建上，还是那么胖，就是人黑了一圈。考虑到李浩还在生气，肖桐没敢带人去法医科，就给他指了个路，顺口问：“什么时候可以完全通电啊？真不方便。”

青岗市全市供电都依靠郊区水电站的供给，现在随着水电站功能的恢复，每日分区限电的时间渐渐减少。胖子护着水电站：“现在已经算好的了，刚决堤时可是全市全天停电。”

停电？

肖桐觉得哪里不太对。市区地图就挂在科室墙上，他仰着脖子看——水电站决堤的话，会停电。会不会蓝帽会的真正目的，是让某个无法停电的地方停电？

正如李浩所说，若是为 Emuse 的报酬，蓝帽会就像在为一碗牛肉面杀人。这个组织永远戴着不止一层面纱，你发现一个真相，其实后面永远跟着另一个目的。

水碾河监狱！

水碾河监狱就建在水电站下游的山区，因为地势很高，这次的决堤并没有受灾，因此也被媒体遗忘了。其实仔细思考，有两点值得注意的地方。

第一，它离受灾地点很近，决堤以后，第一时间接到上级通知，抽调驻扎在监狱的警力投入抢险救灾中。现在监狱里除了犯人，应该只剩下基础看守人员！

第二，水碾河监狱用的是数字安防系统。虽然配备了发电机，但是停电后切换备用电源时，会有一个短暂的，不超过数秒钟的断电状态。这种状态下，监狱的安防系统会重启！而有些病毒，必须系统重启后才会生效！

蓝帽会想要的不是钱，而是劫狱！

“哎，小肖警官，你去哪里啊？”周陌追上来。

肖桐回了一句：“跟李浩说，我去找找警力抽调情况表看看。”

水库决堤后，水碾河监狱的驻守部队因为距离最近，第一时间被抽调进救灾队伍。现在外援增加，驻扎水碾河监狱的警力会按计划于明天返回基地。如果蓝帽会的目标真的是监狱里的某个人——那么他们的下手时间就是今天！

黄队打电话和监狱通气，肖桐跳上车就往水碾河赶。李浩跟上来，默不作声地坐上了副驾驶的位置。

肖桐问：“你来干什么？”

“黄队让我去，你以为我想啊？”他白了肖桐一眼，“况且你开的我的车。”

警车都调去救灾用了，肖桐开着李浩的破捷达就朝水库下游跑。路已经被毁得差不多了，两边都是清理到一旁的山体滑坡留下的泥土和滚石。赶到时已经黄昏了，所幸监狱安然无恙。监狱接到了局里的电话，刚清点完犯人，一个都没少。

“真是的，现在年轻的同志听到风就是雨，一惊一乍的。”四十岁的监狱长领着肖桐去监控室看实时录像，“就算有人通过病毒呀什么的摸进系统，弄到进监狱的 IC 卡，这不，我们还有全方位摄像头呢。你看，不是风平浪静的？”

他看了看手表，翻了个白眼：“况且还有两个小时驻守部队就回来啦。”

监控室的中控台后有一个大屏幕，分成无数小窗口，每个窗口都是摄像头实时拍摄的录像。肖桐看了会儿屏幕，发现确实四下安安静静，毫无异常。

其中一个摄像头对着监狱某处墙壁，正好看见一只鸽子悠闲地啄墙头的牵牛花。

“不对！”肖桐脱口而出，“这不是现在的录像，是早上的！录像被调换了！”

牵牛花也叫朝颜，只在早上开。现在鸽子啄食的这朵牵牛花花瓣颜色鲜艳，水分饱满，明显是刚刚绽放。这应该是今天早上，而不是傍晚的录像。

※ 八 ※

肖桐刚喊出声来，监狱某处就传来了沉闷的爆炸声！

随着爆炸声响起的，是刺耳的火警警报。有人从围墙外向里面扔炸弹，企图炸塌高墙。围墙没有坍塌，炸弹越过墙体落在建筑物上，引起了火灾。离两人很近的一栋楼一侧冒出滚滚白烟，伴随着呛人的气味。火从五楼燃起，越来越大，片刻后浓烟几乎吞没了整层楼。

监狱长脸唰的白了：“着火的是食堂，另一侧连着监舍！”

“转移犯人！”他舞着肥胖的手，急匆匆往外跑，又折回来，“食堂里还有员工！”

据说被困在里面的是两个负责采买的后勤，和一个做菜的姑娘。三个人在火尚未烧到的七楼走廊上，向下面呼救。肖桐冲到着火的建筑前时，里面浓烟滚滚，没有人进得去。本来监狱是配备了消防人员的，这次跟救灾队伍一起被抽调走了，留守的只有基础安保人员，人手严重不足。小姑娘在楼上呼喊得嗓子都哑了，高压水枪还没有到位。

李浩一把拉住他：“肖桐，你做什么？给老子滚回来！”

食堂旁边有一栋办公楼，距离食堂大约六七米，并且要高出一层楼。现在里面的工作人员全都撤离出来了。肖桐跑得很快，李浩没拉住。他冲上办公楼顶楼，环顾四周，发现没有栏杆，松了口气。

肖桐深吸一口气，做了个助跑。顺利落在对面食堂顶楼的时候，隐隐能听见下面的惊呼声。因为办公楼比食堂高，人可以从办公楼楼顶往下落到食堂楼顶上，但是不能逆向往上跳回去。肖桐知道，如果找不到一条带着三个人逃生的生路，消防队又没及时赶到，自己就会和困在里面的三个人一起葬身火海。

他在局里做了两年小菜鸟，只有现在才觉得自己是个英雄。

算不算英雄救美他不知道，因为做菜的小姑娘刚从火灾现场逃上来，满脸灰扑扑的，抖得像筛子，看不出姿色。肖桐赶到时，两个采买的男人正四处找床单，想先把她吊下去。

眼看火要燃上来了，他顾不得礼貌：“美女，高跟鞋！”

女孩惶惶然，目光落在警服上，脱下了高跟鞋，赤脚站在水泥地上。

肖桐像抢宝一样一把抢过来。按照国家规定，所有建筑都必须每层楼配备一个消防柜。消防柜内部有一个消防卷盘，上面缠绕着标准长度为二十米的软管。楼高三米，三七二十一，这种长度的软管勉勉强强可以把人放下去。肖桐举起高跟鞋，哐哐两下敲破火警报警装置的保护罩，打开消防柜柜门，拉出水管，打一个结，最后打开水阀。

消防管灌满水后特别沉，把它从楼上扔下去，做承受一个人重量的缆绳没有问题。

女孩子从来没有从那么高的地方顺着一条湿漉漉软管子往下滑，肖桐费心尽力，又是鼓励，又是安抚，终于把小姑娘放到了地面上。等轮到另外两个男人时，浓烟已经到了七楼楼梯口，肖桐呛得眼泪都出来了。最后一位是个年轻小哥，下去前，特地拍拍肖桐的肩膀，凑过来：“肖警官，谢谢你。你是个勇敢的警察。”

肖桐正想着，现在做采买的小哥的声音怎么这么轻柔好听，消防管突然断裂了！

年轻小哥刚落地，消防管就爆开了，水溅得四处都是。

呛人的烟雾几乎要把肖桐站的位置吞没了，消防队还没赶到。肖桐心下一横，骂了一声，捂着口鼻转身冲进烟雾里。他记得八楼暂时还没着火，走廊里应该还有个消防柜。他打算冲过浓烟弥漫的楼梯口往上走，可是刚进烟雾中心，就迷失方向了。别说找到楼梯口，回去的路都不知道在哪里。

那一刻肖桐真的绝望了，觉得自己会呛死在这里。局里消防安全学习里说过，火灾中真正被烧死的人很少，大部分人都是呛死在浓烟中。他有些站不稳，突然手机响了。摸索着接起来后发现是李浩，一接通他就在那头嚷：“谁叫你接起来？给我挂断！”

肖桐大脑已经很晕了，言听计从地挂断之后，李浩又拨了过来。李浩持续不断地拨打电话，浓雾中手机铃声震天响。几乎要窒息时，忽然有双手从身后把他托住，扶他站稳。手机铃声停了，肖桐听见李浩在身后骂：“妈的终于找到你了，能走吗？”

肖桐站不稳，李浩半抱着他往一边拖，转了几个弯，空气忽然清新起来。两个人靠在墙壁上，肖桐弓起身体咳嗽，头痛欲裂。李浩扔掉捂口鼻的湿布，不痛不痒地笑道：“没想到你的铃声竟然是《爱情买卖》。”

肖桐咳了一声：“《爱情买卖》怎么了？”

“低俗是低俗了一点，胜在音量大。烟雾太大，看不见人，听着铃声就知道你在哪里了。”

肖桐问他：“火呢？火不会烧到这里吗？”

“火你妹！”李浩说。

“我哪里有妹妹？”

“肖桐，有时候我真想给你一刀，让自己轻松点。”李浩一路跑得很急，也靠着墙喘气，脸上都是细细的汗水。他斜眼看了一眼旁边的人：“你什么时候想通了不想活了，就来我的解剖室。”

“消防烟雾弹。”他解释道，“扔进来的是消防演习时用的烟雾弹，特别多。我一路上来，发现整层楼到处都是，还是分时段爆炸的，造成了火势蔓延的假象。烟雾太浓，又带呛人味道，所以没有人敢进来确认。你现在的生理状态，就是烟雾弹吸过量的反应。”

“你不是从楼顶跳下来的？”肖桐大吃一惊，没想到这个变态竟然敢从楼下烟雾最大的地方堂堂正正走上来。

李浩深深地看了他一眼：“你见过哪个火灾现场只有烟雾，没有热度？监狱的官僚犯这种错误可以理解，肖桐你的智商忘在家里了吗？”

肖桐又想起刘长根用枪指着自己脑袋时，李浩眼神的含义——傻逼。

说话间，正看见监狱大门缓缓打开，一辆用来装蔬菜大米的破卡车开了出去。刚才肖桐救下去的小姑娘从驾驶室探出头，大声喊着什么。

“大概去附近地方拉灭火器材，高压水枪坏了。”李浩说，“小姑娘还不知道这不是火灾，拼命想救你呢肖警官。”

肖桐正要给监狱长打电话说明情况，忽然看见前方有一个人。二十多岁的年轻人，没有穿外衣，赤膊加短裤，嘴里塞着东西被绑在暖气管上。李浩走过去，扯掉他嘴里的布条，这人才断断续续说话：“俺是这里搞采买的，还有两个同事被绑在那头……”

肖桐如遭雷劈——如果这个人是被困的食堂员工，那他刚才救出去的三个人是谁？

※九※

这件事从头到尾就不是火灾，而是蓝帽会策划的一场劫狱。

监狱电脑里被预先植入了病毒，停电之后系统重启，病毒得以激活，控制了监狱主系统。蓝帽会拿到系统管理员权限后，可以通过伪造的IC卡获得进入监狱大门、调换部分监控的录像和发布火灾警报的权限。

让蓝帽会头痛的是，监舍的门并不是电脑控制的。即使他们潜入成功，钥匙依然在某位不知名的狱警身上——他们必须找到一个让狱警们主动打开监室门的方法。

比如制造一场迅速蔓延的火灾，让监狱长不得不下令转移囚犯。

自始至终没有人企图从围墙外往内扔炸弹，爆炸的是预先安置在食堂内部的大量消防烟雾弹。烟雾弹分时段爆炸，配合铃声大作的火灾警报，造成一种火势迅速蔓延的错觉。监狱方面迅速转移犯人的过程中，一名囚犯失踪了。没有人知道他们是怎么做到的，不过一切平息之后，警方找到一名被乙醚迷昏的狱警，警服被脱掉了，赤身裸体倒在男厕所的隔间里。

这次参与行动的只有两名蓝帽会成员，一男一女，被他们劫走的犯人叫秦齐，是蓝帽会某个区域的最高级别负责人。他被关押在水碾河监狱这件事情，就连青岗市警察局也不知道。这三个人伪装成困在食堂里的员工，本来身材相近，加上故意抹黑乔装过的脸，油迹斑斑的工作服，那样紧急的情况下，谁会去确认细节？

按理说，消防软管灌满水后是能够承受一个成年男子的重量的。随后的检查中证明，软管是被人为割断的。肖桐耳边又想起三人中最后一名小哥临走前对他说的话。

肖警官，谢谢你。你是个勇敢的警察。

虽然穿着警服，可是当时肖桐并没有告诉他，自己姓肖。

肖桐是个对声音极度不敏感的人，纵然如此，依然觉得那种柔软如春天湖水般的音色似曾相识。去年他去一个叫“陈志林”的心理医生家查案的时候，有个戴蓝色尼龙软帽的路人曾用同样的声音说，不客气，路上小心。按照局里的卷宗记录，这个人应该早已死于飞机失事，肖桐想一定是自己听错了。

陈志林是幽灵巴士案子的线人和主谋，后来离奇地死在看守所里。这个人直到死，都保持了对组织的高度忠诚。肖桐曾经不理解这一点，直到今天才明白——对于蓝帽会，如果你足够忠诚，足够重要，它可以破坏一座水电站，酿成一起洪灾，来救你。

从冒着浓烟的监狱出来，同事已经开着警车赶到了，进城高速公路戒严，警车一字儿排开。黄剑靠着车门抽烟，老赵在排查来往车辆。肖桐把捷达还给了李浩。如果这次真的是火灾，那么李浩这就算救了他两次。肖桐口袋里有时候会替黄队揣两根烟，这时想摸一根出来，给李浩点上一支。他两次没摸着，李浩却抢先扑上来，一把抓住他领口。

肖桐在学校里练过散打，但是练过未必代表好用。李浩深知人体的弱点，打架不按常理出牌，肖桐还没出上招，就被抵在满是泥巴的小捷达上，全身动弹不得，还痛得要命。

一抬头就对上李浩冷冰冰的眼神：“拿着被我救回来的命，抢我的卧底戏，开着我的车，去跳楼房英雄救美，嫌命多不够送是不是啊？还是享受被子弹射和刀子捅的感觉？”

肖桐只好诚实地道歉：“对不起兄弟，这次行动连累你了。”

“滚。”李浩弯起膝盖，猛地顶上面前青年的小腹，看着眼前人的脸因为痛苦而变得扭曲，终于憋出个冷笑。肖桐觉得压在身上的力道松了一点儿，低头一看，毛骨悚然。他知道李浩有随身携带手术刀的癖好，只是没想到这个变态此时松劲，是为了腾出一只手，摸手术刀出来。

李浩冷笑着，用手术刀抵着肖桐脖子，隔空缓缓往下划，时不时在某处地方停顿比划一下："我当年所在的军医大，有这么个典故。有位学解剖学的前辈，捅了负心前男友二十多刀，刀刀避开重要器官，最后只判定为轻伤。肖桐，你要是真喜欢玩命，享受被刀子戳的感觉，那我的解剖学也学得很好。"

他又呸了一口："你要早死了，这两年老子请你喝酒的钱就白花了。"

※ 十 ※

警方最终找到了蓝帽会开走的那辆小卡车，它被抛弃在荒野中。而车上的三个人，就像水滴融入大海一样，消失无踪了。青岗市交通发达，人口成分复杂，再加上救灾时期，外地车辆多，排查起来格外困难。局里在相邻市区都设了检查点，最终还是没有找到被劫走的犯人。黄队推测，秦齐的身份已经不再适合留在国内，很可能最终目标是偷渡出国，因此警方又在青岗市通向沿海城市的道路上设置了重重关卡。然而一无所获。

肖桐听到的最后一条关于这些人的消息，是在劫狱发生两个月后的总结大会上。当时一位年轻警察回忆道："我正在附近执行任务，刚接到出警电话，直接开车过去了。迎面过来几辆救灾物资车队，山路颠簸的哟，满车物资差点儿掉在路上……"

黄剑勃然大怒，桌子拍得震天响："屁的救灾车队！救灾车队都是堆得冒尖的卡车往灾区跑，分发完物资后再空车回城。你见过有人从灾区把东西往市区里拉的？和你擦肩而过的那几辆车，并不是什么救灾车辆，是劫狱同伙伪装过的运输车！"

这是第一件事情。第二件事是随着大坝决堤，洪水冲刷河道，带走了河谷两岸积累多年的淤泥。蓝帽会并没有完全骗那几个盗墓人，这里确实有一座宋代古墓，只是在山腰上，而非河床底部。从大坝缺口奔流而下的水流冲走了泥土，露出了墓室的石板门。

文物专家赶到时，这座古墓已经被洗劫一空。从高处往下打的盗洞，采用了近乎考古般严谨的文物保护手段，现场甚至发现了登记序列号用的丙烯酸树脂溶液和一张遗落的紧急抢救技术卡。

有当地农民看见救灾物资的车队停在附近，一男一女往车上搬运棺木一样的东西。

男人的相貌不记得了，那个女人，据说笑起来甜甜的，非常漂亮。

肖桐仔细辨认了照片，发现女人正是刘长根身边的那位失踪的美女秘书。直觉告诉他，这个人可能同时也是水碾河监狱里那个做菜的小姑娘。那时相见，可能因为她脸上满是烟灰，看不清本面目，肖桐没有认出来。肖桐在网上找到了刘长根和女秘书的合影，觉得有些面善，好像在查阅某起文物盗窃案件时见过这个人，可是怎么样都回忆不起来。

他反复揣摩当时的情形，甚至猜想，取走刘长根手枪里子弹的人，会不会是她。

蓝帽会办事总是有条不紊。他们没有在监狱部队被调走的第一天就劫狱，而是先等洪水冲刷掉了古墓外的泥土，不疾不徐地打了盗洞，搬走东西并且给所有文物编好号后，再悠然劫狱离开。

有一件事，肖桐直到很久以后才想通——水碾河监狱的安防系统是没有和互联网连接的，他们当初是怎么把病毒预植入系统的呢？

直到肖桐想起那天他借李浩的闪存盘拷东西，觉得很方便，于是想查一查，还有没有地方搞买果汁送 U 盘的好事。他给当时搞活动的超市打电话，要到了那个果汁品牌代理商电话。那边说，他们从来没有搞过这类活动。

“肖警官，你说的那种口味的果汁我们一箱才卖三十块，8 个 G 的闪存盘再便宜也要十几块钱，搞这种活动我们亏本啊！”

肖桐用空闲时间查了查，发现只有三个地方搞过这样的活动，两个在市区的小超市，另一个在乡镇集市，离水碾河监狱驱车只有十分钟。他去监狱附近一户买了果汁的人家借了个赠品 U 盘，交给技术科。技术科在里面发现了一堆木马。

去年冬天的幽灵巴士事件，是青岗市警察局和蓝帽会的初次较量，最后正义赢了，赢得很漂亮。而这次，胜利女神没有再眷顾他们。用黄队的话是，花开就有花谢，有赢的时候就有输的时候。晨会上，黄剑把烟头在烟灰缸里摁灭，环顾四周，语调平静：“一输一赢，算是平手。不过，没有下次。”

肖桐觉得，稍微能舒缓情绪的事情大约有两件。

一件是天气日渐暖和，街上穿超短裙的美女多了起来，赏心悦目。另一件是，虽然他被李浩踢了一脚还打了一拳，现在已经和好如初了，经常一起出去喝酒。

他跟李法医相互约定，以后不管遇到什么案子，首先要活下去。想要救别人的命，必须先有能力救自己的命。用李浩的话说，首先你要活着，才能不断地救人，这才是一个好警察。

不过肖桐的酒量不如那个变态，每次喝到最后，都是他被李浩扛回出租房扔床上。而李浩自己却什么事都没有，坐在一旁看《尸体解剖学》。

第五章 爱情魔方

※ 一 ※

“你知道Star Break组合吗？天使一样的脸庞，魔鬼一样的身材，我爱Linda桑！”郑语修捂着胸口，趴在案件卷宗上，“这辈子能一睹真容，死都值了！”

“所以这次端午节，Star Break来聊城开演唱会，安全工作就由我们科负责接洽了。加班别抱怨。”张镜把宣传海报扔办公桌上，打开电脑开始敲工作安排，“这种烟熏妆画得脸都认不出来的歌星不是我的口味，我还是喜欢清甜型的。”

这是西洋棋子案件之后，他借调到聊城公安局的第二年。偶尔加个班，过年逮几个小偷，生活平静，了无波澜。从地方公安局向上级市借调，算得上是升迁了。郑语修喝酒时曾评价说，他是一只被从高天踩入泥潭的藏鹰，等翅膀上的伤口好了之后，早晚会重回蓝天的。

“一辈子累了就在风里睡一觉，渴了就从云彩里搞点水喝，只有死亡，才会收拢双翼落在地上……”他同情地吹了声口哨，乱背了一句电影台词，“好惨。”

张镜是演唱会安全工作的警方主要接洽人，到开演前的一天还在加班。等所有事情搞定，已经是下午了，他顶着黑眼圈走出警察大院，买了鲜肉包，然后径直去C大体育场馆公安局的执勤点。

聊城最近有两件大事情，一件是某医药集团的老总心脏病恶化，要在当地举行全国首例高龄器官移植手术，第二件事情就是日本当红歌星组合 Star Break 来国内开演唱会，地点选在聊城体育馆。按照组合主唱 Linda 的说法，小时候见过聊城的水墨山水画，对蜿蜒其中的白水江印象深刻，因此想在江边举办第一场演唱会。

一想到蜂拥而来的全国粉丝，他就觉得头痛："不过就是一条污染过度的河而已……"

第二天演唱会就要开始了，体育馆外搭着卖纪念品的临时小摊帐篷，卖一些荧光棒和明星签名板。张镜顺着逛了一圈，在一个卖魔方的小摊前停下来。有个女孩在老板的指导下学转一只魔方，他走过去想看一看，突然整个人僵住了，笔记本掉在地上都没有察觉。

那是一个清纯可人的女孩子，穿着白色高领毛线衣，微微低着头。怎么形容呢，最是那一低头的温柔，如同水莲花不胜凉风的娇羞。他记得这件白色高领毛衣，还是当初他最喜欢的那件，显得她皮肤白皙，笑容清甜如苹果。

林浅浅转过头："好久不见。"

张镜伸手摸枪套，但是清晰地记得自己没有带枪。无数次想过这样的场景，举起枪来，告诫她放弃抵抗，然后拿出手铐铐在她细弱白皙的手腕上。但是一切太突然。他没有想到林浅浅会这样自然而然地撞进自己网中，就像几年没见的旧友相互打招呼。

"张警官，怎么了？你脸色不好？"卖魔方的大妈见过他几次。

"没有呀，他是见到前女友心情不好。"林浅浅靠过来，小鸟依人一样蹭进他怀里，"分手之后我可一直守身如玉，不知道张警官有没有另结新欢？"

张镜觉得自己全身都僵硬了，半天才说："没有。"

"没有呀？那我就放心了。"手指勾住下巴，往上一挑，她已轻捷转身。

等他回过神，那抹身影已经消失在明星粉丝海洋中。只有自己下颌被她指尖所触及过的地方，尚留有余温。

"张警官，刚才那位小姐真的是？"

"在逃犯。"张镜吐字艰难，"她偷过博物馆某只价值连城的福禄套瓶，为黑社会工作。"

"那张警官怎么没抓她？"大妈目瞪口呆，继而拍大腿，"我懂了，怕打草惊蛇！"

张镜低头看手，手里放着一只魔方。林浅浅把正在玩的魔方放在他手上，然后就像一片羽毛，飘入秋天的落叶林。

※二※

"屈原的伟大，在于他用自己的生命，为人民换得了端午节的三天假期。不过，我爱

Linda 酱！好男人为了心爱的人加班从来不抱怨！”郑语修趴在办公桌上，盯着墙上贴的 Star Break 的宣传海报，握拳宣誓。

张镜顺手把海报撕下来，接电话。

“郑语修，你刚才说不介意加班？”他听着听着，表情渐渐严肃起来，“刚才 110 报警平台转入几条信息，说接到预告，有人要在演唱会会场上安装炸弹。”

电话是从一个公用电话亭打进来的，使用了变声器，所以分不清男女，也查不到身份。报警内容只有一句话——有人打算在演唱会上安装炸弹，以抗议我国和 A 国的外交关系。

“感觉是恶作剧。不过这次主办方请的安保公司很专业，入场都要经过安检的，炸弹要带进去很难。”郑语修摸摸鼻子，“况且我们这里也有安全预案。喂，张镜你去哪里？”

“再去一次演出现场。我预感这个报警是真的。”张镜拿起外套向外走。

郑语修一溜小跑跟上来：“你打算拿着一个魔方去布置工作？”

张镜这才意识过来，自己无意识中正拿着林浅浅的魔方在拧，越拧越乱，完全没有凑成一整面同色的迹象。他觉得林浅浅就像个魔方，无数次想还原她本来的面目，越想看清，手中越是一堆杂乱的色码。越是杂乱无章，越是想看清楚。越逃得远，越想抓在手中。

他发现自己放不下这个魔方了。

“我负责把情况汇报上去，准备科内开会。通知负责安保的天网公司，启用 B 方案。如果她真想做点儿什么，一定让她后悔。”

“谁？张镜你说谁想做点儿什么？”

“啊，没有。”张镜把帽子扣头上，带上门板，“我说错了。”

连夜加班，加上一整个白天的紧急布置工作，郑语修肿着眼睛去演唱会现场。

“天啊！”他下了警车，看着检票口黑压压一片人头，又默默地坐回去，“想到这么多人和我一起看可爱的 Linda 酱，就觉得压力巨大。”

副驾驶上的人拍拍他肩膀：“国内就是人多，放轻松点。”

坐在副座上的男人围着一条白围巾，笑起来时眼角微微上扬，像三月桃花上眉梢。他摇下玻璃窗，张望：“张警官终于请我来协助破案了啊？哎呀真是荣幸，你跟他说了这次来帮忙的条件没有？”

“啊，钟教授，就是让他做你实验对象的那个啊。没问题，没问题。”

“太好了。”桃花眼笑了，“我一直对重度偏执症患者有强烈兴趣，就是缺少研究对象。”

钟兴源年纪轻轻，已经是 C 大心理学教授。他曾经作为外聘嘉宾，在警察局学术交流会上见过张镜，交换了个名片。这次报复社会型的恐怖活动预告需要专业的心理专家到场，张镜就让郑语修去把钟兴源弄过来，不论对方提什么条件都答应下来。

钟兴源从人民体育馆后门的工作人员通道溜进去，绕到前面来，看见拿着荧光棒和签名簿的粉丝们正在排队进场。张镜昨天熬夜给安保公司施压，调了数十台检验设备过来，现在所有进场粉丝都要接受安检。他抬头，发现了通道角落新增的摄像头。

“说是爆炸时间定在晚上八点半，不过搜爆组早就到了，场馆内搜了一整圈，鸟都没找到。大概是报假警了，演唱会正常举行。”郑语修低头看了一眼手表，指针指向八点二十五，“况且还有五分钟时间就到了，别说炸弹，连一只苍蝇都飞不进来嘛。”

他回头看钟兴源，桃花眼眯着眼睛远眺，正好看见张镜靠着墙休息，警服依旧是笔挺笔挺的，只是脸色不太好。他在转一只魔方，成果一塌糊涂。

“魔方很容易诱发强迫症，它是你一旦拿起来就很难放下去的东西。很多人会不停地转不停地转，完全无意识，无法放下手，一定要把不同颜色的格子归于正确的位置上去。”

桃花眼走过去，拿过张镜的魔方，放在手中掂量：“好久不见，你的强迫症又升级了。这次不仅限于对蓝帽会的关注了吗，张警官？我特别佩服你在上次蓝帽会案件中的表现。”

他突然皱起眉头。

郑语修在低头看表，离预告的爆炸时间还有十秒钟，八秒，七秒……

桃花眼忽然抄起魔方，一个手肘撞破走廊对面的玻璃窗，把它扔了出去！

手撞上碎掉的玻璃，鲜血流出来沾湿衣服，顿时红了一片。

“钟兴源！”“趴下！”

轰隆一声巨响，窗外游泳池的水花溅起来，掀起的浪花喷泉一样飞起三米，隔着窗户把三个人浇成了落汤鸡。

“张警官，这个魔方是谁给你的？”桃花眼掸着身上的水痕问。

※三※

张镜愣了很久，才慢慢恢复过来，对桃花眼说了一声谢谢。他突然发现，自己犯了一个错误。

“心理学上，我们把它称之为功能固着。功能固着是指人们把某种功能赋予某种物体的倾向。例如，对于电吹风，一般人只认为它是吹头用的，其实它还可以做衣服、墨迹等的烘干器；砖头的主要功能是用来建筑，然而我们还可以用它来当武器拍人脸。再比如，魔方只是个转动归位的玩具——其实它还可能是颗炸弹。”年轻的钟教授摇摇头，“我下课后没事很喜欢转三阶魔方，但是从来没有玩过这么重的塑料魔方。”

张镜又想起，林浅浅小鸟依人地靠在身边的感觉。

那时她把魔方放在张镜手上，然后手指在他下巴上一点，翩然离开。

他的安全工作万无一失，确实没有人可以把炸弹带进去。除了他自己。

没有人会安检他，而演唱会现场又有公安专用工作人员通道，爱岗敬业的他，八点半一定会在现场。魔方是个拿在手上就不想放下的东西，它的大小又特别适合放在口袋里，林浅浅算好自己一定会把它带进来。

“别自责，张警官，你只是受了心理暗示。给你魔方的人，是不是说话时一直把手插在口袋里？或许他从口袋里拿出了钥匙，又放了回去，再拿出来……这是个暗示，你会不自觉地把大小正好合适的魔方，放进外套口袋里。像钥匙一样，一直放在里面，忘记取出来。”

张镜想，她是真的想杀掉我。

这种感觉和自己真的想逮捕她，看着她被判刑是同样真实的。

体育馆游泳池边上有爆炸物的残余，他捡起魔方的碎片，仔细研究。不错，林浅浅是想置他于死地的。这个魔方的引爆方式有两种，一种是内部微型计时装置，时间到了八点三十分会自动引爆。第二种是归位魔方，从残余物的雷管痕迹来看，蓝帽会是用塑料弹制作了魔方上的小块，微型雷管安装在内部的扭动支架上。只有当魔方被拧成一面同色或者数面同色时，电流才会接通，引发爆炸。

张镜对着手中的残骸笑，觉得自己就是个傻子。他还诚心希望这件事情真如报警电话中所说一样，是对外交不满的恐怖分子的行为，或者是郑语修预计的恶作剧电话。其实林浅浅一出现在这里，他就明白，蓝帽会又回来了。

对于卖魔方的大妈，他只是顺口用“黑社会”敷衍过去。其实蓝帽会是一群远胜于黑社会的疯子。它是一个跨国地下恐怖组织，国际上被通称为“Blue Hat”，以成员喜欢戴蓝色帽子著称。没有人知道这个组织的宗旨目标是什么，他们为了得到匹配的器官，可以在深山里建立巴士分尸站，或者为了救一个前组织成员，而炸毁监狱附近的水电站。它甚至不在 FBI 的名单排行榜上。有人说过，只有绝对的实力，才能实现绝对的低调。

“为什么是你？”张镜收拢拳头，“为什么偏偏是你要加入蓝帽会？”

“别自责啦，这种‘一切都是我的错’精英自责方式，会短命的。”郑语修安慰他，“反正现在炸弹也排除了，要不要跟我一起去看 Linda 桑的演唱会呀？”

手机突然响起来。郑语修接起来，过了一会儿挂掉，低声骂了一句：“张 Sir，建议收回，我们看不成演唱会了。刚才的报警电话又来了，说还有一颗炸弹。据说炸弹魔方好像是给了一个小孩子，谁知道那孩子什么时候会把魔方拼出来？到时候就——‘砰’了！要赶快疏散粉丝，先把所有人都弄出去吗？”

张镜沉吟片刻，玩着手中魔方的残骸。

林浅浅的目的不会是单纯的恐怖活动那么简单，蓝帽会这次想做什么？

“你先组织疏散。”他转身，“我要去确认一件事情。”

上次你带走了福禄套瓶，这次你想从我这里带走什么？

※四※

“亲爱的歌迷们，现接到紧急通知，Star Break 首演会因故延期举行。请歌迷朋友配合警察，有序离场……”

郑语修站在体育馆弧形穹顶外面，汗如雨下。现场三万粉丝，至少三分之一是开车前来的，紧急疏散开始后出馆的歌迷和晚赶来的歌迷撞在一起，乱成一锅粥，把眼前道路堵得一塌糊涂。馆内防爆小组已经开始排查炸弹，他本来应该英姿飒爽地做群众救星，现在正在做交警最基本的工作——拿着小旗疏导车辆。

这个时候张镜死到哪里去了？

“那种精英就算落魄到我们科，也是不会来帮我做体力活的吧？”他嘟囔着，只差没调用吊车来把横七竖八堵死在出口的小车都弄走。想了想，堵成这样，吊车要挤进来，得到猴年马月了，只能自力更生。

“听说一直堵车堵到两公里外了。连头儿的警车都给堵在一公里外的地方，刚才给我打电话抱怨。”一回头，看见精英站在他身后，夹着支烟，眺望体育馆前一望无际的长龙。

整整一周，郑语修都在抱怨张镜在最艰苦的时候抛兄弟而去。当晚搜爆科把演出现场翻了个底朝天，什么炸弹都没有发现，最后的结论是第一次的报警电话是真实的，第二个电话是好事者的恶作剧。Star Break 的演唱会推迟三天后成功举行，一切归于平静，什么都没有发生——除了林浅浅回到了聊城。

警方系统里调得到林浅浅的档案。这是个清甜漂亮的女孩，曾经是 A 市修志办的一名文字编辑。当时张镜是 A 市刑侦科的科长。在公安系统里年纪轻轻就做到这个位置上，事业不可谓不是蒸蒸日上。后来 A 市发生了连环杀人案和古董失窃案，办案中张镜喜欢上了这个女孩子，两人几乎已经是恋人关系。直到真凶林浅浅带着国宝级古董一夜潜逃。

因为这件事情，张镜因为渎职，被下放到三线小城市，事业推倒重来。郑语修其实早听说过公安系统内部曾经有个精英，破案率奇高，因为个人感情问题落入泥潭。只是西洋棋子案之后，他才知道原来这个人就是张镜，借调到了自己科，就在自己对面办公桌。

极少数的人会知道，张镜有重度偏执症。

平时他冷静谦和，只是一旦涉及“蓝帽会”，就会突然变了一个人一样，一路穷追猛堵，不计代价。因为林浅浅离开A市后，加入的正是这个名为“蓝帽会”的地下组织。现在她的系统资料上，有一小行备注：一级逃犯，国际恐怖组织蓝帽会，职位不明。

后面还有个“详细”按钮。郑语修把鼠标移上去，系统显示他权限不够。

魔方爆炸事件之后，聊城警察局曾在辖区内下了大力气搜捕林浅浅。张镜亲自带人在各大宾馆娱乐场所搜查，然而这个女人却像烟雾一样，凭空蒸发了。张镜最近总是出现在头儿的办公室里，郑语修想问问他出了什么事情，但他每次都行色匆匆，没来得及。

他关了电脑，翻报纸——《陈氏医药总裁去世，公司控制权或花落别家》。

“我们都错了，这才是蓝帽会的真正目的。”张镜不知道什么时候进了办公室，拿着同一份报纸，“那天演唱会现场，并没有第二枚炸弹。我们都犯了思维定式的错误。”

张镜点了一支烟：“我们把问题想复杂了。其实林浅浅当时想要策划的并不是演唱会恐怖袭击。她那么做，是想杀两个人。一个是陈氏化工的总裁陈隶，一个是我。”

※ 五 ※

林浅浅首先想做的，是制造一起交通拥堵。

起爆时间设定为晚上八点三十分。演唱会开始之前，如果张镜手中的魔方爆炸，体育馆势必会紧急疏散。入场和出场的海量粉丝撞在一起，这片地区的交通势必拥堵。如果过了八点三十分，交通拥堵并没有出现，就意味着警方已经排除了这枚炸弹。那么如果仍旧想达到目的，该怎么做呢？

“那就是，让人打电话告诉警方，还有另一枚炸弹。”张镜说，“因为之前出现过魔方炸弹了，所以惯性思维让我们觉得，另一枚炸弹也一定是存在的。其实如果林浅浅能够绕过安检在演出现场安放炸弹的话，那又何必冒险见我，通过我把炸弹魔方带入场呢——她根本没有安置第二枚炸弹。”

关键在于，蓝帽会为什么要造成这场交通拥堵。

“交通拥堵造成的直接后果是什么？”

“堵车呗！远车改道，近车坐牢。”郑语回顾一周前指挥交通的痛苦经历。

“对，远方开过来的车会改道。刚才我打电话问了市人民医院，他们当晚正在进行一场大手术。你看到了报道的陈氏医药？他们的总裁心脏病晚期，这次终于找到了匹配的移植心脏。陈总的移植手术成功与否，关系到公司能不能持续运营发展。”

问题在于，这枚匹配心脏在新疆乌鲁木齐。一颗适合移植的心脏，被取出的时间应该不超过六小时。六小时以后，心脏会出现坏死。供体死亡之后，取心手术需要四十分钟。乌鲁木齐红十字会空运到聊城，至少需要三个半小时。

陈氏运用财力，一路大开绿灯，心脏到了聊城机场依旧用了接近五个小时。

最后一步是从聊城机场运送到市医院，病人已经躺在手术台上，准备开胸。离医院不到十五分钟车程时，年迈的总裁胸腔已经被打开，体外循环系统开启。万事俱备，只等待这颗供体心脏到来。

“这个时候，十分钟前都畅通无阻的路，忽然堵车了，会怎么样？”张镜问。

陈隶今年已经七十五岁，他已经不能承受再一次手术了。

“我记得医院附近不是演唱会区域，怎么会堵车啊？”郑语修一脸茫然。

“看上去只是体育馆周围堵车，实际上不是。大部分正常出行的车辆，原来可以直行，都改走了绕城路。救护车到市医院的那最后十分钟，就是在改道车必经的绕城路上。”张镜一拳打在坚硬冰凉的办公桌上，愤声道，“我们都算错了，蓝帽会这次的目标不是演唱会爆炸案。他们是想杀一个人。通过制造事故，延缓心脏运送时间，导致陈隶死亡。”

最后医院情急之下派了一辆摩托车，运走了救护车里待移植的心脏。但是一来一往的时间，加上堵车等待时间已经超过七小时，心肌已经有不可逆转的损害，它变成了一颗不适合移植的心脏。七十五岁的陈隶身体已经极度衰弱，当时手术已经是开胸状态，不能再等。他使用了这颗成功率极低的心脏，导致手术失败。

“你看，她要杀一个人，从来不会那么直白。”

“错了，你前女友要杀的是两个人。她还想杀你。”郑语修纠正他。

张镜伸手拿茶杯，喝了一口新泡好的铁观音。

“她想杀我，是因为我把她逼得太紧了。就算她躲进蓝帽会，就算上天入地，我也要把她带回来，接受审判。”

※ 六 ※

一辆白色林肯外交官悄然滑到陈氏医药总部大楼外。

总部高层列位在外，恭迎公司新主人。铜排扣制服的司机小哥下车，拉开后座了，下来一位西装革履的中年男人。前任总裁秘书立刻认出了，这是买下陈氏的新任总裁，姓周。面对笑靥如花迎上来的女秘书，周总并没有反应。他只是扶着车门，伸出手，退到一边。

林肯内部伸出一只纤细洁白的手，搭在中年男人手上。一只高跟鞋踏出来，露出圆润美好的小腿。车里出来的女子斜戴着一顶蓝色贝雷帽，周总恭恭敬敬地向她鞠躬："林小姐，您来看看，还满意不？"

林浅浅坐在明亮宽敞的总裁办公室的沙发上，跷着二郎腿看八卦杂志，顺便听总部员工向新老板汇报工作。时不时会有目光透过姓周的男人，好奇地落在自己身上，想必心里一定在想，这位到底是谁，能让新老板如此毕恭毕敬。不过她毫不在乎。

"我在组织只算三级执行官，你不用那么紧张。"她对周天明说，"只要你努力，也能坐到我的位置。组织现在最重要的事情是把这家医药公司完整地接过来。完整的，不能缺少任何一个部分。"

整件事情顺利得出乎了林浅浅的预料。组织需要这家公司，但是总裁陈隶死活不卖。蓝帽会的观念里，对于不服从的人，向来没有存在于这个世界上的价值，因此她主动申请，接过了这个任务。一切进行得太过顺利了一点。新总裁被众星捧月地巡视了一整天公司，准备参加欢晚宴。与此同时，林浅浅的手机响了，她做了个手势，轻轻地说了一句："安排人去仓库接货，货好像到了。"

公司交接的第一件事是人事变动。空降过来的人并不多，大多都集中在研究部和仓储部。她看上陈氏医药的原因之一，在于它的仓储区非常巨大，仓库众多，货物繁杂。只要东西进了秘密库房，就算条子突然袭击清查，她也有余裕在被查到之前毁尸灭迹。

蒙着黑色帆布的卡车驶入厂区，年轻司机摇下车窗："入厂许可还没办下来。"

中年库管员快步迎接上来："是新老板的货吧，我知道我知道，仓库在这边。"

司机戴着鸭舌帽，在仓库管理员的引导下，把车慢慢开进陈氏医药集团厂区的库房建筑群中。卡车驶入十三号仓库的阴影中，顺着巨大的斜面进入一个地下停车场。那里已经站着七八个壮汉，准备卸货。停车场的深处，堆满了医药用纸箱，整整齐齐砌成一堵墙。

外包装上标明的是"注射器"，可是从搬运中医用纸箱的破损程度来看，里面的东西远远超过了注射器的重量。

"今天是第三车了吧？上面真是胆子大，这么多'百号'送进来……"

"林小姐接手的事情，还没有出过纰漏呢。你小子别废话，快搬箱子！"

"一想到林浅浅现在在总部参加晚宴，我们还要待在这冷风嗖嗖的地方，擦，级别不同待遇差别太大了。”

卡车的后门打开，新一轮搬运开始了。

司机小哥从驾驶室里出来帮着卸货，最后拍拍灰尘，点点头：“那我就先走了。”

一点头，搬运时松动的鸭舌帽落了下来，在地上滚了两圈。

刘海遮住眼睛，颧骨很高，眉眼深邃，站在那里不像开车的，像一棵英俊挺拔的杨树。

“等等。”中年库管员突然说，“这位兄弟，看上去面生啊？你知道刚才我们说的‘百号’是什么？”

刚才还随意聊天的壮汉瞬间聚集过来，站在货车和司机小哥之间，像一群蓄势待发的猎豹。

“有种植物，生长周期从开花到结果正好一百天。所以叫百号。”司机小哥耸耸肩膀，“我是新来的，林小姐认识我。”

“认识？哟，说起来很熟的样子。”一个壮汉哈哈大笑起来，“能‘认识’林小姐的人不多，你不会连她三围都知道吧？”

“90-58-83。”

大笑的壮汉忽然不笑了。拦住他的库管员走到地下停车场尽头的办公桌上，那里有一部电话。他拨了个号码，问了两句。

“对，最后一车货送货的兄弟面生啊。二十七八岁的样了，高颧骨……对对，是这样的……确实是长着张一看就是别人欠他钱的脸……不不，林小姐我们哪里敢怀疑您？马上放人，误伤误伤。”

年轻的司机重新坐回卡车内，卡车缓缓开出厂区。仓库区有一个总的电缆配线房，房门被无声无息地打开了。他知道，那里会有一位事先蹲点的女警察把剪断并盗连的电话线重新连接回去，无声无息地把一切复原。如果库管员再打电话，这次那头接电话的人，确实就是林浅浅了。道理很简单，在紧急情况下，只要自己拨对了号码，很少会确认那边的声音和平时听起来是不是有微妙的差别。况且还在那么嘈杂的环境之下。

张镜想，既然藏匿地点确定了，那么也该收网了。他摸出手机，给郑语修打电话：“出来，有任务。我好像听见你在打魔兽了，现在立刻关掉。”

※七※

欢迎晚宴在陈氏医药总部的宴会大厅举行。杯盏交错，灯光迷离。

宴会厅的一角，小提琴师在孤独地演奏一支没有人听的乐曲。所有人的兴趣都在新老板和站在他身后的神秘美女上。表面上那是他的朋友，可是细心的人会察觉到，似乎新老板的一举一动，都在征询自己美女朋友的意见。就好像他是秘书，美女朋友才是老板。

林浅浅接了个电话，匆匆走过去，附在周天明耳边："山寺传来消息，条子来了！"

再不走就来不及了！

"浅浅，你急什么呢？"身后忽然传来一个清冷的声音，"好久不见，不好好叙叙旧？"

林浅浅记得，很少有人叫她"浅浅"。非常非常少，除非关系曾经非常亲密。

张镜靠着宴会厅的圆柱，远远的，夹着一支没有点燃的烟。迷乱晃眼的灯光里，他的影子被拉得很长。他身后站着一个桃花眼学者，一个看上去不靠谱的警察小哥，一整排荷枪实弹的警察，举着齐刷刷一排枪。人群忽然惊慌起来："怎么回事，来了好多警察！"

"演唱会爆炸案之后，我就一直在思考一个问题——你为什么想要陈隶死。他死后，他手中的陈氏集团会通过继承权转移到三个儿子和一个女儿身上。为了遗产均分，当年老先生死也不松手的公司势必会被几个不成器的子女换成钱——你的真正目的，是得到这家医药公司。"

"陈氏的新老板可不是我，合同上可没有我的名字呀。况且我拿这家公司做什么？"林浅浅轻声问。

"陈氏医药是国内指定能生产医用吗啡的公司，掌握着鸦片提纯技术和工厂。"张镜屈起手指敲敲额头，"啊，要不要我提醒你，今年金三角罂粟丰收？一起去你的新仓库看看，看看缅甸到货的鸦片成色怎么样？我刚从你们仓库回来。"

※ 八 ※

泰国、缅甸和老挝三国边境地区是世界最大的鸦片产区。很少人知道，今年罂粟丰收，价格只有平时的三分之一。然而提纯工艺和当地先进的加工工厂掌握在武装大毒枭手中，合作成本让人望而生畏。不过蓝帽会不愧是蓝帽会，他们决定在国内建立一条合法的海洛因生产线，走私原料，然后在国内加工成品。

"因此你们要拿下这家有吗啡和镇静剂生产许可的医药集团。林浅浅，这次你输了，举起手慢慢转过身，我会让人搜走你皮包里的枪。"

张镜心跳得很快。他内心预演过无数次，但当这一刻真正到来时，每一个字都吐得很艰难。这么迫不及待地想抓住她，甚至为她准备了一副专门的手铐，铐上之后除非他亲自解锁，否则不可能取下来。他想过，自己站在审讯室的一边，林浅浅坐在另一头。她脸上再也不会有这种看不透的神情。

张镜想，如果她有翅膀，那就一截一截地折断它吧。也许在审讯途中他会提问，不停地提问。然而张镜知道，所有的问题之后，只有最后一个问题永远问不出口。

依然在乎这个问题的自己，真是个傻瓜。

“你旁边的桃花眼的衣冠禽兽，是谁？”林浅浅突然开口，打破了大厅里死一样的沉寂。

“钟兴源，心理学教授，发现你给我的魔方是炸弹的人。怕你再下一点儿小暗示，我把他带来了。如果不是钟教授，现在我大概已经死了。”

“让他来为我搜身，可以吗？他的脸长得像我喜欢的明星。”

张镜想了想，做了个手势，钟兴源走上去。钟兴源吹了声口哨，从挑花小手袋里翻出一只淑女消音手枪。说时迟，那时快，他突然拉开保险，对大厅尽头开了一枪！

所有灯突然熄灭时，大厅陷入一片黑暗中。

“他妈的，钟兴源你打电闸做什么！”黑暗中郑语修喊，“找死吗？”

“钟兴源啊。”黑暗中传来懒洋洋的声音，“那个死变态心理学教授，他端午节去海南岛旅游，出了点儿小事故，滞留在那边还没回来呢。”

张镜突然发现，黑暗中自己无法开枪！

因为不知道这一枪打出去，命中林浅浅的几率更大，还是命中自己人的几率更大。

“封锁出口！”他冲出去。

林肯停得距离大楼太近，门外已经响起发动机的声音。张镜跳上警车开始追。林肯车疯狂乱撞，最终被逼停在白水江大桥上。桥的另一边路障已经设置好了，警灯闪耀，林浅浅打开车门走下来。因为相隔太远，看不清她的表情。

手机忽然响了，他按了接听键。桥上风很大，远远的只能看见林浅浅的长发被吹起来，在风中飘舞。她拿着手机，贴在耳边，然后向自己的方向看了过来。

“张镜。”

他没有说话。

“陈隶没有死，对吗？”

沉默。

“你很聪明，瞒住了所有人，就连我放到你身边去、伪装成钟兴源的搭档都没有看出来这个圈套。演唱会那天晚上你就明白了，立刻给医院打了电话，在他们为陈总裁实行开胸手术之前把整个事件叫停。其实那个老头子还在重症监护室里活着，只是你封锁了医院消息，对外宣称他手术失败死亡。你设下了这个套，故意看着我一步一步走下去，直到现在收网。之所以当时不制止我，是因为犯罪未遂和犯罪成功的判刑差别非常大，你在等我做到最后一步，然后递上一把刀。”

“对。”

“你真的那么恨我，想置我于死地吗？”

电话那边风声很大，林浅浅的声音非常轻，就像风再大一点，就会被吹走。

“浅浅，我想问你一个问题。”

不清晰的电波声传来。狗血三点档言情片里常有的问题，要问出口，需要把自尊心放在地上，任林浅浅的高跟鞋碾压一万遍。

“再见。”手机挂断了。

桥的护栏不高，林浅浅轻捷地飘然而下，像一只白鸟，坠入夜间漆黑的江面。

“当初，你爱过我吗？”

再见。再见。再见。

林浅浅像一只白色的海鸥，落入深黑色的水面。是他自己亲手折断了她每一根羽翼。和她一起跳江的，还有桃花眼。两条消失的生命，只在江面激起了极其微小的浪花，又归于黑暗。

远处，隐隐传来低沉的爆炸声。储藏毒品的仓库爆炸了。

※ 九 ※

很久以后，张镜再回忆这件事情，渐渐觉得事情完全不一样。其中一点是，陈氏集团并不是那么清白，他们本身一直在私下进行制造和贩卖毒品的行为。重症监护室里等待换心的陈隶正是这个集团贩毒网络的幕后蜘蛛。

其实很简单，这家公司之所以被蓝帽会盯上，正是因为它有优秀的制毒经验和传统。

“你行啊，提前把爆破销毁点都设好了。”郑语修抱着 Star Break 的新歌 CD 回办公室，拍他的肩膀，“抓捕行动前还瞒了我那么久。”

“不是我放的炸弹。”他摇头。

“不要害羞嘛！除了你还有谁啊！”

还有一个人。他去了毒品仓库，但是只是探查地点，并没有安放炸弹。提前把定时炸弹安置在鸦片原料的货物箱上的另有其人。时间一到，炸弹自动引爆。

能给这批毒品安装炸弹的人，只有一个人——林浅浅。

可是这不合常理。

郑语修突然想起来："对了，技术科的人在问呢。说你潜入陈氏医药的时候，不是差点儿暴露吗？对方最后打电话向上级确认。我们这边派去接线的是个新人，手忙脚乱接错线了，拿起来听到的就是那头夫妻小两口吵架。你是怎么全身而退的？"

张镜突然觉得，还算温暖的天气里，一盆凉水从头淋到脚。

"蓝帽会的下线确实打了电话，难道当时接电话的人，不是技术科的小李？"

"不是。怎么了，你脸色不太好？"郑语修问。

"我最近一直在考虑一个假设。"张镜脸色苍白，衣服已经皱巴巴的几天没换了，看上去像个鬼一样，"你觉得有没有这种可能性——如果林浅浅本身是抱着反对组织在国内生产毒品的态度，主动要求接手蓝帽会的工作。组织的命令是不可以违抗的，可是她想阻止这件事情。仔细想想，千钧一发的时候是桃花眼扔掉了那个要爆炸的魔方，而桃花眼是林浅浅的搭档——一开始，她就没想过要置我于死地。她故意选择聊城的医药公司，故意出现在我面前，想引诱我调查这个案件。我潜入暴露时，如果接电话的人不是技术科的小李，那么就是林浅浅本人，可是她放了我一马。她事先就在毒品上安放了炸弹，不管我们有没有成功破案，她都会炸毁原料库，然后把责任推到警方身上。蓝帽会允许成员任务失败，但是绝对不允许违抗命令。是我把她逼得太狠了，是我把她逼到了不得不跳江的绝境……"

浅浅，你又利用了我一次啊。这次，是你赢了。

"张镜，你去哪里？"

"再去白水江边。浅浅水性很好，说不定还活着，只是被冲到了下游，昏迷状态……"

"你已经守在江边三天了！水性再好的人在江底下泡三天也活不了，何况汽船二十四小时在江面上转，都没打捞到什么……"

郑语修摇摇头。看着失魂落魄的人消失在门外。

※ 十 ※

林浅浅醒过来时，觉得有哪里不对。胸部上有一双手，手很用力，上下按摸。

"山寺！"她抬手就是一巴掌，在半空中被人抓住。桃花眼撑在她上方，满脸委屈："心肺复苏！我还没开始做人工呼吸呢，你就反应那么大！别动，小心。"

林浅浅眼角一瞟，发现自己身下十米的地方是湍急流动的江水，波涛汹涌。江面上船只往来，有一艘打捞船，一直在附近游弋。她躺在白水江大桥桥面背部一根三十公分粗的横梁上，稍微一动就会掉下去，粉身碎骨。

“你呛水了，背着你爬到这么高的地方，像死过一次一样啊。”山寺其实卸了妆，还真有一双桃花眼，因此传说组织给他取代号时，是风雅地动用了白居易的诗“山寺桃花始盛开”。他和钟兴源长得有那么几分像，易容起来骗过了周围大部分人的眼睛。

“恭喜首次任务失败，浅浅。”桃花眼趴在她旁边，笑容灿烂。他想了想说，“对了，昨天晚上毒品仓库爆炸了。我一直在想，那是条子们干的，还是你干的呢？”

“跟你说过张镜很厉害的。”她觉得很不舒服，闭上眼睛，“况且我对组织忠贞不渝，怎么会做这种背叛组织的事情呢？”

“……”

“怎么了？”

“没什么，我饿了。”桃花眼爬起来，换了个姿势蹲在横梁上，“你有带巧克力吗？据说女孩子都爱带巧克力。”

“……”

“喂。”他又说。

“又怎么了？”

“你真不管管你前男友吗？张警官失魂落魄地站在江边，站了三天了。”

“让他去死。”

“可是只要他站在那里，我们就没法下桥……”

几天后，聊城出现传言，说 Star Break 的主唱 Linda 小姐微服出行又出现在了聊城，化着演出时浓艳的烟熏妆，由一个男秘书陪同，逛了商场和高档餐厅，然后从高速公路出口出城。收费站的小姐还要到了她的签名。

张镜把三流小报偷拍的主唱小姐逛街图的照片剪了下来，压在办公桌的玻璃板下。郑语修很惊奇：“你什么时候也成为 Star Break 的粉丝了？”

“看上去有点儿像我的熟人。”

“那么浓的烟熏妆，你从哪里判断像你熟人了？”

“三围。”张镜说。

郑语修发现，张镜自从发现了三流小报的照片之后，渐渐就从低谷中走了出来。他竟然开始学转魔方，时常放一个在口袋里，没人的时候就拿出来盯着看，像看定情信物一样，一看就是半天。

第六章

梦中的婚礼

※ 一 ※

电话刚响就被接起来，接电话的人沉默地听了三分钟，点点头：“明白了，那就把猎犬借给你们。”

“猎犬？喂，厅里要借调的人叫……”

“百分之百的破案率，对那个恐怖组织有一追到底的偏执症，只要抛出骨头一定会刨点儿东西回来的敏锐嗅觉……不是猎犬是什么？”

电话那头哈哈大笑：“对，就是他。那真是谢了。”

调函到办公室时，张镜躺在长条黑沙发上睡午觉。郑语修从局长办公室出来，直接把那张红头文件摔他脸上：“上头借调你到首都，参与一起故意伤害案的调查。”

张镜不慌不忙坐起来，整理好午睡时睡乱的衣服，修长的手指捏住茶杯：“那你发火是怎么回事？”

郑语修瞟了一眼他的脸色，一秒钟改变态度，退回自己办公桌前，两眼泪汪汪：“你是我们局的王牌，头儿借你出去还好，为毛我也要跟着去啊！嘤嘤嘤我还想看 Star Break 的巡演会……”

“废话少说，介绍情况。”

“有个人手指被划伤了，首都那边以故意伤害罪立案，要借调最优秀的刑侦人员参与侦破。”郑语修把两张票递过去，“局长说为了在厅领导面前体现我们艰苦朴素的作风，特地替我们订了32个小时的硬座火车票！真是太为下属着想了！十分感动！”

“手指划伤了？”张镜将茶杯轻轻放在茶几上，“那手值多少钱？”

“九位数。”郑语修开始掰手指头数，“个十百千万十万……啊，一亿人民币！”

当天晚上，张警官就买了份晚报，和郑语修一起坐上了北上的列车。军事版面的头条是《我国正在研发新式导弹》，娱乐八卦版本的头条是《外交名片——著名钢琴家阮冬然受伤近况》。或许你没听过阮冬然这个名字，但是一定在中学课堂上听过肖邦奖。

阮冬然是第二位代表国家夺得这项钢琴界奥林匹克奖的钢琴家——那年他才十九岁。此后的时间里，天才的光芒愈发耀眼。行云流水一样的演奏，优雅诗意的风格，阮冬然这个名字像国家名片一般，向世界传达东方文化的美。

“天上摘梅手。”郑语修弹弹报纸评价，“不是我辈能理解的境界。”

“所以他的公司为这双手上了一亿人民币的保险？”

“是啊，谁知道上周，竟然遭遇恶意伤害。”

然而有一天，钢琴家的手指被人恶意划伤了。恶徒算计了他从音乐厅去停车场的路，拦住他，用砍刀残忍地砍断了他的手指。虽然立刻送往医院接上了，然而一度断裂的神经让他再也无法坐在钢琴前，演奏那些过去轻而易举的曲目。按照协议，保险公司需要赔款一亿人民币，而同时，警察局也在立案追查凶手。

当列车缓缓在一个中途小站停下来时，张镜正好合上报纸。他抓起大衣：“下车。”

“干吗，我的泡面还没吃完！”

他下了火车，拎着郑语修去了最近的机场，订了两张机票。

所以张镜虽然按时登上了计划中北上的列车，却比预定时刻早一天半到达。

※ 二 ※

阮冬然站在阳台上。冬天有点儿冷，小雪落在肩膀上。他穿了件米黄色羊绒大衣，看上去很温暖，依然抵不住彻骨寒冷。警察局的人来调查案情，从中午一直坐到了傍晚。残废的手指被拿出来反复检查，就像露出骨肉的伤口被医生反复擦碘酒一样，虽然说消毒是对患者好，还是忍不住痛得想骂娘。

“教授，我还想很遗憾地再问您一遍，您真的不能再弹琴了吗？”并肩问话的警察黑着一张脸，虽然语气里一点儿也听不出遗憾，“我们还在判断这件事情是意外，还是有人对您的蓄意报复。”

“我没有结过仇。”

阮冬然出门，只是为了仰头看看阴霾的天空。他转身回屋，重新坐回沙发上。

年纪轻轻就被人尊称为“教授”，却并不显得老气横秋。他仰靠的时候，细碎的刘海在鼻梁上投下小片阴影，反而显得有些忧郁。

“现在我说的是自己的个人推断。”黑炭脸说，“一亿元不是个小数目，尤其是对您承保的 ACPP 保险公司来说。您肯定看过报纸了，ACPP 正在竞争一个非常大的国家承保项目，数目不在您的投保金额之下。现在 ACPP 负责支付您手指的医疗保养费用，并且要在合同期限内支付一亿元的现款，使得市面上开始有谣言说它的资金流转不畅——很多普通民众在担心这家保险公司能不能按期支付保险金额。”

“上面这么重视我的案子，是因为ACPP隐藏在幕后吗？事关一亿元保单。”阮冬然问。

黑炭脸挺直了背：“另一部分是对您的尊敬。”

他又沉默两秒钟：“当然，还有一部分是我的独断专行。教授，我非常喜欢您的钢琴，您退出音乐界是我终生的遗憾。”

阮冬然伸出手，受伤的小指蜷曲又伸展开来，端起一杯热咖啡仰头喝下。咖啡很苦，但是能让身体汲取热量。他知道今天来的是公安系统里的重要人物，但是不会相信对方安慰性质的话——不过这个人的推理是非常有道理的。ACPP 正在面临一个国家大工程的项目招标，并且略微占有优势。此时如果它的竞争对手想做点儿什么，比方说让它的承保人受伤，支付一大笔保险费，再利用媒体炒热这次事件。

“这样公众对 ACPP 保险公司的信任程度就降低了。如此巨大的国家工程，民众不同意，项目最终被从 ACPP 手中横刀夺走。而此后的竞争中，这家保险公司大概会一直落于下风……一口气输，满盘皆输。因此他们需要一个非常引人注目的承保人，一笔天文数字一样的巨额赔款，才能完成这样一场计算。”

“原来我只是……巨大利益系统中一个小小的牺牲品。”阮冬然喃喃自语，“这不是一起简单的人身伤害，而是涉及总金额一亿元的经济犯罪。”

黑炭脸站起来，从沙发上拾起大檐帽，重新戴在头上：“这只是我个人的猜想，还有待远道而来的同行论证。教授，那我先告辞了。”

阮冬然起身送客，走出小区的门时觉得冷，想去便利店买一杯热的关东煮。东西选好了，才发现没带钱包。一转身，忽然发觉背后站着两个人。一个穿着白西装，英俊挺拔，另一个穿着厚重大衣，手缩起来放进袖子里，还戴着耳套，像个逃难的民工。

白西装踢了民工一脚："郑语修，都到教授家门口了，你能别哆嗦吗？"

※ 三 ※

郑语修抱着腿原地跳："哎哟，我能不哆嗦吗？刚才厅长家公子从我身边走过去了！厅长家长公子！看见他就像看见厅长本人，长得那么像，能不让人打哆嗦吗！"

"那个黑炭脸吗？"张镜问，"看上去还不到三十。"

"黑炭怎么啦，人家是帝都警界精英，青云直上指日可待！"

张镜没有再理会这个二货，转向面前摸遍大衣口袋没带钱包的人，笑道："阮先生，不嫌弃的话我来付。"

阮冬然比宣传海报上看着要年轻，穿着暖色调的米色大衣，脸特别白，因此显得眉目黝黑深邃。他尴尬地拎上了关东煮，把两位不速之客请进门，去厨房下了一锅面条："我平时一个人住，没有什么东西，只能招待不周了。"

张镜坐在纯白色真皮沙发上，看了眼蹲在暖气片前的郑语修："没关系，我们本来就不娇贵。"

房间很整洁，像是有女人定期打扫。客厅的窗户前有一架白色的三角钢琴，钢琴上还放着一小束冬天里不常见的百合花。煮面条期间，阮冬然找到了自己的钱包，摸摸头："哎呀，包里正好没零钱，不然我弹一首钢琴曲抵债。"

他在琴凳上坐下来，推开琴盖。那是一双价值一亿元的手，手指修长，在黑白琴键上急速飞舞时，快得似乎留下残影。

清澈的曲调在禁闭的空间里流淌开来。

"《梦中的婚礼》，理查德·克莱德曼。"张镜叹气，"我情愿不是这首。"

"为什么？"

"他前女友最喜欢的钢琴曲——但是现在他被踹了。"郑语修"切"了一声。

"为什么？"

"嗨，还不是工作问题？张警官是警察，女方觉得条件不合适，不想嫁给警察。"

阮冬然温和而同情地点了点头。

"Do。"他在琴键上按出一个低音，匆匆起身，"我听到煮面水溢出来的声音了。"

"我也闻到了。"郑语修吸吸鼻子。

阮冬然把面分成三份，转过身递给张镜，盯着他的脸看了一会儿："张警官，其实我认识你。我看过你侦破案件的报道，过程非常精彩。难道你也是因为这次案件来找我？”

“我不是以警察的身份过来的，按照调令，明天下午才是我报道的时间。现在我只是以朋友的身份，想来和阮教授聊一聊。本来想找找方法，没想到这么顺利就被你放进来了。”

“张警官——不，张先生，你想聊什么？”

“比方说，原来你还可以弹钢琴？”

“确切地说，是不能再弹特定曲目。比方说李斯特的《汤豪舍》，那些快速音阶、琶音、双音，左右手跳跃八度……再也不可能了……”阮冬然摇了摇头，“可是弹不出世界名曲的钢琴师，在音乐界有什么存在意义？”

那一瞬间，阮冬然觉得，有些东西对面前这个人说，并不会感觉有伤口被人审视的疼痛感。他发现自己变得更倾向于言谈。那天他聊到很晚，包括遇袭的细节，一次又一次的取证调查，警方目前关于保险公司竞争之间的推测。

张镜坐在沙发边，不加以评判，只是安静地听着。

“你看上去比我预想中好得多。”他最后说。

“我已经足够伤心了。”阮冬然摇摇头。

他想了想，手伸进上衣口袋，递过去一张邀请函：“明天我会在公司录最后一张专辑，然后做隐退说明。曲目不会太难，但是是我最后一次录专辑了。有空听的话，就过来吧。”

※ 四 ※

让他受伤的那场演出，其实只是一场不收费的慈善演出。

阮冬然从巨大的钢琴前站起来，像平常一样和乐队指挥拥抱，跟首席小提琴手握手，然后在观众的掌声中退出这个舞台。他没有想到，这次谢幕，是整个音乐人生的谢幕。

独自走向停车场，贵宾专用通道上几乎没有人。突然有人从身后袭来，抱住他的腰，什么东西扑面而来。他举手去挡，突然的剧痛和血腥味——

人声，喧嚣声，救护车的声音。等意识恢复过来时，已经躺在医院的病床上，医生弯腰告诉他，暴徒的砍刀砍断了他的右手小指，然后在警方赶来前逃匿了。

万幸的是，由于抢救非常及时，现在他的手指已经被顺利接上——只是灵活程度估计大不如从前。

“用的是快半米长的大砍刀？”张镜翻郑语修昨天晚上回旅馆整理的笔录，问他。

“是的，和我们的资料也吻合。现在混社会的带把砍刀奇怪吗？”

“奇怪。想想，你家剥瓜子用菜刀？打蚊子去局里申请用枪？假如你想砍掉一个人的小拇指，会拿一把这么大的砍刀？”

张镜在笔记本上画了一个人体示意图，标记了砍刀的方向和伤口的位置，然后盖棺定论：“除非对方并不是想砍掉一只小拇指，而是想杀掉阮冬然这个人。那么说的话，厅长家公子的保险公司黑手推论就不成立了。确实有人想杀阮冬然，我们得找出是谁，为什么要这么做。”

他把车停在唱片公司的总部大楼下，低头看了看表，时间还在早上九点。

离下午去本部报道的时间还有六个小时，也就意味着他还有六个小时自由活动时间。

门卫看了邀请函，死活拦住不放行：“要登记个人证件。”

郑语修刚想摸警官证，被一把按住：“我有。”

张镜从包里摸出一张“外来务工人员临时登记卡”：“行吗？”

门卫从鼻子里哼了一声。

郑语修很心虚：“警察伪造证件是不是不太好？”

“从天桥下捡来的。”张镜提醒他，“我们现在是暗访。”

※ 五 ※

录音棚里摆着一架棕色的古董立式钢琴，在聚光灯下熠熠生辉。

通常很少有钢琴家选择立式钢琴演奏。因为在同等材质下，三角钢琴设计更为合理，音质明亮，更加适合演奏。然而如果你关注 Larry Fine 的《The Piano Book》，大概会记得排名世界第一的立式钢琴贝希斯坦 Concert8。一台钢琴之所以名贵，不仅在于合理的设计和稀有的材质，还在于他出自哪位名家之手。

阮冬然面前的钢琴，是一位德国人耳熟能详的钢琴设计师的临终遗作。后来这台钢琴上了拍卖会，被阮冬然的签约唱片公司以七位数的高价，从贝希斯坦公司带回国内，成为公司镇店之宝，并定期请专人来调音，绝少有钢琴家或者艺人有权使用它。

阮冬然是其中一位。

调音师正打开钢琴内部调音，阮冬然坐在旁边看琴谱。他穿了一件高领毛衣，显得身材颀长。郑语修卷起袖子想围观七位数的钢琴，还没碰着就被扔了回来。调音小哥是唱片公司从钢琴行请来长期专门负责这台钢琴的，染了一头酒红色头发，普通话带口音。他爱怜地抚摸钢琴内部，就像抚摸自己女朋友一样：“先森，这是公司的镇馆之宝，请不要乱碰。

很贵的。”

阮冬然笑了笑：“哪有那么夸张？这琴经常出问题，所以时不时要调音。贵是贵，总调不好……”

调音师小哥就像女朋友被指责了一样，很委屈：“教授，那是因为您耳朵太好了，有绝对音感啊！其实正常人听起来，它是非常正常的。”

张镜在观众席上找了一个地方，坐下来。剩下的时间，是阮冬然一个人坐在钢琴旁，对着麦克风演奏。都是简单雅致的曲目，无法和世界大师相比拟，没有炫技，没有掌声，然而从他手指下流淌出来的，是一潭化不尽的深碧春水。仿佛冬日寒冷的冰层下潺潺流出的细微而持续的希望。

张镜想，这样一个人，究竟谁想杀他呢？

他到底做了什么，让人不惜在演奏会结束这种众目睽睽的时刻，结束他的生命。

转过头，忽然发现录音棚的门开着。黑炭脸站在门边，听得全神贯注，还没有回过神来。

郑语修心神荡漾：“九位数的手弹七位数的琴，我终于在这么近的距离看到了……”

正好一支曲目结束，阮冬然耳朵很好，远远地纠正他，指了指受过伤的小拇指：“现在已经不是九位数啦。”

黑炭脸面色一僵，目光从聚光灯下的钢琴移向听众席。

张镜也一僵。

曾经有段时间，每次警察系统内部学习，他的名字和黑炭脸的名字都并肩列在一起。后来自己受处罚下放到地方去，就再也没出现在表彰名单上了。所以张镜其实是很不愿意主动走过去，自我介绍的：“颜青同志你好，我是……”

※ 六 ※

厅长家公子姓颜名青。都说颜家公子自幼含着金钥匙长大，毕业后进入警界，绝对是青云直上的苗子——没想到这根苗子被其父直接扔进基层，从派出所做起，每天跑案件，风吹日晒，晒成了一根黑炭。有时候他在路上见了父亲想搭个顺风车，颜父都是直接跟司机说：“这人我不认识，继续开。”

所以颜青每一步成长，是实打实的，可能比同事们还要艰苦一些。

可是他有个爱好——钢琴。

他每天下班回来，躺在床上，听CD机里流淌出来的钢琴曲，就觉得一天的疲乏消解了。

因此他的书桌上，床头上，都是阮冬然的海报——买 CD 时送的。扔了又可惜，索性贴起来挡挡灰尘。

这次阮冬然出事，是他向父亲主动请缨，要求负责调查的。

而调张镜过来，也是颜公子第一次以权谋私。当领导翻着档案在犹豫抽调谁过来协助破案时，一向沉默的颜青历史上第一次站出来建议："我记得以前系统内部表彰名单上，有个破案率和我一样高的人。后来突然不见了。"

于是张镜就出现在这里了。

"我叫颜青。"黑炭脸向他伸出手，"我以为你下午的火车才到。"

"我不太擅长跟人合作，所以多为自己争取一点儿自由时间。"张镜说，"因为如果对手的推理不切实际，天马行空，会限制我的发挥。"

"比方说？"

"比方说幕后黑手不可能是对方保险公司。"

颜青和张镜交谈完，向阮冬然走过去。他走到钢琴前，俯下身，僵硬地点了点头："我本来想早点儿来，听完教授录制专辑的，没想到突然有急事。"

中午录制结束后，颜青才匆匆赶往停车场。停车场空空如也，只停着一辆警车。

警车前站着一个人。

"颜警官，"他看见张镜靠在自己的警车上，手放在口袋里，"你今天来晚了，说遇到点儿事——是不是有机密资料泄露了？"

四周没有人，双目对视。

冬天冷淡的阳光中，颜青觉得心脏哪里被扎了一下，几乎要停住呼吸了。

"你的挡风屏上还放着一张出入证，这是进入军事禁区的特许出入证。油箱不是今天新加的油，但是油量几乎是满的，意味着你今天上午没跑远。这么近的距离，这附近只有一处军事设施。而这个警备森严的单位是以资料保密出名的，你还在办案之中突然被叫过去——"

"不错，是有资料泄露了。非常重要的资料。"颜青沉默片刻，挥挥手中的钥匙，"上车说。案情有变。"

※ 七 ※

颜青把车直接开进了本部，进了专案组的办公室。

阮冬然的案子，颜青是专案组的一把手。进办公室后门一锁，拿出一份东西递给张镜和郑语修："知道报纸上最近报道的研发的新式导弹吗？这种导弹的一个重要组成零件的图纸失窃了。"

"这和我们现在办的案子有什么关系？"郑语修大惊，"我们要查的不就是钢琴家手指受伤案吗？连经费都是按这个级别拨的！"

颜青给张镜泡了一杯茶，忽略掉旁边抱怨的人："因为这两个案子联系起来了。"

张镜打开颜警官递来的资料，发现是阮冬然公司所在地附近的地图。不同的街区用不同的颜色分开，画着路线。

"起因是我们研发部的保密人员违规操作——他们，"颜青脸色难看到死，痛苦得几乎说不下去了，"点了外卖！并且没有出去接，而是让人家送进来！"

外卖店就在单位的高墙之外，和哨兵很熟，进去送餐的是一个有智力问题的哑巴。当然送餐的哑巴是经过检查的，除了饭菜什么都带不进来，除了钱什么都带不走。但是这个哑巴有过目不忘的能力——他瞟到桌上正在设计的图纸一角，然后回家复制画在纸上。每天重复，把这些零碎的信息送到懂行的人的手里，最终完整地拼凑出了一张设计图纸。而这张图纸，对于该类型导弹的研发至关重要。

"后来怎么被发现的？"张镜喝着茶水。

"有一天哑巴收钱的时候，收到了满满一把硬币和毛票。他没有数，一瞬间找出了正确钱数，因此才被怀疑他其实没有看上去那么傻。再后来，从他家里搜出了零件的部分草图。"

"问了哑巴下线是谁吗？"

"来不及了。"颜青摇摇头，"昨天被抓到的，今天上午就莫名其妙地死了。好好地关着，突然氰化钠中毒，现在还没查清楚毒药的来源。他工作的那家外卖店老板还在逃逸中，我们没有抓到人。你手中的地图，黄色部分是哑巴当初送外卖的路线和范围。我们发现了不合常理的地方。"

通常餐厅送餐，会安排一个外派员负责一片地区。而这片地区内点餐的情况是随机的，比方说某家公司只会一三五的时候打电话订餐，而某对情侣喜欢吵架后订餐。那家泄露机密的军事单位，只有在领导出差的时候才会打电话让这家餐馆送餐进来。

然而奇怪的是，只要头一天哑巴给军事单位送了外卖，第二天他一定会给阮冬然所在的唱片公司送外卖。

这也实在太巧合了。

在某些情况下，人与人之间的联系，越少越好。假设你是一个机密窃取者，你通过打电话或者发邮件向A传递信息，你的通信记录上会留有A的痕迹。某一天你落网了，警察根据你的联系网，很容易就能找到A。

所以哑巴和他的上线采取了一种很聪明的方式，他们采用的是间接联系。

哑巴如果头一天复制到了图纸信息，会给唱片公司的联络人发信号。比方说在特定时间特定地点，放飞一只气球，当对方看见飞起来的气球时，就会在第二天打电话订餐。这样头一天获得的信息，就可以以送餐为掩护，第二天传递到唱片公司。

这是颜青的猜测。

"所以我推测，哑巴的上线，很有可能就隐藏在这家唱片公司。他每次送外卖，其实是为了将自己复制的零碎图纸传递给公司里的某个人，以便于交给懂行的专家拼凑。"

"不错，送外卖确实是一种不容易引人注意的联系方式。它是常态性的行为，很容易被忽略。况且哑巴甚至都不用和上线见面，只用将信息藏在公司的某个约定地点，等待对方去取……"张镜点点头，"这样做的话，的确可以做到双方毫无交集。即使哑巴落网，我们也不知道他将机密传递给了谁。可是你觉得，这和阮冬然无缘无故被人砍断手指有联系？你不再支持保险公司黑手说了？"

"正如你之前所说，如果凶手真的是为了保险金，他应该只想砍掉教授一根手指头。如果他真的只想砍掉一根手指头，就不会用那么长的砍刀。"颜青手撑着膝盖，坐得方方正正，"我猜他是不小心撞破了什么，所以差点儿被灭口。"

※八※

张镜拿着笔记本，靠在扶手椅上，写写画画。他需要一杯浓茶，和一个安静的利于思考的环境。窃取情报的哑巴定期为阮冬然所在的公司送餐……送餐过程中会接触到很多人，不知道究竟哪一位才是他真正要找的人。

张镜查了外卖饭店的送餐记录，发现唱片公司每次点餐都是几个部门一起点，通过内线报给门卫室，门卫室统一点餐。最开始的倡议是由谁发起的，没有记录，无从考证。

既然哑巴选择在这家公司内交易情报，那么交易地点一定经过了深思熟虑，是对外人绝对安全保密的。既然是对外人绝对安全保密的，又怎么会那么容易被阮冬然撞破，引来杀身之祸呢？

或许是因为阮冬然很特殊。对别人安全保密的东西，对他不适用？

可是从他的言谈举止来说，并不像撞破了什么不该看的东西后所应该有的表现。甚至换句话说，他可能并不知道看到了不该看的东西。

到底是什么东西，对阮冬然来说很平常，而对别人不平常呢？

“不是外卖的问题。”张镜突然从椅子上站起来，“颜同志，陪我去求证一个东西。”

“你要干什么？”月黑风高夜，颜青跟着张镜翻墙进唱片公司，一头雾水。

“私闯民宅。”张镜从身上摸出一套开锁工具，打开一楼窗户，敏捷地翻了进去。

“我很好奇，”颜青问，“你当年是因为私闯民宅被处分的吗？结果下放到三级城市的小警察局去了？”

张镜没有理他，打着手电筒，弯腰仔细寻找着什么。那架Concert8安静地摆在专用录音室里，只是像调音时一样，外板被他卸下来了。他找了一会儿，直起身：“我找到了。”

“什么？”颜青问。

“有人在这里用胶带粘过什么东西，又取下来了。”张镜调整电筒光亮，“我找到了粘东西的痕迹。”

“我明白阮冬然和其他人有什么不同了，因此交易地点的保密措施对他不起作用。”他伸出手，指了指自己的耳朵，“是听力——他有绝对音感，‘听’到了图纸藏在公司里哪个地方！”

郑语修举手：“等下，什么叫绝对音感？”

※ 九 ※

所谓拥有绝对音感，是指这个人在听到声音的瞬间，就能准确地判断出任何声音的音高，来源，方位，甚至可以从不为人知的混乱杂音中判断出是何种声音。

比方说阮冬然在煮面条时，曾经听到沸水溢出锅时的声音，然后在琴键上按下了一个DO——这就是绝对音感。

试问，如果要把一件东西藏在人来人往的地方，究竟藏哪里比较好呢？

首先，这个地方必须要非常少人才能触摸。其次，一定要有类似上锁装置，保证东西不被旁人拿走。再次，这个地方必须非常普通寻常，让来取东西的人可以安然地取走它，而不受怀疑。比方说，你不能隔三岔五就在众目睽睽之下挖开大厅地板，从下面掏东西出来。

因此，答案只有一处——一架市价七位数的德国名琴的内部。

钢琴内部空间其实并不小，因为要装密密麻麻230根琴弦，琴弦分为几组装在木质音板上，配有铁铸框架。想在其中某个零件背后贴小小的一卷纸，是完全可行的。当钢琴被重新合上时，信息就处于某个密码箱里，加密它、使得人们不伸手去碰的，不是真正的密码，而是七位数的价钱——镇馆之宝，当然是轻易拆不得的。甚至不是每个人，都有资格坐在这架贝希斯坦面前，弹上一支曲子。

绝对安全。

然而这个密码箱，对且仅仅对一个人不起作用——有绝对音感的阮冬然。

他听出了“资料”的所在地。

零件上附着了东西，弹出的琴音应该会有非常细微的变化。普通人听不出来，然而阮冬然却听得到。因此他总是说这架钢琴不准，要请调音师来调。名贵的钢琴配了专门的调音师。当琴行的酒红色头发的“调音师”小哥从钢琴中取出黏附其上的小纸卷时，这架Concert8 又恢复了正常。

哑巴每次复制的资料，都在这里中转。

如此循环，本来平静无事——然而有一天阮冬然私自打开了钢琴，企图矫正音位。

他可能是看见了琴弦上有东西，也没注意，就顺手扔掉了。然而这对间谍机构来说是极大的危险。因为对方会害怕，如果有一天他随口说出来，被有心人听见，那么一切将真相大白。

“一架德国名琴，配有专业调音师，竟然会时不时出问题，我觉得不太正常。然而抱怨这件事情的只有阮冬然一个人——再加上绝对音感，我猜说不定藏匿地点就在这里，没想到运气这么好，中了。”张镜把钢琴外板原样装回去，“这么推测的话，那个说话带口音的调音师，就是我们要找的下线。”

颜青点点头：“好，那我们去逮捕调音师。”

“不对——”郑语修冲过来拦着门口，“颜少，颜少冷静！就算你的音乐偶像深陷危险，也请冷静地看待问题！”

“怎么了？”颜青问他。

“你们都忽略了一个问题！”郑语修说，“这张纸条是怎么放进去的？一个送盒饭的智障哑巴，怎么样才能将信息放进名贵钢琴里？他连碰琴的资格都没有！”

“那谁有资格碰？”

郑语修重新整理了一下面部表情，非常沉痛：“颜少，阮冬然就有资格碰……虽然我吃过他的面，但是还是得说，除了阮教授、调音师和我旁边这个偏执狂，应该没人敢没事拆那七位数的货玩。”

※十※

张镜承认郑语修的话很有道理。

这个平时嘻嘻哈哈，只会追星的同事，关键时刻思维还是很缜密的。

郑语修的推理很简单，他颠覆了张镜的判断——机密的藏匿地点在钢琴内部，是正确的。但是有人想杀阮冬然，并不是因为他无意中看破机密，而是因为他就是机密的另一方，利益链的中间环节。

这场交易有三个中间环节，而不是两个。

哑巴——阮冬然——调音师。

哑巴进公司送盒饭时，伺机将纸条交给阮冬然。谍报活动的规则之一是，双方联系越间接越好，因此阮冬然将机密放进这架 Concert8 钢琴里，然后调音师给琴调音时又带走它——没有直接的情报交流，两个人甚至不用碰面。阮冬然不是这家公司签约的唯一一位钢琴家，他之于 Concert8 不是唯一，而调音师之于名琴是唯一。因此这种方式能够使得情报能够准确传递，而不暴露发信人。

送盒饭的哑巴暴露以后，调音师感觉到了危险，害怕哑巴指认阮冬然，而阮冬然再供认出自己，于是想提前一步切断中间环节——杀掉阮冬然。

“颜少，张镜，不觉得这个推理更加切合实际一点儿吗？颜少，颜少——你去哪里？”

颜青默默翻窗，走了。

张镜再次找到颜青，是第二天晚上。

他从警车上下来，看着拿着夜视望远镜，穿着便服的颜青，说：“你这是偷窥。”

“我不相信琴声那么美的人会是间谍。”颜青站在阮冬然家窗户外花坛后面，笔直得像一棵树，专心致志地举着望远镜，“如果他是间谍，我会亲自逮捕他——所以才在这里监视，防止他逃跑。你听，教授弹的琴，像恶徒吗？”

阮冬然弹的是《梦中的婚礼》，张镜初次见面时已经听过一遍了。

“你根据声音来判断对方有没有犯罪倾向吗？”

“难道不对吗？”

“你觉得这样对吗？”

……

“冒昧问一下，你们在怀疑我什么？”颜青回头，看见阮冬然端着个咖啡杯，穿着家居拖鞋，出现在自己身后。

※ 十一 ※

阮冬然把咖啡杯往桌上一放："你们怀疑我是间谍？"

张镜想了想，把机密情报丢失的事情，去掉重要信息，粗略地和阮冬然说了一遍。他没说丢失的是什么图纸，但是告诉他，有重要图纸通过他所在的唱片公司中转泄露出去了。

"你说当我是朋友，竟然怀疑我！"一向温文尔雅的阮冬然沉下脸，皱起眉头。他站起来，在客厅里焦躁地走了一圈，又坐回去，"怀疑人请拿出证据！"

"不是我怀疑你，是他。"张镜指了指郑语修，"我只是觉得他说得有道理。毕竟你是最容易接触那架钢琴的人。"

"我是清白的。"

"怎么证明？"

"你想怎么证明？"阮冬然冷笑。

"测谎，就现在。敢吗？"有人说张镜的目光像鹰，很锐利，盯着一个人看久了，仿佛能看到你心里去，"警察局有测谎仪，问题由我设置，让颜青现在去调设备过来，当场测试。"

颜青黑着脸打电话叫了熟人，当晚开来一辆警用面包车，送来设备。传感针连接阮冬然的皮肤，张镜盯着指示灯，问："你是从一位哑巴手中拿过XX军事单位的机密信息？"

"没有。"绿灯，属实。

"你是否通过一架钢琴，向调音师传递了这个机密信息？"

"没有。"绿灯，属实。

阮冬然看了一眼旁观的颜青，没好气地说："我要是刚才说了一句谎话，就天打雷劈，五雷轰顶。"

张镜打开三流八卦小报："阮教授，你是否有过三段以上的情史，并且和前女友一夜情时被狗仔队偷拍了？"

"没有！"红灯。

张镜将《钢琴伯爵携女友逛夜店被偷拍》的报道拍给一脸八卦欲的郑语修："好了，看来报道是真的，他也是清白的。你的推论错了，快向阮教授道歉。"

他转向莫名其妙脸色阴沉的颜青："我突然想到一个办法，可以查出'调音师'的上线是谁。找到上线以后，我们就可以知道他是怎么神不知鬼不觉的，把图纸放进钢琴这个密码箱里了。"

“怎么查？”颜青问。

张镜站起来：“明天我们带人去查封教授在的唱片公司，颜公子，得麻烦你去借点儿人出来。”

颜青说到做到，第二天果然带了一大帮同事，直接封了阮冬然所在的唱片公司。

但是张镜什么都没有搜查，甚至没有去碰那架七位数的钢琴。他只是集合了所有公司的签约艺人和员工，在钢琴旁亮了亮自己的搜查证，说了一些请大家配合一类的废话。

“隔壁单位丢了一点儿东西，附近机构都要检查。我们得看看有没有东西出现在了不该出现的地方。比方说洗手池背后，钢琴里面，会不会黏着不该黏的东西……”

说完话的张镜伸手随意地按了按琴键，突然开口：“我觉得这架钢琴音色又不准了。”

“怎么可能？”阮冬然笑道，“我有绝对音感，这次连我都觉得音准没有错。”

张镜又换回了那身白西装。他很配白色的西服，衬得人气质出众，坐在钢琴前时，不像警察，倒像个演出的音乐家。

“我也有绝对音感，说不定比阮先生还要准确一点儿呢。”他对着在场的所有人笑了笑，“要不要试一试？”

有人被这个玩笑逗乐了。

一位歌手顺手拿起一张白纸，从中间撕开。

张镜侧耳倾听，然后说出纸张裂开时产生的音阶。

阮冬然大吃一惊：“对了。”

另一位歌手顺手拿起一只废弃的破杯子，犹豫了一下，手一松，杯子落在地上，叮叮当当碎了一地。

张镜仔细听了听，然后不满地看了一眼在旁边玩手机的郑语修，快速地报出一个复杂的音程。

阮冬然退后一步：“对了！你真的有绝对音感……”

“所以我说这架 Concert8 音不准确又该调了嘛，”他拦住想当场打开钢琴矫音的阮冬然，“教授，不急不急，明天还要来搜查，那时候检查钢琴时正好调音……”

※ 十二 ※

其实人的心理是很脆弱的。

经常会被彷徨，孤独，怀疑，猜忌这些东西所控制。

如果你想让一个罪犯回到案发现场，怎么办呢？最好提醒他，或许他不经意间把自己重要的东西落在那里了。

胶水的痕迹、纸条碎片、吸烟时落下的烟丝，头发……这些东西记录着罪犯的DNA、指纹、唾液。让他越想越不安，终于决定回来看一看。

“我就知道，你会打开看——因为你不放心，没有安全感。”月光很明亮，照亮了唱片公司大半个录音棚。张镜堵在门口，背对着月亮，对站在这架贝希斯坦面前的黑影说，“你听说这架钢琴声音依然不准，是不是担心里面有你上次粘贴图纸时遗落了的东西？比方说调音师小哥的头发是酒红色的，而警察打开钢琴时，发现了胶带黏贴的痕迹，痕迹上有灰白色的头发丝。这种头发丝只有你头上才会有——传达室的门卫同志？”

正在弯腰熟练打开钢琴盖的人慢慢直起身体。

月光下，确实是门卫的脸。四十岁出头，比同年龄人多的皱纹，眼睛深陷下去，像黑洞一般。他一只手上拿着沾有清洁剂的绒布，一只手拿着电筒，正试图擦拭钢琴内部。

“我们一开始思路错了，在考虑到底有多少人有权限去动这架钢琴——事实上，我们考虑的不应该是‘有权限’，而应该是‘有能力’。其实只要下班没人，你锁好公司的大门，安排好保安，一个人走进录音棚——在四下无人的情况下，即使是一个门卫，也可以碰这样的名琴。送餐的小哑巴来这家公司，不管接触谁，一定会先接触你——因为他首先要在你的门卫处登记，他会把临摹的部分零件图纸给你，你趁晚上没有人时，打开钢琴放进来。同时你也可以以公司其他员工的名义打电话向他订餐，反正用的都是门卫室的电话，而你不会做记录。”

门卫放下绒布：“我很不甘心。”

他拿起电筒：“钢琴里竟然什么都没有。我输给了自己的自我怀疑。”

电筒光忽然调到最亮，直射张镜的眼睛。强光一晃之间，门卫纵身一跃，从窗口翻出去。窗外传来一声闷响，郑语修痛叫一声：“奶奶的，谁砸到大爷我身上了？”

他把门卫铐起来重新扭进屋。

张镜拉亮灯，雪亮的灯光下，录音棚里，站着不下十位荷枪实弹的警察。

他走过去，发现门卫被撕扯开的衣服上，有一只黑十字架刺青。

“这是什么？”张镜皱着眉头问。

“我的个人爱好。”门卫哼了一声。

张镜没理他，拨通了颜青的电话：“我们逮到现行了，是门卫。谢谢你借调过来的人，现在他已经被铐得老老实实。”

抓捕行动分两头进行，张镜带着人负责这一头，颜青负责抓捕调音师的那一头。两边进行得都很顺利。

颜青在电话那头笑了笑。

这个人平时很少笑。当然一部分原因是因为脸太黑，即使笑也看不出来。

“真好。犯人抓住了，至少证明阮教授是清白的。”

“我不太习惯与人合作，但是和你合作很愉快。”

颜青想了想：“没想到啊，张警官你竟然有绝对音感，真是真人不露相……”

手机开着外放，郑语修也在旁边。他跳起来反抗：“他连国歌都要唱走调，还绝对音感？知道网上那款给吉他矫音，能自动测试音高的软件吗？”

郑语修爆发了：“当时他下了一个装在手机上！”

张镜果断地摁断电话。

※ 十三 ※

有的案件侦破以后会有新闻媒体铺天盖地地报道。

有的案件侦破以后像石子落进深湖里，响声都没有一个。

这起钢琴家人身伤害案，最终悄无声息地终结了。数年后人们再提起这件事，都以为暴徒并未被抓获，凶手一直逍遥法外，而身心受伤的钢琴家一个人出国，远走他乡。

因为它背后牵扯的故事太深，没有一件敢放在公众视线之内。

阮冬然确实出国了，退出音乐圈，去了某个不为人知的岛国休养。临走前，他很礼貌地向张镜道谢：“张警官，那次测谎，你为我洗清了名誉，没有你我差点儿也沦为犯罪嫌疑人了。谢谢，我会在远方给你写信的。”

很久以后张镜回想起这个案件，总觉得哪里出了问题。

后来他才发现，问题的症结所在。

太熟练了。

最后一次，他坚持钢琴音色有问题时，阮冬然提出打开钢琴盖看看。

他的动作太熟练了，丝毫没有生涩和犹疑，就好像已经无数次地打开过这架七位数的钢琴，窥视其内部一样。

可是阮冬然通过了测谎，他应该是清白的。

那天他顺手从郑语修那里拿了一份报纸。在所有新闻喉舌对这个案件保持沉默的时候，这份报纸谈到了这个案子。

假如，假如事情这样看呢？

当间谍组织 A 通过这架钢琴传递情报时，间谍组织 B 的某位成员每天在他们完成信息传递的间隙里，打开钢琴，复制情报，再原样放回去。

这样当他掌握了所有情报的时候，再故意弄伤自己的手指。

其实说起来很奇怪，砍伤他手指的暴徒，拿着那么长的砍刀，竟然在光天化日之下消失了！其实说不定，并没有这样的暴徒存在，他只是通过这种方式引来警察，利用警方的力量将自己的敌对组织一网打尽。

其实这样解释就很合理了——阮冬然并没有直接从哑巴手中获得情报，也没有将情报传递给“调音师”。

他只是一个旁观者，那个测谎，他的每一句回答都是真实的。

正如阮冬然自己所说：“我若有一句假话，天打雷劈，五雷轰顶。”

张镜合上书，想起来初步审问工作是由颜青负责的。颜青说，直到将两个间谍移交到更高一层，他所接触不到的层面去之前，他们始终没有承认自己是砍伤了阮冬然手指的幕后指使。他说自己无法判断他们说的是真话，还是只是拒不承认。颜青还说，“调音师”和门卫身上，都有同样的黑十字架刺青。

冬天很快就过去了，春天来临。

覆盖着聊城的小雪已经停止，草木发芽，生机盎然。

张镜在聊城警察局处理卷宗，突然收到一封从国外寄来的信。

信封里有一张 CD，和一张深蓝色的长方形信笺纸。

信笺纸上只有三行话：

亲爱的张警官：

代林浅浅小姐向你问好，谢谢你在颜青面前维护我的名誉。

阮冬然

将那张 CD 放进了电脑后，电脑开始自动缓慢地播放理查德·克莱德曼的钢琴曲《梦中的婚礼》。

※ 十四 ※

蓝帽会——国际地下恐怖组织，通称 Blue Hat，成立于一九九五年，发起人不明。传闻参与过东京地铁毒气事件等多起国际恐怖袭击事件，但无确凿证据。该组织成员对蓝色帽子有特殊偏好（解释来自网络）。

林浅浅在云雀山庄，躺在床上看小说。

阮冬然打电话进来："亲爱的，听说你被调到了蓝帽会国内总部是吗？Boss 亲自接见，分派任务？"

"是啊。听说你拿着一亿人民币在马尔代夫度假？"

"是啊，我买了一栋别墅，面朝大海，春暖花开。怎么样，你看见 Boss 的脸了吗？好看吗？求八卦！"

"必然戴了面具。"

阮冬然失望地叹息一声："帮我转递一份资料给 Boss 怎么样？关于导弹的。"

"传真过来。"

三分钟之后传真机响了起来。林浅浅从床上爬起来，看了一眼资料，都是看不懂的图纸和数据。

她拿起笔，瞅着看上去重要的数据随便改了几个，重新影印了一次，放进资料夹里准备上交。

"对了，我看见你前男友张镜了，给他弹了你最爱的钢琴曲《梦中的婚礼》。"

"有什么反应？"林浅浅动作停滞了一下。

"没有。"阮冬然笑了，"对了，我新买了钢琴。"

"你不是手受伤了再也不能弹琴吗？"林浅浅顿时莫名其妙地火大。

"你真相信医院开的鉴定书啊？"阮冬然在电话那头轻声笑，音乐家的声音非常好听，如风吹过树叶一样低沉地沙沙作响，"就跟你相信爱情一样天真可笑。你一定没有看过《梦中的婚礼》背后那个故事，浅浅。建议你去看一看，那不是梦里王子和公主幸福地生活在一起举行婚礼的浪漫爱情，而是一个悲剧。"

他又轻声重复了一遍："人和人会相互吸引，但是感情说到底，是一场悲剧。"

是啊，林浅浅想，人和人相互吸引，但感情说到底，是一场悲剧。

第七章 送你一朵烟花

※一※

林浅浅其实不喜欢白色。白色的单人床，白色的小羊皮沙发，漆成白色的木质窗框，她把一束红得滴血的玫瑰花插在茶几上的白瓷小花瓶里，俯视落地窗外河水静淌。

“喜欢？”桃花眼的青年无声无息地出现在身后。

“喜欢才有鬼！总部的设计师品味也太奇葩了吧，这不是客房，绝对是按照医院停尸房装修的。”

这是林浅浅进入蓝帽会以来，第一次到国内总部。飞机停在荒无人烟的深山里，汽车顺着山路七拐八拐，忽然豁然开朗。路的尽头是一栋纯白色巴洛克风格的庄园建筑，带着门廊和塔楼，坐落在一条铺满秋天落叶的宁静河流旁边。要不是同车的山寺解释，她都要以为飞机飞出国境线，直逼西欧山区了。

山寺告诉她，不是每个人都有机会到国内总部汇报工作的。还有总部的煎小羊排和回锅肉都做得不错，建议都尝尝。不过浅浅在这个停尸房一样纯白的房间里住了一周，除了山寺和服务生，连Boss的半个人影都没看到。

山寺倒是特别高兴，每天都会很开心地问一遍：“浅浅，老板还没来，哎，你说我们两个像不像在度蜜月？”

玫瑰花是来庄园之前，快递小哥放在浅浅住处房门前的。没有卡片，也没有寄花地址，刚拿起来时正好接到去总部的紧急通知，她就带着花一起上了飞机，然后插在分配给自己的庄园卧房内。山寺捂着胸口倒下："总部风格是老板亲自设计的，纯白又美丽，你这样说他会伤心的！"

他又纠正自己刚才的话："我是问玫瑰花。很少看见你对植物这么上心过，猜到谁送的了吗？"

"大概能猜到吧？"浅浅叹了口气，"我现在有种不祥的预感。"

"什么？"山寺一脸无辜。

"大概见 Boss 之前，新的任务又来了。你藏在后面的手里，是不是拿着一份任务书？"

※ 二 ※

这是 9.12 特大走私案立案的第二天。青岗市从来没有这么光荣过，执法合作联合联络小组两位国际名额，全都落在青岗市警察局。然而让人惊奇的是，出国的并不是刑侦科的头儿黄队，而是一个新人菜鸟刑警和一位法医，并且是非去不可。

穿便衣的年轻刑警晕机，抱着呕吐袋在座位上面如菜色："李浩，为什么会派我们去协助办案？我都告诉黄队我晕机了啊？"

旁边的法医从金丝眼镜底下瞟了他一眼："谁叫你闲得没事，给局里交了一份《蓝帽会犯案模式总结》，还把我名字添上去？自作自受，活该。"

到了纽约机场，他把虚弱的病人架下飞机，扔上前来接应的美方警车。

来接机的美方人员是个金发青年，叫理查德·林顿，不到三十，有五年警龄，会说中文，体格健壮，让人想到鬃毛丰富的非洲狮。金毛狮眯起眼睛上下打量，很失望——一个法医一个新人，这算哪门子组合？他问旁边无所事事的李浩："你们就是跟 Blue Hat 交过手的专家？"

法医坐在疾行飞驰的警车副驾驶上，专心削一只苹果："是。"

金毛狮哼了一声，平卷舌不分："你，能协助我们的侦破走尸案？"

"走私案，能。"李浩头也不抬。他收起手术刀，把一丝不断完完整整的苹果皮装进塑料袋里，然后将香甜的果实扔给后座上还抱着呕吐袋的菜鸟："肖桐，吃了就给老子活过来，听到没？"

所以当肖桐笔直地站在美国纽约警察局纤尘不染的大厅时，心里是十分感激李浩那个苹果的。真是治疗晕机良药。

这次外派出国，是为了一起特大走私案。

有情报显示，本月之内，会有一起从美国出发的走私交易在国内交货。之所以说特大，是因为虽然交易货物不明朗，但是具体金额已经获知，大到让黄队在办公室骂娘。内线还交代了走私案的出货方——Blue Hat。

这就是为什么厅里会把事情推给青岗市公安局，黄剑又把他们两个人拎出来。警察系统中和这个奇葩组织打过交道的人很少，能赢的更少。肖桐不幸摊上的两个案子，有一胜一平的记录。据说针对这个组织，还有个张姓的王牌警官，因为事务繁忙，厅里舍不得打出去。

交货大致时间确定，组织确定，金额确定——肖桐和李浩来纽约的目的，就是为了协助找出这笔数额巨大的走私案交易地点和货物。

“最开始我们怀疑是海洛因交易。”纽约警厅的专案负责人今年四十岁，典型白种人，略微谢顶，有浓重的鼻音。

“不太可能。”旁边的李浩开口，“要从美国走私海洛因到我们这儿，除非旁边的金三角被轰炸机炸平了。”

负责人点点头，递过去一份中文写的投诉信：“肖先生，李先生，案件暂时进展不大。如果你们能利用这段时间，帮忙协助林顿调查这边唐人街的一个案件，我们将深表感谢。”

肖桐走出警视厅时，捏着投诉信愤愤不平：“什么‘唐人街夜里有鬼声，纽约政府查案不利’……哪里是协助案件，分明是帮金毛调解社区纠纷，当免费翻译嘛！太小看人了……”

李浩没理他，低头看纽约市地图。

※三※

纽约唐人街有45条街道，面积超过4平方公里。它已完全吞并了周边的犹太区和波多黎各区，蚕食意大利区，形成10个华人社区。踏上唐人街土地的那一刹那，肖桐有种远离纽约繁华街头，重回国内城隍庙的亲切感。他抱着《马克思唯物论选读本》，跟在金毛后面安慰一位老太太：“晚上有鬼在哭？什么时候的事情嘛？”

“已经一个月了，晚上断断续续的，从地下传过来，呜呜叫着可吓人了。哎哟！”老太太捂着胸口，脸皱成一朵菊花，“洋鬼子不懂这个，说也没有人信……你知道什么叫‘鬼敲门’吗？”

“什么样的声音？”

“就是夜里能听见从地下传来咚、咚、咚的闷响，是鬼在敲门要到阳界来。还伴随有鬼哭的声音——呜……呜……呜……”

肖桐转过脸看李浩：“是不是要告诉金毛，找人修修唐人街的下水管道？好像里面灌风了。”

果然是排水系统坏了，几处地势低的地方盖子没盖好，导致风涌进来，穿过纵横交错的管道。晚上水流缓慢，风速迅速，产生气锤现象，空气撞击金属管壁，发出金属锤击的声音。老太太说的呜呜呜鬼哭声就是风声，而气锤的金属敲击声，正是“鬼敲门”。

为了表示感谢，金毛申请了一天假期，带着两位朋友逛纽约。

他一边开车一边很不耐烦地抗议：“李，你的手指能停止跳舞吗？”

肖桐第一次出国，兴奋地扒在车窗上看街景，李浩还是个冰人，手撑着头，膝盖上摊开一张地图，食指敲着图，咚、咚、咚。眼睛盯着手指，不知在想什么。

什么烂人啊，不会看气氛。

李浩忽然从副驾驶回头：“这是什么节奏？”

肖桐心想，你又不是不知道老子五音不全！

“不，”李浩摇头，“这是挖东西时铁锹的惯常节奏。”

他手指凌空在地图上划了一条线：“唐人街历史太过久远，地下有很多废弃不用的下水道。你有没有想过，其实我们听到的‘鬼敲门’不是气锤的声音，而是有人在开挖这些废弃通道？气锤只是个幌子，掩人耳目。”

把那些错综复杂的网络连接起来，形成一个通道。

“因为气锤产生的条件，是液体在气体的推动下高速前进，产生锤击的声音。先不论风压够不够，纽约市起风时间是不固定的，不可能一整夜都能听见锤击声……要整夜都有，每晚都有的话……”

“除非有人用铁锹，通宵在下水道里挖掘？”

李浩颔首：“如果真有这么一条地道，我想知道它通向哪里。”

※ 四 ※

林浅浅端着一杯咖啡，站在纽约 82 号大街上，看对面大都会博物馆气势恢弘的白色大理石廊柱。

异乡落日温和，晚风拂面，她觉得肚子饿了。

“《药师经变》图，宣统年间清廷抵押出去的那套钧窑瓷器……早晚会想办法把它们弄回来的。”身后有人拍肩，“你是不是在想这个？”

浅浅把咖啡杯往后一泼，山寺委屈地闪开：“我是来叫你换班的，该你去地道里守着了。”

“你忍心让女孩子去那么黑的地方吗？”

山寺当然是非常愿意的。他翻出一张白手帕擦衬衫上溅的咖啡点：“据说林小姐非常擅长挖地道，当初偷福禄瓶时将地道从河里打进博物馆，至今都是业界学习典范。我当年也是研究过的。”

这次利用唐人街废弃下水道的计划，是林浅浅提出，山寺负责执行的。他们雇了几位黑户籍移民，夜以继日奋战，然而今天浅浅却突然电话告诉他，计划中止了。山寺来兴师问罪，发现她悠闲地在大都会博物馆外喝咖啡。

“第一层皮已经被揭掉啦，现在纽约政府已经把我们打开的排水管道封闭上了。如果再继续下去，很快会被发现夜里发出声音的并不是排水管道的气锤和风声，而是数十年前废弃的下水道。”浅浅叹了口气，从口袋里拿出一张纸。

那是任何游客都可能有的纽约市旅游图。图上用红笔圈了一处地方。

“不过他们还是晚了哦。”她转过头，对山寺笑了笑，“我们的炸药到了。”

※ 五 ※

声波在固体的传播速度大于液体，再大于空气。如果有人在废弃下水道中施工，微弱的敲击声可以顺着土质或者岩石地层，传播到遥远的另一端。声音微不可闻，如同深夜鬼叩门，再伴随着久不启用的通道内新涌入的风，有如遥远的哭泣。

“这种声音只有在唐人街最为明显。”李浩蹲在唐人街一处废弃的下水道入口，对着洞口说话。

“为什么？”肖桐在下面问。

“第一，这本来是微小到几乎能被忽略的声音，只是恰巧符合中华民族民间鬼故事传说，所以引起了国人的注意。第二——”

“因为这片街区是居住区，夜里相对安静？”

“是的。”

肖桐一直不满意李浩的轻微洁癖，实地勘探这种事情只好落在自己肩上。金毛听了李浩说有人在唐人街下挖地道的推测后，抱着手臂耸肩。

肖桐想拿一张旧唐人街下水道施工图，金毛表示没有，只把他们带到这个入口处，就开警车回局里了。

其实年代久远，没有完整的图纸可以理解，只是这两个华人是来协助走私案的，跑到唐人街研究下水道确实有点儿不务正业。走私总得有货源，如此数额巨大的货品，组织运输时不可能不走漏一点儿风声——至少得几辆卡车拉货吧？然而这一切悄无声息，让肖桐觉得不随手找点儿事情做，对不起自己回去报销的差旅费。

下水道年代久远，因为长久未使用已经干涸了。通道高大处是砖砌的，大约有一米高，成年人猫着腰可以勉强前进，中间有污水淌过的水槽痕迹。旁边的支管道是陶土烧制的，大约只能钻进只小猫小狗。

肖桐走了几米，发现李浩也跟下来了，两人开着手电猫着腰走了十余米，李浩忽然吸吸鼻子：“空气还算新鲜，有风口。”

肖桐回头看法医，法医同志把插在白西装里的手伸出来，顺着下水道墙壁摸了一遍，在一处锁好的支管处停了下来。

“风从这里进来的。”

肖桐手电一照，发现原本数十年没有动过的水阀锁已经开了，只是松松地挂上。新鲜的风从管道缝隙里吹出来。

管道的大小正好能容纳一个人——身材娇小的女人。

“你也能进去的，肖警官。”李浩鼓励他。

肖桐二话不说脱了外套往里钻，爬行了数米，忽然发现身边的管道被凿开了一个洞。破碎的砖土那头，连接着另一只主管道。李浩猜得没错，确实有人晚上在这些狭小的管道中爬行。他们按照预定的路线，将相邻的下水道打通，在茫茫网络之间，形成一条可以容人爬行的路线。

肖桐觉得哪里不太对。空气似乎变了……过于香甜。这种感觉怎么形容呢？

就是虽然你知道自己身在距离地面数米之下的废旧管道中，依旧觉得身在自家的院子里。正是初夏，花坛里的玫瑰和三月梅都开了，感觉自己在温柔的香气中泡了一壶红茶。懒洋洋的，一根指头都不想动。

有人在骂娘：“草，肖桐你笑个鸟？我让你出来！快！”

谁抱住自己的腰往后拖。

手臂被粗糙管壁划破，而毫无痛觉。面朝下摔回主通道，被翻过来，他极其无辜：“我没笑啊？”

李浩没理他，沉着脸拽起人就往出口推。

肖桐费尽力气爬出去，因为才下过雨，街边有积水，他爬过去，水坑里倒映着自己的脸，确实咧开嘴角在微笑，无法控制。

——一氧化二氮！

地下忽然传来隆隆声，隐隐震动，什么东西爆炸了。

李浩！

李浩还在下面！

※ 六 ※

“一氧化二氮，你有必要做得那么彻底吗？”林浅浅坐在一辆老型号的林肯后座上，山寺开车。她身边放着这次交易的货物。大概整个纽约，除了买家和山寺，没有人知道这个东西已经重现天日了。

她只是在通道里安放了轻度炸药，提出使用一氧化二氮的人是山寺。一氧化二氮俗称笑气，少量吸入后会麻醉，控制不住地大笑。这是一种惰性气体，只有在高温之中才会分解成氧气和氮气，引发爆炸。医学上它可以作为安全麻醉使用，但是在氧气极度缺乏的地下通道中，就不一样了。

“哎呀，林小姐心痛了？”山寺围着惯常的白围巾，眼睛在蓝色的棒球帽下好看地弯起来，“通道里没有摸进来的条子，我就怕有什么美利坚合众国的阿猫阿狗。”

他瞄了一眼林浅浅手中玩的小锤子，忽然住了口。

“喂。”山寺停了一秒钟，“你不会真的那么想吧？”

“你怕？”

山寺弯起桃花眼：“怎么可能，我又没有你那么多愁善感——褒义的。”

※ 七 ※

肖桐看见法医从下水道口爬出来时，松了一口气。吸了大街上雨后清新的空气，笑气效果已经过去了。他想像李浩同志这种平时打个牌都能出阴招的，死在这里的可能性确实比较小。

“有人在地道里灌满了一氧化二氮，然后引爆轻度炸药，爆炸的高温引爆这种惰性气体，使得整个废弃地下管道都坍塌了。”李浩出来就抓他领子，“要不是我拉你，低氧高笑气环境下再麻醉中毒，你直接埋那里了！回程机票我都不用订，多省事是不是？”

他又冷笑：“要是你真死在这里，那以后我就每年清明节，面朝美利坚合众国下水道的方向，帮你烧几张纸钱。”

幸好法医同志当年读研的时候无聊，在实验室自制过笑气，对这种甜味气体过鼻不忘，刚闻到时就爬进管道拽人，不然这个畅想极有可能成真。

用完就毁掉。撞破真相的人统统不留活口。

似曾相识的风格。

“你没事吧？”

肖桐回过神：“我大概知道怎么查出地道通向哪里了。”

手机突然响了。李浩皱起眉头，接起来听了一会儿：“不用查了，已经知道通向哪里了。就在隔壁两个街区的私人博物馆，丢了一只西周时期的饕餮纹青铜鼎。西周时期，国家一级文物，本来应该放在首都博物馆防弹玻璃柜里供起来的……”

肖桐还是有点儿迷糊：“怎么知道和这条下水道有关系？”

“藏品室里有一个洞，就在文物保护罩里面，连着下水道。你——摸我干吗？”

肖桐熟练地掏出李浩的手机，骚包法医同志开通了国际流量，而他急需上网核实一件事情。

那是一间据说苍蝇也飞不进去的地下文物保管室。进门需要密码，地面有红外线监控，而且保安还是哑巴。所以没有人知道这所私人博物馆里，究竟收藏着什么东西，连看一眼的机会都没有。然而再严密的建筑，如果装备或者曾经装备了洗手间或厨房，都不能避免一个问题——底下就一定会有下水管道通过。

有一个组织，通过连接废弃不用的下水管道，直接把地道打进了文物所放的玻璃罩内。从地下取走了一只西周时期的青铜鼎。

这只青铜鼎怎么估价呢？

提到青铜器，世人首先想到的是1939年出土的司母戊鼎，商王武丁之子为祭祀母亲而铸造的。试想如果司母戊鼎上了拍卖台，再高的价格都不过是小儿科的数字。在那个兵荒马乱的年代，其实有另一只鼎和它同时出土，刻有相同铭文，上有饕餮纹饰。而这只鼎，被当时来华的外国考古商人以极其低廉的价格从挖掘出土的农民手中买走，和当时遭遇同样命运的文物一起，漂洋过海，落入私人收藏家的手中，从此不见天日。

现在网上所估价的七千万人民币，丝毫不过分。

重新站在纽约市警视厅国际部办公室时，肖桐挺直了腰杆。对面的负责人扶了扶半月形眼镜："肖，你认为走私案的物品，就是这个青铜……"

"得影——鼎，"他指着资料上的汉语拼音，"青铜鼎，古代食器。"

"哦上帝，你是说你们一只古代的锅，"联合行动组的专案负责人消化理解了一下，"价值七千万人民币？"

肖桐点头。他上网查过了，这只青铜鼎的世面估价，和走私案的涉案金额一模一样！

正因为如此，纽约警方才寻遍整个纽约市，找不到蓝帽会的货源和运输网络。

因为这七千万的货物，根本没有货源，也不需要卡车，只用一只纸箱子就可以了。

蓝帽会要交的货，就是这只西周饕餮纹青铜鼎。和买家谈价格时，这只鼎还好好地躺在现任主人的收藏室里。先卖后进货，这种事情也只有这群疯子才做得出来。

"你说大概能知道交易地点，是吗？"

肖桐点点头，说："既然是合作侦破，就请你们相信我们的实力。蓝帽会用了地下运输网络，我有办法知道出口在哪里。破案期间，请让金毛——不，理查德·林顿先生配合我们工作。"

※八※

要摧毁一条埋在地下的运输通道，光用炸药是不行的。

因为遗漏了另一个条件——生活在地面上的人。

八月清晨，唐人街附近的纽约市民醒来时，会有人敲门。是两位文质彬彬的东方人，跟着一位身材高大的当地警察。年轻清秀的东方人不过二十出头，拿着一只破诺基亚手机。他向开门的房主放一段录音，询问对方是否听过，然后在一张地图上画记号。

手机里传来的是轻微的敲击声，以及呜呜的风吹过管道的声音。以这种声音的分布图在地图上画一条线，一头是唐人街私人博物馆，另一头……他摊开李浩买的纽约市旅游图，用红色圆珠笔在其中一个位置画了个圈。这是敲击声消失的终点。

"为了得手后立即转移文物，他们会选最近的港口。"肖桐对跟在旁边的金毛说，"距离声音终点最近的港口是伊丽莎白港。"

平心而论，理查德是对这两个东方人不服气的。一个没有经验的菜鸟加一个法医，对方派来这样的"专家"和他搭档，他觉得自己运气差到家了。

可是这个叫肖桐的人，破案思路确实很独特。

理查德向来对分给自己的工作兢兢业业。这一次，伊丽莎白港被严密封锁了。所有装船货物都经过严密检查，然而一无所获。最让人气愤的是当时还有一批艺术品回国展出，一箱一箱的青铜器从伊丽莎白港装船，肖桐每天都带着法医小哥在港口转悠，没有一件是符合条件的。他几乎怀疑自己了：“难道这也是障眼法？”

然后他看见了一位来办通关手续的女孩子。人头攒动的大厅里，她穿着青花瓷的旗袍，长长睫毛垂下来，笑起来像泉水一样清澈干净。

那是什么感觉呢？就好像她笑的时候，整个喧哗的大厅都沉静下来了。只剩下一个干净的笑容，在透明的风里化开。

不知不觉，就跟着她挤进了电梯。李浩有事要上楼，刚进电梯就被雷劈了。

肖桐伸手环住一位长发美女的腰，低头耳语什么。

他耳朵比常人好，听见肖桐说：“小心，那穿白衣服的是小偷，盯上了你。”

美女仓皇地瞟了自己一眼，果断跟肖警官出去了。穿着一身洁白无瑕休闲西装的法医同志胸中一万匹神兽奔腾而过，卖队友也不是这么卖的！

更让他恨得磨牙的是，接下来一个星期里，肖警官他——谈恋爱了！

※ 九 ※

肖桐谈恋爱了。他喜欢上了青铜艺术品展览里一位跑手续的女孩，并且开始沉迷青铜器，以调查办案资料为由，和心上人并肩站在纽约大都会博物馆的青铜器面前，海誓山盟。

还很不要脸地跟李浩和理查德·林顿表示：“我们是在增进国际友谊。”

他们去喝咖啡，又在伊丽莎白港外的大街上散步，美女邀请张警官去她公司私人藏品室，仔细观赏这次送回国展览的现代青铜器作品。

“我发现你比看上去要美。”

“什么意思呀？”

“就是说，仔细看脸的话，你比看上去要美。我第一次看到刻意让自己显得不那么漂亮的女孩。”肖桐问，“你叫什么名字？”

“我姓林，叫林青霞。”

肖桐沉默了一秒钟，果断说：“和我初恋影星一个名字，我喜欢！”

林小姐最喜欢的是一件现代的青铜挂饰，创作者将数百件青铜残片用丝线凌乱编织在一起，挂起来就是一整面墙叮叮当当的青铜墙饰。据说是位洋人老师根据自己对华人文化的理解，结合毕加索流派的后现代看不懂主义思想，创作出的代表作品。

肖桐在这幅屎一样的作品前足足站了半小时，赞叹："真是思想深邃，是送回国展览拍卖的吗？"

林小姐含羞点头："是的。"

他弯腰看价格："你那么喜欢这个作品的话，拍卖掉岂不是再也见不到了。不如我买下来？"

对面的女孩很为难："可是价格好高……"

"可以从办案经费里扣嘛！"

说话的人不是肖桐。

李浩还是那件高领白毛衣，披了件风衣，单手插在口袋里。

他从小展厅的另一头走过来，另一只手指着挂起来的青铜墙饰："那么不情愿卖出去，是不是因为这个墙饰里面，左上角的耳，中间的碎片，右下角的足……组合起来，正好是一只青铜鼎？"

藏木于林。

如果你带不走一整件物品，还有另一个方法。敲碎它，将碎片混在其他无数的碎片里，大大方方从人前拿走。到了安全的地方之后，再拼接起来。只是，打碎一件国家一级文物，是需要勇气的。因为你会被历史永远铭记——作为有罪之人。

肖桐还没反应过来，就看见李浩斜跨一步，挡在他和林小姐之间，笑得礼貌："打碎国宝运出去，蓝帽会真想得到啊。"

他指指肖桐："真可惜，我们这位肖警官出门不带智商，不代表我也不带。"

※十※

李浩叫了金毛警官，金毛一挥手，十多个荷枪实弹的美国警察就控制住了场面。

接下来的事情就很简单了。这幅现代青铜艺术品被从装饰墙上取下来，部分碎片被拼凑起来，拼成一只西周青铜鼎。

四足饕餮纹。

李浩和理查德·林顿负责做笔录，肖桐等在门口，看喜欢的女孩子坐在房间里，像吓坏了的小鸟，瑟瑟发抖。

他拦住出来抽烟的金毛刑警："She is clean。"

理查德的蓝眼睛看着他："肖，青铜鼎就在这里。她并不无辜。"

"她坦白了吗？"

"主动要求专家做文物年代鉴定。李已经在联系大学考古研究室了，准备做碳十四检测。"

肖桐偷空溜进去，送了一杯咖啡。坐在审讯室的女孩有点儿疲惫，脸色苍白得像纸一样，靠着高背椅，就像一只蝴蝶栖息在一朵花瓣上，风一吹就会飘然而去。

怎么说呢，怜香惜玉的感觉。

"我不知道你们在找什么，但这不是你要找的东西。"

"我知道。"肖桐说。

女孩低头喝了一口热咖啡，没说话。

过了好久，林青霞才抬起头："你是好人。不过好人活不长。"

"你怎么知道？"肖桐问。

"女人对男人的直觉。"对面的女孩嫣然一笑，把手指伸进咖啡杯，沾了一点儿水在玻璃桌面上画了一只简笔画的老虎。

"如果有机会，我想和我男朋友一起去逛动物园。就像普通的情侣一样，喂喂小鸟，看看老虎狮子什么的……"

肖桐怅然若失："原来有男朋友了啊。"

走出纽约警厅时，正看见理查德拿着鉴定书走进来，李浩阴着脸跟在后面，两个人在探讨："不知道那个女人用了什么方法，这个青铜鼎碎片鉴定结果是现代仿品。见鬼，难不成真有人闲得发慌，仿制了这尊鼎然后打碎挂起来做工艺品？"

金毛鼻音浓重地抗议："搞不懂你们。饭碗都那么贵。"

肖桐折回去，拦住理查德："快，能不能调其他港口的出口记录？我们中计了。"

金毛已经被搞得一脸茫然："终极？"

"中计，"肖桐解释说，"调虎离山计。"

※ 十一 ※

肖桐蹲在电脑前，一蹲就是三天。

他是看见林青霞画的那只老虎，猛然想到的——调虎离山。

打碎做成挂饰的，是一件赝品。在他们注意力被赝品青铜装饰品吸引走时，真品已经悄悄从其他地方运出去了。他查了纽约所有海港空港的记录，发现在林青霞被拘留的第二天，一家厨具公司从纽约空港运出了一系列的样品，一大堆后现代的锅碗瓢盆中间，夹杂着一件古代食器。根据机场的员工回忆，那件食器是金色的，四角挂了铃铛，正面刻着“中美友好”四个中文字。

负责这批货物运输的是位桃花眼的东方青年，笑眯眯地解释：“这是古代烹饪食物的锅，叫鼎，我们公司根据古老东方文化最新设计的炊具之一。”

他还笑眯眯地递上了公司宣传册：“如果有兴趣，可以打我们销售部的电话。”

海关很惊讶：“你们古代的锅看上去品位非常独特。”

等肖桐找到这位海关官员时，青铜鼎已经离开美国三天了。

海关官员努力回忆青年的脸：“戴着一顶深蓝色棒球帽，东方人，很年轻。”

其余都不记得了。

蓝帽会在这尊饕餮纹青铜鼎上涂上了隔离用的材料，然后加以包装改造，混在林林总总的后现代厨具里，运送出境。

肖桐从纽约空港回到警厅大楼，正好看见林青霞出来。

嫌疑人的拘留时效过了，法律上没有任何一条禁止一个人把赝品青铜器打碎做成装饰品，因此警方没有任何借口再把她留在这里。

离开时还是那身青花瓷旗袍，拎着一只手提包，李浩并肩走在她旁边，手插在风衣口袋里。看见肖桐，他没打招呼，反而侧过身，微笑着跟林青霞说了句什么。

肖桐站在原地，等两个人走近。

“要回国了吗？”他问。

“是啊，男朋友在国内等我。”

“真好。”肖桐笑了笑。

擦肩而过。

命运的平面中，两条射线产生了一个交集，又向着各自的轨道前进。

李浩停下来，站在他旁边，问：“你早就看出来那件青铜挂饰有问题了，所以才去接近她？”

“我翻了那次出展品的目录。”

“你也猜到她手中的青铜工艺品不是我们要找的东西？”

“连你都可以跟进来的私人收藏室，能放青铜鼎的真品吗？”肖桐站在警厅的台阶上，望着下面大街上车水马龙，“我只是想再了解她一点点。我觉得如果这个人是蓝帽会的成员，她一定是其中最薄弱的那环，透过她，能接近很多东西。”

他十分不满：“都被你黄掉了！”

李浩白了他一眼：“你只是想泡美女而已。”

※ 十二 ※

林浅浅走出警厅，耳边还回响着那个穿风衣的高瘦刑警的话。

绅士一样微笑着附在自己耳边，声音很轻很轻。

“你愚弄肖桐可以，但你愚弄不了我。别打肖桐主意，你已经被盯上了。这次是在美国，等回到国内，能不能脱身就难说了。”

她走了一小段路，撞到了路人身上，抬起头，正好对上一双没事乱放电的桃花眼。

“山寺，你不是跟东西一起回国了吗？”

“担心你不能脱身，交货之后又回来了。”山寺哼着小曲，心情格外好。他又纠正说，“好啦，我说实话，是回来做一项追加任务的。Boss 本来打算分给你，但是我想你一定不会愿意去做，所以就自己接下来了。”

林浅浅警惕起来：“你做了什么？”

“刚才那两位警官，已经进组织黑名单了。我在他们的车上放了一点儿东西。”

林浅浅回头，看见肖桐和穿风衣的刑警一起，由高高的台阶走下来，走向街边停靠的警车。她张开嘴，想发出什么声音，然而已经晚了。

爆炸声轰然响起。

就好像内心深处，什么东西坍塌了一样。

随着汽车爆炸，一朵金色的烟花冲上天去，在傍晚逐渐暗淡的天幕间绽放开来。

视野一瞬间被逐渐盛开又凋零的金色填满。

山寺就站在她背后，声音轻轻的：“送你一朵烟花。”

林浅浅叹了一口气，心想自己是遇上怎样的变态，才会在杀人时炸弹旁边安放一只烟火，用爆炸来引燃，然后当成一种情趣。

“现在没有人盯住你了。你不是说想去动物园看老虎吗，回去找一天空闲时间我陪你去嘛！”

“你竟然在我身上放了窃听器？”

“亲爱的，担心你啊。”山寺捂着胸口，一脸委屈，“我怎么会对你用窃听器这么没品的东西，是别人转述的。”

纽约警察局里没有她所掌握的内线，当时问询室里只有自己和那个年轻的刑警，究竟是谁转述的呢?

林浅浅发现，自己依然低估了山寺的情报网。

她转过身，向街道另一头走去。

回应去动物园的邀请，她只说了一个字：“滚。”

※ 十三 ※

肖桐走向汽车，突然被人推了一把。

有人扑过来，把他和李浩压在台阶上，摔得七荤八素。

耳畔响起爆炸声。

就在刚才，他们将要乘坐的汽车爆炸了。

理查德·林顿飞扑过来，用身体作为盾牌，为他们挡住了爆炸的烈焰。这个体格强壮的老外胳膊上插了一片汽车破碎的钢板，在医院包扎打吊针。

理查德对前来探病的肖桐咧开嘴：“我像不像会功夫。”

肖桐想那是功夫才怪，但是这点此刻不重要。

“我的耳朵好使，非常。”金毛说，“爆炸前听到了，定时器，奔跑的声音。”

理查德先前自傲是有资本的。他年纪轻轻，在纽约警厅升职顺利，其中之一得益于过人的听力——他能听见一千米外一根螺丝钉落在地面上的声响。这种能力稍作训练，是破案的一把利剑。

“谢谢你。”肖桐诚恳地想，有机会一定要给理查德寄一本靠谱的汉语学习教材，“你救了我们。如果以后有我能帮得上的忙，请一定告诉我。”

“肖，你是不是还在为这次失败而……”金毛盯着他的脸，想了个高级词汇，“痛不欲生？”

要说不失落是不可能的。

“至少你们找到了真相，而我们没有。你们没丢脸，最丢脸的，是纽约警厅。”理查德盯着自己的伤口，“等我出院，还要写一大堆报告书。”

他向肖桐伸出手：“我记住Blue Hat了。下次，下次再遇到他们，绝不会输。你们不会，我们也不会。这是我向你和李提出的要求。”

李浩订回程机票去了，肖桐考虑了三秒钟，帮李浩一起答应下来。

他尽自己最大努力回了一个微笑：“一起努力。”

※ 十四 ※

位于长白山的虎山博物馆忽然收到一件匿名捐赠。

捐赠的物品是一只西周青铜饕餮纹青铜鼎。

这份珍宝的问世在媒体上引起轩然大波，一来是因为藏品无比珍贵，二来是一位收藏界的大牛当场心脏病突发，被送进医院，醒来第一句话是指认博物馆捐赠品是赝品。

碳十四鉴定结果一出来，又犯了一次心脏病。

这次再也没抢救过来，直接去西天了。

“七千万买的东西，突然被发现是赝品，能不犯心脏病吗？”肖桐坐在青岗市警察局刑侦科的办公室里刷网页，“新浪微博上说，清点他遗物时才发现，这个人非法收购倒卖了很多国宝级文物，说是看古董从来不走眼，没想到在这里栽倒了。这就叫黑吃黑啊。”

李浩嫌法医科太寂寞，坐在他旁边办公室写检讨书，头也不抬：“文物维护保养起来也很繁琐，说不定蓝帽会嫌麻烦，就顺手往博物馆一丢……”

肖桐想，也只有李浩这种天天和死人打交道的变态才会对国宝重现天日这种事情无动于衷。不过对于蓝帽会如何绕过鉴定书让大牛相信七千万买到的是真品，他不知道。为什么将赝品卖给买家，然后把真品捐给一座偏僻的博物馆，他也拿不出靠谱的答案。只是有时会突然想到那个化名为林青霞的蓝帽会成员，沾着咖啡在玻璃桌面上画的那只简笔画小老虎。

那时他以为这暗示的是调虎离山，现在才觉得，或许不是这样。

那是暗示虎山博物馆。

很快，这尊西周时期的青铜鼎就从虎山博物馆转送到了国家博物馆的文物修复工作室，按计划不久就会出现在专门的陈列柜里，和人们见面。

※ 十五 ※

林浅浅又回到那座巴洛克风格的山庄。

当初带来的玫瑰花已经凋谢了，成了一把褐色干花。

最近她总是做梦，梦见那个曾经和自己走得很近，差一点儿就和她在一起的男人，走出上班的警察局，坐进警车。警车缓慢启动，驶向长街尽头。

忽然，车爆炸了。

就像一朵烟花在夜空开放，然后他永远地消失在了自己的生命里面。

而她还在长街的另一头，来不及奔跑过去阻止。

就像当时在纽约街头，自己看见那位菜鸟警察走向警车时的情景。

梦醒之后，她将花一朵一朵取出来，夹在书柜的精装小说里面。

这次任务是见 Boss 前最后的试炼，晚上终于要和蓝帽会国内总部负责人共进晚餐，她有些微微的紧张。

山寺安慰她："你就当平时和我吃饭一样。"

他问："你喜欢玫瑰花？"

"张镜很少送我花。"浅浅说。

山寺愣在原地，嘴张成"O"形。

一分钟后，他惊讶地问："你该不会以为花是你前男友警察送你的吧？你在幻想张镜知道你住处，但是一直放你一马？数一数一共多少朵花？"

山寺泪奔："三十四朵花！三十四，山寺，是我送的！这是我们长久搭档的情感见证！"

林浅浅在镜子面前涂唇膏，忽然停下来，望了望窗外傍晚的天幕。

"这不是你送的。你送我的是另一朵花。"

山寺疑惑地扬起眉毛。

"是那朵纽约上空的烟花。"林浅浅收回目光，继续轻轻涂抹淡色唇膏，"最初拿到时数过，是三十五朵，一定是你刚刚自己偷偷拿走了一朵。"

山寺捧着破碎的心灵跑掉了："小气，一点儿都不可爱，太聪明。这次任务，关于你把青铜鼎赝品给买家，真品捐赠博物馆的处理方案，我要去跟 Boss 提意见。早知道不该赞成你的，呜呜呜……"

第八章 玫瑰花的葬礼

※ 一 ※

《甜蜜总裁爱上小秘书》

《狂野老总的野蛮情人》

……

夏天清拿着手机一行一行往下翻书目，真不好意思承认是她自己写的。要是有人知道四大财团之一的夏氏医药的继承人，每天的爱好是打开电脑写总裁文，大概他们家股票会跌。

青岗市不大，贵在背靠名山，因此每到夏天避暑季节，很多名媛绅士像候鸟一样聚集过来，聊以度夏。现在夏天清就被困在一场上流社会的交际宴会上，前后左右都在谈高雅深奥的话题，就她拿手机上网，看自己写的总裁文。

“在看什么书呢？”温软探过身来。

温软刚结束了和王馨予关于香奈儿夏季新款钱包和设计师品味问题的意见交流，突然想起旁边还有个活人。夏天清果断关掉手机屏幕：“在看柏拉图的《理想国》。”

“哦。”温软说，“说起来，我看见你和馨予合写的小说出版了。”

夏天清也曾经写过小清新思考人生类的小说，不过是和人合写的，她主笔，王馨予负责润色，已经是几年前的事情了。现在润色的女生就在旁边，用法语在和其他人聊钢琴，冷清孤傲如一朵高岭之花。所以一旦有人提及她们合写的小说，大家都认为是王馨予拯救了那本书，把思想水平拉高了一个层次——所以夏天清干脆堕落写总裁文去了。

“怎么样？”夏天清满怀希望。

温软忽然对纤纤十指蔻红色的指甲很感兴趣，半天才轻描淡写点评一句：“馨予写得不错。”

夏天清觉得温软哪里弄错了，她转向王馨予，希望她可以顺便解释一下——自己才是主笔。但是近在咫尺的王小姐一直微笑和旁人聊天，没有回头。

夏天清尴尬地站着，走也不是，留也不是。幸而邓漠然匆匆走来，递过一只手机：“夏小姐，现在方便接个电话吗？”

夏天清跟着邓漠然一起穿过喧嚣的人群，往露台走去。

其间，邓漠然几次被女宾叫住：“邓先生，不来这里聊聊天？”

连自己的管家都比主人受欢迎，不能忍啊。

邓漠然穿着黑西装，彬彬有礼地欠身：“抱歉，有事情。”

露台上夜风很大，夏天清拿着手机喂了一分钟，才觉得不对：“没有电话打进来呀？”

邓漠然笑了：“确实没有。我就看您表情实在太郁闷，找了个理由把您救出来。”

大厅中有舞池，请了私人乐队。从露台上往回望，正好能看见小提琴声悠长醇亮的音色中，人们在舞池里缓缓旋转。邓漠然皱着眉头看了一会儿。

夏天清也移过视线，正好看见周甜甜和赵行之在跳舞。

她穿着长纱裙，头发用大粒珍珠挽起来，扶着赵行之那个人渣的肩，在这个温和的夏夜，这样的画面显得分外温暖美好，简直可以上社交名媛报。

谈个恋爱都被人抢男朋友，夏天清叹气。

夏天清刚和赵行之分手。她和赵行之在一起已经两年了，自觉感情坚固，人生美满，忽然有一天，赵行之告诉她，自己已经不爱她了，爱上了她的朋友，周家的大小姐周甜甜。留下不知所措的夏天清，花了整整半个月时间才明白自己被闺蜜撬了男朋友，并且倾诉无门，只能用写总裁文治疗自己的悲伤。

夏天清俯视着楼下大厅里交谈的、跳舞的人，觉得自己和这个勾心斗角的世界格格不入。

“其实挺好看的。”邓漠然突然开口。

“周甜甜一直都是美人。”夏天清说。

“不，我是说您的小说。”邓漠然温和地纠正道，“《甜蜜总裁爱上小秘书》，都是出身贫寒但是坚强勇敢的女主，靠智慧和品质在职场情场杀出一条血路，最终赢得总裁的垂青。这样的故事其实挺好看的。”

夏天清觉得自己终于沦落到需要管家同情的地步了。

“还有，我认为您和馨予小姐当年合写的小说，您的故事才是精髓——虽然她擅自把名字署在了前面。”

夏天清想说自己不需要安慰，但是这一次手机真的响了。

夜风很大，电波声嘈杂。她接起来，有人说：“小姐，有一朵玫瑰花还有一个礼拜就要枯死了，你愿意参加它的葬礼吗？”

夏天清怒挂电话，心想哪来的恶作剧电话，不要在失恋的时候跟老娘提玫瑰花！

第二个礼拜她很忙。

一来是家父回京，二来是朋友圈里有人过世了。

听到这个消息时，夏天清觉得整个世界都不真实。

“周甜甜小姐投湖自杀了。”邓漠然在电话那头说，“老爷要您代他参加周家葬礼。”

※二※

周甜甜死了。

她死于投湖自杀。

湖面大且深，尸体一直未能找到，因此下葬的是座衣冠冢。

遗书中她说自己因为喜欢上不该喜欢的男人，和好友绝交，现在那个男人又抛弃了她，顿时绝望到极点——周家金枝玉叶骄纵成性的公主大人，哪里像夏天清这种总裁文写手，感情上受不了半点儿委屈。就好像漂亮的玻璃城堡，轻轻一摔，就要粉身碎骨。

葬礼在一个阴天举行。

灰色墓碑旁，亲戚朋友站立成半圆形，都穿了肃穆黑衣，眼含泪水。人群中她没有看到赵行之。手机进了条短信，打开是赵行之：“周甜甜在遗书里点了我的名字没有？”

夏天清回了个电话，赵少似乎还在酒吧打桥牌：“没有，周府家教严格，估计她爸现在都不知道你们的事情。”

她吸了一口气，控制自己情绪：“你竟然不来她的葬礼？”

“哦。”赵行之松了口气，语气依旧不咸不淡的，“夏天清，这事不归你管。你不是恨死她了？还骂过她是小三。”

夏天清默然，心想当初分手时，怎么没把这人渣的手机号拉进黑名单。

赵行之在家里排行老三，上不承祖业，下无大志，她当初喜欢的就是他那种无所谓的调调，在拘谨的社交场合犹如能自由呼吸的风。现在看来，这简直是人渣中的战斗机。

战斗机在电话那头打哈哈：“那你希望我现在表现得怎样？让我实话告诉你，和周甜甜在一起后我后悔了，想回到你身边就和她谈分手，酿成这种结局，两头不讨好？因此就沉迷声色犬马了残此生？”

夏天清按了挂机键，忽然听见身后有人说：“夏小姐，下个月的今天，还在这个地方，有一朵玫瑰花要凋谢。您愿意再度赏光来葬礼吗？”

低沉柔和的嗓音，很好听。

那时葬礼的人群已经散去，天边是沉沉晚霞，夏天清用手指挡住余晖，从指缝中看见了站在灰色墓碑之间的年轻人。他站得很直，像个出殡人，逆光看不清脸。

然后挥了挥手，离开了。

夏天清想起上周的那通被她挂断的恶作剧电话——小姐，有一朵玫瑰花还有一个礼拜就要枯死了，你愿意参加它的葬礼吗？

她忽然意识到，周甜甜说不定——并不是自杀。

小时候读的外国诗，总是把玫瑰比喻成女孩子。

我之爱人如玫瑰，六月鲜花始盛开
亲爱的，直到四海枯竭，
直到岩石腐烂，
生命不绝，我心不变。
……
——罗伯特·琼斯（苏格兰民谣）

想到玫瑰花的葬礼，她突然觉得浑身冰凉。

※三※

夏天清再次出现在七宝山公墓时，正是男人说的时间。

——下个月的今天，还在这个地方，有一朵玫瑰花要凋谢。夏小姐，您愿意再度赏光来葬礼吗？

天气阴沉沉的，管家把车停在公墓外，夏天清一个人进去，正好有一场葬礼正在举行。东方哀乐凄婉的声音，聚拢闲聊的人群，哀伤像一只盘旋不去的乌鸦，在细碎的低语中穿来穿去。

“是啊，不知为什么就去登山，然后从万仞壁立的华山上摔了下去。”

“啧啧，背尸工背出的尸体，已经烂成泥了……”

夏天清看了一眼墓碑上的照片，忽然觉得心凉了一片，就好像七月夏天，站进冰窟里。

恐惧让她远远离开葬礼的人群。

忽然在墓园偏僻的地方，遇见一位年轻的警察。

警察抱着满怀的白玫瑰，挨个抽出来，弯下腰，在每个墓碑前放一支。

“你在干吗？”

“给前辈送花。”警察回头，刚进公安系统的年纪，脸上还残留着未被社会和金钱腐蚀的朗然，气质却挺沉稳，有个形容叫什么？风华正茂年少时。夏天清觉得，就像整片暗沉沉的墓园里，忽然开了一树梨花。

“这一片是公安系统的墓地，殉职的警察都埋在这里，我来拜会前辈。”他向夏天清伸出手，“我叫肖桐，刑侦科。”

他没话找话说：“那边下葬的人真可怜，原本是挺好看的一个人……”

“你认识那个女孩子？”夏天清惊道。

“我看过她的尸检报告书。”姓肖的警察说。

……

他分给夏天清一支玫瑰花：“代我送给你去世的朋友。”

“你怎么知道我们是朋友？”

“不然你怎么知道那是个女孩？好看偏中性词，也可以形容男生。”

那一刻她有种错觉，或许自己遇到了正确的人。

“肖警官。”她伸出手，接过那支花，“你听过夏氏集团吗？”

夏氏集团是医药行业的龙头老大，总部在首都，但是董事长出生在风景秀美、以旅游著称的青岗市。据说这家企业还从政府那里弄了一块位于市东边的地皮修别墅群，专门奖励给各级老总在退休之后颐养天年。

“我是夏氏集团董事长的女儿，”夏天清就像抓到了一根救命稻草，“三十万——三十万我买你帮我调查一件事情。只是我的怀疑，因此不想警察局立案，你能帮我私下调查吗？”

她想了想：“你看过尸检报告就应该知道，去世的女孩叫王馨予，是爬山时不慎摔下来……我和馨予是朋友，我们一起合写过书，我知道，她从来不喜欢登山……”

※四※

肖桐在办公室翻卷宗，李浩端着茶杯晃进来：“听说你被富家小姐包养了？”

“头儿让你写尸检报告。”肖桐头也不抬。

李浩是法医，青岗市法医科有且仅有的一位法医。多年来他的科室从不进新人，一方面是因为李同志能力优秀，能一人扛全科还有时间到处闲晃，一方面是因为他不良爱好太多，比方说给标本室的人体骨架取名小白，半夜一边擦一边哼“我爱你，爱着你，就像老鼠爱大米”。

肖桐之所以与他交好，完全是机缘巧合，偶然因素。

李浩并不急着回去赶尸检报告：“听说那位富家小姐还用宾利载着你去参加她的各种派对，到处介绍你是她的男朋友？”

“那又怎么样？”肖桐找到了卷宗，“恋爱自由。”

“真是艳福不浅。”李浩眯起眼睛，笑得冷冰冰的，“——我也要去。”

肖桐打了个寒颤，但是他没想到李浩真跟去了。

他神奇地出现在夏天清的宾利车前，非常自然地和他勾肩搭背，对那位自己在公墓里遇见的富家小姐抛媚眼：“小肖没前途，夏小姐真的对警察系统有兴趣的话，考虑鄙人怎么样？恋爱史清白，感情专一，升值潜力大。而且你看，我是科长——”

他看了一眼肖桐：“他是刑侦科跑腿的。”

“你们法医科本来就你一个人！”肖桐怒道。

李浩却收了刚才嬉皮笑脸的神色，靠着那辆香槟色的宾利，点了根烟：“接私活可是违规的。三十万，见者有份——干吗，肖桐，我不是故意偷听你给美女打电话的。”

肖桐只是回了夏小姐一个电话，告诉她自己接受条件，哪料隔墙有耳。

他抱歉地看着夏天清。

夏天清有一双非常好看的柳眉，不开心时就颦起来，楚楚动人。不过因为她并不是婉约性格，可乐罐没扔进垃圾桶里都要颦一次，看久了就习惯了。但是肖桐第一次看时，还是被惊艳了下。

夏天清皱着眉头思考了三秒钟："我不缺钱，再加一个人也挺好。"

毕竟谁出钱谁是老板，老板没意见就行。

夏天清的委托很奇怪。她说总是有陌生人接触她，通过匿名电话或者当面口述，告诉她一个奇怪的信息——"玫瑰花的葬礼又要开始举行了"。而在这之后，她身边会有一位女性朋友奇怪地死去，葬礼时间和陌生人预告的一模一样。

第一个死亡的女人叫周甜甜，抢过夏天清的男朋友，死于投湖自杀。

第二个死亡的女人叫王馨予，从华山上摔下来。

她担心，再下一个葬礼，就该轮到自己了。

"查过殡仪馆吗？"李浩问肖桐，"不管是怎样的意外死亡，从入殓到下葬，算得再精准也会有几天的余地，精准到当天的预言挺奇怪的——不像是恶作剧。"

"查过，殡仪馆流程很正常。"

出具死亡证明书，火化，送葬，最后的下葬日期由死者家属方面决定。

那么现在应该从什么地方入手调查呢?

——夏天清的人际关系网。

所以肖桐以刚交往的男朋友的身份跟着夏大小姐出席各种宴会，夏天清帮他编了一个身份——父亲是某华裔合作方的少公子。反正她爸在首都经营公司，合作方天远地远在美国，不怕露馅。

肖桐西装领带，风度翩翩地在宴会上装华裔："会向家父转达您的问候，他目前在Lake Michigan的Villa休养……"

正是夏天清的生日晚会，一片莺声燕语中，李浩凑过来耳语："你大学英语过了六级吗？"

肖桐心想，你不揭短会死啊。

和他聊天的女孩叫温软，家世来头不凡，眼睛狭起来时像慵懒的波斯猫，目光时常有意无意地落在自己蔻红色的指甲上。李浩向温小姐微微一笑："我是肖先生的秘书，刚才告诉他，夏小姐的生日礼物到了。"

"呀，好期待。"温软娇笑，"不过呀，其实给天清的生日礼物很好准备的，她小时候出身蛮穷的，随便送她点儿什么她都开心。"

"是哦，肖公子不必紧张。"旁边一位郭小姐也掩嘴笑，"我就随便送了一对耳钉，她对我说了十分钟谢谢。其实我送我家做饭的小妹，也送这个呢。"

肖桐心想自己死定了，连耳钉都没准备，这个月的房租还不知道在哪里。

李浩笑了笑，依旧翩翩然，取出一个信封，里面是薄薄一张卡片。

“恭喜夏天清小姐，荣获‘新天地’文学新人奖第一名。”

“新天地”是国内非常著名的一个文学大奖。肖桐没有想到，这个富家小姐，竟然是个作家。

“不过这位作家小姐的朋友真是少，这样的女人都往生日宴会上请。”李浩同情地对肖桐说，“要是有人敢这么说你，我早拿手术刀把她心卸了，研究一下到底里面发生了什么病变。”

他还挺有兴趣的：“其实夏天清刚才站得离我们并不远，你猜她是没听到，还是已经麻木了，装作没有听到？”

获奖通知书是夏家的年轻的管家收到的。邓漠然来送信，被李浩逮住，顺便还把信截了过来给肖桐当生日礼物。

获奖通知函上，夏天清的名字赫然耀眼。

肖桐拿起信封向夏天清走去，忽然发现大厅尽头坐着一个男人，叼着根香烟。

邀请名单上没有这个人，他也不与旁人说话，就悠闲地自顾自吸着烟，吊儿郎当的样子。但是男人投射到他身上的目光，让他觉得非常不舒服。

他记得看过这个男人，他叫赵行之，是夏天清的前男友。

※ 五 ※

夏天清没有想到自己会获奖。

一个写总裁文的富家小姐，有一天忽然得了文学大奖，必然没有思想准备。

她拆开通知函的瞬间，手机响了。接起来，颦起眉头听了一会儿，忽然向肖桐打手势。生日晚宴嘈杂的现场，夏天清拿起笔在通知函背面写上：“那个电话又来了。”

肖桐微笑着接过卡片，像情侣间小游戏一样重新写上几个字，交还给她。

“和他交谈。”

夏天清对着手机那头问：“先生，您为什么要做这样的恶作剧？”

她按下免提键，将手机送到肖桐耳边。

小提琴奏乐声，旋转的舞步声，扩音器让那头的声音勉强可闻。

“因为爱你。”

然后断线声响起，嘟嘟，嘟嘟。

肖桐又感觉到来自身后陌生男人的视线，等他回头时，已经见不到那个独自喝酒的赵家三少。

“你知道吗？”面前女孩的脸色非常苍白，她将获奖通知书递给肖桐看，“其实应该我和馨予一起获奖的，这是我们当年合写的小说。我写的唯一一本文艺小说。现在她死了，这个奖才单独落在我身上……”

“不要想多了，”肖桐安慰她，“电话里还说了什么？”

“说下次玫瑰花的葬礼，在七月二十四日。”

事后肖桐查了手机的信号来源，发现那是来自一个公共电话亭。

肖桐被李浩绑架进他那辆破捷达时，连早饭都没吃，基本上是直接被从床上拖起来，塞进车里的。

“去哪里？”他睡眼惺忪地问。

“到了再告诉你，现在你还能睡半小时。”李浩意味深长地向后座看了一眼，“在你泡妞的时候，我还是有在为那三十万做点儿正事的。”

那是个周末，李浩的车绕过繁华市区，七拐八拐，最终停在中央公园的人工湖外面。肖桐从后座爬起来，被李浩反身按回去：“别出门，就在这里看。”

从驾驶室的玻璃望出去，是幽静的湖区，多是高档会所和疗养中心。李浩停车的地方，是在一个“心秘咖啡厅”招牌的斜后方。木质装修，窗户和门廊上装饰着夏花，名义上是“咖啡厅”，其实是会员制的心理咨询会所，专门服务社会上层。很多名流雅士喜欢到这里来舒缓心理压力，甚至在这里配有专门的心理医生。

“看。”李浩伸手一指。

会所对面悄然滑入一辆红色宝马。下车的女子戴着墨镜，一身嫣红，匆匆踏上心灵咖啡厅的门廊。

“温软？”肖桐记得，墨镜下应该还有一双猫瞳。

“你再看。”李浩“嘘”道。

另一位女子从副驾驶上下来。

“这个女孩子叫……”肖桐绞尽脑汁，“郭子怡？好像在夏天清的生日晚宴上见过，不爱说话。”

“再等等。”

李浩悠然地点了一支烟。不久，肖桐甚至看到了夏天清的管家邓漠然，提着黑色公文包，像是百忙之中抽空拜访一样。

“很多名流来这家心理咨询会所，包括夏天清本人。”李浩在驾驶室点燃一根香烟，“也包括死去的周甜甜和王馨予。”

如果一个人非常非常有钱，那么他一般不会非常非常幸福。和钱一同带来的苦恼，必须通过钱消灭掉，因此心理咨询很重要。换个角度说，这也有跟风现象，假如一位小姐去了感觉不错，她就有能力发动身边的朋友都去尝试。“心秘咖啡厅”是青岗市口碑最好、最私密的心理咨询会所，对于上流阶层人士来说，其实也没更多选择。

这些都非常正常，不存在问题。

“法医也是医生嘛，有自己的人际关系网。我觉得很有意思。一个敢光明正大抢闺蜜男朋友的女人，内心该多坚强，会那么简单地就为分手而自杀？而一个从来不爬山的娇小姐，怎么会突然想到一个人去爬以险峻著称的华山？迄今为止的两位女士，都是这个会所的会员，而她们死前，心理都被奇妙地扭曲了。”李浩终于开了车窗，弹了弹烟灰，肖桐得以呼吸一口新鲜空气，“于是就请教了研究生时学校的前辈，心理学方向的。前辈提到了这个会所，我顺手调查了一下。”

“你的意思是说，七月二十四日要下葬的那个女孩，也应该会来这个会所？”肖桐问。

“是的。还有我对夏小姐的管家很感兴趣。他到底有什么心事，需要来这里排解？”李浩眯起眼睛，掐了烟头。

※ 六 ※

破捷达跟在宝马身后，肖桐有点儿不舒服：“我们是人民警察，业余时间尾随美女不太好吧？”

李浩吹了声口哨：“那前面的美女飙车也不太好吧？”

温软与郭子怡从“心秘咖啡厅”出来时，李浩一踩油门就跟了上去。

没想到两个女孩子一路飙车，大有不怕罚款的样子。

好在她们走的是条滨江路，车流量非常小。护栏外是长江支流，正是夏天涨水季节，水量充沛，空气清新。李浩的跟踪技术肖桐是放心的，每次局里课程培训他都参加。捷达车不远不近，保持在两个女人的警惕范围以外。用李浩的话说，要知道女人们的心情，得在她们不知道的情况下观察——比方说现在。因为女人就像猫，在你面前展现的永远是看不透的那一面。

“我想知道她们想发泄什么。”李浩刻意放慢车速。

“等等。”

“怎么了？”他扬眉。

红灯。

肖桐谨慎地看着前面行驶的宝马：“不是她们一直飙车，遇到红灯时有想减速，但是减速不灵。”

“是刹车片太硬？”李浩眯起眼睛看前方。

“不对，是刹车系统的螺丝松了。”

肖桐立刻拿出手机，拨了温软的号：“温小姐，换低速挡，用手刹！”

肖桐打电话时，李浩已经一踩油门逼了上去。

因为距离不是特别远，他甚至看得到红色宝马里的女子紧张地拿起手机，已经是哭腔，“手刹不管用呀！”

“靠路边，用道旁树减速！我是肖桐，刑侦科，听我指挥……”

“靠，来不及了！”李浩忽然喊，“前面有个弯道！”

滨江路的车流量少，其中一个原因在于它有个巨大并且陡直的弯道。这条弯道一路跟着猛然转向的江水方向，为来往车辆造成不便。如果一辆车时速达到现在的程度，刹车失灵，遇到这样路况……

捷达已经停下来，肖桐仰起头，看见那辆红色宝马撞上弯道护栏，飞出去，在江水上绽开一支烟火。

“你还记得夏天清生日那天接的电话吗？”李浩轻声问。

“玫瑰花的葬礼，在7月24日。”

“这一次，他没有限定说是‘一朵’。”

肖桐打开破捷达的车门，走下去，靠着护栏看下面湍急流淌的江水。三三两两路人聚集过来，他拨了120，李浩站在他身后，等他挂电话，平静地告诉他120来已经没有用了，这件事最后一位经手的医生只能是他——法医。从那么高的地方落入漩涡密布的河中，不会生还的。

最后连李浩的预言都没有实现。因为这条河曾经遍布挖沙船，整个河道深处已经坑坑洼洼，布满了人眼注意不到的漩涡。警察局租了船沿江打捞，只捞到宝马的轻型零件，而两位富家小姐，如同两朵玫瑰花，凋零在了那天的夏风里。

这场车祸在青岗市盛极一时，因为死者来自两个相当有实力的家族。报纸上报道得沸沸扬扬，警察局也立案侦查，最终以车速太快和螺丝老化结案。连带着宝马该车系的工程师都特地到了青岗市，从废墟残骸中寻找事故原因。

葬礼举行日期正好是7月24日，事故之后第十天。

那天肖桐陪着夏天清去了公墓。

※七※

七月的天气闷人，两场葬礼同时举行。

夏天清问：“你要带我去哪里？”

灰色的墓碑间，肖桐做了一个“请”的手势。

“去见给你打电话的男人。”

公墓建立在小山上一处空旷的地方，深灰色墓碑次第排列，一直延伸到高处。正好是夕阳西下，李浩从另一个方向走过来，身边带着年轻的管家。逆着光，夏天清很费劲，才看清那是谁。

“大小姐，我来接您回家。”管家说。

“我不明白。”

肖桐看见夏天清转过头看自己，瞳色幽深得如潭水。

“夏小姐，杀了四个人，你真的以为三十万可以收买警察不立案吗？”他叹了口气，觉得很惋惜，“在别的地方或许可以，青岗市不行。判断前两起是非正常死亡后，警察局就已经立案了。那天在公墓里，我抱着白玫瑰花，我们并不是偶遇。”

等夏天清的眼睛适应了逆射的阳光，她才发现，管家双手上了手铐，他身后站着穿着笔挺警服的李浩。

管家说“大小姐，我来接您回家”时，双眼就像一坛酒，盛满陈年哀伤。

“想破解你的迷局，其实我们采取了一个非常简单的办法。”肖桐说。

所有的问题，回归最简单的一个点。

究竟是什么人，能事先预测好葬礼的时间？

这不是所有线索中最重要的那条，但是是能够抽丝剥茧的那条。

“我们调查了风水师。前两起葬礼分别请了两位不同的风水先生选择入土时间，但是葬礼之后，每位风水先生银行账户上，突然多了两笔数量不少的钱。一笔自然是家属方的答谢，另一笔你猜猜来自哪里？”

越是有钱人，越讲究风水迷信之道。买通风水先生，确实能事先确定下葬时间。

夏天清下意识地抓紧手提包。

“夏小姐，打开你的手提包，里面难道不是给这次这位风水先生的尾款？”肖桐做了个手势，“每位朋友去世你都参加了葬礼，其实你来这里，只是为了付清风水先生帮你办事后该收的尾款。”

第二个线索在心秘咖啡厅。

肖桐和李浩在那家心理咨询会所蹲守时，曾经看见夏天清的管家匆匆进去。李浩还曾经惊讶过，好奇他究竟是来排解哪方面的心理忧思。

“幸而这家会所是会员制，因此我去查了它的会员名录。”肖桐笑了笑，看着身边沉默不语的男人，“可是没有你管家的名字。因此我们这才怀疑——他并不是管家，而是那里的心理医生。是吧，邓漠然医生？我们查到了你有心理咨询师执业证。”

穿黑西装的男人愣了愣，缓缓点头。

如果不是为了大小姐，他早已脱离心理咨询师这个行业好多年。

“不错。”男人点点头，“我确实在‘心秘’兼职心理咨询师。但是这不能说明问题，兼职是我的个人自由。”

“这非常说明问题，在发现你是‘心秘’的心理咨询师后，我们发现了另一个重大问题。我们判定第一位死者——周甜甜自杀，是根据她写的遗书。那封遗书写在一张信笺纸上，而那种纸，虽然裁剪去了纸头，但是从纹路上看能判定是‘心秘咖啡厅’做心理疏导时的专用纸张。”李浩就站在他身边，接过话头。李浩的声音很冷，叙述起来不带感情色彩，听上去像在说和目前在场的人都不相关的故事，“这就说明，她说因为失恋而失去活下去的勇气那张纸条，有可能并不是遗书，只是几天前在做心理疏导时，有人让她把烦恼写到纸上而已。后来不管采取什么手段制造自杀假象，这封亲笔‘遗书’都会让一切显得跟真的一样。”

“我还找到一份心理疏导记录，记录中王馨予倾诉自己太软弱，你暗示她，可以通过挑战极限来找回自信。我想这类心理疏导，也能很好地解释为什么从来不飙车的温软小姐，从心秘咖啡厅里出来时，把车开到了一百八十码——而且当时我们就在咖啡厅外面，她开车来时安然无恙。我们猜测，正是在接受心理咨询时，那辆停在内部停车场的宝马，被人悄悄拧松了一颗螺丝钉。”

“可是不管是周甜甜还是王馨予都认识我，她们会接受朋友的管家的心理咨询吗？”

那一刻肖桐甚至觉得，质问的男人嘴角带着隐隐笑意。

“前提是，他们知道你是夏小姐的管家吗？”肖桐转向夏天清，“小姐，我发现在你的交际圈内，几乎看不到这位‘管家’的身影，即使他出现，也从来没有人直呼过他‘管家’两个字。既然你能给我‘男朋友’这个假身份，那么你是怎么向你朋友介绍管家先生的呢？”

——这是我新认识的心理医生，在心秘咖啡厅哦。

——邓先生的心理疏导非常不错，要不要去试试？

夏家在青岗市有别墅，小姐常年住这里，因此有一位管家打理。而候鸟族的朋友们，大多只有夏天才来，不熟悉也是正常的。

整个故事说起来并不复杂。如果你仔细看，会发现，每一次死亡，夏天清都是受益者。

比方说周甜甜的死，夏天清报复了抢走自己男朋友的女人。王馨予的死，使夏天清单独获得某个文学大奖。不管怎么掩饰，利益矛头指向不会改变，她知道这些事情最终会牵连到自己，因此在最开始，就以一位未来受害者的身份，接触警方。

玫瑰花的葬礼，永远不会降落在她身上。

“夏小姐，我差点儿忘了，你原本是一个小说家。”肖桐叹了口气，“幸而温软小姐宝马车失事前，我打通了她的电话。汽车飞出去，抛向江心时，她跟我说的最后一句话，竟然不是救命。”

她说，肖警官，邓漠然不是心理治疗师，是夏天清的管家。

※ 八 ※

每个人出生时，都会收到一份来自上帝的礼物。

夏天清是写作，而温软是敏锐。

那个有一双猫瞳，聊天时总若即若离观赏自己指甲的女孩，其实比谁都明白，交际场合中每一个正在进行的细节。她第一个发现夏天清偶然介绍给她们认识的年轻男人，并不是心理咨询师那么简单。

他对夏天清的态度过于谨慎，不像是咨询师对顾客，更像是管家对待自己服务多年的大小姐。

温软的死，让夏天清少了一只黑暗中观察自己的波斯猫。

“温软死于知道得太多，而郭小姐，我暂时还不知道。”

李浩坐在警察局刑侦科的办公室，围观肖桐写笔录。

夏天清并没有亲自杀人。她出钱，邓漠然做事，请了黑道上惯于下狠手的人，伪装成自杀，坠崖和车祸。

然而夏天清并不承认。

那双剪水双瞳哭得肖桐心都要碎了："不是我，和我没有关系。是管家独自做的事情，他爱我。还记得生日那天的电话吗，那头的男人说，他那么做，是因为爱我。"

"真是可悲。"李浩看着肖桐继续写笔录，"一个男人所付出的爱，不是无条件的。他愿意为你做任何事情，手中相应也握着让你无法摆脱他的把柄。夏天清大概不知道，她和自己管家关于除掉朋友的对话，那个平时对她百依百顺的男人，都做了录音。这样的男人，真的爱她吗？"

"有空发表感想，不如来帮我写笔录？"肖桐邀请道。

"不行，我有正事要做。"李浩正色，"我有一封信要送。"

这是邓漠然在拘留期间所写的，写给她前主人看的信，托李浩转交。李浩之所以帮这个忙，是因为他欠管家一个人情。

"四起故意杀人罪，目测他被判死刑，那时候尸体会由我做尸检。"李浩说，"说不定标本室里小白又能多一位新朋友。"

※ 九 ※

邓漠然第一次见到夏天清时，她才十七岁，赤脚坐在落地飘窗前看一本译文小说。

初次被带到大小姐面前时他还有点儿紧张，担心自己的简历是否能通过她挑剔的眼睛。

"我有家庭职业管理人高级证书，心理咨询师资格证，能熟练使用计算机，有驾照，会专业护理……"

女孩只是从书本上抬起头，微微颦起眉头："你会做饭吗？"

剪水一样漂亮的双瞳，不沾世俗尘土气。

邓漠然愣了愣："我会煲汤。"

"我喜欢喝白糖雪梨汤。"

邓漠然就被留下来了。

后来他才知道，那看起来那么纯洁懵懂的大小姐，其实专注总裁文一百年。

夏天清和其他富家小姐不一样。夏氏集团当年白手起家，从街头巷尾贩卖医疗器材，变成上市后产值过百亿的巨型医药集团，花了整整三十年的时间。夏天清出生时，正是家族缺钱的奋斗期，因此等她长大后，只长成一个普通女孩，没有家世带来的傲气和挑剔。

换句话说，她和那个属于她的阶层格格不入。

不能在交际场上顺利找到聊天话题。

总是被欺负。

谈个恋爱连男朋友都被抢了。

每年寒假和暑假，邓漠然都看见她按时回青岗市安静的家，偶尔参加社交应酬，坐在巧笑嫣然的同伴之间，显得有些孤单。邓漠然拿着夏家的薪水，打理这个只有夏天清会回来的家，看着她看书，看她抱着笔记本电脑自娱自乐地写小说，等远方的父亲偶尔归来。

他甚至还去看了夏天清的书。

每一本都是普通女孩的奋斗史，“因为努力学习，诚实善良而被高富帅喜欢，最终赢得美好未来”的地摊言情小说。邓漠然从来不看这种幼稚的书，不知道为什么，他每一本都看完了，还觉得挺有意思。

究竟是什么时候，夏天清问他：“你有心理咨询师的资格证？”

她躲在花瓶后面，花瓶里新开的白玫瑰遮挡了她整张脸：“我有一个剧本，能帮我演一演吗？”

邓漠然知道，自己拿夏家的钱，并不包括演戏。

如果需要演戏，他的要价会更高。

他问：“为什么？因为周小姐抢走了赵少？其实小姐，您身边的好男人并不少，只是您没察觉到。”

夏天清沉默了一会儿：“你知道周甜甜是怎么从我身边抢走赵行之的吗？”

“她做了什么？”其实邓漠然知道，他一直旁观着。

“她请人偷拍了我的隐私照，上传到网络，供男人看的那种。然后每次宴会，她都让周围的朋友，温软、馨予、郭子怡跟行之说，你女朋友给你戴了绿帽子，真的好可怜。其实天清不是有意的，她只是平时不注意细节，毕竟当初出身贫寒，有些教养还不完善……”

邓漠然知道，他甚至还去看了那些照片，下载了存在电脑里。

“然后周甜甜再以正义使者的身份出面删了这些照片，卖赵行之一个人情，表现自己的善良和同情心，还安慰赵行之这件事一定要瞒着我，别让我知道了伤心。他们原来是这样认识的，我竟然不知道。”

邓漠然想，是啊，只是你现在才知道而已。

“我再也忍受不了周甜甜了。”

“我也无法再忍受王馨予了。我知道我们合写的小说将要获奖，已经收到了内部消息。可是那本小说明明大部分是我写的，她却擅自将自己的名字署在第一位。署名顺序不一样，媒体关注度，读者铭记度将完全不同。以前我能忍受她，现在我不想忍受了——幸好这个奖项和诺贝尔奖一样，不颁发给死人。”

“而温软，这些纠葛她知道得太多了。如果这个剧本演下去，她终究会知道谁是幕后主使。”

“郭子怡要和温软一起死，因为她总是嘲笑老娘看上去像穷人，我受不了了。”

“杀郭小姐并不是非常有必要。”邓漠然平静地告诉她。

“不，我讨厌她。我再也无法忍受了。”

玫瑰花的葬礼

亲爱的夏小姐：

古希腊哲学家曾经给予女人四个品质：控制，公允，坚韧和智慧。

答应你杀死周甜甜时，我埋葬了你的第一个品质，对自我欲望的控制。

答应你杀死馨予时，我埋葬了你的第二个品质，对同伴的公允。

答应你杀死温软时，我埋葬了你的第三个品质，对恐惧的坚韧。

答应你杀死郭子怡时，我埋葬了你的第四个品质，判断事物的智慧。

我曾经认为，你是我遇到的，在那个无聊阶层中，出淤泥而不染的那朵高岭莲花。

可是亲爱的，你看，你现在一无所有了。

顺便告诉你，你所想杀死的那四个人，她们其实还活着。

你所参加的那四场葬礼，埋葬的是你自己。

邓漠然

当这封信再由夏天清交予李浩，再转交给青岗市警察局刑侦科的黄剑时，所有人都吸了口凉气——她们其实还活着。

这是什么意思？

投湖的周甜甜，坠崖的王馨予，车祸的温软和郭子怡——仔细思考，的确，似乎没有人见过她们完整、可以辨认的尸体。

※十※

杀人罪和非法拘禁罪是两种量刑标准。

杀人未遂和杀人罪又是两种量刑标准。

邓漠然并没有杀人，他只是制造了死亡假象，将这四位小姐通过黑道势力控制起来了。

李浩摔杯子：“这下没有死刑了，说好的标本呢？我说好的标本呢！”

肖桐安慰他：“面包会有的，牛奶会有的，一切都会有的。”

邓漠然手上有一个地址，是黑道管理之中的地下仓库，四位小姐就关在里面。她们并没死，只是被监禁起来了，其中宝马车上的那两位伤得很重，不过算时间最近也差不多该康复了。带邓漠然去现场的人是头儿和小李。

小李带回来两个消息，一个好消息和一个坏消息。

好消息是，四位姑娘都安然无恙回家了。

坏消息是，邓漠然逃走了，小李记了大过。

“哦？”李浩雪一样的白大褂晃过去，单手抓了小李的领子，雪亮的刀锋从小同志鼻尖隔空划到下巴，声音都喷着冷气，“呵呵，你就这样把我的标本放走了？被催眠？这得多好的催眠术才会让你主动给他解开手铐？”

在头儿解救被困美少女时，小李恍恍惚惚，开了邓漠然的手铐。

然后这个男人就像鬼魅一样，消失在了夏日午后的风中。

肖桐正在把法医科的变态拖走，忽然看见一个熟悉的身影。

那种淡漠的香水味。

非常熟悉的感觉，就好像闷热天里，忽然听到一声清冷怡人的风铃响。

肖桐追过去，连追了两条走廊，被李浩从身后掰住肩膀：“怎么了？”

“我好像看到林浅浅了，青铜鼎案那个。”

“哦，和你玩暧昧的那个女通缉犯。”李浩记得非常清楚，“你还没忘掉她？”

推开门。

是笔录室，四位解救出来的姑娘坐在里面，因为门被突然撞开而仓皇回头。

“抱歉，眼花了。”肖桐抱歉地退出来。

从那以后，生活变得正常起来。

四个家族分别领回了自己的女儿，消停了。夏家花了重金疏通关系，以精神不正常为理由，将夏天清转移到了一家私立的精神病医院。

据说在那里，夏家大小姐在读完自己管家的信以后，确实精神不太正常。她曾经有一次荣获文学大奖的机会，然而写信谢绝了。不再说话，每天只是面无表情，对着医院雪白的墙壁发呆。

就仿佛自己的灵魂，在那四场葬礼中被埋葬了一样。

肖桐因为这次英勇破案，拿了一次系统内的表彰。李浩依旧在法医科哼小曲过日子，没有凶杀案，他每天就忙着泡茶而已。

总觉得哪里不对，这个夏天，变得太平静了。

另一个傍晚，下班之后，肖桐顺着惯常走的长街往下走，手插在裤兜里，想吹一吹热气消散后的凉风。忽然被人从身后打了一拳。

“你就是经手天清案子的警察？”打人的男人似乎喝过酒，敞着上衣扣子，眼睛血红，“你放走了邓漠然那个禽兽？”

“不是我放走的。”肖桐架住他，“你是赵行之？夏天清的男朋友？”

堂堂赵家三少，当街打警察，传出去不是佳话。

肖桐把他带到自己的出租屋，当头浇了盆凉水，赵行之清醒过来。

“抱歉我刚才冲动了。”他靠着肖桐的床，坐在地板上，点了支烟，“你知道我为什么和天清分手吗？不是因为周甜甜引诱了我，也和后来流言里的照片事件无关。我那么爱她，怎么会因为那种无聊的事情和她分手？而是夏天清变了。和邓漠然接触后，她就变了。非常微小的改变，日积月累，只有身为男朋友的我才能明白。”

“我不明白。”肖桐递给他一杯凉水。

赵行之也不嫌弃缺口的杯子，端起来仰头一口饮尽：“你知道心理学中的积累效应吗？”

※ 十一 ※

在心理学中，积累效应中有一种“相乘效应”，即在多次相同的刺激中产生的心理效应会比简单相加产生更为严重的后果。例如，多次遭受侮辱而将愤怒长期压抑的人，在某次受轻微侮辱但周围环境或个人情况极不利时，会以爆发性的方式将长期压抑的愤怒发泄出来，形成过剩犯罪。

“邓漠然就是那个小小的导火索，一次又一次提醒天清，她在交际圈中受到的漠视和委屈。不经意的，反复的，装作好意地提醒她，旁观她的反应，直到这种‘相乘效应’的产生。现在回想起来，他就好像是个魔鬼，用自己的心理技巧，饶有兴趣地想看我的天清究竟能忍受到哪种程度……”赵行之脸色痛苦，“我讨厌她和她管家的亲近关系，才提出的分手。可是现在看来，当初我做的事情，正是压垮骆驼的最后一根稻草。”

“分手以后我后悔到肠子都青了，和周甜甜谈过，想再次回到天清身边，然而太晚了。

现在我去精神病院探望天清，可是她什么都不对我说。她不对任何人说话。”

“邓漠然不是那么简单的男人，你们不应该放过他。”赵行之摇摇头，“肖警官，你们不该放过他……”

邓漠然做的事情，远远超出了一个普通人的能力。

比方说王馨予的坠崖地点就在华山，他不仅需要雇佣黑道的人绑架王家小姐，制造坠崖假象，同时还要准备一具血肉模糊不可分辨的女性尸体，放上王小姐的衣物。绑架确实给钱，就有组织愿意做，但在限定时间内安排适合的女性尸体，就不是每个黑道团伙能够轻易做到的事情了。

他对夏天清做的事情，并非出于忠诚。他抱着另外的目的，在配合夏天清的剧本。这个人就像暗处的蜘蛛，牵扯着千丝万缕的关系网。

或者说，他本身，就隶属于某一个未知的组织。

邓漠然，他究竟想要什么？

那一瞬间，肖桐有一个猜测。

“赵少，你接触过被接回去的四位小姐吗？她们和过去相比有什么变化吗？”

赵行之苦笑：“经历过那种事情，谁的心理上都会有变化吧？王馨予那么外向的性格，变得不爱接触人了。哦，说起来，温软最爱的香水也从香奈儿变成了娇兰的‘忧郁’。”

娇兰的‘忧郁’，L'Heure Bleue。

肖桐想起自己在局里的走廊中忽然闻到的香气。

“还有甜甜，似乎突然不爱穿高跟鞋了。”

肖桐突然意识到，自己到底是觉得哪里不对了。

他始终无法想通，在以 180 公里的时速冲进江中的宝马车里，温软和郭小姐究竟是如何生还的。

※ 十二 ※

这次是肖桐将李浩从床上轰起来。

李法医醒得倒快，很快坐起来，穿戴整齐，遗憾地说：“肖同志，虽然我本人很乐意，但是大清早主动爬到我床上来，还是很影响组织风纪的。”

“滚，捷达钥匙。”肖桐伸手。

李浩发动了车，停在一家五星级酒店对面的小街道上。这是周家在青岗市的产业，周甜甜来消暑，自然住这里。

“你想偷窥周甜甜？”李浩不可置信，“品味不怎么样嘛！”

“我怀疑她有一点儿变了。”肖桐说。

“胸变小了？”

“不，”肖桐说，“是人变高了。”

因此不再穿以前的高跟鞋，否则旁人看起来特别明显。

一个成年女性，一夜之间突然长高，确实引起人怀疑。

“你想说明什么？”李浩点燃一根烟，“说清楚，我才好判断要不要及时抽身不陪你玩。”

“我想说，回来的这四个女人，并不是当初那四个女人。周甜甜、王馨予、温软和郭子怡，她们确实已经死了。”

“你走火入魔了，肖桐，这不可能。模仿一个陌生人，还要骗过身边朝夕相处的亲朋好友，怎么可能做得到？”

“对。”肖桐点头赞同道，“你可以模仿一个人的外貌，但是很难模仿一个人的性格。如果要调包，必须设计一个让人性格大变的理由——现在这种情况，被朋友陷害假死遭遇囚禁，算是其中一种。”

穿着蕾丝短裙的身影出现在酒店前厅的台阶上，有一位门童帮拎包。

“确实是高了，而且胸小了。”李浩点点头，“告诉头儿了吗？”

“说了，没理我。”

“等等，她要去哪里！”李浩一踩油门跟上去。

“周甜甜”的车顺着林荫大道缓慢行驶，七拐八拐，渐渐出了市区，在码头区的空地里停下来。然后倒转车头，向李浩的方向驶来。

“不对。”李浩立刻打方向盘，“我们被怀疑了，中了埋伏！”

车。

从四面八方出现的车。

这条路尽头是废弃的码头，一边临绕城河，一边是荒芜废地。

幽灵一样的车把捷达围在中间，车中下来扛着铁棍的男人。“周甜甜”就穿着蕾丝短裙，在最远的一辆车上靠着，看着他们。

“肖桐，”李浩叹了口气，“你带枪了吗？”

“没有。”

“那就没办法了。我一喊暗号，你就跟在我身后冲出去。”

李浩猫着腰，拉开车门：“牡丹花下死——”

他冲了出去：“做鬼也风流！”

肖桐心想我们没定过这种下限暗号。但是他没时间思考了，只能跟在李浩身后，在扭打和搏斗中，杀出一条路，往身后有人的新码头区跑。李浩熟谙人体解剖学，知道一拳打在哪里，能给敌人造成最大的伤害，能最大程度限制对方行动力。

肖桐在校时上过格斗课程，只是分数向来不高。

他想，或许真的，一生就停止在这里了。

自己牺牲还好，只可惜拖了好兄弟下水。

忽然远处，响起了震耳的警笛声。

※ 十三 ※

肖桐几乎趴在地上了，身上一定有软组织挫伤。李浩还好，抢了对方一根铁棒，靠着一棵道旁树喘气。听到警笛声，混混流氓就四散而去。这是肖桐人生中最感激组织出警迅速的一次，心想谁出的警，我回去请谁吃饭。

停在面前的却不是警车，而是一辆奥迪Ｑ７。

香水味。

熟悉的香水味，娇兰的“忧郁”。

“温软”从车上下来，波浪长卷发披散下来。

蔻红色指甲按下微型录音机的外放键，警笛声就停止了。

“肖警官，李医生，第二次见面了哦。”

精致的人皮面具取下来，露出一张清秀干净的脸，眼睛笑起来弯弯的，像水墨珠子。

她靠在车门上，就像一片树叶挂在树枝上，给人一种漂泊不定的虚无感。

“林小姐。”肖桐想起来了。他曾经经手过一起青铜鼎走私案，走私的组织叫“蓝帽会”，是国际上圈内圈外都声名狼藉的地下恐怖组织。林小姐就是当时的犯案人员之一。他们在交往试探中，还演过情侣戏。

那时肖桐就本能地觉得，林浅浅和这个组织的其他人不一样。

如果她出现，就意味着邓漠然背后的组织，正是Blue Hat——那个不按常规出牌，不能以正常人的思维思考，疯子和天才聚集的组织。

“你的组织还是那么喜欢铤而走险。”

“这不是蓝帽会做的。”林浅浅笑了笑，“我只是奉命来黑吃黑的。”

她拿出手机，快速地发了一条短信。然后打开手机后盖，取出 SIM 卡，随手扔进汹涌的河水里：“小提示。”

这个发信号码从此作废。

“那我走了。”她嫣然一笑，顺手戴上一顶蓝色贝雷帽。

“她给你发的什么短信？”李浩问。

“一条行动逃跑路线。”肖桐说。

“刚才我们应该逮捕她。”李浩眯起眼睛。

“我忘记带枪，但是林浅浅应该不会忘。”肖桐提醒说。

这是第二天，震惊警察局高层的惊天大案发生前，刹那的平静。

由于涉及几大财团和数以亿计的资产，直到半年后，这些消息才渐渐通过野史和地摊小报，呈现在世人面前。

第一件事是，有四个大家族曾经同时失去了女儿，并且举办了葬礼。然而随着警方破案，这四位姑娘被安然无恙带回家了。然而不久以后，她们突然在同一天，再次失踪。

第二件事是，和四个女孩子同时失踪的，是大笔的财产。这四个财团留在自己女儿名下的大量现金、存款、固定资产，都在她们回来的那段时间里，通过本人合法手段套现和转账，悄然消失了。这些现金被转入某个国外账户，然后经过合理而迅速的洗钱手段，蒸发到了警察系统触及不到的地方。

这才是邓漠然的真正目的。

他并没有兴趣帮一个女生报复自己的朋友，而是像一只耐心的蜘蛛，等待合适的时机调包了四个大财团的继承人，然后将巨额财产据为己有。

而青岗市警察局立的功，是通过一条内部秘密情报，截获了另外三名“替身”女人。

这三位“大小姐”在洗钱完毕出逃国外的过程中，被截于国境线上。

她们将接受法律的惩罚。

“被截获的人里面没有林浅浅。”肖桐很遗憾。

当时他正在和李浩、赵行之坐在警察局外的小馆子喝酒，李浩白他一眼：“人家主动提供的情报，会把自己供出来吗？”

没有人知道那三个女子和依然在逃的邓漠然的背后势力究竟是什么来头，因为不管怎么问询，她们的供词只到邓漠然就断掉了。再往后，什么都问不出来。

只是在精神病院的夏天清有一天突然向前来探望的赵行之提到："邓漠然，他背上有一个黑色十字架。"

这是夏天清第一次说话，赵少开心了很久，来请肖桐吃饭攒人品。

"说起来，"肖桐问李浩，"当初你以要分那三十万悬赏为借口，硬挤进行动组里来，难道是担心我卧底不好，特地来帮兄弟挡枪？"

"呵，"李浩冷笑一声，"你是怕把我牵扯进来，才特地跟黄队说，瞒着李医生？"

他拿筷子指着肖桐："黄队早答应过我了，要是你不小心牺牲了，就泡福尔马林放我标本室里——左边架子放小白，右边架子放你。我就是担心以后样品不小心损毁，特地跟过来看看。"

※ 十四 ※

林浅浅穿了一身黑色纱裙。

正是早上，夏天朝阳温暖，给墓地镀上一层浅金色。

灰色墓碑整齐地排列着，在青草和小野花之间一直延伸到树林深处。这些墓碑上都刻着名字和编号，有些特别新，有些已经好多年，爬满青苔了。

据说每一位进入蓝帽会组织的人，都在这里有一座墓碑，以埋葬过去的自己。

林浅浅默默数数，很快找到了NO.99。

No.99 林浅浅

死于XX年X月X日

"黑叉集团肯定气死了。"忽然身后有人说，"费尽周折骗走了四大财团的钱，最后全部打入了我们的账户里。林小姐，作为一个卧底，你非常优秀。"

说话的男人戴着银色面具，下颌线条坚毅有力，声音略微有些喑哑，像是曾经声带受过伤。

"是黑十字集团，Boss。"林浅浅转过身，轻声纠正，"轻视敌人，也是对自己的轻视。"

"哦，黑十字集团。"男人从善如流，"我不太喜欢他们，做事情手段太变态了。"

"我认为还是我们变态一点儿。潜入他们组织，替换掉正确的汇款账户，还把出逃路线交给警方。"林浅浅笑了笑，黑色丧服之下，笑容显得特别明媚，"能完成任务，我很荣幸。"

“说起来，你觉得夏天清对于邓漠然，到底是怎样一种情绪呢？”面具男人叹息道。

“和他的其他对象没有区别吧。”

“不对，邓漠然非常爱夏天清，因此想把夏天清变成和自己一样的人——只是失败了。一旦他埋葬了夏天清的四种品质，他就埋葬了夏天清这个人本身。”男人笑道，“这个变态，现在大概后悔得肠子都青了。”

那个当初让他喜欢过的夏家大小姐，已经不复存在了。

林浅浅弯下腰，在自己的墓碑上放了一枝白玫瑰。

有人说，人的一生会经历很多场葬礼，才能得以成长。每一场葬礼，都会埋葬一个曾经的自己。

她想，埋葬在这里的，是她年华中最美好的部分，剩下的自己，已经不值得哀悼了。

因此才特地来这里，为过去献上一朵玫瑰花。

我之爱人如玫瑰，六月鲜花始盛开

亲爱的，直到四海枯竭，

直到岩石腐烂，

生命不绝，我心不变。

……

——罗伯特·琼斯（苏格兰民谣）

第九章 天空之城

※ 一 ※

林浅浅其实挺喜欢火车。

这个年代已日渐淘汰的绿皮火车，轰隆轰隆，晃晃悠悠，开往下一个目的地。不像在机场那么匆忙，也完全不担心航班和天气，就算狂风暴雨，这种慢车依旧能悠悠然摇进深山里。

“真是很受伤啊。”靠窗的小桌对面，一双桃花眼眯起来，“意识涣散，心不在焉，MP3 里在听的歌已经循环了第十二遍……旅途中相互注视同伴的脸热情聊天不是理所当然的吗？我的脸就那么难看吗？”

“不是，是阮冬然的新钢琴曲太好听。”

“不觉得一边听古典音乐一边看我英俊帅气的脸也是一种享受吗？”

“……”

林浅浅快速思考组织有没有禁止把话痨搭档扔出火车的硬性规定。

“不行的。”山寺伸了个懒腰靠在后座上，“我知道你在考虑把我扔出火车抛尸荒野的可行性——这是不行的。我肯定不会同意的。”

“林小姐，你看过宫崎骏的动画片《天空之城》没有，等火车再往前开十分钟，我给你变一座‘天空之城’。”

车到聊城前，会绕行黑瞎子山，一直开进深山里。再开一小时，就能远远望见一座山峰从山谷里探出来，上面都是耸立的乱石，清早云雾环绕的时候，从山谷下抬头望，就像飘浮在空中的城市。

“有一天，等我从组织退休了，就来这里种花。在伸手就能够得到云彩的地方种满风信子和百合花，带女朋友来看。哦对了，浅浅，你喜欢哪种颜色的风信子？”

“浅浅？”

“浅浅你去哪里？”

“洗手间。”林浅浅站起来，没有理会无聊旅途中喋喋不休的同伴。

但是她并没有去洗手间，而是去了车厢相接处的乘务员室。正在看小说的乘务员抬起头问：“这位女同志，怎么了？”

林浅浅想说话，突然手臂被从后面握住。

本来想说的话一瞬间冻住了，像掉进了冰窟。

山寺跟了过来，附在她耳边轻声道：“各家自扫门前雪，哪管他人瓦上霜。”

原来自己看到的东西，他也看到了。只是装作没有看见的样子。

山寺指着林浅浅，笑容满面地对乘务员说：“抱歉，我女朋友的手机没电了，你们这里能帮我女朋友充电吗？哎哟浅浅，你踩我干吗……”

※二※

“紧急通知，列车内现走失一位四岁儿童，身穿红色上衣，蓝色短裤，有看见的乘客请立刻通知列车乘务员，谢谢。”

列车上走失小孩，每年都会发生无数起。

有些孩子幸运地回到了父母身边，有些孩子则永远地脱离了他们原有的生活。破获一起拐卖儿童的案件，就是守护一个天使的未来，这是列车乘警的义务和天职。这次失踪的小孩只有四岁，母亲带着小男孩去洗手间，在车厢拥挤的人群中只是一转眼，小小的手就滑脱了，然后再也没看见。

火车的下一站是聊城，从B市到聊城有五小时车程，中途不停顿。如果孩子失踪了，现在一定在车上。

广播室里的母亲在祈祷，有谁能无意中看见自己的小天使，将他带回自己身边。

蒋英予举着个破中兴手机，小心翼翼地把脖子伸进乘务员室：“那个啥……”

乘务员小姐“啪”的一声把门关回去：“我们这里不充电！”

“贼眉鼠眼，一脸心虚，今天怎么那么多想蹭插头的？”她没好气，“没看到全车都在找走失小孩吗？”

“我不是给手机充电的……”半分钟后蒋英予重新探进头。

“哦？”乘务员小姐脸色稍缓。

“那个啥，我尿急，但是每节车厢的厕所都有人……”

门又“啪”的一声关上了，里面咔嚓一声还落了锁。

蒋英予扒在玻璃窗上，锲而不舍地举起手机屏幕：“……所以我一直走到了最后一节车厢，看见厕所旁边有个蛇皮袋，里面好像有什么东西在动。袋口是用红色儿童T恤捆起来的，我这个人怕鬼，不敢去碰……就用手机拍下来了……”

火车是一个相对封闭的空间，在到站之前，不管是拐卖，失踪还是绑架，小孩一定会在列车上的某一处。火车的下一站目的地是聊城，白水江流过，面向平原，背靠青山，火车过了聊城，再往前走，就进入我国西南深山里。崇山峻岭，人烟稀少，警力相对薄弱。因此小孩失踪，接到报警电话、协助乘警办案的，正是聊城警察局。

刑警郑语修同志正想出门，电话铃声第二次响起来。

“什么，被一个学生找到了？装在蛇皮袋里？”郑语修举着电话，拿着衣服，走到门口又折回来，“不用出警了吗？哦，好，那我吃鱼香肉丝盖饭去了。”

郑语修挂了电话，向同办公室的小李解释说，刚才的小孩失踪案不用去协助了，有个学生在火车最后一节车厢的厕所旁，找到了怀疑被拐的小孩。装在蛇皮袋里，乘警们都在现场围观。

“张镜呢？”郑语修问。

“张警官买冰豆浆去了。”小李举着钱包，“刚才找我借的钱。”

“啊，”郑语修长舒一口气，“上面特地强调让他不用去，狗鼻子太灵，又自带煞气，什么血案凶杀案他都挖得出来……哎小李你指我背后干吗？有漂亮姐姐过来吗？”

郑语修愉快地回头，正看见一名英俊同僚靠着门框站着，警服笔挺笔挺的，举着一杯冰豆浆，阴森森一笑：“谁自带煞气？”

十分钟后，郑语修跟在张镜身后，喋喋不休：“你是要去火车站吗？头儿已经说不用去协助了，特别强调你不能去……”

张镜停下脚步，转过身：“自带煞气。”

郑语修立刻热泪盈眶站住脚：“我错了。”

张镜点点头："我们不是去出警协助，只是利用午休时间，去车站散散心。"

郑语修歪头："我们？我等下还要看刚下好的 Linda 酱演唱会视频。"

张镜一口气喝干冰豆浆，沉吟道："刚才你是说谁自带煞气？"

郑语修飞快地抓起椅背上的外套和包，双眼饱含热爱工作的热泪，一秒钟关掉正在下载小电影的"迅雷"："走，去车站！老大您说走当然马上走！"

后来小李问张镜，当时你是如何察觉出事情不对的。张镜回答得特别简单——如果你想拐卖一个小孩，会把他藏在最后一节车厢的厕所旁吗？这意味着你得带着一个随时可能哭着找妈妈的孩子穿过多达十来节的普通车厢，和无数列车乘务员乘警擦肩而过，然后将孩子藏在随时有人排队的厕所。这就好像犯人挥着小旗向大家说"我在这里哦"一样。

况且拐卖儿童，通常发生在列车到站时。这样犯人可以立刻混在人群中将孩子带下车，就地转移，谁会特地选择在最长的一站中、最开始的时候下手？

"这不是一起儿童拐卖案。"张镜上了警车副驾驶，然后指指郑语修，"开车。"

※ 三 ※

蒋英予气喘吁吁地挤回自己的座位。刚才列车长和走失儿童的母亲握着他的手，激动地问，同学你是哪个学校的？我们给你送锦旗！因为你的尿急，孩子终于回到亲人身边了！小同学你有什么要求尽管提，只要能力范围以内，我们都尽量满足你！

蒋英予低头扭捏半天："我还没上厕所……"

于是他重新挤回自己的车厢等厕所，听见同车人议论纷纷。

"听说刚才广播的孩子找到了！"

"被人装在蛇皮口袋里藏在最后一节车厢里……"

"要是没有被一个找厕所的学生发现，下一站就带下车拐走啦！人贩子肯定还在车上，不知道是谁……乘警肯定得排查。"

何谓关注细节？即在满车热热闹闹找失踪小孩的时候，肯定没有人注意，在每节车厢相接的地方的紧急制动闸上，都被人粘了口香糖。然而蒋英予注意到了，他从车头找厕所一直找到车尾，发现每个紧急制动闸上都有口香糖，并且觉得很揪心，这就是关注细节。

口香糖粘贴的位置很风骚，正好在紧急制动闸与车厢的接缝中，如果你拉动紧急闸门，一定会压到它。蒋英予之所以注意得到，是因为他有强迫症，上完厕所后就蹲在紧急制动闸面前，在口香糖很脏和想把它抠下来这两种想法之间苦苦挣扎。手刚伸到一半，被人从身后抓住：“别碰。”

清风一样的声音，白皙柔软的手，抓住他手的是个女孩。

蒋英予回头：“咦，是你？”

列车一节车厢分为两列，中间相隔一条走廊。走廊一边对坐四个位置，一边对坐六个位置。他坐在四个位置的那边，身边靠窗坐着一对旅行的男女，据说是情侣，但是看上去关系不太稳定。

为什么呢？

因为女孩太漂亮了，男人有一双桃花眼，风流倜傥。这么养眼的组合，一般只能在电视上看见，猛然在现实生活中撞见，总觉得哪里不太对，像是在演戏。男人含情脉脉地看着女孩，畅想一座天空之城，高出云霄，种满紫色和白色的风信子。

“你们是说黑瞎子山的断层带上的那块突起吗？”蒋英予弱弱地插话，“那是不可能的，因为稍微有点儿地理常识就会知道，那个断层带主要是砾岩，土壤贫瘠，年降水稀少，不适合你提到的植物的生长。我叫蒋英予，A 大地质系三年级。要是你们有兴趣，我还能告诉你这里的矿藏啊，植被种类啊……”

他不理解为什么桃花眼不理他。

倒是那个女孩向他微微一笑：“我姓林，叫林浅浅。”

他们聊得很开心。蒋英予告诉她，因为有女生进山失踪，连尸体都找不到，后来整个黑瞎子山都被政府封锁了，拉了封山育林的警戒线，铁路又改了道，现在不能进去看“天空之城”啦。以前没封的时候，每年好多画家摄影家去那里取材呢。

抓住他手的正是林浅浅。

她穿着带盘扣的高领白裙，长发落在肩膀上，站在人群中像是一支水仙花。那是怎样的印象呢？仿佛是从水墨画里走出来的一般，风一吹就会飘散到窗外的绿水青山里去。不像是爱开玩笑的类型，说出来的话像是天方夜谭，偏偏还带有一种认真的味道。

水仙花蹲下来，附到他耳边：“你没有发现，推小车卖东西的乘务员已经很长时间没有经过了吗？我们走的这条路，并不是列车本来应该走的路线。如果我没猜错，现在整辆列车已经被绑架了。”

※四※

如果一辆行驶的火车上，突然被发现有失踪的儿童被装在蛇皮袋里，扔在最后一节车厢，会怎么样呢？

用阑尾思考都能得知，乘警们会赶往该节车厢，将孩子救出来。

如果孩子被牢牢地用手铐铐在车厢的钢管上，而车内又没有能锯断钢管的东西，会怎样呢？会增派乘警过来，试图用各种方法，将孩子救出来。

与此同时，其他乘警会做什么？

他们中大部分人会来最后一节车厢围观——人都有好奇心。

在列车尾部制造事件，诱导乘警前去解决，从而人为地造成车厢前段——比方说控制室的警力薄弱甚至缺失——这种办法在千年前古人就已经经常使用，叫调虎离山，也叫声东击西。

进而，为劫持一辆行进中的列车创造条件。

这样一个冒险的做法只有疯子才会选择。一般装备了大脑，武器充足，并且有专业经验的犯罪分子，都不会走这一步险棋，是某些机构臃肿的体制，懒散的作风，和万年低下的警惕心，为疯子们创造了条件。

刻意制作这种状况的人，当然不会放弃他所寻觅到的机会。

“这其实不是一起儿童失踪案件，这是一起列车劫持案件。我本来并不确定的，但是看到每个制动闸上的口香糖，就确信了自己的想法——除了列车控制室，让车停下来只有一种方法，就是拉下紧急制动闸。试想，如果紧急制动闸上黏了炸弹，你还敢拉吗？”

“我读书少，不要欺负我。”蒋英予在自己的座位上扭来扭去，坐立难安，“我才不相信咧！如果我们真的被劫持了，为什么乘警不出动？从刚才到现在，你有看到一个乘警吗？”

“的确没有一个乘警出动，但是你仔细看，”叫林浅浅的女孩说，“周围有任何一个乘务员吗？任何一个？”

蒋英予蓦然发现，车窗外的景色变得陌生起来。

时间已经过了列车到达聊城车站的时间，然而站台迟迟不出现。

喧闹纷杂的列车车厢里，有旅客的谈笑，有孩子的哭闹，有聊天和吵架，但是已经很长一段时间没有一位乘务员出现。就好像他们是一车被遗弃的人，正在一列没有驾驶员的列车上，驶向不知名的荒野。

“台风的风眼！”桃花眼飞快地接话。

林浅浅说：“滚。”

桃花眼默默低头，宝贝一样摆弄自己喝茶的杯子。

蒋英予发现，林浅浅说话时，一直在用手机查什么东西。如果他们真的在一辆被劫持的火车上，那么情况不明了时，等待外界救援比引起慌乱更为明智。大概这个女生也是抱着同样的想法吧？

林浅浅忽然站起来："情况不太妙。"

"亲爱的，怎么了？"桃花眼抬头问。

"我刚才一直在用手机查铁轨线路。我们正行驶在一条五年前废弃的旧铁路上，前方会通过一座横跨山谷的桥。这座铁路桥早在五年前停运时就被炸毁了。这么下去，火车会直接冲进深谷里的！"

客运列车的普遍运行时速在 90 到 110km 每小时，算上惯性，停车前需要提前 3 至 4 公里左右开始减速缓冲。所以一般列车还没到达车站前，甚至还没接近城市时，就必须开始减速。

从 GPS 上看，列车离山谷很近了，然而车速分毫不减。

这列车，根本没有打算在断桥前停下来！

劫车人的计划是将火车强行驶入一条废弃线路，然后全速前进，直到冲下断桥！

最终车毁人亡！

"那、那、那怎么办？"

水仙花一样的女孩想了想，看着他："你一直往前走，走到 1 号车厢，想办法把里面的人都转移走。快！"

然后她转向自己的同伴，向他伸出手："茶杯。"

"要我救人？"桃花眼抗议道，"浅浅，你对我要求太高了。"

最后他像迁就女朋友一样，耸耸肩，拿起旅行小桌上的宝贝茶杯，将里面的水一口气喝干，然后开始动手把杯子拆了。杯子结构似乎很复杂，带着装茶叶的隔离层和纱网，还得要拆分组装，因此桃花眼摆弄得很认真。他叹了一口气："我才不想管人家瓦上的霜呢……"

※ 五 ※

聊城车站候车大厅里，很多旅客拿着火车票，等着一辆永远不可能进站的列车。

GZ115，这辆发往内陆深处的列车本该准点到达聊城车站的，然而它却晚点了。车站迟迟没有收到来自列车的固定联络信息，它也没有在预定时刻出现在站台上。

过了很久，铁路警察局才收到来自列车的报警信息。雷达监察显示列车已经沿着一条废弃铁轨，行驶了数公里。

其实停止一辆行驶中的列车并不难，任何人都能做到。除了控制室以外，每节车厢的交接处都有紧急制动闸，如果你死命拉下它，通常速度的火车在此之后只能靠惯性行驶八百到一千米的距离，然后便在铁轨上戛然而止。

事后的事故报告显示，GZ115 列车上所有紧急制动闸装备完好，与此同时车上近千名乘客自由安全，甚至没有感觉到迫在眉睫的死神威胁。然而没有一个人，拉动了紧急制动闸。

不是他们不会。

而是不能。

出乎所有人意料，匪徒只有一个人，从一个安检薄弱的偏远小站上车，偷运了把手枪和一枚塑胶炸弹。塑胶炸弹又叫 C4 炸药，是一种高效的易爆炸药。这种炸弹不用太大分量，就能炸塌一栋五层的钢筋水泥建筑，并且这种炸弹可以被碾成粉末状，随意装在橡皮材料中，挤压成任何形状。

根据匪徒的说法，他将这枚塑胶炸弹做成了口香糖，和其他任何被咀嚼过的口香糖一模一样。

并且它就黏在某一节车厢的紧急制动闸下。

一列火车有多少节车厢，就有多少个紧急制动闸。有多少个紧急制动闸，就黏了多少个口香糖。因此没有经过训练的普通乘警，并不能分辨究竟哪一个口香糖是死神按钮，一不小心拉下去便会车毁人亡。

为了避免失误造成的伤亡，以及公布炸弹引起车内群体性恐慌，列车将希望寄托给了铁路警察局。

与歹徒的交涉是在几位“谈判专家”的指导下进行的。

这些人头衔很高，早已习惯在臃肿的机构中偏安一隅，拿着高薪，写着每年一样的报告书，很多年都没有上过战场。因此直到最后，这些“谈判专家”都没有发现歹徒的意图——他并不想谈判，只是在拖延时间，为了带着整列火车冲下深山里的某处深渊。

第一个发现问题不对的是带着同事来火车站“散步”的刑警，叫张镜。

他协助办案，拿着资料闯进了谈判专家们的办公室：“绑匪根本没有谈判意图，他在拖时间，马上派武警设置路障，必须把车停下来！仔细听谈话，这个人根本不打算活下去。”

“你叫张镜？张镜这个名字挺熟。”一位谈判专家理理肥硕身体上的衬衫扣子，“好像当初系统里确实有这么一位刑警，拿过不少表彰，上面寄予厚望——后来听说犯错误了？”

“被美色诱惑，玩忽职守，丢了一件价值连城的国宝。”同僚坐在冷气充足的办公室内，端着茶杯，“那女孩子叫什么名字？姓林……林深深？林浅浅？张警官，铁路警察可不归地方警察局管，你可不能插手我们这边的事情啊。”

官僚臃肿，制度害人。

张镜脸色铁青，出门上了警车。

“奶奶的！”郑语修小跑着跟上来，“我们回去吗？”

“不回去。”张镜把郑语修扔上驾驶座，“虽然不在我们的管辖范围，但是既然看到了，就要对得起肩上扛的国徽。”

警灯拉亮，警笛拉响。

郑语修把油门踩到底，向着出城高速的方向冲过去。这里有一条与废旧铁路并行的公路，并且可以抄近道。

“妈的，汽车追火车，不枉本少交了那么多年超速罚单哈哈哈哈哈哈！”

他瞟了一眼旁边脸色阴沉的张镜，收敛笑容：“希望乘客没事。”

※ 六 ※

张镜的设想很简单，追上这列火车，想办法跳上去，拆除炸弹。郑语修的驾照是报班过的，其实开得不怎么样，就是气势足，敢踩油门。他们绕过十八弯的山路，远远看见缓缓行进的列车时，太阳还没下山。

断崖就在前面，已经非常非常近了。

因为距离远，墨绿色的火车显得像儿童玩具一样，沿着生锈的铁轨行驶着，前方就是废弃的铁路桥。桥已经被炸断，只剩下光秃秃的桥墩。而逼近的列车依然没有减速。

张镜一把捶在车窗上——来晚了！

这是一千条生命。

一千条活生生，有家庭和未来的生命！

忽然，火车前端的一节车厢顿了顿，就像行进中的长蛇突然缩了缩脖子。张镜想，乘务员终于冒险拉下了紧急制动闸，只是他们运气不好，拉到了有炸弹的那个。然而预想的巨大火焰和爆炸声并没有出现，只是车厢交接处冒出一点儿火花。列车依旧前行。

“这不是 C4，塑胶炸弹威力远不止这样。”张镜判断。

忽然，小范围爆炸的地方车门打开了！有人从敞开的车门爬到列车外墙，顺着铁梯上了车顶。那是一个女人，穿着白色长裙，裙裾在急风中翻飞起来，远远看去像一朵白色的花。她爬到行李车和客运车厢相交的地方，扔出了什么东西。

眼看就要到桥头，列车再一次顿了顿。

又是一次小型爆炸。

这一次不一样，列车前段和中段的连接部分断开了。动力机车和行李车依旧顺着铁轨高速前进，因为没有身后的拖累，行驶得更快了！而身后数十节坐满乘客的车厢，在失去前段牵引的动力以后，速度渐渐慢了下来。

机车带着行李车猛然冲进了断桥，落入桥下的深谷里！

那是两座伸出来的矮峰，山峰上乱石相错，本有一条铁路桥相连。据说起雾的时候，站在深谷下从某个角度看，其中一座山峰就像是浮在云端的城市，铁路桥就像连接云中城堡和凡间的小路。

行李车翻入深谷后，客运车厢缓缓地顺着铁轨向断桥深渊滑去。虽然失去了动力，由于惯性，列车并没有就地停止。

三百米。

两百米。

一百米。

车顶上的女子已经消失了。张镜强迫自己不闭上眼睛，作为警察，他必须目睹这个惨剧的全过程。忽然，桥头的铁轨上发生了爆炸！

就在列车接近断桥的一刹那，桥头爆炸了！这次不再是轻型炸药，巨大的冲击力让第一节客运车厢整个掀起来，炸了个窟窿！强大的爆炸力将列车向相反的方向推动，巨大的长蛇这才在千钧一发的关头，颤颤巍巍地停在深谷外面，石峰之中。

张镜觉得自己口干舌燥，一身都是冷汗。忽然听见郑语修在旁边说：“奶奶个熊的，第一次用炸弹分离动力车，第二次用炸弹停车！真是女中豪杰！是我大警察系统内部的人吗？”

※ 七 ※

蒋英予把人从 1 号车厢赶出去，方法其实挺简单。

一列火车的组成部分一般分为动力机车，行李车和客运车厢。客运车厢包括乘务员车厢和餐车，从1号往后排，通常乘客能走到的极限就是1号车厢。再往前车门就上了锁。

1号车厢是预留车，大部分座位是为随后车站上车的旅客预留的，因此乘客并不是特别多。突然车厢里不知道从哪里冒出来一个小男生，拿着一只高档手表盒，一脸悲愤、痛哭流涕，说他来这边找厕所的时候，价值六万块的宝珀表丢了。

男生在车厢里大吵大闹，坚持让所有人站到隔壁车厢去，好方便他找六万块钱的表。

乘警和乘务员竟然都不在，一番闹腾，所有人竟然真的被赶到了隔壁车厢，让小男生找表。

然而男生没有找表，他把1号车的车门一关，背靠在门板上，不让人回去了。

再接着，1号车里面就是惊天动地一声巨响！

列车停在了铁路上。

群众一阵惊慌恐惧，等惊惶过去，他们发现刚才堵门的小男生——竟然趁乱跑了！

蒋英予哆哆嗦嗦问刚从车顶上爬下来的林浅浅："刚才你、你、你、你扔的是炸药？藏在组装茶杯里的？"

蒋英予负责清空一号车厢，桃花眼负责收拾茶杯，林浅浅负责带着茶杯爬上车顶。桃花眼的茶杯似乎内有机关，几经拆卸之后，外表看上去没有变化，直觉告诉蒋英予里面的东西已经不是茶叶了。林浅浅拿它的姿势，就像在拿一颗手榴弹。

"是哦，"面前的女孩笑了笑，"绑匪都能把C4带上车，凭什么我不能？"

简直说得自然而然，顺水推舟。

蒋英予觉得自己应该换一个人问，于是他选择了问桃花眼："你们感觉很特别……像是……对绑匪啊炸弹啊非常熟的样子。你们怎么知道粘在列车紧急制动闸上的有可能是塑胶炸弹，所以不能去碰呢？"

"哦，因为我们属于某个组织。"桃花眼笑眯眯地告诉他。

"特警？"

"大学生推理社。"林浅浅从口袋里翻出一张名片递过去，诚恳道，"我们社团对于本格推理和犯罪方式有很深入的研究，欢迎参加哦。"

列车突然遇到爆炸，停在荒野的断崖前，车厢里开始喧哗起来。

恐慌，不安，惊惶。陆续有人下车看情况，拨电话报警，殊不知警察局因为这次爆炸，心里已经大松了一口气。

在等待救援力量的过程中，蒋英予并没有像其他乘客一样坐在车厢里聊天，惶惶不安地等待消息。这个熊孩子走到了断崖边上，想看翻下深渊的机车。黑瞎子山的山谷有数公里长，是地质学上的断裂带，两边是直挺挺的岩石，岩石下面有茂密树林。蒋英予选了一个不那么陡峭的地方往下望，突然想抬手看时间，没想到天有不测风云，他手腕上的表链突然断了。

这回他花六万块买的宝珀表真丢了。手表掉下去后挂在崖壁的一棵树上，蒋英予战战兢兢想伸手去够，一个脚滑，瞬间滚没影了。

林浅浅炸开火车时，并不知道车乘人员都被控制在了行李车里。因为行李车和1号车厢之间的门有两道锁，在那么紧急的情况下，确实无法打开求证。所以虽然近千名旅客获救了，车乘人员却没有逃过厄运。

当时翻下悬崖的除了绑匪本人，还包括一位列车长，两位司机，十二位乘务员，三位清洁工，包括乘警和餐车服务人员一共有三十人。救援队和警察系统迅速赶赴现场，然后从聊城火车站调运了车头，将一千多名旅客重新拉回车站。

惊惶的人群，喧嚣，吵闹。

比所有人，甚至医护人员早到现场的，是聊城警察局刑侦队一名叫张镜的警官。他比“谈判专家”更准确地摸清了匪徒的意图，及时获得了现场第一手材料。

张镜带着郑语修顺着岩石爬下去，报告伤者位置，做简单的医疗处理。

只是需要处理的情况并不多，因为在如此快的速度下，从如此高的地方坠入山谷，生存几率本身就十分渺茫。只是为了万分之一的奇迹，他在搜寻着。

郑语修突然跳起来：“那里还有人！张警官你看，那里有个小青年！”

张镜顺着他的手看过去，谷底不远处石头后面蹲着一个学生模样的男生，不到二十岁的年纪，戴着副眼镜。一身衣服全是泥巴，眼镜腿好像被摔断了，男生只能举着眼镜放在眼前，可怜巴巴地看他们。张镜走过去，弯下腰问：“你叫什么名字？”

“蒋英予。”小青年说。

郑语修一把把张镜推开，中气十足地讲英语：“What's your name？”

小青年用看傻逼一样的目光打量他，然后慢慢从上衣口袋里摸出一个学生证递过去，上面赫然写着名字“蒋英予”，A大地质系三年级。

“怎么在这儿？”张镜问，“不像是事故摔下来的。”

“我去年买了个表。”

郑语修气急败坏：“你才去年买了个表！这孩子看上去老实，怎么尽说脏话呢？”

小青年去年家里一时头脑发热，真给他买了一个六万的宝珀表，现在人品不好表链一滑，掉山崖里去了。其实论好表，六万不算太贵，但是对于小青年家这就是巨款。因此他摔得鼻青脸肿，依然爬起来，满地找。只是他找到的，不是自己的手表，而是断手断脚，或者业已冰凉的尸体。

“我能留下来帮忙吗，我有急救资格证。”小青年说，“顺便……我是说顺便……要是你们看到一块表，就告诉我……”

“想帮忙吗？”张镜弯下腰，从手机上调出一张照片递过去，问，“你找表的时候见到过这个人吗？不论死活。”

那是个平头，小眼睛，年纪不过二十五六岁的男人。年纪轻轻眼角就已经有了鱼尾纹，即使头发短，也带着点儿少白头的味道。

这是这起车毁人亡事件的凶手，张镜通过内部渠道拿到的照片。

小青年惊呼起来：“我认识他！这是大我好几届的学长！”

他抓抓头：“可是我记得，这个人疯了啊！”

在等待专业救援力量到来之前，蒋英予讲了个故事。

※八※

那是五年前的夏天，那时蒋英予还没入学，这个故事是他师兄讲给他听的。

据说那时A大地质专业有一位天才，是个女孩子，当年以考入北大的高分，填报了该大学的地质系，理想是做研究员，偶像是李四光，关键是脸竟然长得惨绝人寰的漂亮。

不给其他学霸留活路的节奏啊！

我们姑且暂定为女孩X。追X的男生很多，当然得手的只有一个。X每月月初生理期，每次生理期她都能在桌上发现一杯红糖水，十四杯红糖水，总价值不超过五块钱——她就答应跟男生走了。当初X每年寒假和暑假都跟着导师，走访名山大川，看奇石，观测水文，做笔记，据说内定好了毕业就留校。男友温柔帅气，工作早早地定了下来，原本是一条幸福康庄路，然而天有不测风云，X的母亲得了癌症，需要巨额医药费。女孩家虽然不贫穷，但是也不富裕，癌症就好像一场风暴，瞬间将平静的小家庭卷得粉碎。后来不知道通过什么渠道，X母亲的医药费突然变得充足起来，病情开始逐渐得到控制，甚至好转……虽然最后的最后，母亲还是离开了人世，但是据说X已经很满足了。她尽自己全力，将母亲在这世界上多挽留了半年。

再后来有人传说，当时X拿出了一块成色相当好的帝王绿翡翠，高价出售。

有人说她在地质考察的过程中发现了一座成色好得惊人的翡翠矿，只要她拿出矿藏的一个角来，就足够幸福安乐一辈子。然而X一直隐瞒了这件事，直到有一天她卖出了那块天价帝王绿翡翠。

黄金有价玉无价，这件事在学校暗地里传得沸沸扬扬，当然X不承认，她说那块帝王绿是祖传的。

不久后X再次出去考察。她独自一个人坐火车去了距离聊城不算太远的黑瞎子山，再也没有回来。X的父亲报过警，当地警察进山搜寻，然而一无所获。女孩就这样从人间蒸发了。

然而马上流言蜚语又开始沸沸扬扬起来。有人说政府根本没有认真搜查，而是出于某种原因不了了之。散布这种谣言的是X的男友，堂堂七尺男儿跪在警察面前哭，说X不是在深山里失踪了，一定是遇害了。

他说翡翠矿是真的，就在黑瞎子山的某一处。一定是有人逼迫X说出矿址，X不答应，因而遇害。

他四处写信，说政府是幕后黑手。因此X遇害后不久，当地政府就封了这片山区，秘密寻找翡翠矿。

“流言就是流言，把它当真就有问题了。前年我和导师一起坐火车路过这里，导师指给我看了黑瞎子山。这里是地质断裂带，虽然有石英矿，可历史上不产玉。我们路过时还远远地看到了‘天空之城’，形状奇特的岩石在云雾缭绕下像童话里的城堡，难怪有人相信这里埋了宝藏。仔细想，那么多专家学者来取材，谁都没发现，怎么可能偏偏一个大学生，就能发现翡翠矿嘛？况且退一万步说她真的发现了翡翠矿，歹徒杀掉之后不就再也不能知道秘密矿址了吗？”蒋英予拿着张镜的手机，摇摇头挺遗憾的，“这位前辈到处写信上访，后来就疯了。没想到会发生这种事情。”

※九※

列车遭遇绑架，坠入峡谷，算得上是轰动全国的大案件——救援力量展开，当地警察局协同铁路警察局一同参与办案，国内外媒体全面跟进，然而这个案子的疑点依然很多。

第一，一个疯子为什么要绑架一列火车，并且强迫它驶向深谷？

第二，炸开车头和车身的人是谁？一位自愿留下来做志愿者的学生说，炸车的是一对青年男女，然而购票信息上查不到学生所说的人的名字。甚至根据他的描述，找不到相似的人。就好像所有乘客由政府转移回去的途中，那对男女如同幽灵般消失了。

张镜认为的疑点，不止这两处。

他一直在现场没有离开，脸色阴沉，并且比平时更加阴沉。同行的郑语修拿着报纸跑过来，表示很不理解：“《鹰犬敏锐——我局警官张镜抢先奔赴现场》，老大你上报纸了哎！这回那群谈判专家无话可说了！”

案件给警察系统内部敲响了警钟。敏锐判断出匪徒意图的张镜，并没有因为新闻界的赞扬而回局里领功，他跟救援医护人员一起，带着探照灯，在长达数公里的山谷中搜寻遇难者遗体。除了遇难者遗体，他们找到了另外一样东西。

张镜警服脏兮兮的，依旧英姿飒爽，问来给他送报纸的郑语修：“你知道为什么我们的搜寻工作这么辛苦吗？”

“不是因为山谷非常高吗？数节行进中的火车制动车厢脱轨，撞到山谷一头，发生爆炸，遇难者的遗体呈弧面抛洒落在山谷里，半径范围很大。”郑语修把一大叠整理好的旧报纸递给他。

“但是如果范围达到现在计算的面积，列车必须达到一个非常快的速度，远远大于普通运行速度——这意味着 GZ115 列车事故发生前，不仅没有减速，反而在加速。”张镜坐在一块岩石上，拿了个旅行用茶杯，食指和拇指摩挲光滑的杯面，若有所思，“简直就好像为了达到现在的目的，特地为火车加速一样。”

特地让列车加速。

特地冲入这个山谷。

使得政府派出救援力量，大范围搜索这片区域……

“绝对是疯子的做法。要这么向上面提出来，我也会被当疯子处理的。”张镜站起来，把杯子扔给郑语修，在郑语修啜嗫“你本来就是”声中走开，向不远处的蒋英予挥手：“喂，你的手表我们这边有人找到了。来看看是不是这个。”

可怜兮兮的表像是刚从泥土树叶里被刨出来，在张镜手中被粗暴地晃来晃去，还停了。

二货正拿着本子帮救护队员做记录，这时颠颠地跑过来，心都碎了：“就是它！我还没问过保修不保修……”

他泪流满面：“张警官，你们在哪儿找到的？”

※ 十 ※

黑瞎子谷下有一条季节河。

春夏丰水期季节，河床上有涓涓细流，秋冬枯水季节，这就是一个干枯的卵石滩。现在上游正是旱情严重的时候，虽然时值盛夏，季节河滩上一滴水都没有。从这片河滩往上望，正好看见凸出来的山岩，怪石林立如高楼，而废弃的高架桥建造在山岩边上，给“天空之城”带上颓废和陈旧的气息。

通常早上六点半天蒙蒙亮时，是不会有人到季节河河滩上瞎晃悠的。

但是现在那里有一个人。

他背着背包，蹲在河滩上，开始精心挑选石头。他拿起一块石头，小心翼翼从背包里拿出钉锤，敲裂卵石，摇摇头，再重新寻找新的石头。

幽灵一般，无限机械地重复这一个动作。

直到身后有人问：“找到翡翠没有，蒋英予同学？”

蒋英予打了个激灵，从地上跳起来：“我是地质专业的，想用业余时间考察这边的水文条件……”

张镜背着手站在熹微的晨光里，笔直得像一棵松树，身后跟着没睡醒的办公室同僚郑语修。张镜颔首，指指面前的河床：“其实我只是猜测，没想到运气这么好。”

“对于这起列车劫持事件的目的，警察系统内部的争论有很多，最普遍的看法是一起针对政府的自杀式恐怖袭击，为了报复当年聊城警察系统包庇凶手，不为死去的女友查明真相。可惜凶手已经死了，我们很难查证他的动机，但是我个人持有不同观点。因为有一点让我非常怀疑——为什么凶手让火车在逼近断崖的时候提速？如果只是为了达到恐怖袭击的目的，将列车驶上断桥已经可以圆满达到了，为什么还特地为列车提速？提速的后果我只想到一个，就是增大尸体的不规则抛撒式分布范围，增加救援难度。这样政府会派出更多的人员，进行地毯式、更为仔细的搜索。如果凶手的目的是借助国家力量，寻找隐藏在山谷里的某种东西，这种假设行得通。”

“凶手不是已经死了吗？”蒋英予摊摊手，“和列车头一起掉进山谷里啦。”

“不，死的不是凶手，是一个傻子。”张镜摇摇头，“为了爱情不惜拼死的傻子。傻子背后，有为木偶牵线的人。”

仔细想，一个失去理智的大学生，怎样才能拿到军用级别的塑胶炸弹？又如何具备安装和使用它的知识？为何不是在事发当年，而是时隔五年，才实行这样的报复性恐怖事件？

是谁，出于什么目的向他提供了这些东西？

是谁，在向一个濒临崩溃的人旧事重提，重新挑断那根理智的心弦？

“假设你偶然发现了一座成色好得惊人的翡翠矿，你会怎样做？通常的人会做记号，就像海盗埋藏金子一样，做上方便自己下一次再找得到的记号。这个记号要耐久，准确，并且只有自己看得懂。假设这里真的有一座翡翠矿，并且被 X 发现了，你猜她会怎么做记号？”

“我猜不到啊，张警官。”蒋英予说。

张镜胳膊下夹着一个文件袋，他打开夹板，从里面取出两张泛黄的老照片，那是一篇游记，从五年前的 A 大校报上剪下来的。郑语修这几天没干别的，就被分配去找报纸了。张镜将照片递过去：“这是同一个女孩子在旅行前和旅行后的照片。她就是你说的 X，游记中写的旅行地点正是我们现在所在的地方，黑瞎子山。仔细看有什么不一样？”

蒋英予把照片接了过去。

照片上的女孩推着一辆老式自行车，白衣胜雪，笑容甜美，即使在照片上，也让人过目难忘。第一张照片标着出发前，第二张标着回程路上。

“看完了吗？”张镜问，“有什么感想？”

“真是明艳动人。”蒋英予评价说，“难怪张警官特地收藏学姐的照片。”

“我的前女友比她好看一百倍，我都没留照片，你想多了。”张镜面色不改，“你有没有发现，一次旅行之后，X 手腕上那只价值六万的宝珀表，不见了呢？还正好和你要找的东西一模一样？”

“这才是真爱。”郑语修插话。

※ 十一 ※

准确，坚固，不生锈，即使在海底也能分秒不差地行走——这样的名表配绝世矿藏，并不算委屈。

有那么一个聪颖天真的女孩，路过一座不属于这个世界的金银山。她没有大袋大袋装走稀世珍宝，而是留下一个路标，继续前行。

她留下了当时身上最能与之般配的东西。

“脱离人类赋予物质的财富价值，用其本身属性衡量自身价值。这种精神，现在已经很少见得到了。”张镜评价说，“这样的女孩子，就好像生活在高高云端，天空的城市里，其实挺值得敬佩的。”

六万的宝珀表对于一个中产家庭的女孩子来说，并不算便宜，被偷窃了，通常会选择报警，如果随随便便摘来送人，又未免容易惹来风言风语。只是这块表消失得太平静，什么记录都没有，就再也没有出现在以后任何照片上。

她将这只表留在了翡翠矿边作为标记。

“你根本没有丢那款手表，你找的，就是X放置的标记。”张镜说，“你就是那只牵线人偶幕后的人。靠个人或者小群体的力量在茫茫深山里寻找一只手表，犹如大海捞针，但是借助国家资源就不一样了。你唆使一个疯子实行自杀式报复，在这片地区制造车毁人亡的事件，使得政府投入大量人力物力地毯式地对山区进行搜索。训练有素的搜救人员会有内部情报网络，每一个发现都会及时得到反馈——你利用了这个网络，在寻找翡翠矿的秘密埋藏地点，对不对？这本来只是猜测，全都基于我看到照片，发现你丢失的表和五年前在这里失踪的女孩子手腕上的表一模一样以后，做出的猜测。我只是让郑语修送来了一只高仿宝珀，你竟然真的露出了狐狸尾巴。我就随口一说发现地点是河床，你就大清早来‘考察’，究竟沉积的卵石中会不会有翡翠原石——当然不会。”

“因为你手中那块表不是X当年留下的，是本大爷在小市场买的高仿品！”郑语修愉快道。

“你们在说什么？”蒋英予困惑地看着他们。

“日！”郑语修怒了，“少装！快告诉老子你是谁！这几天老子翻A大学生名册眼睛都要翻瞎了，没有你这个人！”

蒋英予定定地看着他们，脸上的稚气渐渐褪去。

只是神情的不同，让他看上去突然年长了好几岁。有时候一个表情的不同，一个手势的差异，就会让人猛然醒悟——当初怎么会认为他是个不经世事的学生呢？他明明和我们一样，是一个城府深厚，心思缜密的社会人。

“张警官，我想知道，你当初是怎么怀疑我的？”

“一开始就不相信你。”张镜说，“很简单，你说过坐火车经过这里时，见过这片有‘天空之城’美誉的岩石景观。但是有云雾的时间是早上，而五年前这条铁路路线还在使用时，只有下午才通车——你不可能是和导师坐火车时看见它的，而是实地来考察过。时间大概就在X失踪后不久。”

“不是。”蒋英予换了一个提问方式，“我是说，你怎么知道我和X曾经是恋人关系？”

“这个，”张镜摸了摸下巴，“因为你在讲X的故事时，曾经提到过她的生理期在月初。正常的男生，除非非常亲密的关系，很难知道一个陌生的、素未谋面的女孩子生理期在什么时候。”

“还有，你的表情出卖了自己。你提到X时的眼神，很温柔。”他补充说，“警车就在后面等你，我们可以回去慢慢聊。”

张镜站的角度很刁钻，正好挡住身后的路。他侧身让开，对面的人才能看见，这条路上停了数辆警车，出动了一个分队的警察。

“真是插翅难飞啊。”蒋英予顺从地伸出手，让郑语修铐上手铐。

在手铐行将落锁的一瞬间，他忽然反手一挥，一脚踢出去！

爆炸声。

“裤子里藏了烟雾弹！”郑语修一个翻滚滚回来，砰砰盲开了两枪，“去你奶奶的！”

呛人的白色烟雾小范围覆盖了这片区域，郑语修捂着鼻子咳得眼泪都要出来了，浓烟中他听见张镜的声音还挺平静的。这个变态似乎从来就没怎么激动过，依旧拉家常一样和蒋英予聊天：“其实我们在河道上发现的，并不是你要找的手表，是另一件东西。”

“女性的尸体，非正常死亡，目前法医的检测结果是枪杀。”张镜说。

烟雾散去时，布满卵石的河滩上已经空无一人。

蒋英予没有跑，他站在手枪射程以外的更远处，就像逃跑到一半，听见张镜的话，又折了回来。

“你们找到了X的尸体？”他不可置信。

“找到了。”张镜回答得很冷静，“没有超过刑事案件追诉期，我们正在立案调查。”

“在哪里？”蒋英予问。

“你跟我们回警察局，就能在法医科看到。只是尸体状态很糟糕，你得有心理准备。”

蒋英予当真又重新向张镜的方向走过来。走了两步停下来，想了想，问：“这次，真的会立案调查了是吗？”

“会。”张镜说，“出了这山谷，外面人山人海蹲守着的都是记者。再多年的冤案，都得晒到阳光下去。你不想回去再见见她吗，X的前男友？”

“她的男友不是死了吗？”郑语修大惊。

张镜回头轻蔑地看了他一眼：“谁告诉你，一个女孩子一辈子，只交一个男朋友的？”

※ 十二 ※

蒋英予遇见X，是在A大的图书馆外。

蜂蜜一样温暖清甜的阳光中，走出来一位穿着蓝色上衣和黑色短裙的女孩子，一头清爽齐耳中发，像是民国故事片里走出来的女主角。女孩低头理书，手机掉了，蒋英予捡起来追上去：“美女！”

“怎么啦？”

“你走得太快了……”

“脑子有病。”民国故事片中的女主角转身就走。

蒋英予锲而不舍地追上去，举着手机：“……所以你的手机掉了。”

他小心翼翼地问：“美女，可以问你的手机号码吗？”

故事片的女主角愣了愣，收回了自己手机，然后笑了。她从书里取出一张书签，用笔写了一个数学方程式。蒋英予找了数学系的兄弟通宵解题，解出来竟然是十一位数。

是个手机号码。

这是他和X的偶遇，后来他们在一起了。

蒋英予很少来A大，X是个低调的人，他们的约会通常在校外。因此直到分手，很多人都以为A大的校花一直单身。蒋英予会聊自己听到的趣闻，X会跟他说很多地质勘探上的事情，讲她喜欢的石头，地貌水文。X说她喜欢旅行，说在这个国家某一处发现了一个“天空之城”，从某个角度看，就仿佛云端之上有一座城市，一条废弃铁路桥从城市延伸出来，通向远方。

越是在一起，蒋英予越觉得他们不应该在一起。

“我提出的分手。”隔着河岸，蒋英予说，“其实那天的相遇，是我刻意制造的。X并没有丢手机，是我走到她身后，将手机从她口袋里取出来，再还回去——张警官，你不能理解一见钟情的感觉。那一刻我觉得如果她能向我笑一笑，对我说一句话，我就会幸福得死过去。所以我犯规了。”

“你并不是A大的学生。”张镜说，“你是个梁上君子，俗称扒手。”

“对，当时我没有工作，自甘堕落。而且我有一张人畜无害的脸，特别不惹人怀疑。”蒋英予叹了口气，“我知道，光明和黑暗是不可能在一起的。我很爱她，直到现在，我依然爱她，这种感情你们是无法体会的。后来我找了个小借口和她吵架，分手了。她还在人生最妙曼丰满的年代，换一个男朋友什么的，不会给她的青春留下疤痕。而我也避免在爱人面前暴露自己难看的一面。”

“那时X哭过，挽留过，骂过我禽兽，但是不久以后她交了新男友，渐渐走出了我的生活。我看她微博，看她博客，偷拍过她，看着她日益成长和美丽，但是她不再属于我。”

“我们在一起的时候，我送给她一只名表，七万其实不能买到太好的表，但是那是当时我能送出的最贵重的礼物。即使是我们分手以后，她也没有把表取下来，一直戴在身上。突然有一天她告诉我，表没有了。她说她在深山里发现了一座绝世矿藏，把我送她的表放在那里做路标。”蒋英予说话时，头微微偏过去，顺着河岸一直望向远方，仿佛那边有一个人就站在熹微的晨光中等他，“她说，‘其实这不是路标，这是陪葬。我大概一辈子都不会再回到那个地方去。对了，我毕业以后，就要结婚了，先告诉你一声’。”

这是一个坚强的女孩。

她将自己的留念和那只手表一起，埋葬在了远方。

“那是我们最后一次说话，再后来她失踪了。她的现任男朋友哭得昏死过去，还是与我无关。警方说是普通的失踪事件，然而我从小道上听到消息，说她发现了绝世矿藏，有人非常感兴趣。X 说过，她不会再回到那个地方，所以我怀疑她不是主动回去，而是被绑架去的。假设 X 拼死不说，绑架她的人只知道矿藏在某片山区里，不知道具体在某个地方，如果你是绑匪，你会怎么做？”

“杀掉 X，自己带人进山找。不杀她，万一她将矿藏地址公之于众，我就什么都得不到了。”张镜说。

郑语修抖了抖：“好狠。”

“这个案件背景太深，警方不了了之，政府封山……我虽然怀疑，但是无法介入。我等了五年，足足五年，才能有机会把她的案件带到阳光下。不错，我的确是来找翡翠矿矿址的，不过在此之前我想找的，是自己的初恋情人。”

蒋英予的计划只成功了一半。他已经准备好了缓冲垫，原本是想在事态失控之前独自跳下火车，放任整列火车都翻入这个山谷，这样死亡人数会更多，引起的关注会更为巨大。搜救当中尸体必然被发现，必然掀起风浪，必然牵扯出五年前封存的案件，那时候再深的背景，也无法阻止它重新回到阳光之下了。

只是邻座的那个女孩，背景看不透，目光透过温和的笑容冷冰冰落在自己身上，逼迫他把救死扶伤的英雄戏演完。

“我本身就不是善良的人，再承担一点儿罪恶又何妨？”

“张警官，你刚才说，X 的案件会重新立案侦查，对不对？”

“真是抱歉，我是个懦弱的男人，没有勇气去见她。就不跟你回警察局了。”

※ 十三 ※

警察追，蒋英予跑。

他的前方是绝路。

这个看上去普普通通的男人，戴着断掉又用塑料胶带重新缠起来的眼镜，又恢复了人畜无害的学生模样。他一直顺着山岩往上爬，爬到了河滩上方的岩石上，攀上了被炸断的铁路桥。

从一开始，蒋英予就没打算活下去。

他知道自己制造的罪孽太过深重，因此一开始就没计划活着承受它。

警察们站在山崖下，蒋英予站在山崖上。

这一次，这个角度和高度，他再也不能碰巧毫发无伤地“掉”下来了。

“真是个适合坏人的结局。”他对自己说。

“喂……”忽然背后不远处有人喊话。

是个女孩子，穿着橙黄色搜救服，戴着钢盔一样的帽子，帽子下面还有一副防护墨镜。女孩子似乎想从背后的山路爬到岩石上看风景，半路脚崴了，被卡在半坡上。

女孩子带着哭腔：“拉我一把好吗？”

蒋英予站在原地犹豫着，犹豫着。他望着女孩子，女孩子也望着他，最后蒋英予想，拉她一把再跳崖也不迟。他叹了口气，走过去，弯腰把女孩从危险的地方抱下来。

只是一瞬间。

一瞬间，他觉得小腿弯被踢了一脚，膝盖一麻就跪在了地上。女孩整个人压住他，喊“快来人呀”。然后……不知道从哪里跳出一个胖球，“砰”的一声扑到他身上。胖球挥舞着什么东西喊：“日，终于逮住了！手铐手铐，看本少这次铐不铐得住你！”

人群一拥而上。蒋英予绝望地闭上了眼睛。

人生最后，那么一小点儿善意，最终导致这样的结果。他最后依旧不能逃脱正义的惩罚。

有那么一瞬间，他觉得女孩子的声音很耳熟。

像谁呢？

火车上坐在他对面的那个……同样隐瞒什么身份的……长得很好看的……哦对，林浅浅。

女孩子松开他，把他让给警方前，附在他耳边说了一句话。

“同样是死，我希望你的罪能由法律洗涤。”

※ 十四 ※

人群最热闹的时候，林浅浅走了。

她顺着一条僻静陡峭的小路往山谷外的平原走，这次是真崴到脚了。

她坐在地上，心想可恨山寺不在，而且即使在，他也没有什么怜香惜玉的品质。

忽然有人在面前停了下来，是个警察。只是站在面前，高大的身材就挡住了迎面而来的炙热光线，带来那么一丝丝的，一点点的清凉感。很久没见，依旧是玉树临风，英姿勃发，只是气质比以前更沉稳了。

“崴脚了？”他蹲下来。

林浅浅没吭声，想他不应该在最前线吗，怎么从现场出来了。

张镜伸出手，抓住林浅浅的脚踝，轻轻捏住肿胀的地方。

“救援组的人跑这边来干什么？多管闲事，活该崴脚。”

“救援组干吗不能来？又不是你家划的地盘！”

“说起来……”帮她检查伤处的男人依旧不紧不慢，“前几天我们一直在找一个女孩，把机车部分和客运车厢炸开的那位女侠。乘客排查了三遍，一点儿影子都没发现，所以我在想，会不会是我们排查的方式不太对？应该连同搜救组一起排查——戴着防护帽护目镜，穿着防护服，完全看不出是谁。万一女侠挺闲，想混进救援工作组里打发时间呢？顺便还能找一找翡翠矿。”

他猜到了吗？

“不过炸开火车那一步险棋，”张镜摸准了错位的关节，手上猛然用力，“下得很精彩，救了很多人。”

不远处是逮捕现场。现场特别多的警察听到一声惨叫，同时回头。

郑语修指着他们向其他同事挥手：“看什么看，没看过老大泡妹子啊？”

林浅浅的眼泪真痛出来了。

她想要是带了枪，一定要一枪崩了这个比山寺还不懂怜香惜玉的。

张镜拿出一张手帕，细心帮她把复位的关节固定好。他的手指修长有力，临时绷带打得挺专心的，看得出一心一意，就是不知道为什么打成了死结。林浅浅伸手推开他，打算自己来，张镜握住她的脚踝不松手。为了防蚊虫，虽然是夏天，搜救服还是长袖，争执中袖口翻起来了，露出一只手表。

帮她打绷带的手停了停。

蹲在自己身边的男人沉默了片刻，说：“小姐，原来你也喜欢宝珀表。”

“在树林里捡到的。”林浅浅说，“不知道是名表。”

“说起来，”张镜打好最后一个结，站起来，“你知道这里发现了一具尸体。传说这里有一座翡翠矿，有一位大学女生，宁肯死，也不愿意透露它的具体地点。你知道为什么她不愿意说吗？”

林浅浅没有回答。

张镜转过身，背向她：“我们的矿物资源中，锑金属15年内将被用光，银在10年内会被耗尽，锌还可以支持30年……世界上的矿藏资源是有限的，而人类这数十年间，已经消耗了上亿年积累的地质财富。不管公共开发还是私人盗采，被使用掉的资源再也不会回来了，她只是想尽自己的力量，为后世的人们存下一座美丽的珍宝……很可笑的坚持，但是很令人敬佩……”

“我也这么认为。”身后的女孩子笑了，“这只表停啦，要不我送给你？对了，捡到表时挺奇怪的，分针和秒针同指一个方向，我顺着指的方向走了走，就是这里了。你知道缅甸专产翡翠的马莎莫场口吗？它在一座山的山坡上，是个残坡积层的次生矿床，上层是红土，下面是普通砾岩和黄泥。但是如果你挖开几层砾岩，直到很深的地方，会发现一层黑灰色胶结结构的砾岩层，那就是翡翠砾岩，出产百年一遇的上等翡翠。这么说的话……只看地质条件的话，我们站的这片土地和那里还挺像。”

林浅浅坐在地上，向他挥挥手，目送他离开：“张警官，你的朋友在叫你，再见。”

郑语修正气喘吁吁地向这边跑过来，边跑边问：“老大，打扰到你了吗？”

※ 十五 ※

林浅浅翻报纸时，山寺站在旁边转来转去，失望至极。蓝帽会并不知道蒋英予的计划，只是碰巧它的两位执行员任务归来，和他坐了同一列火车。林浅浅走了和张镜几乎一样的推理路线，得出了完全相同的结论。只是她的结论要早于张镜，因为她更早看见蒋英予手腕上的手表，更早听到X的故事。

提出伪装成搜救队员，以利用国家公共资源和信息平台，是山寺临时想的主意。两个人在深山里摸爬滚打一个星期，最终无功而返。山寺锲而不舍地追问：“浅浅，你真的没找到那块表？找到了我们就知道翡翠矿在哪儿了。”

“都告诉你我脚崴到了。”

山寺叹了一口气：“说来也是。我还以为我们能顺路赚一笔呢。”

他忧伤地拿出笔记本电脑，打开Word文档写任务书，又不死心地问：“报纸上有什么新闻吗？你看得那么专心。”

“列车出轨事件中，在黑瞎子山里找到的女尸案破了。凶手是她的大学导师，听说自己学生发现了一座稀有名矿，设法从自己带的学生口中套出地址。因为意见不合，女学生想要将资源为后世保存，而导师想要私采，才产生了血案——意外的简单啊。让案子复杂的是，觊觎珍宝的大学教授联手了某些财团，其中甚至不乏政府内部的人，因此很难追究。这个案子告破以后，树大连根倒，判刑的官员有好几十人呢。”

“案子谁破的？”

“张镜。”林浅浅说。

“哦。”山寺想了想，“你的前男友。他怎么还没死啊？”

林浅浅和山寺坐在另一列火车上。这是一列正常的火车，没有塑胶炸弹，没有劫持案，也不会出轨。它会和其他列车一样，正确而安全地到达指定车站。

“说起来，”无聊的旅途中，林浅浅再次开口，“蒋英予被判了死刑。”

“真可惜，挺聪明的孩子，本来想吸收他进组织的。”

“我们蓝帽会不缺聪明的人。”林浅浅把报纸上的照片递过去，“仔细看，他胳膊上有一个黑色十字架标记。这个人不是普通的扒手，他是黑十字社的人。至于是在X死前加入的，还是死后加入的，我们就不知道了。唯一能判断的是，他直到死，都不能忘记X身上所展现的那种超脱凡世的美。”

“说起来，”山寺问，“你是什么时候开始怀疑蒋英予的？”

“洗手间满了，我去隔壁车厢洗手间的时候，看见紧急制动闸上粘着口香糖。其实火车上被粘口香糖也挺常见的，只是那只口香糖的位置特别巧妙，让我产生了怀疑，本来想提醒一下乘务员小姐的，结果你制止了。”林浅浅笑了笑，“后来回来的路上，我看见蒋英予蹲在紧急制动闸前，看上去像是想去把口香糖取下来。当时我看见的是他的手停留在空中的状态，自然而然认为他是想将口香糖取下来——其实不是，他是刚刚往紧急制动闸上粘了口香糖，正在把手收回去。虽然在我出现的瞬间他停手了，但是从肌肉收缩状态还是能判断出来，他当时想做什么。所以我才把这个人留在身边。老虎关在笼子里，总比放出去安全。”

山寺打量她，若有所思：“X身上那种美，林小姐，我认为你身上也有嘛！”

“滚。”

第十章

不要轻易买风信子

※ 一 ※

烟花市春天总是下雨。

郑语修坐在公交车上，拿着一本唐诗三百首，用手指一个字一个字指着读："青箬笠，绿蓑衣，斜风细雨不须归。"

他转过身问邻座的人："李同志，这个'箬'字怎么读？看上去好复杂笔画好多啊！"

"ruo，四声。"

"不愧是李远山李警官，厅里五大精英侦查员之一，真是博学多才啊！"郑语修感叹，"那这个绿蓑衣的'蓑'字怎么读呢？"

烟花市发生了连环杀人案，上面成立联合办案小组，郑语修被从邻近的聊城抽调过来协助办案。论资历，他远不如张镜，论成绩，他考核表还不及张镜一个零头，郑语修完全不明白这个名额怎么落到自己头上的，报到之后才知道，联合办案小组的组长叫李远山，据说进公安系统起就是张镜的死对头。除了张镜，一定要聊城派人支援的话，科里就只有自己稍微拿得出手了。

郑语修怀着认真打杂的心态参与了此次联合行动，他现在的任务就是帮组长拿书，一本 1992 年版的《唐诗三百首》。

郑语修想，谁知道呢，警厅的精英侦查员，三次拿过年度优秀刑警表彰的行动组组长，架子竟然那么大。从来不正眼看人，无论怎么搭讪都只是嘴边飘出一两个词，单独并排走路时性格又急，一个劲儿往前走，如果不是郑语修提醒，他差点儿撞在路边电线杆上。并且走哪儿都要带一本《唐诗三百首》。

当然他也没检讨自身原因，比方说太吵。

郑语修还想再聒噪点儿什么，旁边过道上忽然递过一枝花。

一枝白色风信子。

“先生，送给你。”

他抬起头，看见一个瘦高青年，背着个画板，袖子挽起来，下巴上还有胡碴。青年抱着满怀的白色风信子，微微弯腰，向坐在位置上的郑语修递过来一枝。

然后他微微一笑，从后门下车了。

李远山戳他：“郑同志，你怎么了。”

“郑语修同志，你不舒服？”

……

郑语修哆哆嗦嗦举起风信子：“第一次……第一次被同性送花……”

他反复向李远山确认：“刚才那位小哥，是男的吧？”

李远山觉得挺无聊的，不想搭理同事，于是无聊地看公交车内贴的广告。挡板上有一个女歌星的宣传广告，脸美得不真实，白纱衣，漂亮的长卷发，嘴角有一颗黑痣。

那颗痣非常有味道，一看就令人印象深刻。

明明是清纯路线，那颗痣却带上别样的色彩。

郑语修很明显已经观察很久了：“原来李警官的口味是这样的。”

如果是玩《反恐精英》，李远山早想把旁边的人爆头了。

每天只会叽叽喳喳，还从来都是没有营养的话，活该一辈子被男人送花。竟然还是张镜的搭档，简直拉低全国警察的智商水平。

郑语修跟着李远山坐公交车去查案，是因为烟花市警察局的警车抛锚了。他自我恢复能力很强，把花转手送给了烟摊上被搭讪的小女生，然后忘了这件事情。第二天上班时，李远山在他面前扔了一个资料夹，第一页是一张照片。

“昨天给我送风信子的男人？”

“是啊，这人是个画家。”李远山脸色阴沉，“给你送花之后，他就死了。”

郑语修怒捧茶杯，这是什么修辞手法，说得爷像是个丧门星！

“他不仅死了，还获奖了。”李远山接过临时下属泡的茶，喝了一口，“此后这个人的作品必定是一画千金。”

※二※

郑语修来烟花市参与联合办案组，是因为这里连续发生了三起——加上画家身亡一共四起死亡事件。

这四个事件随后见诸报端，并且在网上炒得沸沸扬扬。

仔细看这四起事件，相互并没有联系，然而却非常诡异。

第一个死的是个作家，事故身亡，走到河边突然就掉下去了。

“最开始，我们认为这是自杀，然而事后调查却发现，死者的鞋子穿在脚上，事前还订了外卖送到家里，怎么看都不是自杀。那条滨江路防护栏虽然不高，但是路灯光线不错，不存在自己不小心掉下去的可能性。”和郑语修一起打酱油的本市小刑警蔡和生说。

“他是被人推进江里的？”

“显而易见。”小蔡说。

“这还没完。”小蔡又说。

“我去！”郑语修说。

就在这位作家出事的第二天，有一位作曲家走在商业街旁的小巷子里，突然被人从身后一刀捅死了。

“本来警局是将这两起案子当作两个独立不同的个案判断，然而两天后，再一次出现问题……”

“又死人了？什么，是个建筑设计师？”郑语修盯着小蔡的电脑屏幕感叹，“你们市简直是新兴人才的噩梦啊！”

小蔡唉声叹气地打开开会用的PPT，把案发关系图调出来给他看：“是啊，搞得政府都不敢招商引资了。”

这位建筑设计师，从自己建造的高楼上失足摔了下来。

因为楼还在施工修建中，没有安装监控，人员进出管制得也不是很严格，因此不知道这个人究竟是自己跳下来的，还是被人从身后推了一把。

关系图上写着“疑案相似点”，下面分了四根支线，各自写着案情简介，一条是作家，一条是作曲家，还有一条是建筑师，最后一条是新加上去的，就是送郑语修风信子的画家。

青年画家才二十五岁，早上起床后喝了一杯有氰化钠的咖啡，死在画架前面。

在他自杀的同一天，某个艺术大奖颁发，怀抱风信子的青年赫然榜上有名。

正如李远山所说，从此一画千金，万人难求。

郑语修说："这四起案子，有两起可以解释成自杀，有两起肯定是他杀，怎么联系到一起的呢？"

"有共同点嘛！"小蔡摸摸头。

"哎？"

"这四个人，都是刚刚或者即将获得大奖的才子。"

青年画家得奖不论，在作曲家死后的数天内，家人才收到德国布兰登堡作曲奖的获奖函。在他之前，只有一位王姓亚裔曾经获此殊荣。作家和建筑家也都在各自领域小有所成，一位提名茅盾文学奖，一位的设计作品刚刚在日本拿了名誉。

"也就是说，"小蔡趴在烟花市公安局最角落的办公桌上，"这有可能是四个相互关联的案子，不是两起自杀两起他杀，而是四起他杀。凶手有明确的目标。"

"真是一团乱麻。"

"是啊，一团乱麻。"有人推开办公室的门。

李远山穿了件春天单薄的白衬衫，警服脱下来搭在肩膀上，手里还拿了一本《唐诗三百首》："郑语修，再坐就成猪了，起来跟我走。"

"去哪儿？"

"看看给你送花的男人——的死亡现场。"

郑语修和办案组组长并肩走进烟花市的纷飞细雨中，可李远山并没有走向警用停车场，而是出门左转走向公交车站。

"了解一个案子，首先需要了解它所在的城市。这一点你的搭档张镜没有告诉你吗？"他说。

"上次抛锚的专用警车还没修好？"郑语修一针见血。

※ 三 ※

烟花市本来不叫烟花市，只是重大案件发生时临时定的一个代号，方便记录在文字上。它是国内为数不多的一线城市之一，因为改革开放后人口和文化的爆炸性发展，如同一朵骤然绽放的烟花，因而得名。

画家租的房子离一所大学很近，在大学生密集的旧居民区里。九十年代初的建筑，楼梯间里还堆了蜂窝煤，进门后墙壁似乎几年没有粉刷过了，暗沉得掉渣。靠窗有一个画架，一只铁夹子夹了几幅正在绘画过程中的作品，画架前有一只木板凳，瘸了一只腿。

抱风信子的青年就是在这里喝下那杯含有氰化钠的咖啡。

“取过指纹吗？”郑语修问。

“当然，没有取到。”李远山说，“如果是他杀，那对方一定非常小心谨慎。至少戴了手套。”

纯白色的画布上，是一朵白色的风信子，用阴影和光线区分花朵的形状，非常漂亮。

“用白色表现白色，很少见。”李远山说，“看来他很喜欢风信子，见到个人都发这种花。”

他戴着技术科的白手套，又往下翻了一页。

下一页是一个少女，长着天使的翅膀，虚空中隐隐绰绰地浮现出来。再往后翻，还是女人，穿三点式的泳衣站在沙滩上，腰线美得心醉，到关键地方就没画了。再往后还是女人，长发飞扬，胸前波澜起伏……

李远山评价说：“有伤风化。”

“身材比我心中的女神，Star Break 里的 Linda 酱差一点儿。”郑语修也很遗憾。

“看。”白手套一指。

“什么？”郑语修问，“胸围？”

“风信子。”李远山一脸黑线，“其实这四个案子中，还有一个诡异的共同点。这四个人都买了风信子，白色的。”

可以确定画家买过风信子，因为他曾经在公交车上送过郑语修一枝这样的花。这个房间内很可能曾经有一只花瓶，里面插过一枝春天新开的白色风信子。年轻的画家叼着烟坐在画架前，又将它画了下来。

而其他三位死者，无一例外，住处每个房间里都有风信子。要么插在花瓶里，要么养在玻璃容器里。

“都是白色的风信子。”李远山摇摇头，“如果因为春天这类花很受欢迎，为什么连颜色都一样？风信子是整个案情中我觉得最诡异，最不可解释的地方。”

就好像有人给他们送了这种花，然后依次谋杀。

郑语修想，不可解释的地方应该不止风信子一个。

他问：“喂组长，难道其他东西你都能解释吗？”

“当然。”李远山站在窗前，忧伤地拿着一本《唐诗三百首》，逆光中文艺又有思想，和郑语修印象中每天只会在办公室抽烟的偏执狂完全两样，“你忘了版权代理公司吗？”

※四※

这四个人，还有一个共同点——他们都隶属于同一家版权代理公司。

这家版权代理公司叫“寰球国宇”，听起来很像上个世纪盛行的皮包公司，连老板带员工一共一个人。但是寰球国宇确实是一家非常正规的大型代理公司，通过它代理出了很多作家的小说，歌手曲目，画家作品……

“换句话说，你只管创作，这家公司负责帮你卖掉。”李远山说。

任何一个创作者，都不是特别喜欢和公司签订特别全面的人身合约，因为签订这个合约，意味着公司拿走了你创作任意作品的代理权。你失去了独自处理自己作品的权利和自由。

而这四个人和寰球国宇的合同，是人身合约中最苛刻的一款。大概签订前，他们谁也没有想过有朝一日会出人头地。

根据公司合约，寰球华宇有他们五十年的版权代理权，即使离世，代理权依旧能够延续到版权继承人身上。

“获了大奖突然死去的音乐家、画家……他们的作品会怎么样？”李远山问，“想想多少画家在死后才声名斐然，一画千金。当他们还活着的时候，还能创作的时候，每天都过这种生活——”

李远山指了指画架面前瘸了腿的凳子。

坐上去摇摇晃晃的。

旁边还有泡面汤水洒在地面上的痕迹。

“现在这些人死了，他们获奖的作品价值开始飙升。你知道作家的遗作重印版税谈到了多少吗？甚至还谈了影视改编……这四个人，死在最恰当、最能让代理商有利可图的时候。”李远山看着他，“听到这里，张镜的跟班，你想说点儿什么吗？”

郑语修只想说，我不是张镜跟班，我们只是一个办公室的同事……

“寰球国宇是这次案件的最大受益者，这奠定了我们现在的侦查方向。”李远山说，“现在要收集的是证据。”

烟花市很大，非常大。

一座只比北上广小一点点的城市里，总是有很多监控不能顾及的角落。这些角落总是被犯罪分子所青睐，而为公安系统深恶痛绝。这四起凶杀案，就发生在这样的角落。

怎样证明这家版权代理公司和凶杀案的关系，让人颇为费神。

而同时，最让李远山觉得超出自己解释范围以外的，就是四位死者房间里共有的白色风信子。画家房间里虽然没有，但是他一定买过，画到了画布上，然后扔掉了枯萎的花。算时间就好像排队买风信子，然后依次去死一样。

他甚至忽然觉得，自己的推理有漏洞。

因此带着张镜的搭档来案发现场，希望通过旁人的眼光，验证自己的想法。

李远山回过神，扭头发现郑语修正在打电话。

“啊，是啊是啊，对的……我们组长怀疑是版权代理公司……什么，李远山是不是拿着一本唐诗三百首？是啊对的你怎么知道？什么，他是个面瘫傲娇？我觉得你才是个面瘫傲娇。不，我错了！不要把我的Linda酱的手办扔垃圾桶里！来继续讨论案情——”

电话被抢了。

李远山一个箭步跨过去，将郑语修的手机夺了过来：“有规定，办案期间不能与无关人员讨论案情！”

他清秀的脸冻上霜，怒挂手机，却不小心按到了扩音键。

“李远山？”郑语修新买的华为荣耀爱享版里传出的声音带着笑意，低沉沙哑，“你真的觉得是‘寰球国宇’？”

李远山整个身体都僵在原地不动了，过了半天才说：“听说你下放到地方警察局打杂，日子过得还挺好？张警官。”

他记得这位郑语修的同事，是因为他们是同期进的系统，因为破案成绩和数据相似，曾经总是和另一位叫颜青的警察在表彰大会上相提并论。李远山每次评价都差张镜那么一丁点，曾经拼死拼活干了一年，想在来年系统总结会上，甩出这人一条街——然后轻描淡写地问：“张镜？那是谁？没注意过。”

然而破案率还是差那么零点几个百分点。

散会后他特地找到这位张警官，说：“明年，你就比不过我了。最多再让你排在我头上一年。”

对方笑得很谦和，和他握手，正好站在一束阳光里：“你排在我后面吗？没注意过。”

这梁子算是结下了。

此仇不报非君子，可是仇还没报，就听说对方犯了错误，下调到基层警察局，只是个普通警员。

就好比高天上的鹰，被踩到地上，断了翅膀。

作为旁观者，幸灾乐祸的情绪肯定是有的。

手机里的男人却并没有回应他的挖苦，只是沉默着等他回答。

“我当然是这么觉得的，合乎逻辑。”李远山说。

“那你有没有想想那个死去的建筑师？你忘了我们文化中博大精深的风水，买房看风水，风水不好肯定卖不掉。就算设计方案在日本获了金奖，谁会愿意住在一个设计师死得不明不白的小区里？版权代理公司不应该把他算上。”

李远山愣住了。

苦心构造的推论沙盘，只在一通电话时间内，就土崩瓦解。

那边手机已然挂机。

郑语修似乎在思考什么东西。

“如果，如果版权说不成立，那么风信子就显得更诡异了。组长说过，就好像他们依次收到风信子，然后被谋杀……”他艰难地开口，“那我算不算也收到了？这位画家同志送的。”

说这句话时，他们已经离开了青年画家的自杀现场，顺着一条街走向公交车站。忽然一个花盆落在脚边，泥土碎了一地。

郑语修仰头望高楼，数有多少层。

楼层数太高，实在数不清，他怒道：“物业还能再渣点儿吗，差点把爷砸死了！”

※ 五 ※

李远山的推理被推翻以后，联合小组重新回归传统的工作方式，从被害人人际关系、现场遗留物、作案动机等方面，进行第二次调查。然而不管查多少次，都没有发现足够引发犯罪的情况。画家和作曲家有海洛因依赖症，但是两人都刚经历过戒毒，正向着好的方向发展。

工作之余，郑语修拉着小蔡去街边小摊买海报。

他爱的歌手组合 Star Break 的宣传画没有了，老板推荐了另外一个系列。

“雪声，听说过这位歌手吗？最近非常出名，好多宅男心中的女神……”

在郑语修心目中，所有和他的偶像 Linda 酱竞争的人，必须统统祝愿专辑卖得不好。他瞟了一眼这位被老板推荐的歌手，发现正是公交车上嘴角有一颗黑痣的美人。

海报好多张，有穿着纱裙在沙滩上唱歌的，有穿着晚礼服站在花海中的……

“喂。”郑语修拿起一张海报，“觉不觉得有点儿眼熟，收集资料的？”

专业负责资料整理的小蔡很迷惘："什么眼熟？"

"像不像送我花的那个画家，画的那些 D 杯美女？"

"郑哥，你、你、你、你被男人送了花？"

郑语修沉默一秒，"靠"了一声："什么关注点。"

海报上有小贴士，能看到这位叫"雪声"的歌手个人信息。确实很像公交车上偶遇的那位画家笔下的人物，只是嘴角没有那颗醒目的黑痣。

身高 1 米 67，体重 50 公斤，出生于 1 月 4 日。

诞生花：白色风信子。

郑语修忽然觉得哪里不对。

"跑！"他拍拍小蔡的肩膀。

"咦？"蔡和生小声问，"你买东西没带钱包？"

"四个案发现场，我去两个你去两个！我们要找一种东西。"

郑语修打开作曲家的单间小屋，作曲家单身，住在一栋公寓的最顶层。他自杀以后，钥匙暂时交给警方保管。推门一刹那，风很大，窗户开着，高楼的风穿堂而来，正好蔡和生的电话来了。

"郑哥。"小蔡还真是跑过去的，上气不接下气，"我到了搞建筑的人家里，确实有雪声的贴纸和写真集。"

郑语修一抬头，就看见有一张海报贴在门对面的墙上。

风吹起凌乱的乐谱，透过纷纷扬扬的纸张，画上的人影影绰绰，嘴角有一颗非常有味道的黑痣，确实是雪声。

曾经有人打过一个比方，说世界是由肉眼看不见的错综复杂的线联系在一起，维持运转的。

有时候，如果你找对了那根特定的线索，就是拨云见日，豁然开朗。

最开始，谁也没注意到，这四个人，都是一位叫雪声的歌手的粉丝。

他们并不是同时被送了或买了风信子，而是房间内放着偶像的诞生花。

"谁会注意到被害人的偶像都是同一人这么细微的东西嘛！"郑语修为自己的天才大为感叹，"只有英明神武的本大爷！"

他想拿手机给张镜打个电话，大街上忽然横撞过一辆丰田。

车主下来道歉，一脸内疚："不好意思不好意思同志，我开得太急了。"

※ 六 ※

这是“白色风信子会”第一次浮出水面。

源于一位警官细致入微的观察力。

随着调查，这个组织不合逻辑的地方越来越多。

这是一个偶像粉丝会，不止烟花市，分会遍布全国，据说是为一名叫雪声的歌星加油鼓气的自发性粉丝组织。有四位参加了这个粉丝会的粉丝，在获得大奖之后，通过各种方式离开了这个世界。

那段时间郑语修每天都窝在办公室，和蔡和生一起调查这个组织。

因为发生了一点儿事让他不能出门。

“偶然”如果重复千百遍，那就是“必然”。

比方说人在潮涌动的商场电动扶梯上，忽然被人从身后推了一把。

大街上，忽然被人撞了一下，险些摔在疾驰的车辆前。

苍蝇小餐馆里吃饭，吃出一颗钉子。

……

郑语修意识到，当初那个从高楼上掉落的花盆不是偶然，确实有人想杀他。

关键是你无法证明，哪些行为是路人真的不小心，哪些行为暗藏杀机。或者你无法证明，对方是蓄意杀人，还是无辜过失。只要你接触社会，接触到人群，就接触到了危险。

杀手在暗处，自己在明处。

郑语修第一次感到恐惧。

那段时间他不敢出烟花市警察局，连警察局到招待所的路都不敢走，在办公室里打了地铺。半夜睡不着，忽然听见身后的门开了。

轻微吱呀声。

郑语修伸手抓枪，手有点儿抖。

一只手放在自己肩上，敲了敲。

他挺身坐起，拔枪。

月光中，枪指着李远山的额头。

李远山气定神闲地点了一支烟，吸了一口：“警惕性还不错。你就这么害怕？”

“你不明白，组长。”郑语修说，“其实我很擅长记周围人的脸。特别擅长。只要我看过一眼的人，第二次见面绝不会认不出来。”

“哦？”

“但是最近的意外，每一起发生时我第一时间就观察了身边的人，没有一次有相同的脸孔出现。”

“你是说，有非常多的、不同的人在暗杀你？你遇到的衰事加起来，除去杯弓蛇影，大概有十来个？二十个？”

“我是说，我不知道杀手是谁。藏木于林，人海战术，不知道，才恐怖。”

“多怕？”

“这不是不敢出局里了吗？”郑语修咧嘴笑。

那段时间郑语修每天窝在办公室里，跟着蔡和生整理资料。

李远山赞许地拍拍他肩膀：“不错。”

“风信子会，一个自发的粉丝会，竟然可以时不时见到歌星真人，规格是不是高了一点儿？”李远山按亮灯，望着窗外月光中一树新开的桃花，手插在口袋里，“况且入会方式是在网站上填写个人信息，详细到自己喜欢该歌星多少年到什么程度，从事哪份工作，有什么特别才能……像个人简历一样。感觉很奇怪。”

“组长，是奇葩。”郑语修纠正说。

“我觉得，如果这四个人的死真的和风信子会有关，那暗杀我估计也是它的杰作了，为了向警方施压，尽早放弃这个案子，解散专案组。”他又说。

李远山只是吸烟点头：“说得好，我也这么觉得。”

“那我们该怎么做呢？”

“填个进入组织的申请书。”李远山说，“去开电脑。”

“卧底？组长，我身份早就曝光了！”郑语修大惊，“都被追杀成屁了！”

“不是卧底，我们要堂堂正正地加入。”李远山的手指很细，敲起字来速度也很快，很快进入申请页面网站，在职业那一栏填“警察”，姓名那一栏写“郑语修”。

郑语修觉得多半没戏，但是李远山非常笃定：“我们的申请一定能通过。”

这种能把暗杀玩到杀人于无形的组织，会通过两个敌方警察的入会申请吗？

“如果真是和风信子会有关系，我们填完这份入会申请，就是给对方传递一个信号——投降。你不是已经开始害怕，怕得不行了吗？我就欣赏你最近的表现，越害怕越谨慎越有利。对于这种自信心膨胀得可以和警方叫板的组织来说，我们的害怕在他们眼里会放大千万倍，成为背弃警察系统，叛变加入他们的理由。”

“那也没有必要吸收我们入会。”

“如果敌方大将主动来降，你难道不会想好好利用一下吗？”李远山微微一笑，“这是个野心很大的组织，他们计划得到的，远比现在多。”

※七※

林浅浅一点儿也不喜欢这种聚会场所。

定在高档酒店最顶层，门口把守的保安一层又一层，平白增加了浑水摸鱼的难度。

大厅的灯光非常暗。

朦胧的光线简直暧昧得故弄玄虚。

来人渐渐多起来，每个人都拿着一张白色邀请函。邀请函上画着一朵风信子。

这些人是来参加一个叫“雪声”的女歌手的线下粉丝会。据说雪声本人也会来。

每个人都在谈论雪声的新歌。

谈论她的容貌。

谈论她的嗓音。

就好像这个星球上，雪声是唯一真善美的女神。其他一切放在她面前，简直如同尘埃在太阳面前一样，暗淡无光。不过如果不是这样的话，也不能算偶像的狂热粉丝。

“肯定整过容。”林浅浅看着墙上的巨幅海报抱怨，雪声的脸从一个巨大的黑色十字架上方浮现出来，搞得像圣母玛利亚，“整得那么明显，为什么这群傻瓜男人就是看不出来呢？”

这次有两位新入会会员，是便装警察。

一眼扫过去，两个人正被其他同好围在大厅角落。其中一位穿着白衬衫，下颌很尖，样子倒是清雅过人，手里拿着一本《唐诗三百首》。

他把书递出去：“对，我是警察，姓李，叫李远山。特长？枪法不是特别好，但是会从最后一个字倒着背唐诗三百首——入会申请书里写过。”

林浅浅惊讶得嘴成了一口“O”字形，因为她真的看见这位联合行动组组长、系统内五大精英侦查员，在犯罪嫌疑组织面前，开始倒着背唐诗三百首。

“李警官也喜欢雪声小姐？”有同好问道。

李远山语调平板：“是的，我爱她，胜过于爱我的生命……”

这个答案显然不能够让旁人满意，旁边他的朋友出来救场：“我来！雪声小姐是我女神！就算把我从七楼扔下去，我爬起来都能精确背出她三围数据！我还有女神个人等身抱枕和充气娃娃，要不要看照片……”

林浅浅觉得这个二货有点儿眼熟，似乎是张镜的新搭档，Star Break 的狂热粉丝，叫郑语修。曾经在演唱会贩毒案中和自己交过手。

“算是熟人了嘛！”她想，“不过没有想到会在这里碰面。”

一方是警察，一方是通缉犯，她今天又是单刀赴会，就不打招呼了。

人群喧哗起来，灯光全部暗下去。

地板上忽然亮起地灯，黑暗中组成一条璀璨的通道。

人们自觉地分开，让开那条夜空中的银河之路。

有人低语：“来了，雪声女神来了！”

先是一种浅淡婉约的香气。

然后海报上的女子，就踏着灯光，款款而来。

转身。

驻足。

和粉丝们微笑问好。

最后消失在大厅尽头，一扇黄铜把手的门中。

“真是仪态万千啊。”林浅浅听见身边有人感叹。

“不知道她身后那个戴面纱的女人是谁。”

问问题的男人又重复了一遍，礼貌地拍了拍她的胳膊，林浅浅才明白对方是在对自己说话。“服务生，你知道雪声身后那个戴面纱的女人是谁吗？”

不知什么时候，这位叫李远山的警察已经挤到自己身边了。

“是雪声小姐的女助理。”她说。

只有粉丝中非常少数被选中的人，才有资格进入灯光尽头的那个房间，和偶像坐在一起。这个房间内有很多双眼睛在观察和考察里面每一个人，包括这两位新人。林浅浅端起盛葡萄酒的托盘，走向大厅另一头，对一位初出茅庐的小青年嫣然一笑：“先生，想进雪声小姐在的房间吗？”

小青年的表情，就像看到五千万彩票摆在自己面前。

“想的话，需要您付出点儿什么。”

“付出什么？”急切的心情溢于言表。

“得看您有什么了。”

正说着，忽然看见李远山挤过人群，敲了那扇黄铜把手的门，手里拿着一串亮晶晶的东西。

“雪声小姐，您的脚链掉了！”

他的嗓音不大，温柔文雅，但是整个会场都能听见。

※八※

郑语修走出酒店后没有马上离开，而是站在酒店阴影里等人。因为不抽烟，也没有什么特殊爱好，所以靠着电线杆站着，一个人等得很无聊。

过了好半天，李远山才过来。

“你真的进到尽头那房间里去了？”他当头就问。

“算是吧。”李远山平静地叙述，“好多海报上都有她单脚戴脚链的照片，我买了她的同款。进门时注意了一下，这个女人今天没有戴脚链。但是如果当时这么一喊，谁能准确地确认自己是出门前真的没有戴脚链，还是刚才脚链断开落地上了？猜我开门时看到了什么？”

“不愧是组长，脸皮够厚，不动如山！”

“推门的瞬间，我看见里面的人围着一张圆桌吸毒。”

娱乐圈很乱，歌手粉丝吸毒品并不鲜见。

“然后呢？”

李远山依旧很平静：“我当场要求亲自把脚链戴回女神的纤纤玉足上。”

他单膝跪在地上，温柔小心地为雪声的脚踝系上一条足链。

“真不要脸。”郑语修羡慕嫉妒恨。

“雪声的脚上有红色勒痕，不是很明显，但不止一条，像是被什么东西绑过。”李远山说，“不要想到奇怪的地方去，我倒觉得这个女人，被限制了自由，并且受到了虐待——来自自己身后团队的虐待。”

短信响了。

李远山打开看，发现是技术科发过来的。

“组长，我们统计过了，局里抓到过的好多吸毒人员，都是雪声的粉丝。换句话说，在雪声的粉丝比例中，吸食海洛因的人比例确实非常大。”

李远山揉了揉眉头：“现在终于说得通了。”

雪声就是一切。

雪声就是宗教信仰。

雪声就是光，就是太阳，就是一切付出的对象。

“很简单，这根本不是什么粉丝会，这是邪教。它不仅控制了偶像，还通过偶像和毒品控制会员的精神。会员是精挑细选过的，每一位都有特殊的价值，能够被组织所利用。他们在每一次聚会中观察那些重度粉丝，想办法带到大厅尽头的房间里，组成另一个小圈子。为了获得进入那扇小门背后和偶像在一起的权利，这些粉丝什么都能贡献出来——比方说政府内部很难搞的许可证、某些决策中投票发言的权利、钱甚至贩卖毒品……”李远山叹了口气，慢慢说，“一方面以毒品进一步控制内部成员，一方面是个敛财的手段。你想，这样的粉丝会在全国有多少？各行各业到底被安插了多少这个组织的死忠成员，愿意为了偶像的利益做任何事情？想想就觉得恐怖。”

“你是说画家、修房子的、写歌的和写小说的也是这个粉丝会的核心会员？被拉拢到了小门背后的核心圈子里？”郑语修问，“这和他们的死有什么关系？”

“你还记得，画家和音乐家死前做了什么事情吗？他们在——戒毒。”

戒毒。

也就是说，这两个人正在试图摆脱风信子会对他们个人的控制。

第一步是从戒毒开始。

这也解释了为什么画家笔下的雪声，嘴角没有那颗黑痣。

他在试图让自己慢慢从这个女人的影子中走出来。

作家和建筑师没有吸毒史，从他们住处所找到的有关雪声的粉丝物品是最少的。说不定是曾经很多，但是慢慢收拾起来了。

作家甚至有结婚计划。

“一旦你不能被组织所利用，就要被组织所毁掉？”郑语修背后起了一阵寒意。

“不完全是。”李远山说，“这四个人还有一个共同点——年龄。他们还太年轻，不够达到能被利用的程度。是风信子会选了这四个人。它在四个领域安插了四个有才华的青年，并且通过他们粉丝会的关系捧红了他们。想想将来，自己有四个人偶成为了各自行业中独领风骚的话语权人物时，风信子会的权利会膨胀到多大？”

可是人偶竟然想独立。

“这么说另一个东西也能说得过去了。”李远山沉吟，“为什么我们一直找不到凶手和死者的关系。他们原本就没有关系。”

※ 九 ※

无差别杀人。

“无差别杀人”是指犯罪嫌疑人事先没有计划、和被害人没有仇怨，作案完全是临时起意、随机选择作案目标，想杀谁就杀谁的杀人案件。

这种案件下，犯罪嫌疑人和被害者之间的联系被降低到最小，从被害者身上寻找嫌疑人的作案动机，成功几率几乎为零。全世界每隔几年就会出现一个这样的精神病，让警察非常头痛。

作为一个杀人犯，如果想逃脱法律的惩罚，要做的第一件事情就是尽量远离被害人的人际关系。这一点无差别杀人完美满足。

李远山最开始曾经考虑过无差别杀人，然而随着事件深入，他意识到了这不可能是一起无差别杀人。

这四个人被一个叫风信子的粉丝会联系在一起。

可是谁是凶手？

为什么查不到凶手？

其实还有一种方式，能够达成无差别杀人的条件。

“随机指定凶手。”李远山说，“从无数被控制洗脑的粉丝中，随机指定四个人，给他们恰当的作案方案，让他们去杀掉这四个人。四个凶手本身之间没有联系，与被害者之间也没有任何联系，不会引起任何警觉，作案后回到自己普通的日常生活中，人际圈再也不会出现交集——只有风信子会做得到。”

你永远也不知道，迎面走来的穿粉红连衣裙的女孩，是某个粉丝会忠实成员。看上去和普通女生没有两样，才下了补习班，拿着一枝新买的风信子。

你哼着歌从她身边走过，忽然这个人伸手推了你一下。

于是就掉入了湍急江水之中。

呛水之前，你还分神抬头望，发现粉色连衣裙的女孩已经消失在了路的尽头，夜色茫茫。

警察打捞上了你的尸体，调查了附近街区的监控录像，也曾经在人群中瞟到这个穿粉色连衣裙的女孩子。但是没有人想到是她推了你一把。因为现场没有目击者，而你们的人际圈没有任何交集，而且她的档案履历说不定还远比你干净。

甚至这些粉丝并不是一个人，可以是很多人，每个人都平凡得不能再平凡，在一次又一次和你的擦肩而过中，将死神带到你身边。

这是上一个画家，下一个郑语修。

“这样解释就说得通了。”郑语修点头称是，“为什么我出了那么多次意外，没有看见一张重复和值得怀疑的脸。因为他们，本身就是普通人，没有犯罪记录的普通人。”

他想了想，忽然又很忧愁：“可是我们没有证据啊。”

“是的，”李远山说，“所以我们还要回去取证。”

他提醒郑语修：“不要担心，风信子会需要我们。别忘了这个组织为什么会同意我们的入会申请。发现了吗，从填写入会申请那一刻到现在，针对你的个人暗杀已经停止了。”

确实如此。

那些高楼的花盆，砖头，不知何处伸出来的手，远方的狙击枪，一次都没有遇到。

“我不是说过吗，申请入会代表着我们屈服和认输，这是一个投降信号。既然风信子会通过了我们的入会申请，收留敌方叛变人员，一定会对我们有所利用和诉求。”李远山微微一笑，“我离开的时候，已经约好下次见面的时间了。”

※ 十 ※

干净整洁的茶室。

三月梅正好开了，花瓣纷纷扬扬飘下来。

六人间的茶室，只坐了四个人。

李远山和郑语修坐一边，雪声和她戴面纱的女助理坐另一边。

郑语修觉得李远山说得对，这个叫雪声的女歌手确实是受人控制。因为整个会谈中，她一句话都没有说，只是娴静地坐在那里，像个美丽的花瓶。

他们没有聊太多事情，只是聊了郑语修的暗杀。

“我很欣赏李警官的推理方式。不错，你们陷入了人海战术，每一个遇见的人都有可能是雪声小姐的粉丝，有可能致你朋友于死地。”女助手在黑色面纱下面嫣然一笑，“选择加入我们，是非常明智的。”

“想听我们推理到了哪一步吗？”

“不想。”面纱女摇了摇手，“不过我们还有更内部的团体，李警官和您的朋友要是愿意的话，我们非常欢迎加入。”

话锋到这里又一转：“不过既然是投降，需要一点点小的贡献。”

“贡献？”

“听说您有过目不忘的能力？写在入会的简历上。”

郑语修立刻把《唐诗三百首》递上去：“对对对，组长能倒着从最后一个字开始背唐诗三百首！要不要现场确认一下？”

“这个不用了，已经有人帮我们确认过了。”面纱女摇摇头，姿态优雅，“我们想用其他方式确认。”

她解释说：“每个行业，我们都想要一位有才华和话语权的自己人。李警官，警厅这方面还想多仰仗您了。我们希望有人能够把系统里所有卧底条子的档案和家人的联系方式复述出来，我们在警察内部系统里只有查看权限，没有权限复制，因此需要像您一样天才的记忆力。”

这是个深不见底的阴谋。

试想，一个犯罪组织，掌握了所有卧底警察的家庭信息和个人身份，它能做什么？威胁，绑架，利诱，慢慢在国家机器内部为自己腐蚀出一把把保护伞。

而且既然能够复述出这些信息，那么这样的天才大脑一定带出来其他更多的东西。

人际关系网是交错的，可以从一个人延伸到另一个人，腐蚀掉一位警察，就能联系到他的上位者。

一层一层，一直通往国家权力的顶点。

郑语修想起数日之前的夜晚，李远山在烟花市警察局办公室里点了一根烟，断定说，这个组织有远远比看起来大的野心，它一定需要我们。

它已经不满足于用疯狂粉丝建立杀手网络，而是想直接偷走这个国家的安全系统，化为私人武器。

风信子会需要的，不仅是一名警察系统的高层内应，而且是一个天才的记忆头脑。

“要不这样？”李远山建议，“小姐，刚才我进来时，发现您在用手机看小说。要考察记忆力的话，不如您随便给我一篇正在看的东西，三十秒，我从最后一个字开始倒着背给您听？”

面纱女的声音又带着笑意：“好啊。”

她调了调手机屏幕，笑吟吟起身递过来：“《上错花轿嫁错郎》，从我翻到的页面开始往后背诵十页。”

十指相错，交接手机。

一把女用弹簧小刀突然弹出。

小刀的速度非常快，李远山还没回过神，小刀就抵在了他的颈动脉上。

“那天，李警官说雪声小姐的脚链掉了，特地送了过来。可是雪声小姐回酒店后发现，自己根本没有戴脚链出来，那条银链子好好地放在茶几上。”

“叫你冲动。”郑语修一脸悔恨。

李远山点点头：“是有这么回事。”

“我确实喜欢听雪声小姐的歌，非常喜欢，所以找了个借口逾越了。”他看了眼坐在旁边的雪声，后者转眼望着窗户外面的梅花，像一尊雕像，仿佛根本对他们的聊天内容不感兴趣。

有些女人的小技巧，是用疏离，勾得人心痒痒。

判断她是真没有兴趣，还是在耍小技巧，需要一个非常聪明的男人。

“不要看组长人模狗样，他也是个猥琐的男人！就是想看看雪声小姐的玉足！是我教唆的！点子我出的！我承认！”郑语修在旁边拍案而起，惨叫一声，“雪声小姐，你要是不原谅他，我回去就被罚跑训练场！”

靠窗的女人回过目光，做了一个同情的小手势，面纱女将折叠刀收起来，若无其事：“刚才是开个玩笑，李警官，我们继续？”

刀收回来时，李远山接到了手机。

大概出于惊吓，手一滑，手机落进了茶杯里。

泡了。

“对不起。”他迅速把手机取出来，找服务生要来电吹风，拆了机器就吹，吹了整整十分钟再把手机还给雪声的女助理，“大概一周不能开机了，得放窗台上通风……”

这场会面不欢而散。

最终李远山没有秀出他引以为傲的记忆神技，风信子也没开口正式同意他们进入核心粉丝群。

暂时性的互不信任。

离开茶室，李远山立刻打了个出租车。

“组长，我们可以坐公交车回去啊。”郑语修不解，“经费……”

李远山根本懒得解释给他听。

过了一会儿他才从手指间亮出两张卡：“女助理的 SIM 卡和存储卡，立刻回去联系技术科。这是我们要的证据。我拿走的时候你难道没有看到？你不是张镜的搭档吗，这点细节都注意不到？”

直到再次看到警察局稳重高大的办公楼前，李远山都在想一个问题。

风信子组织，真的只是个风信子组织吗？

它就像巨大蜘蛛网络的一部分，一个黑暗名字下面的小别称。

这种手段和风格，像什么呢？

“Blue Hat。”李远山喃喃自语，“很像蓝帽会那群疯子的行事风格。”

“蓝帽会啊！我知道！”郑语修积极举手发言，“就是那个国际犯罪组织，前几年在国内设了分部，疯子一样的作案思路，天才一样的作案技巧嘛——张镜的前女友就在里面。姓林，叫林浅浅。张警官就是因为女朋友的事情才受的处罚，下放到了地方。”

李远山愣了愣，然后冷笑一声：“活该。为了一个女人毁了事业，不是傻子吗？”

“是啊，现在恨那个女人恨得要死嘛！都成偏执狂了。”郑语修说。

※ 十一 ※

技术科从 SIM 卡和存储卡里拿到的东西，足够牵动整个案件。

李远山的杀人手段推论是正确的。因为从这些东西里翻到的有短信记录、电话记录甚至有录音，印证了“随机指派洗脑粉丝杀人”行为的真实性。

抓捕小组即刻出动，四位粉丝被抓捕归案。

“真是难以想象啊，竟然真的有人会被洗脑到这种程度。只要说是偶像的想法，就像战士一样冲锋在前。”蔡和生对着电脑屏幕感叹，“而且这四个被指派的粉丝年龄还不全都是青春期的少男少女，有人早就过了冲动期了，竟然也能这样……”

“平时看上去很正常。”郑语修感叹，“还有个小妹妹挺可爱的。”

他们在等雪声和她的女助理被抓捕的报告。

办公室的电话响了，蔡和生接起来，听了一会儿，不可置信地放下听筒：“死了。”

“谁？”

“你说的面纱女。”小蔡有点恍惚，“尸体在上次潜入的酒店顶层小房间内被发现，已经死去一周了。尸体臭了好多天。”

不可能，今天上午，他还和她们在一间茶室喝茶，并带回了 SIM 卡和存储卡。

“如果面纱女已经死了，那今天和我们喝茶的人是谁？”

“不知道，尸体的状态很诡异。”蔡和生说，“那个女人的尸体上有一个黑色十字架的文身，就在胸口上。她的脸上盖着一顶蓝色尼龙软帽。”

“雪声呢？今天和我们喝茶的那个女人呢？”

“找不到人，逃走了。”

像一滴水，融入茫茫大海，渺无痕迹。

李远山无功而返，坐在办公室里，看烟花市春天总不停歇的雨，忽然手机响了。

他迷迷糊糊接起来。

“不是蓝帽会。”对面的男人说。

李远山瞬间精神起来：“什么？”

“风信子组织不隶属于蓝帽会。”张镜说，“太软弱了，不符合蓝帽会做事情的变态美学。”

“郑语修又给你通消息。什么叫变态美学？”

“比方说把一辆公交车变成移动器官贩卖站，比方说炸毁一座水电站救一个人，比方说偷走价值连城的青铜鼎，又送给一个小破博物馆。他们追求的是极致变态。”

“女人的尸体上发现一顶蓝色尼龙软帽。”

“我知道。”张镜笑道，“因为不管风信子隶属于什么组织，它都是被蓝帽会摧毁的。我们当年是不是一起打过反恐精英？凭你渣一样的手速，拆掉手机换出卡再装回来，对方会看不出来吗？这两张数据卡，是蓝帽会送给你的礼物，你和蓝帽会的女人一起喝茶时，她们早就杀了雪声的女助理，取而代之了。”

“蓝帽会为什么会插手这个组织？”李远山很不解。

“谁知道呢？”张镜说，“或许是因为不符合他们的变态美学，觉得这种邪教一样的粉丝会破坏了四个行业现有的美感。想想这些邪教深入的艺术领域，日后会怎样发展？”

“那还真是忧国忧民啊。”李远山沉思。

“其实我觉得最直接的原因是，他们发现了这个组织的作案手段有可取之处，来打包带走了。你想想，一个组织不可能只靠一个面纱女维持运转，其他人呢？到哪里去了？他们的资料呢，这么久积累的资源呢，银行账户呢？”

李远山忽然脊椎发寒：“都被那个替身女人带走了。”

“对，”张镜在电话那头苦笑，“留下你帮忙清理烂摊子，彻底把名为‘风信子’的组织从世界上抹去。”

“对了。”

“什么？”

“幸好当时没让你背小说。我记得你因为没有特长，特地去倒着背了《唐诗三百首》，以后每次要表演就拿出来背一次。因为经常忘，还时不时把这本书带在身上随时复习——

至于吗？不就是没有特长嘛！”

……

电话挂了。

※ 十二 ※

风信子案结束一段时间之后，张镜一个人在街上逛。

暮春时节，莺飞草长，天气宜人，街上到处都有人卖风信子。

白色风信子是暗恋。

紫色风信子是对不起。

张镜刚刚才学到这种花的花语。他本来想告诉郑语修，画家送他白色风信子，并没有其他意思，和那个叫风信子组织的暗杀行动也没有关系。大概是因为他一直盯着公交车上的雪声海报看，于是被当作和自己一样的粉丝同好，所以送给了他一朵花。

因为白色风信子的意思是，暗恋。

街头巷尾再也看不到那个叫雪声的歌手宣传海报了。然而同时又有无数个新生歌手，如雨后春笋般地冒出来，新的粉丝圈再次形成，旧人被遗忘在时间里。

忽然有人从身后叫住他。

“先生，买不买风信子？”

抱风信子的女子非常美，穿得很朴素，但是有一头波浪形卷发，眼睛弯弯的。

他弯下腰挑花。

旁边有个女生路过，忽然折回来：“咦，这家店有雪声的旧海报，当初我非常迷她！”

“确实是很美的女歌手。”张镜接了一句。

“都是化妆啦，女人上妆卸妆是两个人。”抱风信子的女子说，“我听朋友说过她当初的故事，先生有兴趣听吗？”

“哦？”

“被星探发现，和一家公司签死了人身约，被某个团体过度利用宣传。为了保持海报上的身材，每天不让吃饱饭，不许随便坐下来，不许随意说话，不许走错一步路，只能按照规定的最展现美的方式笑，笑错了也会受到惩罚。凡是衣服覆盖的地方，就能被鞭子抽打。可不可怜？”

“真不像是明星。跟在她身边的哪里是团队，简直是犯罪组织。”

“是啊，没有演唱会时就被幽闭起来，她被救出来时，已经一个月没有见过外面的阳光了。”

“当初为什么会签那么严酷的合约？”

“爱上了一个男人啊，被骗钱骗色。简直是老故事了，写成小说都没有人听。”卖花女笑着说，“后来一个女人救了她，把她带到很远的地方去，给了她一套假身份，说，你现在自由了。”

“然后呢？”

“没有啦！”女子笑了，把选中的风信子送过去。

张镜伸手掏钱包。

“这枝花不要钱。”卖花女说，“紫色风信子的花语是，对不起。这句话是帮一位朋友对你说的。这位朋友救过我。”

女子满怀抱的，都是一个颜色的花。

深紫色风信子。

对不起。

“她还说，你从昨天起，正式上了蓝帽会的追杀名单，负责杀你的人之一，叫林浅浅，是我朋友本人。”

回过神来，买花的女子已经走了，在摩肩接踵的人群中如一滴水，消失不见。

他慌忙追上去，问前面的人，有没有看到一个卖花女。

路人很惊讶，指着大街：“到处都是卖风信子的女孩子，你找哪一个？”

第十一章

为你斟一杯苦丁茶

※ 一 ※

张镜赶到现场时，郑语修正在和一个眼镜男打牌。两个大男人盘腿坐在地上玩小猫钓鱼，看见他走过来，郑语修高兴地一挥手：“张警官快来快来，三个人就可以斗地主了！”

三分钟后他被踹回警车里写检讨，就差抱着笔记本在车里哭了：“反正犯罪嫌疑人都跑光了，等你们来的时候，不打牌能干什么嘛？”

张镜平静地关上警车的门，问旁边的黑框眼镜：“王静然，人什么时候跑的？”

“挺久了，茶都凉了。”黑框眼镜说，“水里被人下了药，我醒来一看整个厂房都空了——郑语修同志还是被我踹了两脚才醒过来的。”

那是一个文物造假案，聊城刑侦队潜伏勘查走访月余，底子摸得门儿清。郑语修和黑框眼镜负责盯梢，就等第二天天亮出货就抓人——没想到两个人竟然被下药了，等大队伍赶过来，早已人去楼空。

张镜负责这次行动，倒也没太生气，坐在办公室写报告时还给自己泡了杯茶。他十指交叉，沉吟道：“我觉得不对，消息走漏了。”

头一天还在生产，第二天就消失得不剩一片叶子，这种沉稳，让他想起某个组织的行事风格。张镜希望是自己想多了。如果背后真的有它的影子，加之消息走漏，那么郑语修当时除了打牌，确实也没有什么其他用处。

“我也觉得不对！”郑语修两眼泪汪汪，“同样是工作时间打牌，为什么王静然不写检讨，只有我写呢？”

“因为王静然不归我们管。”张镜看了他一眼，“他是技术科的。你们两个打小猫钓鱼，很熟？”

“技术科嘛！”郑语修猥琐道，“资源丰富技术过硬，特别是对日情报。什么苍……”

张镜觉得不对，除了这次对方撤退过早，还有一点：“我的茶什么时候变这么苦了？”

“哦！”郑语修一拍脑袋，“我昨天和王静然打小猫钓鱼输了，把你的西湖龙井换给他了。这是小王的茶叶。”

张镜个人修养很好，善于克制：“你给我换的什么茶回来？”

“苦丁茶，超市要卖二十块钱一袋呢！”

张镜之所以没把郑语修打死，是觉得郑语修的智商已经够低了，如果把他打得更笨，不好向头儿交代。自己的兄弟可以放过，拿苦丁茶从郑语修那里骗走西湖龙井的王静然不能。正好电话响起来，他伸手接起来，对着听筒思量了一会儿：“要推荐人？辛苦？可能会加班到深夜？当然了，我们这边技术科有非常好的人员，吃苦耐劳，态度端正……”

张镜挂了电话，对郑语修说：“刚才网监部那边的消息，说要查一起恶意传播病毒的案子，专案组会到聊城来，问我们这边有没有技术人员推荐。我推荐了王静然，头儿也没意见，你快去让他准备准备。”

于是聊城警察局的一把利刃，打牌吹牛玩游戏一把好手的王静然同志，闲置那么久以后，终于派上了用场。

※二※

病毒的存在，一般是为了谋财，比方说盗号的木马病毒。少数是为了磨砺技艺，更少数则不为钱不为名，单纯为了给百无聊赖的网民找到点儿事情做。最后一类黑客手下的东西一向贱得出奇。但是贱成恭喜发财这样惊动警方的病毒，确实很少见。

王静然看见郑语修出现在技术科门口，小眼睛亮闪闪时，就头痛地揉了揉眉心。

“你的额头怎么了？”

“张镜打的。”郑语修捂着脑门上的包，“我拿你的破苦丁茶换了他的龙井被发现了。都是茶叶嘛，何必这么惨无人道！对了，超市里卖的龙井和苦丁茶哪个贵？”

王静然默默看着他，觉得郑语修能在张镜身边活下来，还真挺不容易的。

这次的病毒起源于某个大型购物网站。正是国庆节，网站搞抽奖转盘。转盘就挂在首页上，你一点，就会滴溜溜地转，最后基本都停在“非常遗憾，欢迎下次再来”上。

突然有一段时间，转盘的指针停在了中奖区域。顾客点击后，页面上跳出一个抱着钱袋的财神爷，拉着大红条幅，上面写着：“恭喜发财。确定取消。”

咦，中奖了？如果顾客点击确定，恭喜发财的财神就会很贱地从钱袋里摸出一根火柴，隔着屏幕发给你。那是一家很大的购物网站，一时间全国人民都在骂傻逼网站欺骗感情。

总裁破天荒把小程序员叫到办公室，骂了个狗血淋头，才知道中病毒了。

所有点了那个链接的用户，电脑每隔五分钟就会弹出一个财神爷，向你发一根火柴。用户给朋友发邮件、聊QQ、共享任何东西，收件人那边电脑也弹出个贱兮兮的财神爷——病毒传播得很快。一时间财神爷满天飞，大家纷纷表示不满意。

问题在于这个病毒还查杀不掉，除非重装系统，否则中毒用户每天一到整点电脑就弹出个贱财神。虽然除了格外的贱，病毒没有太大的危害，但是黑客他自己不开心，总不能让全国人民跟着不开心。后来购物网站就报了警，上面不知为什么有些重视，弄了一个专案组。专案组一查，发现黑客的疑似IP段在聊城，推测犯人在聊城的可能性很大，因此带着人马赶过来了。王静然内心把张镜诅咒了一万遍，开始翻专案组的名单，目光扫过一个名字，眼皮跳了跳。

片刻后手机果然响了，接起来声音挺耳熟：“远道而来，多有叨扰，还请师兄多指教。”

王静然特别恭敬：“李组长您太客气。从今天起我就是您手下了，请您指教我。”

电话那头似乎有些感慨：“听到张镜报出师兄名号时我差点儿不相信，没想到当初学院叱咤风云的大牛级前辈会在这里，我以为你早就去哪家网络安全公司高就了。师兄当年挂科后黑学校学籍系统改成绩的事迹，现在都是我们私下学习的典范……”

王静然打着哈哈：“误传误传，我哪有改过马哲考试成绩。”

他挂了电话，郑语修还扒着门框没走，问：“这人是谁？”

“李长天，我本科的小师弟。”王静然第二次揉眉心，“这次专案组的负责人，我们的临时领导。”

他给自己倒了一杯苦丁茶。

聊城很大，但是聊城警察局技术科的人才很少。科长不逢大事不出山，几个新人大学毕业没多久，做过最难的任务就是帮单位里的电脑杀毒。他隐约觉得这次病毒不简单，因为小师弟和他一起从Q校网络安全专业毕业，毕业后直接被朝廷收编，现在混到挺高的位置上。由他亲自牵头建组，说明对手段位不是一般的厉害。

※三※

李长天出现在聊城时，是很气派的。

局里专门派了警车开道，把专案组的人接进来。接待车上下来一群人，其中穿蓝色警服走在最前面的就是组长李长天。斯斯文文一个人，娃娃脸，笑起来和和气气，一看就是搞技术出身。李组长和局长寒暄完，借口上厕所，拉着刑侦队负责接洽的小警察问："听说贵处有位同志叫王静然？王师兄在哪里？"

"王静然啊！技术科的！"小警察一拍脑袋想起来了，"他说昨天晚上去地摊吃烧烤，拉肚子不能来。你们认识？"

"当年偶像。"

"也是我的偶像！"小警察一双真诚的眼睛贼亮，"别看平时貌不惊人，什么老电影新电影全有，想要什么游戏有什么游戏。"

李组长的表情不知为何阴晴不定："王师兄有更厉害的地方。除了这些，他还可以为祖国做更有价值的事情。"

小警察非常赞成，握住他的手："对，他还专治我们刑侦队那个面瘫冰山张镜张警官。全局就他敢惹，看着我就解气。对了，我叫郑语修，有事不知道可以问我。"

于是李长天问了一个问题："张镜张警官，就是你身后站着的这位吗？"

李长天转身离开时，正好听见郑语修一声哀鸣。

听到王静然的日常生活，不知为什么他有点儿失落。

"黑客黑了那家购物网站，拿到管理员权限，然后设置了一个镜像网站，将镜像网站的数据直接对接管理员 ID。这是个很巧的局，瞒过了网站程序员，导致了病毒初始传播面很大……"李长天站在小诊所门口，捏着一瓶康师傅纯净水，解释得挺耐心，"师兄，我们还在编写杀毒软件阶段，但是这个病毒源代码加了几层密，我脱不了壳。"

"我非常不赞成师兄你现在的工作状态，你觉得摸鱼打游戏和看电影，对得起自己的才华吗？"

"师兄，我希望你正面回答我的问题。"

王静然还真的是拉肚子，只是到不了输液的程度，为了逃避开会特地给自己挂了瓶水，没想到被小师弟追到了诊所。那是一个私人小诊所，本来就没什么人来，李长天穿着警服冷冰冰往门口一站，就更没有人敢来了。

一个病毒其实就是一个程序，程序的设计者往往会给病毒套上一层又一层加密的外壳，让网络安全人员看不到它的核心代码，从而不能识别特征，加以分析和查杀。而判断一位网络安全工程师的实力，最直接的评判标准之一就是破解“壳”的能力。这就好比两个人打架，穿棉袄怎么打？

当然是扒光了，才好一脚踹到屁股上。

可这个病毒的问题在于，外壳脱不掉。

其实“恭喜发财”病毒爆发以后，王静然何尝没有试着分析它？一个高层技术小组都搞不定，何况他这种技术科打酱油的。况且自从女朋友去世以后，他就不再是当年的王静然了。他曾经发过誓，把当年的意气风发和才华都收起来，把当年的翅膀都砍断。

“我也无能为力。”王静然盯着手腕上扎针的地方，“我在这种小地方小部门混了五年，早就手生了。玩《英雄联盟》什么的倒可以拉上我。”

“王静然，我很失望。”李长天摇摇头，“枉我还尊你一声师兄。”

王静然回家时已经快傍晚了，暮色四合。他揉着扎针扎得淤青的手背进门，王妈正在厨房里忙。客厅灯光大亮，靠窗那台电脑开着，电脑前坐着一个穿一排黄铜扣制服裙的女孩，面无表情地戳他家的电脑键盘。女孩很漂亮，长发遮住半边脸，顶灯在她身上晕出一圈光晕，连带着周围的桌椅板凳都像是油画里走出来的，好看得不现实。

“啊！”王妈从厨房探出头，“咱家电脑中毒了，叫那个啥……恭喜发财？请了维修公司的人来修。你老加班不回来，我要用这台电脑炒股，中毒怎么行？”

“妈……”王静然说，“这不是快到饭点了，要不然让妹子早点儿回去明天再来？”

王静然知道“恭喜发财”病毒目前为止无法查杀，只能格式系统重装。重装一个系统费时费力，非常耽误大家吃晚饭。

“五分钟。”穿制服裙的女孩突然抬起头。

那是一双冷淡幽深的黑眸，看得王静然愣了愣：“什么？”

“五分钟，杀毒走人。”

王静然冲到电脑前面：“这么快，你有专杀软件？赌一百块，不可能！”

女孩没说话，十指翻飞，四分三十秒的时候贱财神从电脑屏幕上消失了。她朝王静然伸出手：“一百块。”

“我都做不到，你是怎么做到的？”

“因为我们的水平不同。”

“专杀软件可以拷贝我一份吗？”

“可以，给钱。”

※四※

郑语修蹲在王静然办公室门口："为什么不准我进去要电话号码？"

"你的偶像不是Star Break组合的Linda酱吗？你要对你女神忠诚，怎么可以随意搭讪？"王静然靠着门端着纸杯，里面赫然泡的是张镜的西湖龙井，"那位冰山脸妹子虽然长得好看，却并不适合你。人家智商比你高很多。"

"不是传说她是某电脑公司维修部的维修员吗？"郑语修不服气，"这种小公司电脑城里掉块招牌能压死三个，怎么就比我厉害了？"

"妹子是就职于某小电脑公司维修部没错，"王静然说，"但是她不是维修员，人家是老板。"

刘思思也很不乐意。她就读于某名牌高校网络安全专业，毕业后正赶上经济危机，就业形势困难，不想被资本家剥削，于是去天桥下开了一家小的网络维修店，也就是帮人修修电脑杀个毒，换个硬盘贴个膜。

这天忽然接到电话，自己派出去的维修人员搞不定客户的电脑。

"老大，客户电脑的病毒杀不掉，要重装系统。客户很生气，在发飙……"

刘思思还在睡觉，从被窝里探出头，手机贴着耳朵，听自己的小维修在那边哭了十分钟，说了两个字："废物。"

"病毒叫恭喜发财。"小维修战战兢兢地补充说，"不查杀还挺好，一开杀毒软件电脑就死机，无法上网，蓝屏……"

"五分钟。"刘思思让自己的人将手机递给客户，对着电话那头发飙的大妈道歉，"明天下午我们公司专属程序员来为您查杀电脑病毒。不用重装系统，全过程只要五分钟，请您耐心等待。"

她从床上爬起来，打电话给维修店说今天不去上班，然后开百度，输入"恭喜发财"四个字。刘思思很久没有编写专杀软件了。她坐在电脑前的样子其实很漂亮——一双睫毛格外纤长的眼睛，鼻梁挺直周正，抿着嘴不说话时，就是一朵开在冰山上的雪莲花。这朵雪莲花当年A校在读期间，凶残地拿了四年国家奖学金，以第一名的成绩，碾压了全系所有男生的自尊心，从而单身到了现在。据说能和她一争高下的只有Q校传奇人物王静然，当然他们没见过面，并且王静然已经有女朋友了。

这个病毒比她想象中难破解。

正如自己的维修小弟所说，如果不动它，"恭喜发财"是一款正常的游戏小程序，一旦运行任何查杀程序，马上断网死机蓝屏。

刘思思出现在王静然家时，比约定的时间“下午”略微晚了一点点，已经是傍晚了。她一整晚没睡觉，只喝了一瓶农夫山泉的混合蔬果汁。专杀软件的编写花的时间比预计长很多，幸好成功了。刘思思是指望开发这个程序卖钱的，没想到碰到王静然。

黑框眼镜，挺直的警服，大男生脱了外套挂在门口的衣架上，端着杯咖啡向她快步走过来：“这么快，你们公司就出了专杀软件？”

他自我介绍：“我叫王静然，聊城警察局刑侦队的。”

刘思思愣了愣：“Q 大那个王静然？”

年轻的警察挺意外的：“哎呀美女你知道我？那把查杀程序借我？”

刘思思摇头：“给钱。”

她完全没想到第二天自己会被请到警察局，配合国家办案，当免费劳动力。而且通宵做出来的专杀程序上缴归公了，准备挂在网络上供网民随意下载。

“我们想要这个病毒破解的全过程。”王静然坐在自己办公室里，笑眯眯地递给她纸杯泡的龙井，再给自己泡了杯苦丁茶，“包括脱壳后的源代码。”

“会给我委托费吗？”刘思思最后挣扎了一下。

“委托费非常高，叫‘社会主义爱国情操’。”王静然端着茶杯，“我们包三餐的。”

※ 五 ※

当你把一个病毒脱壳后，通常可以看到编写它的机器语言。这时我们就需要高手进行反编译，把它们转换成 ASCII 代码。如果高手更厉害一点儿，甚至能还原回黑客写程序时使用的高级语言。专案组组长李长天就是这么一个人物。他开了个工作会，把破译的代码的一部分打印出来传看，气得一把捏瘪了矿泉水瓶子：“破译后的代码里面跟着一行拼音，拼出来叫‘技术能力挺不错——及格’。身为犯人，竟然给我们打分，太过分了！是可忍孰不可忍！”

王静然也参会了，就坐在张镜和郑语修旁边。他凑过去跟被领导发飙吓得脸青面白的郑警官交头接耳：“哪能不动火呢？李长天当年自从进校，每一科成绩都是 A，这是第一次有人只给他打及格——”

他说话时拿代码文件挡住嘴，瞟到了什么，愣住了。

“应该组织一场考试啊。”王静然突然说。

本来会议室挺安静，王静然一时出神，没注意到自己声音格外的大。科长也列席，呵斥他一声："小王，开会呢，你开什么小差！"

"我是说，我们可以组织一场考试。"王静然道。

这种场合张镜都没发话，还轮不到自己开口，他做好了被科长驳斥的心理准备，没想到却听到有人说："可以。"

李长天坐回自己位置上，看着他："王师兄，给我一个要考试的理由，我去协调。你想考谁？"

王静然蓦然发现，自己小师弟朝中混了那么几年，确实今非昔比。领导一句话，事情就这么定下来了。

王静然之所以想组织考试，是因为他发现了黑客的一个特征。每个程序员都会有自己的编程习惯，比方说有些人喜欢把某些无关紧要的变量定义成自己女朋友的名字，有些人爱备注，话多得令人发指。而这个黑客破译出的代码里，总是反复出现同一段东西。

这个黑客总是将变量定义成一个英文单词：heather land——石楠花荒原。

只是他把这个单词拼写错了，少了一个"e"，因此写的是"hather land"。

程序员是工科生，英语不好很正常。但是错一次是偶然，每次都错，说明对方的这种错误方式已经内化成行为习惯，根深蒂固，难以纠正。

"从代码上看编程手法不是业余的，所以我想设定考试对象为全市范围内所有公司的程序员。"王静然站起来，解释说，"考试内容是英语。"

李长天点点头："那就以年中考试的名义，组织一次全市范围内计算机从业人员英语上机考试。师兄，烦劳你回去出个题，就考这个单词。"

王静然的卷子出得奇快，因为一半抄的是去年大学英语四级真题，另一半抄的前年大学英语四级真题。洋洋洒洒两大页，其实最后只看第一页左下角那道翻译题，和第二页中间一道单词填空。考试的消息放出去后，网上果然骂声一片。都说政府吃饱了没事干。王静然就在这一片骂声中，靠着办公室窗户，悠然地给自己斟了一杯苦丁茶，看刘思思编程。

专杀软件挂在网上以后，黑客很快就出了病毒变种。刘思思再查杀病毒变种，更新专杀软件。这就好比两位武林高手，对方一招螳螂捕蝉腿劈过来，我方黄雀在后掌化解之，对方再劈一掌，我方再化解之。黑客招招凌厉，刘思思都格挡下来了。

王静然感叹，他妈只是打电话叫人来杀个毒，没想到逮到个解码的天才。

每次破解了对方的病毒变种，黑客都会在下一个变种的代码里给警方打个分，最近已经从及格上升到B+。王静然每天的乐趣就是指挥刘思思在专杀软件代码后面也加点儿话，冷嘲热讽，不甘人后。

“明天晚上七点你要是能再做出变种，我就佩服你。”他俯身看屏幕，指手画脚，“对，就是这么写上去……”

“继续挑衅，把他改进病毒的时间压缩到最短，发布时间控制到每天晚上七点……咦，思思你的脸色怎么这么白？你难道今天没吃饭？”

“……”

“只喝了这瓶农夫山泉混合蔬果饮料？”王静然晃着一个空瓶子。

“……”

“虽然爱国情操很重要，但是我们还是需要休息的。”

随着对方加密方式越来越复杂，有时候王静然会觉得，刘思思是一只蝴蝶，整个人飞入了虚拟世界，空在尘世留下一具会敲键盘的躯壳。有时候他又觉得，对方是嫌弃自己聒噪，单纯不想理会。在两种思想中做了艰难抉择以后，王静然叹了口气：“要是十分钟之内你能把这次的查杀版本做完，就给你奖励。”

躯壳马上活了，一秒钟扭过头：“多少钱？”

王静然摸了半天口袋，摊开手心：“阿尔卑斯山奶糖一颗。”

刘思思转回头，面无表情对着电脑。他失望地揉揉鼻子。

九分钟以后，刘思思伸出手：“做好了，糖。”

放在她手心上的却不是一颗奶糖，而是另一只手。王静然把坐在电脑面前的女孩子拉起来，一路拉到食堂，点了碗加两倍肉的香菇炖鸡面，然后坐在桌子对面看她吃，顺手递过一颗剥好的奶糖——整个警察局都知道王静然爱吃糖，有些人，比如郑语修，还会特地为他留两颗，以便输牌时用。一般大家看到的都是王警官四处搜刮奶糖，很少看见他把糖贡献出来给别人的。

“谢谢。”刘思思说。

“我以前的女朋友总是骂我不够关心她。”王静然弯起眼睛笑，“后来我就改过自新了，争取对女孩子都好一点儿。”

“王学长。”刘思思端着面，“你最近斗志满满，怎么不自己亲自写杀毒软件？你当年的名声，在A大的我都如雷贯耳。就连你的大学英语四级的试卷，我们这边都当标准答案参考。如果你出手，我何必这么困难？”

“女朋友死了。”王静然叹了口气，“她当年最讨厌我编程，所以我决定再也不在这方面发展了。这么多年，互联网更新日新月异，我早就退出沙场了。”

"怎么死的？"

王静然呛了口水，没想到有人会问得这么直接："病死的。"

"她和我的爱情一起死了。"他停顿一秒钟，轻声补充说，"所以那之后，就算我对一个女孩子再好，我也不可能爱上她。真的。"

※ 六 ※

考试结果出来了，先交到李长天手上，再传给张镜，等到出题人王静然那里时，已经轮转一圈了。

"嫌疑人有六个。"王静然抓抓脑袋，"写错这个单词的人竟然这么多？"

他想去敲李长天的门，正好看到张镜。王静然对张警官不是很熟，只知道他是局里一张王牌，除了脸略微帅气、刑侦破案一把好手和经常欺负郑语修以外，没有其他太多优点。这次行动虽然有合作，但是技术科不定位出犯人，刑侦那边也没法放手抓人，两人见面不过点个头，交情不深。王静然以为张镜是在门口等组长，没想到他靠在墙上，等的是自己。

"组织考试，查代码……很难看见你在工作上这么上蹿下跳了。"年轻的警官难得笑了，"刘思思挺不错。"

"哪有，"王静然抗议，"我平时工作一向很积极。"

"你平时的工作叫打牌吗？"张镜问。

王静然默然。片刻后他揉揉鼻子："刘思思很优秀，比我想象中优秀。我关注她，但是这种感情不算喜欢。"

"我也关注这个人。她和我以前喜欢的女生有点儿像，一样的叠音名字，一样的非常聪明。"几缕额发遮住眼睛，张镜的表情藏在暗处，让王静然捉摸不透，"我只是想提醒你，过去谁也回不去，别用过去骗自己。"

王静然没有说话，觉得这只猎犬找自己，一定不是为了交流感情。

果然他话锋一转："嫌疑人有六个，刑侦这边已经派了人先秘密侦察，只是网络里的证据太飘忽，怕打草惊蛇，对方毁灭证据很容易。"

"你是想事先锁定嫌疑人？"王静然问。

"是的。"张镜递过一张聊城的区域行政地图，"来向你请教可行性。"

地图上用粗号马克笔打了个米字，把整张地图分为八个区域。六个嫌疑人所在的地方用红笔标示出来，落在八个区域当中。这是一个非常简单，但是需要协调的计谋。甚至因为太简单直接，而不能算计谋。

在王静然的指使与授意下，警方和黑客已经斗智斗勇地干起来了。每天晚上七点钟左右，黑客会把病毒的变种传播出来，而聊城警方这边的刘思思，负责查杀变种，更新专杀软件。因为时间只有一天，无论刘思思还是黑客都在加班加点。在斗争最白热化的某一天，黑客照例上网挂病毒，却发现——卧槽断网了？

他把病毒拷贝进手机里，连接移动网络，发现也上不了。

与此同时，张镜和王静然坐在办公室，守着电脑看手表："五分钟，十分钟……"

这次病毒的发布时间比往常晚了十分钟。只是区域性的断网十分钟，人们只会觉得网络不稳定，手机用户最多觉得信号不好，片刻就恢复正常了。可是对于张镜和王静然不同。他们将八个区域轮流每天七点断网十分钟，看看到底轮到哪个区域断网时，黑客病毒发布的时间会有所改变——从而在米字格上锁定他的位置。

"这里。"张镜用红笔把地图上的一个名字圈起来，眯着眼睛，"找到了。"

这一片区域里，只有一位嫌疑人。

※ 七 ※

刘思思问："要到什么时候？"

那是一个小会议，她是想问这种对方出病毒变种我们升级杀毒软件的拉锯战，到底要到什么时候结束。但是这种掐头去尾的问法，除了天天赖在旁边看她编程的王静然，谁也听不懂。因此王静然殷勤地回答了："到我们抓到嫌疑人以后。那时候刘小姐就可以回去了。我们从此两不相扰，各行其道。"

"我打算空出一段时间去旅游，看看苏格兰高原上的石楠花。"刘思思说。

郑语修举手："我也想去！美女我陪你去！"

张镜把他拉回去："你又没假。"

有一瞬间王静然差点儿脱口而出，我也有假，我有婚假没休。他突然为自己感到恐惧，觉得刘思思这个名字，在自己意识中进入得太深刻了。

刘思思离开时留下了一个 U 盘，告诉他："最新版本的查杀软件，等你们抓到犯人，就更新到网络上去。这个版本应该是终极版了，因为不会再有病毒变种出现。我走了。"

王静然没有追，也没有送。他装作等刑侦队从现场来的电话，强迫自己留在原地。很快郑语修的电话就打回来了："抓到那个精神病黑客啦，供认不讳！你可以发通告了！"

文档已经编辑好了，病毒的终极查杀版也上传完毕，王静然就等这通电话。确认以后他会在官网上发布警方的官方通告，通告黑客落网，给出专杀软件最终版地址，让这个案件尘埃落定。明明不是大案子，一个人都没死，却搞得这么腰酸背痛，王静然觉得不值。

没隔太久，郑语修的电话又飞了过来，用电话的人却是张镜："别着急公布消息，情况有变。"

"已经发布了。"王静然愕然，"各大网站都开始转载我们的公告和杀毒软件最终版了。"

隔着手机，他听到张镜叹了一口气。

张镜在抓捕现场。被抓的程序员是个小青年，在自己的出租屋内打一个叫《英雄联盟》的网络游戏时，被警察破门而入。他最开始供认不讳，说自己的确是网络黑客，还伸出手乖乖让郑语修给他铐上手铐。等要带上警车时，小青年忽然满眼期待地问："我配合得好吗，警察同志？群众补贴在哪里领呀？"

郑语修一头雾水："补贴？"

"昨天有警察同志来找我，说你们今天要举行演习，到时候会有警察破门而入说我是黑客。到时候让我配合表演一下嘛！政府还会给群众演员演习津贴的！"小青年一脸期待。

——抓捕行动已经事先暴露了。

于是张镜给王静然打电话，让他等一等，有内鬼。然而已经晚了。

事后张镜反复反思，自己有很多机会阻止这个案件的发展，然而都在关键点与真相擦肩而过。传播一个病毒最佳的机会是什么——大量下载，多样化传播途径和不引起怀疑地取得电脑最高权限。没有人想到，警方公布的最后一个专杀软件，包含了一个病毒。

"恭喜发财"的传播已经十分广泛，有多少人中了"恭喜发财"，就有多少人下了最终版查杀软件。软件安装时电脑本身自带的杀毒软件会弹出一个小小的提示框："该软件试图更改电脑权限，是否通过？"

几乎所有人都选择了"是"。

于是这个病毒获得了电脑的最高权限，将主人的网银账号和密码，发送到某个邮箱。

"惯性思维很可怕。"张镜在会议上自我检讨，脸色沉痛得像染了风雪，"我们最初认为'恭喜发财'这个病毒没有什么大的危害，就默认它一直不会有危害。在这之前我们检查刘思思的查杀软件，没有发现问题，就默认每一版都没有问题，包括最终查杀版。这种思维非常危险。"

"恭喜发财"病毒的研发者并不是精神病，相反她是一个高手。她设计了一个广为传播而没有太多危害的病毒作为载体，通过与警方斗智斗勇，让这个病毒布满互联网的每个角落。然后她参与了查毒软件的研发——真正想散播的木马软件就藏在专杀软件内。所谓醉翁之意不在酒。如果一开始恭喜发财展现了极大的危险性，案件升级，它怎么会有这么广为传播的机会。而且，谁会怀疑警方的专杀软件？

“因此她取得了用户电脑的最高控制权，盗走了用户……有多少中毒的人，就转走了多少钱……”郑语修绝望地掰手指，“谁会想到，黑客和我们请来的外援专家是同一个人呢？这个内鬼还长得那么漂亮好看。我们花了好多时间才明白，她的意图是杀毒软件。”

——在把U盘递给王静然以后，刘思思就消失了。

她丢下了自己的公司，仿佛人间蒸发一样，消失在人流当中。不断有中毒的用户报警，说网络账户资金通过小额形式被一笔一笔转走，数额加起来已经是天文数字。倘若有一天刘思思改头换面，重新出现，恐怕已经能上一两个富豪榜。

“这是由警方发布的，历史上最耻辱的病毒。”王静然苦笑。

他喝了点儿酒，出现在张镜办公室时身上还带着没有褪去的酒气：“张警官，我猜了很多人，没想到是她？你说，我们该怎么办？”

“抓回来。”张镜言简意赅。

王静然不知道张警官怎么把刘思思抓回来的。只是有一天他回到办公室，路过审讯室时，忽然发现里面亮着灯。

白炽灯下，刘思思面色苍白地坐在审讯桌后面，问：“你怎么找到我的？”

“你和我前女友很像。我已经经历过一次这样的女生无声无息蒸发的案例了，这一次，稍微留了个心眼。你可以跑，我也可以把你带回来。”张镜就坐在审讯桌对面，旁边跟着两位同事，“只是得费点儿时间。”

“你在没立案时就对我使用了警方的跟踪手段，这是不合法的。”刘思思说。

张镜不置可否。王静然忍不住听了一会儿。然而之后房间里的谈话声很小，他只断断续续捉到几个词——蓝帽会、钱和没有了。组合起来就是：刘思思隶属一个叫蓝帽会的犯罪组织，钱已经上交组织，她无法再返还了。

※ 八 ※

“蓝帽会”这个名字，张镜已经听过很多次了。整个聊城警察局，只有他深入了这个黑暗世界，并且一往直前。像王静然这种混日子打牌的，还是第一次听到。它是一个各方面信息都不完善的恐怖组织，据说成员都是一群危险的疯子，他们会为得到一个古董而连通某个城市的下水道网络，或者为救一个人而摧毁一座水库。

这样的组织需要巨额资金支持。刘思思负责的就是资金供给的这个环节。这次的方案并非刘思思的想法，她只是拿到了任务计划书，并忠实地执行了下去，直到被警方抓获。

被转走的钱已经通过某些途径快速洗净，无法挽回了，只有牢狱能让她为自己犯下的罪恶做出某些补偿。

王静然最后见过这个叫刘思思的女孩一面。

审讯依旧在进行，郑语修忽然上来叫他，说嫌疑人想喝苦丁茶。他泡了茶端过来，第一次坐在刘思思对面，把纸杯推向这个女孩。

“为什么要这么做？”王静然问，“你有自己的维修店，虽然很小。你聪明，漂亮，有常人难以企及的才华，为什么会加入蓝帽会这种犯罪组织？”

女孩两只手捧住纸杯，白皙的手指合拢来，像朵尚未盛开的白莲花。

“因为我贪恋。”她说，“我以前想要很多东西。我想要足够多的钱，周游世界，吃遍天下美食，买宽敞的房子和高级的包包……我不想在自己小维修店昏暗的光线下，接哪家大妈的维修电话。我要很多钱，只有这个组织能满足我。”

“刘小姐，你说你以前想要很多东西，难道现在不想要了吗？”王静然问。

“因为我发现了自己真正想要的东西。”

“那是什么？”

“王学长，我只负责执行，‘恭喜发财’病毒那个查杀不了的初级版其实不是我编写的。组织里有比我更厉害的黑客，早晚你会遇见他。”刘思思轻轻地笑了，捧起茶水杯，眼底忽然变得深不可测，“以前读书的时候，我憧憬过你。你是我们一代后辈的偶像。我想的东西其实不多，只是你总爱给我泡龙井，自己却喝苦丁茶。我想喝一杯你泡的苦丁茶。”

王静然垂下眼睛：“你认罪伏法以后，我可以常来看你，每个星期都为你泡。监狱那边我有熟人。”

刘思思低头，抿了一口茶水，再也没说话了。

王静然最终没能再为刘思思泡茶。因为她死了，死人不会再喝茶。

尸检检验出了不能确定来源的三氧化二砷，即砒霜。刘思思的裙子上的铜扣少了一颗，有人推测她将自杀的毒药藏在扣子里面和水一起喝下去了，也有人说她死于组织内部的封口行动。因为迄今为止落网的蓝帽会成员，没有人活下去。

专案组解散了，李长天离开了聊城，回到国家安全机构的顶层。

离开的前夜，张镜带着郑语修找他喝酒，忽然问：“你是王静然的学弟，据说当年他在Q校是传奇人物？”

“是啊，”李长天很惋惜，“当年中美黑客大战，王师兄带着他寝室的兄弟，端了美国某高级别的军方网站，把‘强烈谴责美国飞机入侵我国领海’的红字横幅在对方首页上挂了一个星期,现在应该还在美国黑名单里面。那时他才大二,意气风发,这不过冰山一角。”

“后来呢？”郑语修问，“他和他女朋友怎么回事？”

“他女朋友死于一起化工污染事件。女友家住在化工厂旁边，厂子污染了周围生态环境，导致了很多慢性中毒和癌症。那时他每天只顾着钻研技术，女孩子好多次提到身体不舒服。他从来没有重视过。直到有一天女孩住院，查出是慢性中毒。然而那时中毒程度情况太深，全身器官衰竭，没救过来。”李长天摇摇头，“那时候我总是看见他跑医院，又跑报社。正是毕业论文答辩的时候，一点儿都没准备，整个人跟掉了魂一样。再后来那家化工厂被曝光了，网上各大论坛都头版头条报道，才知道厂子早不行了，老板逃到了国外。爆料人就是王静然。”

“其他中毒的人呢？”张镜问。

“都有医院出的鉴定书，可是厂子倒了，找谁赔去？那么多人，大笔大笔的后续治疗费用，就这么拖着，又拖着……拖到现在。据说当时曝光受影响的大概有三百多人，每人治疗费用一年二十万的话，本来就是欠发达地区，拖个五六年，政府福利机构哪里负担得起？王静然大概就是从那以后，心思不怎么放在技术上了。如果我是他，我也会后悔啊。要是当初女朋友一说身体不舒服王静然就带她去医院检查，就不会有这种结果了。”

郑语修目瞪口呆：“李……李座，您当年是学校八卦界的一支标杆啊。”

“我只关注他。”李长天说，“他当年是我超越的目标。”

谈话期间，只有张镜一直沉默地喝酒。

他忽然开口问：“到底三百零几人受影响？一个人二十万，五年就一百万，加上后续治疗费用，总金额一共——”

他说了个数字：“是不是跟这个案件的涉案金额很像？”

※ 九 ※

张镜提出了三个问题。

第一，刘思思死的时候，喝过一杯王静然泡的苦丁茶。我们检查了她身边的所有东西，但是没有检查自己兄弟泡的那杯茶水。泡茶的纸杯到哪里去了呢？

“王静然拿走了。”郑语修说，“说是帮我扔垃圾箱里去了。”

第二，刘思思给王静然的程序，以王静然的水平，真的看不出里面有玄机吗？

“只要他看了，一定看得出来。”李长天说。

第三，账户被盗的用户非常多，但是只盗走了每个人一小笔金额。如果每个被黑的账户金额加起来，全部盗走，整个金融市场会有一场震动。然而蓝帽会没有，它只带走了每个账户上的一小笔钱。由于账户众多，加起来依旧是个天文数字。为什么它没有尽可能地带走更多的钱呢？

“他只拿走了需要的一部分。”张镜沉吟着，“这部分钱，正好和化工厂受害群众后续治疗费相等同。”

正好张镜的手机响了，是每日手机报，第一条正是国外一家人道主义机构向国内捐了一笔巨款，用于某化工企业受污染影响的群众后续治疗。费用支付方式很复杂，分年度领取补贴，带着各种百分点和使用条件，张镜拿出纸和笔计算，算到最后，发现和涉案金额出奇的吻合。

“我们能做什么？”他向李长天摇头，“我们不能查证境外资金的来源，也不能证明这两笔钱有实质性联系。最多只能看成一种巧合。”

李长天脸色不怎么样。他推开一桌子碗碟站起来：“我去找王静然。”

“那我去找那只装苦丁茶的纸杯。”张镜说。

那只纸杯就放在王静然桌上，泡了一杯苦丁茶。晚上十点，他还在加班玩QQ斗地主。

王静然赢了一局牌，手伸进口袋里，拿出一颗阿尔卑斯奶糖。他是从什么时候开始喜欢奶糖的呢？大概是从只喝苦丁茶开始的。爱情真是一件奇怪的东西。苦丁茶是他对自己的惩罚。这种茶水汤色青碧，入口苦涩，那件事情之后，他就觉得自己应该时时反省，自己不配拥有爱情。苦茶入口，浇在心上，正好浇出一片清醒。

那时他只是一介书生，什么也做不了，只能眼睁睁看着女朋友在病床上香消玉殒。他寻求过社会的帮助，可是帮了她一个人，就意味着正视她身后数百位同样患病的群体。社会无力负担，人情冷暖，自有感知。感知多了，心就冷了。

到底是什么时候，收到那一张蓝色的邀请卡呢？

卡片上的字用黑色宋体写就，冷冰冰的，充满诱惑。

王先生：

我们欣赏你的才华，愿意为你提供完成心愿的平台。

Blue hat

这个计划是他设立的，“恭喜发财”病毒出自他的手，刘思思只不过是一颗弃子。蓝帽会内部总是有无数的弃子，或者是因为身份暴露，或者是因为思想转变，或者只是因为不够强大而被组织抛弃，王静然知道刘思思是那枚弃子时，并没有多想。他在自己家看到她时，甚至有点儿惊讶：这真是一颗美丽的弃子。站在她身后，看她坐在电脑前，不断破解自己的病毒，全力以赴，王静然甚至有点儿遗憾——很久没有遇到这样的对手了。

她大概永远不会知道，自己全力以赴破解的病毒，是我编写的。对于她，我只是一个名不见经传的小警察，这样挺好。甚至到他把脸色苍白的女孩从座位上拉到食堂，为她点了一碗面时，他心中想的不过是——这种感觉不叫心痛，不叫喜欢。

她是我的对手，委屈对手就是委屈自己。就连把掺了毒药的苦丁茶递给她时，王静然依旧很平静，像在做梦一样，按部就班，一切根据自己设定进行。一个总是完美执行计划的程序，用完之后总是要销毁的。

我发过誓，再也不会碰爱情，这种感觉不是爱情——他想。

可是一个人坐在办公室里，他忽然觉得少了什么。

他想起张镜的话：“不要用过去欺骗现在。”

他打开编译程序，重新看刘思思留下的杀毒软件。这个女孩子留下来的代码很有灵气，只有她能将代码写得顺畅得像一首抒情诗。王静然看下去，忽然看到一句话，跟在代码最后。

“王学长，如果我能活着回来，我们可以脱离组织，一起去苏格兰的石楠荒原旅行吗？——思思。”

Heather land 这个单词，并没有拼错。“我们”，“脱离组织”，王静然想，原来她早认出了他。她关注过他，认得他的编码风格，看过他的大学四级试卷，知道他当年总写错那个单词。

对，写错 heather land 单词的人并不是刘思思，而是他。

对于王静然，那是很久远的过往了。他本科时，看过一本叫《呼啸山庄》的小说，特别喜欢苏格兰高原上的石楠花。如果用花比喻女孩子，大概就像刘思思这类，坚强美丽，孤独寂寞，因为生长的地方太高，而鲜有人欣赏。只是这么多年，他记错了石楠花的拼写方式。

当他端着茶杯站在她身后，指挥她写代码时，她不说话。因为她知道他是谁。

当他拉着她的手，为她点一碗面条时，她知道他是谁。

当他把那杯毒茶推过去时，她知道他是谁。

刘思思知道自己是弃子，是承担这次案件罪责的存在，可是无法违抗蓝帽会的意志。

抱着一点儿微小的想法，想争取自己的幸福。她给王静然留了一条信息：

王学长，如果我能活着回来，我们可以脱离组织，一起去苏格兰的石楠荒原旅行吗？

王静然没有看到。他不仅没看到，还推给她一杯有毒的苦丁茶。

王静然躺在椅子上反思，自己之所以爱吃奶糖，还是因为性格太软弱。一边用苦茶惩罚自己，一边从奶糖那里寻找安慰。因此才喝一杯苦丁茶，吃一颗奶糖，喝一杯苦丁茶，吃一颗奶糖。

依照现在的时间，他应该离开了。车就在楼下某个街角等他。上了车，离开这座城市，离开这个国家，他就可以获得自由和新生。可是王静然突然不想要这种“自由”和“新生”。

“她对于我，有喜欢的感觉吗？”他对着空白的天花板思考，“因为喜欢才会留那么一句话吗？”

“一定是喜欢。”

“对，一定是喜欢。”

“如果不是呢？”

“看来只有亲自去问，负荆请罪了。”

他端起桌上泡苦丁茶的纸杯，一口一口将杯中茶水喝完，靠在椅子上闭上眼睛。

纸杯没有清洗，他很清楚，里面有致死剂量的三氧化二砷残留。

大概是茶水有点儿苦，他将掌心的阿尔卑斯奶糖剥开，放进嘴里。

一杯苦丁茶一颗糖。

一杯苦丁茶一颗糖。

“原来我这么爱她。”王静然苦笑起来，“我真是活该。”

※ 十 ※

聊城最近闹了鬼。

有人说火葬场的尸体突然站起来走路了，有人说女鬼打出租车，传到张镜这里时，是火化通知单少了一张。张镜接到火葬场电话时，还有点儿不可置信。对方说丢了一具尸体，一具警察局送来的女性尸体。据说这个女孩子原本好好地在停尸房里躺着，第二天早上忽然就不见了。张镜特地赶过去，调了录像，真的看见了一场“起尸”。

那是半夜三点，停尸床上的女孩忽然坐了起来。

伸了伸懒腰，仿佛刚刚一觉睡醒。她抬起头，正对上摄像头，微微一笑。

透过镜头，张镜看到了刘思思的脸。但是那绝不是刘思思。刘思思没有那么细的腰，刘思思要高一点，并且刘思思身材没有那么好。像谁呢？张镜一瞬间觉得心跳很快，他闭上眼睛等了一分钟，再睁开时已经很正常了。

这是错觉。这个化妆成刘思思的女人，他不认识。

“刘思思”从床上跳下来，绕过一床一床停放的尸体，像月光里的幽灵蝶一般，走出了摄像机的范围。

“刘思思送走之前，是经过尸检的。”郑语修在旁边说，“当时谁负责？”

“好像是专案组里一个女法医。不知道是谁，上头调来的。”张镜想了想，“我没见过人，只看到了尸检报告书。”

他又自我纠正道：“假的尸检报告书。”

有着刘思思脸的女子走出火葬场，正好遇上一辆出租车。她半夜打了个车，下车走了一小段路，进了一处别墅。

别墅在聊城某富人小区，临着江，窗边的花瓶里插着一支高山石楠花。一位女孩靠着床，看着石楠花发呆。她似乎刚从一场大病中缓过来，脸色苍白。床头挂着输液瓶，透明的液体一滴一滴流入手背的血管中。

“你为什么要救我？”她问。

房间内有镜架和脸盆。“刘思思”对着镜子洗掉脸上别人的妆容，声音仿佛风铃一般的好听：“你是组织的一颗按钮，不应该死。”

“王静然呢？”女孩眼里燃起一丝希望。

“忘掉那个渣吧。他活该。”洗掉妆容的女子有一张清丽面容，像是水墨画中走出来一样。她在一张孤零零的高背椅上坐下，拿出一本小说翻起来。椅背上挂着一套白色的法医制服。

那是艾米丽·勃朗特的《呼啸山庄》，正好翻到这么一段话：

——如果你还在这个世界存在着，那么这个世界无论怎么样，对我都是有意义的；但如果你不在了，无论这个世界多美好，他在我眼里也只是一片荒野，而我就像孤魂野鬼……

她想如果可以写墓志铭，真的应该把这句话刻在王静然的墓碑上。

饱含怜悯和悲哀的。

“你叫什么名字？”病床上的女孩问，“我叫刘思思。”

“你可以叫我浅浅。”水墨画一样的女子微微一笑。

第十二章

为你折一朵莲花

※ 一 ※

谢兴怀坐在肯德基里的一个小角落，啃着个鸡腿跟面前的人抱怨：“上上次天气预报说暴雨，结果飘了三天小雨，上次天气预报又说要下暴雨，结果那一个星期都晴空万里，这次天气预报说明天出太阳，你是信，还是不信呢？”

年轻的小警察坐在对面，拿着一杯橙汁：“师兄，你们气象局的人能靠谱点儿吗？明天到底下不下雨？”

谢兴怀把鸡腿“啪”地拍桌上：“专门约我出来就是问这个？下不下雨很重要？”

“重要，”小警察态度坚定，“我要给头儿泡茶。他平时喝铁观音，下雨天喝乌龙茶，现在乌龙茶快喝完了，我在想买不买。”

谢兴怀和对面的小警察当年读同一所高中，他要高一届，因此是师兄。后来谢兴怀去了南方的大学读气象专业，毕业以后分到青岗市气象站，天天蹲在山里测风向，很久以后才知道学弟读了国防，也分配了过来。他心中充满对当年青葱岁月的回忆，然而学弟只关心一件事，明天下不下雨，好决定他要不要出门买茶叶。

如果不是念在高中三年这位学弟帮自己擦了三年黑板的分上，谢兴怀就要袭警了。他摸出手机给气象局的同事打了个电话，然后仰头看了眼天边阴惨惨的云：“说是晴天，但是我觉得要下雨，雨势还挺大。”

小警察若有所思地点了点头。

“那我先回去了，”谢兴怀啃完鸡腿，把手伸进怀里摸了摸，“难得你请我吃饭，就送你——”

小警察一跃而起，断然拒绝：“不不不，师兄你太客气了！”

谢兴怀把东西强塞进他怀里：“哪里哪里，我还有很多，喜欢就多送你一点。”

谢兴怀飘然远去，小警察捧着两个纸手工愣在原地。那是两个纸折的包子，圆滚滚粉嫩嫩的充满了少女心。他举着粉红色的包子出门，正好一声闷雷炸响，瓢泼大雨从天而降，把人淋了个透湿。

倒不是肖桐没事找事，最近青岗市警察局刑侦大队的黄队心情实在太不好了。前段时间隔壁市挖了一座东汉大墓，考古队驻扎半年，据说挖出一堆国宝级文物，要送到首都去。结果文物没送到，半路上失窃了，丢的是一尊东汉年间的玉观音像。

隔壁市丢的东西，本来和黄剑一点关系都没有，谁知这观音像竟在中华民族浩浩五千年历史中占据了重要地位，上面震怒，要求彻查到底。各方警力顺藤摸瓜一路查到了青岗市，线索突然断了。

也就是说，那尊玉观音，现在就在青岗市。

从那天起黄队每天都在办公室看市区地图，铁观音喝了半斤，却连观音像的影子都没找到，只差撸起袖子亲自去雕一个了。

肖桐没带伞，沿着街边小跑了一段，忽然身边停了一辆捷达。捷达车按喇叭，车窗摇下来，李浩探出头：“有空不？”

他本来还有点儿私事，但是雨下得太大，又难得寂寞空虚冷的李法医会主动约人，于是上了车：“有空。”

“太好了，”李浩一脚踩油门，“气象局死人了，我们一起去看看。”

※ 二 ※

黄剑的脸色很难看，把手中的报纸揉成一团，扔进垃圾桶里，气得差点儿骂娘。

他坐镇青岗市八年，素来泰山崩于前而不动声色，这次却有点儿坐不住了。报纸被揉得皱巴巴的，但是斗大的新闻标题还是能勉强辨别：《天价观音像黑市拍卖，警方表示全力追查》。

国宝文物是无价的，安上“天价”两个字，实为不妥——除非它确实被拿到拍卖会上进行了估价。自从得到玉观音像可能藏在青岗市的消息，黄剑就领着整个警察局在市区各个出入口设检查站，摸排走访，别说价值连城的观音像，就是一只苍蝇也飞不出去。

可是就在这滴水不漏的关头，某个地下黑市的拍卖会上，竟然有人将这尊玉观音像拿出来卖了。

这种买卖通过地下网站完成交易，从黄剑手中的信息来看，交货日期定在下个月的三号。

换句话说，三号之前，玉观音像不管藏在青岗市的哪个位置，盗窃团伙必须想办法将它运出去，交到买主手上。

网站的服务器在国外，警方只追查到一个叫“莲华”的卖家ID。ID下还跟着一行网上流行的个性签名，黄剑念了两声：“心向莲花，故为莲华，什么破玩意儿？”

他正对着市区地图琢磨着，一通电话打进来，说气象局那边发生了一起坠楼案件。

“让肖桐去。”黄剑立刻挂了电话。

于是李法医捎上了肖桐，开着捷达车奔赴现场。小捷达在雨幕中穿行，车速很快，街角有人撑着伞在看报纸，被溅了一裤管的水。看报纸的人向车行方向扬了扬下巴，跟旁人说：“听说那个法医有点儿厉害。”

听的人却笑了笑：“真正厉害的，应该是副驾上那位年轻的警察。”

“那这两位跟谢兴怀比呢？”

捷达车彻底消失在雨幕之中，听的人接过报纸扔进旁边垃圾桶，笑道：“谢兴怀啊，他就是个傻子。”

※ 三 ※

气象局在青岗市中心地段，正好赶上城区拆迁改造，旁边是个工地，挖了很深的地基坑。一位年轻的气象局的研究员半夜加班回家，抄近路进了工地，结果摔进了地基坑里。发现的时候上午已经过半了，早已没有了呼吸。

李浩是青岗市警察局唯一一名法医，第一个赶往现场，勘查鉴定良久，从口袋里摸了根烟：“头磕在水泥地上，颅底骨折，意外身亡。”

旁边等着的工地负责人恨不得上去亲自点烟：“李警官说得太对了，什么时候能把人拉走？我们还要开工呢。”

李法医平时油嘴滑舌，业务水平却十分精湛，说是意外，十有八九就是意外。他收拾好东西想要溜号，却被人拦在工地门口。年轻的警察微微皱起眉头："你真的觉得是意外事故，高坠身亡？"

肖桐其实长得不算好看，放在人群里不过匆匆过客，只是他思考的时候，仿佛有一片乌云栖在眉梢，或者一滴墨水落进清潭里，让人不由得多看一眼。

李浩就这么多看了一眼："现场没有第二人的痕迹，跌落方位外力作用不明显，身上也没有可疑指纹，不然你让我怎么写鉴定报告？"

肖桐没说话，递过一只透明密封袋。透明袋里面装着一张纸。纸是从死者大衣口袋里取出来的，湿得不是很厉害，上面隐隐有一道折痕。

"原本死者口袋里还有一样东西，和这张纸放在一起，因此在纸面上留下了痕迹。"肖桐问，"长方形，边缘锐利，男人贴身带着的，你觉得是什么？"

李浩摸了摸自己的口袋："打火机？"

"死者不吸烟。"

谢兴怀预测得很准，大雨连续下了两天。第二天整个警察局都在忙观音像的事情，肖桐独自去了气象局。死者叫张星，是个宅男，没有欠钱没有结仇，感情经历单一，也没有任何财务损失，确实找不到他杀的理由。

可是肖桐总觉得这件事情不对。

警察和杀手一样，最为珍贵的本能是直觉。

他把死者的遗留物品编上序号往纸箱子里放，谢兴怀蹲在旁边折千纸鹤，说："小张这人真的挺好，现在天气监测都靠数据采集了，就他还扛着器材去山里实地观测风向。"

谢兴怀高中时是全校地理学科风云人物，仅靠看一眼天就能断定第二天体育测试取不取消，后来进了气象站，没有别的爱好，就爱折纸。谢师兄表达友情的方式就是将他折的手工送你，当年肖桐宿舍的垃圾桶里装了整整一桶。

"多敬业啊，现在建筑工地夜间标识怎么就这么不明显呢？"他唉声叹气地把折好的千纸鹤塞进小学弟口袋里，"我知道市民对我们搞气象观测的意见很大，但是全国人民对气象观测的意见都很大。现在科技先进了，数据都是气象站自动采集，电脑分析的，干吗不怪电脑来怪我们？"

谢兴怀在地上蹲了半天，终于想起自己还在上班，于是站起来："我走了，桌上有茶叶你自己泡啊。"

外面下着倾盆大雨，肖桐问：“你去哪儿？”

谢兴怀挥了挥手，拿了把伞：“实地勘测。”

肖桐伸手去开死者的电脑，发现不能开机。

※ 四 ※

肖桐那夜没睡好，闭上眼睛就觉得自己躺在深深的坑底，四肢冰凉，雨点从高处打在脸上，噼里啪啦。因此当他早上起来，发现自己那台两千块钱的小笔记本电脑也不能开机时，心情就更不好了。

肖桐抱着笔记本去找技术科的小王，半个小时后路过技术科办公室，听见里面在聊天。

“你知道刑侦科的肖桐吗？就是那个一脸无辜正直得像朵莲花的小肖警官，”王顺天跷着二郎腿敲着一台小破电脑，“竟然也上那些乱七八糟的网站！看，电脑中毒了！”

“什么，他竟然——”

“小肖警官，”肖桐站在王顺天背后，凉凉地问，“你们是在说我吗？我昨天除了单位内网什么都没连接。”

可是肖桐的电脑千真万确中毒了！王顺天把病毒文件调出来，指给他看：“你看啊，这个病毒很奇葩，会在文件中反复复制几段信息，覆盖原有的信息，就是这几段……”

肖桐心跳很快：“你确定？”

“上次你们办公室的迟到记录就是我黑进系统改的，”王顺天说，“我有什么不确定的？”

肖桐冲进办公室时，黄剑在写报告：“敲门。”

“气象局的那件事，要立案。”肖桐吸了一口气，“不是意外事故。”

黄剑诧异地抬头。

肖桐递过一个透明密封袋：“在死者口袋里找到的，应该和某种长方形物体放在一起，因此留下了物体的痕迹。我一直在猜是什么，现在知道了，那是个U盘。有人为了取走那个U盘，将他推下了水泥坑。”

“你怎么知道的？”

肖桐当然没有上过任何危险网站。张星的电脑无法开机，于是他直接卸了那台电脑的硬盘带了回去，外接了自己的笔记本电脑。硬盘里什么都没有，但是第二天他的笔记本电脑中了一个古怪的病毒。

※ 五 ※

肖桐约了谢兴怀，还是在那家肯德基。

肖桐一夜没睡，拉着技术科的小王警官通宵了一晚上，眼底乌青乌青的。王顺天解析了肖桐电脑感染的病毒。那是一个复杂精巧的木马程序，专门针对天气预报系统，按照一定的规律对气象数据进行篡改。

“你跟我说过，现在的天气预报很大程度上是靠程序分析。田野设备自动采集的数据，电脑经过大数据处理，最终生成天气结果，”肖桐把写了数据的纸张递过去，“——如果这样的程序被植入了木马病毒呢？这样会有什么后果？”

谢兴怀接过来，皱着眉头一行一行往下看：“你说的病毒如果按照这种规律更改数据，那么我们的预测系统会将小雨预测成中雨，中雨就会被预测成大雨……”

这个病毒只在特定的系统环境下有效，如果其他系统被感染，会直接导致电脑不能开机。它会调整天气预报系统中的数据，将预测结果导向更极端的方向……天气预报本身就有不确定性，因此人们也不会注意到为什么明明播报的是暴雨，雨势却没有预想中大。错得太离谱了，顶多领导把谢兴怀这种人拉去扣奖金。

谢兴怀咬牙切齿：“难怪我上个月被扣了两百块！”

“那是因为你上班时间折纸玩，”肖桐纠正他，“检讨书都贴在气象局门口的宣传板上了。”

设计一个黑客木马，篡改气象数据并非难事，问题在于，怎样的精神病，才会大费周章地设计一种专门篡改气象数据的木马病毒？

肖桐问：“师兄，你说这会不会与张星的死有关系？”

肖桐说话时叹了一口气，转头看窗外来来往往的人群。他的声音很轻，有那么一瞬间，谢兴怀觉得这位当年的学弟确实长大了。他深切地感受到时光落在他身上的痕迹，把那位天真的少年雕琢得细腻深刻。

谢兴怀皱起眉头：“不如你换一种思考方式。篡改气象数据，能为谁带来什么利益？”

他抖了半天腿，喝了两杯奶茶，突然开口：“我们市周边是不是产一种药用花，满山都在种植，经常有记者来采访的？”

肖桐猛然一惊！

那是一种在全国较为普遍的药用植物，只是因为青岗市几面环山，周边气候温润，成了该植物的主要产区。我们姑且称该种植物为A药材。历年A药材每斤的交易价不过三位数，大旱大涝的年份贵一点。从去年起它开始被列入期货名单，可以通过预先付款到期交货的形式采购，算是青岗市的支柱产业之一。

“你是说……”他犹疑道，“哄炒期货？”

A药材是一种对气候条件十分敏感的植物，旱涝年份必定减产。此时正是药材生长的关键时节，如果此时天气预报反复报道重要产地有气象灾害，那么市场上必定会有一种声音——A药材今年产量不足。

那是市场需求非常旺盛的药材，一旦减产消息确凿，那么期货价值将会以惊人的速度飞涨。若是有人事先已经大量低价买进A药材，此时就一夜暴富——当年江南的粳米、海南的橡胶已有先例。最为麻烦的是，这种通过官方信息做出的推断，几乎很难找到违法的痕迹。

谢兴怀打开手机查询，肖桐问：“涨了多少？”

“数倍，”谢兴怀颤声道，“那些早先买了这种期货的人，现在已经家财万贯了。”

“散布虚假信息，扰乱市场秩序，”肖桐站起来，“这应该往上面通报。”

他走了两步又回来：“那张星炒期货不？”

谢兴怀声音有点缥缈：“炒，我们全办公室都炒。”

肖桐都要出肯德基的门了，忽然往里瞥了一眼，冲回去把蹲在墙角玩手机的谢兴怀拎起来：“师兄，这件事我马上就要上报，你不要跟风乱买！现在就算你拿出全副身家购入期货已经晚了，你省省吧。”

※ 六 ※

这就好比抽丝剥茧，当你找对了那根线头，真相最终会浮出水面。

张星是个普通的研究员，有位谈了三年准备结婚的女朋友，平时除了看看天气炒炒期货，并没有什么别的爱好。有一天他回家，打开信箱，发现里面有一封匿名邮件，上面只有一行字：黄大豆1号。

他一直在炒期货，知道这是期货种类之一，但是没有当回事。第二天早上开盘时，黄大豆1号突然暴涨。

张星隐隐有些后悔。

两天后他回家，又收到了那封邮件，上面写着：棕榈油。

他没敢买多了，试了试手，第二天棕榈油涨了。

所以后来那封邮件说买A药材时，他压上了全部的家当。他深爱自己的女友，想为她办一场风风光光的婚礼，为此愿意赌一把。

但是A药材并没有暴涨，相反跌了。暴跌的时候张星很痛苦，他喝了很多酒，醉醺醺地回家，邮箱里又多了一封邮件。

这次邮件里没有纸条，只有一个长方形的U盘。

U盘里是一个木马文件。

木马文件带着一个使用教程，张星只看了一遍，就知道他需要做什么了。他将木马文件接入内网，感染服务器。从那天开始，气象局的电脑分析系统开始出现微妙的偏差。

从那天开始，张星买的A药材期货，开始暴涨。

"这只是一个猜测。之前我一直在想装在张星大衣口袋里，在纸张上留下痕迹的东西是什么，后来我知道了，那是一只U盘。他随身带的，装着病毒源文件的重要U盘。"肖桐对黄剑说。

局里开了一个小型会议，专门分析讨论这个案子。肖桐查了张星小区信报箱附近的监控，确实看见他打开报箱，取出过邮件。邮件是通过特殊方式投递的，无法追踪到投递人，同时原件已经被死者销毁，一切只能通过张星的期货账户买卖情况进行推断。世上从来没有免费的午餐，利益既然可以凭空给出，自然也能凭空收回。

因此在那个深夜，张星失足掉进了建筑基地的深坑。推他的人，收回了那个U盘，以及U盘所带来的期货市场上的天价利益。

一切尘埃落定。

"张星死于封口，虽然那个路段的监控坏了，我们很难找证据，"黄剑拿着一份文件在办公室转了三圈，皱着眉头喝了一口苦茶，"但是期货市场的波动，我们可以通过政策进行挽回。"

他拍了拍年轻下属的肩膀："不错。"

"是我气象局的师兄先想到的，"肖桐笑了，"他叫谢兴怀。"

※七※

青岗市又接到红色暴雨预警。

案件算是结了，肖桐在办公室里写卷宗，头儿推门而入："走！"

"观音像找到了？"

“转移群众！”黄剑拍他肩膀，“你没看天气预报？”

木马病毒被清除之后，气象局的预测系统准多了。青岗区三面环山，一有暴雨预警就容易引发泥石流，因此要事先几方协调疏散群众。警车不够用，肖桐直接开了李浩的小捷达去。小捷达在山路上转来转去，肖桐转头对谢兴怀说：“谢谢师兄。”

谢兴怀又折了个包子，塞进他口袋里：“有什么好谢的，来，送给你。”

手机响了，肖桐接起来。李浩一个人在办公室，寂寞空虚冷，问：“你在干吗？”

“暴雨警报，在山里疏散群众，”肖桐说，“怎么了？”

“我在办公室查资料，发现一件有意思的事，”李浩的声音很低，“听着，现在我跟你说的事情很关键，玉观音的案子可能有进展了。你想，如果天气预报错误，除了影响期货市场以外，还会影响什么？”

“如果将普通降水误报成暴雨的话，会触发泥石流警报，我们要疏散——”肖桐突然不说话了，真相就在眼前，他却一直错过。泥石流预警一旦发出，政府就要疏散危险地段的村落。如果一片地区的居民被疏散，那么事实上，那里就是一座空村。

被篡改的气象数据触发了数次暴雨警报，每次暴雨预警期间，山里会暂时性地出现一座又一座的空村。

“我查了最近一个月泥石流的出警记录，把疏散群众的村子在地图上连起来，发现这些空村形成一条通道，起点是我们市，终点是大山深处。如果要把玉观音偷偷运出去，这是不是一条绝佳的通道？”

张星和期货只是一个幌子！这个病毒真正的目的，是为玉观音雕像提供一条无人把守，绝对安全的路！这条通道并不是一次性呈现的，而是分时间，分批次一段一段出现。如果运输过程中气象误差被发现，那么张星和他的期货计划就是一个完美的替死鬼，甚至没有人察觉到这和观音像有一丝一毫的关联。

张星是个错误的路标，目的是将他们引入歧途。

“最绝妙的是，这条路由我们亲手为他们准备好，冒着大雨，任劳任怨，”李浩说，“离玉观音像的交货时间只有三天了，你现在疏散的地区，应该是通道的最后一段。现在观音像就在山里，你在哪里？”

“我在翠鸟村，跟谢兴怀在一起。刚刚已经送走了村民，师兄说有东西忘在村里了，我们正开车往回走，”肖桐握紧手机，单手打方向盘，“怎么了？”

手机那头一阵沉默，然后李浩开口，声音很干涩：“你知道谁划定的疏散片区吗？是气象局的人，文件记录上写的是，谢兴怀。”

肖桐忽然浑身冰冷。

因为是山区，大风御雨，警车开得很慢，突然一把枪抵在肖桐腰上。谢兴怀伸手接过手机，声音依旧随意轻浮："李警官，我很喜欢我这位学弟，我想你们关系也很好。要是你想让他活着，就装作什么都不知道。"

捷达沿着弯弯曲曲的山路，一路前行。

※八※

肖桐不知道时间过了多久，只觉得天幕沉沉，压在车顶上，压得自己喘不过气来。

肖桐问："师兄，张星是你杀的？"

"我们一个单位，一间办公室，我又熟知他的加班时间表，你说呢？"谢兴怀将手枪子弹上膛，说话云淡风轻，"前面那个路口左转。"

捷达行驶在空无一车的山路上，像只银灰色的幽灵。

"师兄，以前我们都在学生会，我给你打下手。你的地理很厉害，还获过什么奖。当时期末考试，有个低年级的富二代，家里挺有钱，其他几科都可以就是地理不好。他请你吃饭，想要你给他传考试答案，你答应了。"肖桐试了好几次，艰难地开口，"你记得吗？"

谢兴怀抵赖："完全不记得了。"

"你吃了他的饭，还给我带了只鸡腿回来。结果考试成绩出来了，那人地理没及格。人家找你麻烦，你拍着胸脯指天发誓，是啊我是把答案传给你了，可是我没说答案是对的啊。这次考试我发挥失常，要不然我们再吃一次饭重新考一次？"肖桐叹了一口气，"所以，我一直以为师兄只是看着不靠谱，人品其实很正直的。"

谢兴怀笑了："那你看人十分不准。"

他抬起手，拿枪在肖桐额头上点了点："但是我看人一向是很准的，比方说你，就是天真幼稚，天资聪颖。"

他抬头看了一眼天色："我们时间不够了，得赶快。"

话声还没落，一声闷雷，大雨倾盆而下。

捷达车在雨中穿行，最终停在一处山崖边，那里有个人迹罕至的小屋，上了把大铁锁。谢兴怀就这么下了车，打开了锁，大大咧咧地从里面提了个箱子出来。他把箱子装在捷达的后备厢上，重新看了看地图："开到山顶上去。"

肖桐知道箱子里是什么。这只箱子在第一次疏散群众时，被人秘密转移到了通道的某一处，第二次疏散群众时，又顺着这条线路再往前走了一段，现在是最后一段路。李浩在电话里说过，出了这座村庄，之后就是茫茫大山，再无村落。

他刚要发动车辆，手机响了。肖桐瞟了一眼来电显示，是李浩。谢兴怀接了起来："你问我肖桐怎么样？我学弟现在挺好，就是雨大，他可能有点儿冷。"

他接电话的瞬间，肖桐推开驾驶室车门，侧身翻滚向车外的泥水里！

谢兴怀眼神一瞟，立刻扔了手机翻身追出！

手机掉在地上，开了外放，大雨里李浩的声音清晰地传出来："刚才我问你我同事在哪里，怎么样，我还没说我在哪里。"

险崖峭壁，一面就是深谷大河，捷达停在山路稍微宽敞的一段拐弯处。肖桐一滚下车，立刻有一双手搭在他肩膀上。李浩的声音在身后响起，特别情真意切："我已经到了。"

转过一个弯道，前方设了路障，路已封死。

想要调头，身后不知什么时候，悄然跟上一行警车，后路已断。

所以谢兴怀一下车，脑门上就顶了一把枪。黄剑带队，刑侦科的老张押人，李浩打着一把黑色雨伞站在身后，一把把肖桐从满地泥水里拉起来："整天师兄师兄的，现在你怎么不跟你师兄走？"

肖桐有很多话想问，一时来不及。大雨打在人身上喘不过气来，全身都痛，他艰难地站起来，觉得有些不对劲。

大雨之中有一种微妙的震动，带着一定韵律，让人一时分不清楚是自己劫后余生的颤抖，还是大地在震颤。肖桐问："这次的暴雨泥石流预警，是谁发的？"

"谢兴怀，"李浩说，"怎么了？"

"我师兄说有暴雨泥石流，就一定会暴雨泥石流！"肖桐一把抓住李浩，往山势平缓的方向跑，"撤！"

那一声撤的同时，一块山石从顶上滚下来，砸在路面上，又滚入暴雨中的江面！然后有更多的石头顺着雨水从高处滚落下来，一瞬众人明白了怎么回事。人命大于天，不管刚才在做什么，处于什么立场，所有人都立刻转身向肖桐的方向跑去！掉落的山石越来越密集，暴雨夹着泥水从高处汇流而下，水流以肉眼可见的速度变得宽急厚重。

肖桐跑了两步，突然转身，一头往回扎："玉观音像！"

装玉观音像的箱子就在捷达车的后备厢里，车停在最危险的路段，来不及发动调头。

黄剑转身看着冲进危险路段的下属，大声喊："观音像重要还是人命重要？回来！滚回来！”

但是雨势太大，肖桐听不清楚头儿在说什么，就又喊了一声：“观音像！”

大风中只送来李浩咬牙切齿的怒吼：“滚回来！”

距离捷达还有二十米时，肖桐看到了人。还有人没有跑，就坐在车边，背靠着车，整个人藏在捷达车的三角形阴影里。

那是谢兴怀。

他没走，而是选择一个人留下来，迎接或早或晚到来的死亡。

“师兄！谁不犯错！”肖桐觉得自己嗓子都喊哑了，指着身后，因为雨实在太大了，不确定谢兴怀是不是真的听得到，“活下去，才有希望！走！走！”

“你还没结婚，还有父母，你还有人生！”形势太危险，肖桐每一步都很谨慎，越靠近捷达车越寸步难行，“二十年，三十年，没有弥补不完的过错！师兄！”

泥水混杂临时形成的山溪横在捷达车和两人之间，肖桐过不去。

谢兴怀站了起来。雨水顺着他修长的身体往下淌，每一根头发都紧贴在脸上，雨中看不清表情。他做了一个停止的手势，示意肖桐不要再过来，然后绕到捷达车后，打开后备厢，拿出了装观音像的箱子。

谢兴怀很高，抱起一只箱子并没有费太大力气。

“接好。”他说。

无价的国宝在雨幕中划出一道弧线，越过那条泥水鸿沟，肖桐往前一扑，稳稳地接住了。

他隔着雨幕喊：“师兄！”

谢兴怀站在雨里，看着他，一动不动，对四周轰然作响的急流飞石毫无反应，仿佛置身于安静佛堂，熏香缭绕。他开口，说了几句话，但是肖桐听得不是很真切。

谢兴怀说完挥了挥手，重新坐了下去：“拿好滚。”

山间的泥水骤然增大！小半座山几乎坍塌下来，顺着水流滚滚而下！电光火石之间，肖桐感到有人在身后拉了自己一把，顺着泥水路滚了几米远。拉住他的人没说话，带着他在坠石与大雨之间飞速穿行。等肖桐再回头时，捷达车已经被埋葬在了泥石流中。

※ 九 ※

肖桐站在博物馆门前排队，拿着一张凭身份证换的公众免费门票。宣传资料上写着，博物馆将会展出一件稀世珍宝，玉观音像。据说那座观音像雕工精巧，年代久远，原本是应该立刻放到首都收藏的国宝级文物，因为在青岗市顺利收回，所以对公众开放展览三天。

前来瞻仰文物的有学生，有教师，有画家，有工人……有人带着画板，有人带着恋人，队伍几乎要绕着博物馆排一整圈。每个人都喜气洋洋，谈论着艺术，谈论着历史，谈论着周末的安排。

“没有人知道为了取回它，有些人付出了怎样的努力。”李浩拍了拍他的肩膀，“如果那天不是我拉你出来，就算你真的被乱石砸死，大部分人也是不知道的。”

“嗯。”肖桐说。

他觉得这样不错，毕竟自己活着回来了，而有人注定永远回不来。后来清理现场，没找到谢兴怀。很多在泥石流中遇害的村民大多被成吨的泥浆冲走，大雨过后不知所踪，谢兴怀不是特例。不过捷达车竟然奇迹般地被挖出来了。据说它被冲到了泥石流带的最边缘，埋得不深，修修还能用。修理厂的人建议李浩，就这么辆破车，都掉漆生锈了，花在修车上的钱都能买辆新车了，报废算了？

李浩没说话，拿出张银行卡，预刷了笔不知道多少的修车费用，老板就闭嘴修车去了。

想到这里，肖桐问：“我一直奇怪，局里是怎么这么快定位到我和谢兴怀的位置的？虽然他用我的手机接了电话，但是深山老林手机信号不好，地形又复杂，干扰严重……难道你对自己的车装了追踪定位器？”

李浩远眺路边摊上穿短裙吃冰激凌的小妹妹，没说话。过了半天他耸耸肩：“我的车，我爱装什么装什么，改天我还打算再装个车载冰箱。”

谢兴怀在气象局的位置很快就被新人顶替了。木马病毒事件之后，气象局内部进行了改革，说不能只注重科技，应该扎根传统，将人工观测作为辅助手段，重新重视起来。小新人三天两头往山里跑，测风向测气温，回来还要清理谢兴怀留下的一堆折纸，完全无力关心自己前任到底是为什么不在了。该知道的人知道，不该知道的人很忙，一切风平浪静。

只是肖桐偶尔会想起那天大雨之中谢兴怀的话。

他听得不是很清楚，有时候甚至怀疑自己听错了。

“我其实并不是特别想要这尊观音像，只是觉得现在的气象界太过于迷信科技。这次但凡有人能通过人工观测提出质疑，我的木马病毒都不至于猖獗至此。只靠电脑演算得出的天气结论并不准确，人工地面观测必不可少。以前这样的报告提了无数次，大概只有这次你们提交的报告，才会引起上面的真正注意吧。”谢兴怀站在暴雨之中，声音透过大雨有种不真实感，“之前你问我是怎样的人，谢兴怀啊，他就是个傻子。”

然后他挥了挥手，坐回捷达的阴影里："拿好滚。"

谢兴怀啊，他就是个傻子。

肖桐将手放进长裤口袋，里面还有一只谢师兄折过的、白色的、压扁了的包子。他取出来，李浩顺手接过去，试着复原。李浩常年拿解剖刀，手指关节分明，纤细灵巧，他折了片刻，忽然挑起眉毛："竟然是朵莲花。"

"不是包子吗？"肖桐问。

"莲花，你师兄一直在送你折好的纸莲花。但凡他技术再好一点，靠着这样的毅力与脸皮，也能成为折纸界的大师了，"李浩把折纸揉成一团，隔空扔进垃圾桶里，"走吧，去看看你抢救出来的观音像。"

莲花根在黑暗，心向光明，肖桐仰起头看天，天空蔚蓝如洗。

大约是个晴天。

※十※

谢兴怀在一家小旅馆看电视。旅馆特别小，电视是九十年代的老款，开机时还要闪几秒钟的雪花片。片刻手机响了，没有显示来电人名称，他接起来抗议道："我在看《还珠格格》。"

"你是在看青岗市博物馆展出观音像的新闻吧？"电话那头的人笑道。他的声音很薄凉，轻轻的，像一根细线，有种锋利的意味。

谢兴怀摸了摸鼻子没说话。

"你没有带回玉观音像，我们要向卖家赔一大笔违约金。任务失败，本来你已经没有机会了，不过组织很好奇你是怎么活着回来的。"

谢兴怀叹了口气："当时所有人都向着山势平缓的那一端跑，但是那片地势是向平缓那一端倾斜的，所以泥浆自然也向那一侧滑落。我看了看头顶上的山体，相对比两边坚固。那边有警察有泥浆，比这边更危险，所以我选择了留下。有辆捷达车正好处于中间微妙的平衡位置，我用车体挡了挡滚石，然后向着相反方向跑了。后来据说那辆捷达车被挖出来了，说明埋得比较浅，泥石流的扇形果然更偏向我学弟的那一侧。"

"你完全可以选一个晴天，伪造一份暴雨预警。"

"警察局技术科有个叫王顺天的，来我们这里给服务器安了杀毒软件，我没办法再对系统的数据动手脚，只能铤而走险。"他顿了顿，对电话里的人说，"山寺，谢谢你来接我。"

离滑坡路段不远，是谢兴怀预定的通道终点。那是一座山的山顶，有一小片平地，可以停降直升机。虽然狂风暴雨，但是如果飞行员技术够好，飞一段小短途也并非天方夜谭。

原本他是应该抱着观音像上飞机的，最后只身前往，山寺竟然没有把他踹下来，这点让谢兴怀心怀感激。

“哦，小意思，”电话那头的男人笑了，“你是搞气象的，你说没有低空风切变，可以起飞，就可以起飞。”

电话那头似乎开的外放，叫山寺的男人暂停了通话向旁边的谁解释了一会儿，然后又回来，按下接通键：“Boss说可以。莲华，恭喜加入蓝帽会。”

那是一个向来低调神秘的地下组织，有着极其严格的准入条件，谢兴怀很高兴自己凭借玉观音像通过了考核。他伸手剥了一颗糖，把糖扔掉，用蓝色的玻璃糖纸折了一顶蓝帽子。谢兴怀折纸的时候，是思维最清晰的时候，因此他特别喜欢折纸。

多年不见，自己的小学弟变聪明了，他想，但是真正让人头痛的是他身边那个叫李浩的法医。

谢兴怀查过这个人的底，清清白白，并没有太多痕迹，然而他觉得不对劲。谢兴怀有个用别人身份证开的秘密期货账户，在张星的事件时大量买进了A药材，然后在肖桐回局里报告之前，蹲在肯德基里把账户清仓卖掉了，因此他不缺钱。可是机缘巧合，他得知李浩也买了A药材的期货。

李法医清仓的时间比他还晚，踩在最后的钢丝线上。

这当然有可能是这个叫李浩的人人品好，谢兴怀想，但是账户上有那么多钱的李法医，竟然甘于开个小破捷达蹲在三线城市的警察局里，就有点说不通了。

不过世上说不通的事情那么多，每一样都劳心费神，他就要累死了。他将折好的玻璃糖纸蓝帽子放在自己头上，然后伸手拿起遥控板，调到《还珠格格》，津津有味地看了起来。

第十三章

买一轮旧时月

※ 一 ※

青年推着轮椅在公园里散步。

轮椅上坐着一位年轻的女孩。与其说是女孩，不如说是一束干枯已久的花。女孩穿着鹅黄色连衣裙，脸形很美，是杂志上流行的瓜子脸，尖下巴，只是因为常年不见阳光，显得苍白脆弱。她的眼睛原本笑开怀时，会弯成一弯月牙，不过上次那么笑，已经是很多年以前的事情了。春阳温凉，青年将轮椅停在女贞树下，拿出一份当天的晨报放在女孩膝头，开始耐心地讲解最近发生了什么。

女孩望着天空，明显没有听，但是他一篇一篇讲得巨细无遗。

“大小姐，市里最近发生了凶杀案，警察花了半个月都还没破案，我们不能经常出门散步了。报纸上说，死者脸上被人用马克笔写了几个数字，是不是挺奇怪的？”

“负责这个案子的警察叫张镜。大小姐你知道张警官的故事吗？他曾经喜欢过一位姑娘，真真正正的喜欢。你大概不知道真真正正喜欢是什么意思。他以前算是警界精英，出身各方面也不错，上面放他去地方上打磨打磨，原本是一步欲扬先抑的棋，结果他愣是看上了一位姑娘。那是一起国宝失窃案，他看上的人其实是业界高手，所以案子最后姑娘没了，前程也没了，张警官人财两空。听说他随身带了一副手铐，平日常常用砂纸打磨，内径磨得很光滑，就是专门为那位小姐准备的。”青年把报纸又翻了一页，“既要捉拿归案，又怕戴手铐太痛，我原本不信情深如此，现在也算开眼界了。”

阳光落在女孩头发上，终于带了点儿暖意，青年心情很好，讲了很久，一直讲到报纸夹缝中的小广告：“新桐街上新开了一家甜品店，大小姐，你有空想去尝一尝吗？”

女孩一直在看天上的流云，忽然满脸泪水，慌乱起来：“天上为什么没有月亮？”

现在是白天，自然没有月亮，路过的人都向这边投来怪异的眼光。青年对视线视若无睹，站起来，单手环住她单薄的肩膀，轻柔地拍着后背：“一会儿就去给你买一个，别哭。”

青年轻轻地叹了一口气：“大小姐，对于你来说，什么是钱买不到的呢？”

他半跪在女孩面前，伸手从她肤质细腻的脖子上解下一条链子。链子上穿着一只素面对戒。他将戒指放入女孩手中：“看，这是你的订婚戒指。明天一定是花好月圆的好日子，大小姐，祝你新婚幸福，白头偕老。”

女孩攥着戒指，渐渐安静了下来。

青年站起来，向旁边围拢的人群解释：“我家大小姐身体不舒服，已经没事了。”

他推着轮椅正要离开，突然一位年轻的警察从人群中挤了出来：“等一下这位同志，查一下证件。怎么轮椅上的美女在哭呢？美女你好我叫郑语修，是警察，你有事单独跟我说。什么？你想买东西——买月亮？”

※ 二 ※

警车冲向现场时，郑语修是第一个跳下去的。

发现尸体的地方是聊城大堤上，现场已经用黄色警戒线围起来了。他大步走过去，不小心撞上一棵树，树叶哗啦啦一阵乱响，有人在背后说：“小心点。”

郑语修捂着脑袋骂道：“哪个没素质的，把易拉罐扔树上！砸下来痛死老子了！”

“小心点，”身后的人说，“树撞断了局里要赔钱的。”

那人弯下腰，戴白手套的手轻轻捡起郑语修不小心踩了一脚的雪碧易拉罐，“案发现场遗留物，踩一次扣两百块钱。”

张镜把易拉罐装进密封袋里，两人擦肩而过。向来有警界鹰犬与聊城警察局高岭之花之名的张镜张警官，窄腰长腿，同样一身警服穿在他身上，平心而论，就是比穿在旁边郑语修身上贵了不止一个档次。怎么说呢，衬得人身材挺拔，如苍峰泼墨。

郑语修没法再想衣服的问题，因为他看到了一样东西。张镜明显也看到了，只是视若无睹。自从当年失恋以后，他的脸色就算三伏天也像一江冬水，看不出波澜。

这个案子很奇怪。如果要给聊城刑侦科近年来的奇门怪案排个序，它可以排进前十。死者是两个混混，都是二十岁上下的年纪，染着一头黄毛。一个被人一刀捅穿心脏，当场死亡，一个人逃了几步，让人追上，从背后刺了一刀。这两刀干净利落，凶手应当不是新手，然而最让人奇怪的是——死去的混混脸上被人用马克笔画了些东西。

一个人脸上画着一轮弯月，一个人脸上写着“东 12”。

黑色的笔迹特别显眼，占了尸体整张脸，让这三个稀松平常的字与符号，显得分外诡异。

“除去字不论，还有一点特别奇怪，”张镜问郑语修，“看出来了吗？”

“没有指纹，几乎没有打斗的痕迹，现场处理得特别干净，”郑语修道，“两位死者都是一刀致命，伤口致命却不大，说明凶手是个老手，至少对人体构造很熟悉。这两人身上钱包都在，一人手表落在原地，表盘被踩碎……说明凶手不图钱，可能是仇杀。”

张镜没有说话。痕迹科的人忙前忙后测量编号，他就那么静静地站着，打量地上的尸体，然后转头看自己的同事，就像审视多年未曾训练的警犬。

“对，凶手是个老手，”过了很久他终于开口，点醒警犬，“你也看到了伤口的大小，既然是经验丰富的老手作案，怎么会用这么小一把刀？”

凶器类别还没有判断出来，但是能看出刀口特别小。既然排除劫财杀人，剩下的就是有预谋的仇杀。凶器杀伤力与刀刃大小长短有关，经验丰富的杀手通常不会选用过于短小的刀刃，这又与现场凶手是熟手的推论相违背。

扑朔迷离之处不仅于此。白水江穿城而过，聊城人民特别喜欢去大堤上散步。这次案发地点虽然是大堤，但是时间太早，晨练的人都还没出门，直到旭日东升，一位打太极拳的老人戴上老花镜，才发现地上躺着两具尸体。这就意味着——

“案发时间太早，连个人证都找不到，”郑语修跑了三天外勤，回来找局长哭诉，“而且你知道吗？李顺丰去查了监控，大堤那块的监控是坏的！没装好，还在调试！”

内部讨论会中，他一巴掌拍桌面上：“事已如此，我们只能看看死者的人际关系网了！”

“没有用，”靠窗有人轻声开口，“我查了，两位死者虽然是混混，得罪的人多，但都不至死。同时，这两个人的生活圈中，也找不到什么跟弯月或者数字有关的线索。”

他说话时，整个会议室包括上级，都安静了一刻钟。有些人知道，张镜是一张未打出就被保留的牌，是上面借过来的一条猎犬。埋得再深的血迹他都能嗅出来，如果他说案子难办，那送到中央，可能都是悬案。善于清理现场痕迹的老手，没有监控与目击证人，找不到作案动机，到这里，案件悬了起来。然而可怕的是，不到一周，聊城又陆续出现两位死者。死去的人脸上都被人用马克笔写了数字，一位是 79，一位是 0。

※三※

五年前，纵观整个聊城的大妈，没有不知道程曦程大小姐的。改革开放以后，聊城虽然屈居三线，但历史根源还在，宗族世家的影子并未褪去。程家这么一个世家大族，三代单传后就剩程曦一根独苗，于是这位带着庞大家产的大小姐最终嫁给谁，牵动着茶余饭后每一位大妈的心。

程曦十九岁那年，终于订了婚。婚嫁讲究门当户对，论相貌程小姐美丽出挑，她要嫁的先生姓邵，自然也是万里挑一的富家公子。世家之间，特别讲究嫁妆和彩礼。程家的陪嫁不是俗物，是一幅祖传字帖。那幅字帖传出来时，世人方才震惊，原来书圣王羲之竟然有一卷作品，逃脱了历史滚滚洪流，传世至今。虽然不是《兰亭集序》，那也是惊世之作。

“学界历来都说，世上所有王羲之的书法都为后世仿写，真迹早已不存，”青年伸出两根手指，问郑语修，“如果突然有一天，某个家族拿出一卷书圣当年亲笔之作，知道值多少钱吗？”

郑语修字写得跟狗刨一样，对书法不甚了解：“两千万？这么贵？”

青年沉痛地看着他：“至少两亿。”

两亿的前提是，书法作品要为真迹。毕竟东晋至今一千六百年，是不是真迹，还得专家鉴定。于是婚礼的头一天，程小姐与邵公子去了趟银行，从保险柜里取了字帖。

两辆保镖车一前一后护航，新人取完东西以后并没有直接回家，而是绕路去了山上。聊城临江，要见高山，得往西开几十公里。据前面开路的司机说，正是中秋节前一天晚上，那对新人想去山顶上看月亮。车队沿着山道一路开过去，山间夜色格外深沉，如同泼墨一样。山路照明非常糟糕，程小姐和邵先生开的那辆保时捷在过弯道时驾驶不慎，翻下了山崖，顿时烈火熊熊。

“山太高了，又是断崖，等救援的人吊绳索下去时天都快亮了。保时捷烧得只剩骨架，邵先生和贵重字帖都葬身火海，只有程大小姐在车外，一身脏兮兮的，躺在一块岩石旁，谁叫都不答应。”

没人知道她是怎么活下来的，也许是邵家公子临死前推了她一把，也许是她凭借最后一丝求生之力爬到车外，这些只有程小姐本人知道。总之程曦被发现时，全身多处骨折，好不容易救回来，人却疯了。

“那也难怪，本来是第二天要当新娘的人。”郑语修摇头。

“婚礼原本定在中秋，邵先生原本打算在良辰美景，花好月圆之夜，迎娶心爱的女子，没想到发生了那样的事情，”青年轻轻叹气，“大小姐一直、一直在等，她担心天上没月亮，邵公子不来接她。”

“我做了她四年的私人陪护，所有人都忘了那件事情，只有大小姐，还在每天等月圆，”青年把证件递过去，“郑警官，如果你能记得这个故事的话，大小姐会很高兴的。”

※四※

郑语修从公园回来，正看见李顺丰以一己之力，在楼下拦记者。聊城并不大，一座不算太大的城，半个月之内死了四个人，死法又如此怪异，记者自然蜂拥而至。案发半月，破案毫无进展，舆论焦躁不安。

小李警官已然被淹没在闪光灯中，跳起来向郑语修做口型：“救命！”

立刻有记者拿话筒对准郑语修：“请问你是这里的工作人员吗？历时半月，警方对这起连环杀人案竟然毫无头绪，请问你有什么评价？”

“应该扣负责人工资，这个案子是一位姓张的警官负责的，”郑语修穿着便装，提着两盒鱼香肉丝盖饭，面不改色，“我是隔壁送外卖的。”

他从长裤口袋里摸出一张名片递过去，“百姓家常菜，提前预约打八折。”

郑语修提着盒饭挤过人群，飞奔上楼，冲进办公室。张镜正在掉了漆的绿皮办公桌前练字。张镜的字很好看，蓝黑色墨水，素面白纸，写起来力透纸背。连环杀人案以后，聊城刑侦科立马成立了专案组，所有人忙得前脚不沾后地时，组长竟然在练字。

他反复在纸上写一串数字：东12791。弯月、东17、9、1。

“老大，楼下要被记者淹了，您不能再练字了！”郑语修把饭“哐”的一声拍桌上，双手递上筷子，哭道，“我们怎么办！”

张镜站起来：“吃饭。”

郑语修屁颠屁颠跟在后面：“去哪儿吃？”

“停尸房。”

停尸房在地下一层，要穿过一整条走廊，顺着老旧的楼梯往下七拐八拐才能到。为了躲记者，张镜穿了便衣，春天的阳光落在深色风衣单薄的布料上，有种安稳的味道。郑语修跟在后面，觉得自己仿若身在迷宫，张镜一路往前，披荆斩棘。

尸体摆在停尸间，四张台子都盖了白布。张镜把布掀开，杵近了看，脸几乎要贴着冰冷苍白的皮肤了，才直起腰：“还是觉得奇怪。”

头两位死者是混混，尸体在河边被发现，正好赶上人们早上晨练的时间。

第三位死者是个乞丐，尸体在街口上，大清早来来往往上班的人很多，因为围观还造成了交通堵塞。第四位死者是位老人，风烛残年，尸体虽然在小巷子里，可是血迹一路拖到了巷外，触目惊心。每位死者的脸上都写了字，鉴定以后发现是来自同一支马克笔。死者都是一刀毙命。现场虽然凌乱，却找不到遗留的指纹和打斗痕迹。

应该是被非常专业并且仔细地清理过了。

郑语修垂头丧气："法医科的死胖子连指甲缝都查了，什么都没有。"

"我不是说这个。"张镜摇头，"我是说，这三起案件中有两个，是不是都太好杀了？"

除去第一起案件中的两位青年，第三位死者是个孤独无依的乞丐，第四位是老者。都是很好诱骗、行动迟缓、不善反抗的对象。

"一个用刀的高手，挑的却是老弱病残，说明了什么？"张镜将白布重新盖上，"小李那边拦住的记者多吗？"

两人去了一楼大厅，站在内侧阴影里围观在人群之中苦苦挣扎的李顺丰。张镜偏过头来问郑语修："数数门口记者有多少个。"

"七十八，为什么要我数？"

"上次'恭喜发财'病毒的案子，记者来了多少？"

"零零散散三十多人吧，怎么啦？"

"上次是全国性案件，是上面派来的专案组，影响也不小了，记者来了三十多位。不觉得这次记者来得太多了吗？"张镜轻声说，"简直就像收到了邀请函。"

他说到"邀请函"时，突然愣了一下。灵感总是不期而遇，这个推理在最开始只是雏形，并且显得天方夜谭。张镜回到尸体解剖台上，端着一盒鱼香肉丝盖饭，一点一点将它完善。

"我之前一直在想死者脸上的数字有什么意义，东 17 代表什么，月亮代表什么，1 又代表什么。这些数字，以及死者相互之间有什么关系。然而死者之间并没有关系。他们互相不认识，甚至生日幸运数都跟这堆数据搭不上边。我花了很多时间猜想数字的意义，却突然意识到，或许最重要的并非意义，而是它本身。"

张镜突然俯身，郑语修吓得差点丢了盒饭。只听见张镜说："你说，这个人为什么会把数字用马克笔写在死者脸上，而不是背上，胸前，手臂上呢？"

郑语修愣了愣。

"因为脸最引人注目啊，"张镜感叹道，"普通人看人先看脸，看尸体，也先看脸。"

试想如果你有一个必须传递出去的消息，然而并不知道接收方是谁，有什么办法？传递消息的人我们姑且称作嫌疑人 A，接收消息的那个人称作嫌疑人 B，A 想向 B 传递一则重要消息，然而他不知道 B 是谁，同时也不想向 B 暴露自己的任何信息。当他迫切地想把消息传递出去时，他会做什么？这个丧心病狂的 A，杀了四个人。

他将要传递的信息，分别写在四个人的脸上，刻意让尸体出现在人流量密集的地区。这样很快，全国媒体就会同时报道一起连环凶杀案，以及死者脸上一目了然的信息。不管 B 在哪里，只要他打开电脑，买一份报纸，或者听一听收音机，一定会看到类似的报道，比如“聊城连环杀人案，死者脸上神秘数字”。

A 制造了一起轰轰烈烈的杀人案，是为了传递一串数字。

“难怪三起案件中有两起都是弱者，并且凶手没有拿财物，”郑语修醍醐灌顶，“那个变态并不图钱，销赃反而会暴露自己。现在的问题在于，如果这个推论成立，他传递的月亮和东 12791 到底是个什么玩意儿？”

这就是为什么张镜把这串数字反复写了无数遍。

※ 五 ※

最开始张镜猜测这串数字是一个密码，然而很少有银行保险箱是图像加汉字加数字的设置格式。于是张镜又考虑，它或许是一个代号。要让对方从千千万万的信息当中认出自己的信息，凶手需要一个暗号。弯月就是那个暗号。“东”是一个代表方位的词，这个代号应该具体指代某个地理坐标。至于究竟是什么坐标，人们通过网络查找过，媒体也从很多角度推论过，最终也许只有那位凶手和信息接收者自己才知道。

张镜把自己泡在档案室里。既然对方是熟手，那么极有可能留有案底，茫茫数字当中，或许能够不期而遇。郑语修提着开水壶进来，看见靠窗坐着个脸色苍白的人，手边档案袋堆得摇摇欲坠，脊梁骨依旧挺直。他把西湖龙井和开水壶“噔”地放桌上：“老大请喝茶！”

张镜站起来倒茶，坐久了，有点儿晃。郑语修伸手拉他，一拉没拉到，半人高的资料翻落下来，落得整个办公室都是。郑语修骂了一声，只好蹲下来整理。

他整理了整整一下午，从旧纸堆里抬起头：“卧槽。”

“我觉得那串数字，东 12791，有点儿眼熟？”他摸索了一阵，拿出一张统计表，举到张镜面前，“如果不看一个东字，和第一位数，有点像四年前，聊城的死亡总人口。”

张镜心跳都慢了一拍：“多少？”

“2790。”

张镜接过那张表。那是聊城新增人口与死亡人口的历年统计表，实话说两个数据相去甚远，但是张镜就觉得哪里不对。究竟是哪里不对呢?

他骤然起身!

警车行驶好长一段了，郑语修才在后座问：“我们去哪里?”

“我们市从很久以前就实施火葬了，因此死亡人数应当基本等于火葬人数。有一个地方，会对死亡人数进行编号——火葬场。如果向那个方向思考，确实有地方与数据前面的东字挂钩。”张镜车开得快，却平稳，“我们之前断句一直断错了，这组数据并不是东12791，而是东一，2791。殡仪馆骨灰堂东一室，第2791号死者的骨灰盒。那年年底最后一名离世的死者编号是2790，在他之后的数据都归入了下一年，2791意味着有人多放了一个空盒子。”

郑语修慢慢醒悟过来：“我们市有且仅有一个殡仪馆。”

张镜等红灯，一个急刹车：“骨灰堂的制度是，一旦你签了协议，政府会按照协议时长帮你保管亲人骨灰，祭拜时只是取走灵位牌。”

“几近于恒温恒湿，专人保管，如果你要藏某种储藏条件十分严格的物品，是不是绝好的地方?毕竟没有人敢随便打开他人的骨灰盒，犯忌讳，”张镜转过头，“马上给殡仪馆打电话。”

※六※

男人抱着骨灰盒向工作人员道谢：“麻烦了。家母一直念叨着给父亲重新选一块墓地……”

他说完转身往外走，没有再浪费一秒钟。殡仪馆门外停着一辆毫不起眼的大众，加满了油，牌照是假的，后座上还有好几个替换。这种车一旦开入茫茫车流当中，就如同海底捞针。男人走得很快，没有注意到殡仪馆的前台接了个电话，脸色突然变得很奇怪。前台小姐冲出来，叫住他：“先生，您的赠品!我们这边存放满四年骨灰，送一个抱枕，等等我去拿!”

男人当然不想要抱枕，不耐烦地挥挥手。就在这一喊一挥之间，一辆警车刹在门口。身高体壮的年轻警察从车里冲出来，把男人扑在地上：“警察，不许动，证件呢?不——准——动!”

他清瘦沉默的同事从驾驶室下来，弯腰捡起在地上滚了三圈的骨灰盒，拿起来：“如果里面的东西摔坏了，郑语修你可能要赔。”

刚刚逮捕了犯人，士气高昂的郑警官立刻蔫了。

男人取骨灰盒的证件是假的，打开以后里面洁净无尘，没有一粒骨灰。与其说是骨灰盒，不如说是做得类似骨灰盒的密闭保险箱。打开保险箱，里面有一卷年代久远、做过特殊处理，装裱得小心翼翼的字帖，所幸没坏。

落款是王羲之，盖有私章。

“几近于恒温恒湿，专人保管，没有人会随意打开，必要时随时取走，”张镜竟然有些感叹，“确实是藏文物的好地方。”

“这字帖我好像听说过，”郑语修想了半天，“不是程家那叫什么的大小姐家中的东西吗？好像说是被烧没了？”

他恍然：“原来那不仅仅是一起简单的翻车事故。”

至此，一个故事缓缓浮出水面。

四年前的翻车事件，并非简单的事故，而是一起盗窃杀人案。

那辆保时捷翻下山崖时，所有人都以为名帖与车一起焚为灰烬，然而仔细想，如此贵重的文物从保险柜里取出来，不可能没有一点儿防护措施。

“车轮上设有一个定时起爆器，”张镜靠着窗户玩一副手铐，看着外面阳光灿烂的街道，脸上就像有一块万年不化的冰，“时间把控得好的话，在特定的危险路段，能让车瞬时翻入山谷里。”

“能把一辆好车烧到只剩骨架，火势应当很大。或许车翻下去时，并没有起那么大的火，文物外层的保护装置还在生效。那时有人把文物拿走，又放置了助燃剂，”他沉吟道，“有没有添加助燃剂总是能找到一些蛛丝马迹的，当初办案的警察是谁？”

“老方，”郑语修说，“你调来以后他就调走了。”

能够知道行程，放置微型炸弹，拿走文物的人，必定是两位受害者身边的人，只是时隔四年，证据早已泯灭。审问了来提画的男人后，一个地下黑市浮出水面。

“只要有人出钱，什么都能买。那幅字帖在姓程的小姐结婚以前，就已经在黑市上被卖掉了，我只是一个中间人，负责帮买家取货的，”男人戴着沉重的手铐，一脸茫然，“卖家四年前就应该交货给我，但是当时我犯了事，判了三年刑，今年刚出狱。出狱后以前的联系方式都用不上了，我本来以为事情没办好，字帖没偷出来，没想到看报纸——”

男人一脸不可思议："他竟然通过这种方式交货了！"

张镜坐在桌子对面，双手交叉，目光沉沉如水："他是谁？"

"我不知道，"男人说，"我们管那个卖家叫月亮。他的信用很好，除了这次，每次都做到了钱货两清。他交货取钱的方式很奇怪，我从他那里取过好几次东西，从来也没见过他本人。"

"我如果不去取，不去取多好，"男人悔恨地攥紧拳头，青筋毕露，"可是两亿啊！如果是真迹，那是两亿啊！"

后来那个黑市交易网络被警方一网打尽。但是张镜毫无喜色。他向局里打了一份十多页的报告，论述全市覆盖监控的重要性，以及如何加强宣传，教育群众更好地保护案发现场。报告打上去后石沉大海，张镜带着郑语修，拿了字帖，还给程家。

别墅隐藏在市区，外面看不过四层小楼，其实地下两层中间夹了一层，因此有七段扶梯。程小姐在客厅的落地玻璃窗前看天，年轻的私人陪护带他们上楼见了程老爷。还画的过程自然是警民一心，气氛热烈，仿佛当初的伤痛都随着坊传价值两亿的字帖回归，而变得浅淡。

至于是不是真的价值两亿，还没有机构鉴定过。中途张镜到走廊上去抽了一根烟，正好看见私人陪护在不远处倒咖啡。

"能写一个程宅的电话号码给我吗？"张镜递过一支笔和自己的烟盒。青年接过来，把烟盒翻过来，在内侧唰唰写了一串数字："这是大厅的电话号码。"

"你的也留一个吧。"

"好。"青年笑道。

"最近有点儿忙，有事就电话通知，不再登门拜访了，"张镜靠着墙，把东西收起来，"虽然现在算基本结案，但是还要整理物证和写报告，该封存的东西封存，该丢掉的东西丢掉。"

"丢掉？"青年笑了，"还有被扔掉的东西？"

"现场遗留物那么多，不是每样都有封存的价值，"张镜修长的食指和中指夹着香烟，吸了一口，缓缓吐出来，"不然警察局早就成废品回收站了。"

他伸手在垃圾桶上摁灭烟头，又回到室内。

※七※

聊城警察局有固定的垃圾堆放角，偶尔会有收破烂的人来翻找。这次来的收破烂的人却有些奇怪。他很年轻，戴着手套，却并没有理会能卖钱的纸张和瓶子，而是在装着废弃物证的袋子里翻翻找找。收破烂的找了很久，终于从中摸到一个空的雪碧易拉罐。罐子还套着塑封袋，编了编号，他拿起来看了几分钟，小心地将罐子放入身后的麻袋里，转身要走。

忽然有人在身后问："所有的雪碧罐子都是一样的，你不确认找对了没有？"

收破烂的蓦然肩膀一震，看见一名小警察提着个密封袋，在他前面晃荡。袋子里也装着一个空雪碧罐。收破烂的眼瞳微缩，想都没想，立刻冲上去，一脚横踢，竟然是要抢警察手中的空易拉罐！小警察堪堪避过，屈膝一顶，借力往他身上一靠，把人撞倒在地。他抱着罐子往收破烂的身上一骑，发出杀猪一样的叫声："老大，逮住啦！"

收破烂的人前额撞在水泥地上，晕了几秒才缓过来，看见眼前有一双锃亮的皮鞋。顺着皮鞋往上看，是位见过的警察，警察皱着眉头，却是对着郑语修说话："单论格斗水平他比你高，只不过一力降十会，你力气大点儿而已。别叫了。"

张镜在他面前蹲下来，明明是平视，却给人一种居高临下的错觉："我一直觉得奇怪，如果有人通过这种残忍的方式传递信息，翻车事件已经过去很久了，为什么他早不传，晚不传，偏偏现在传？而且论身手，那人算是业界高手了，为什么杀人要用那么小一把刀？"

"所以我去了一趟程宅，终于找到了那把凶器。那是一把磨得特别锋利，材质略有特殊的女式修眉刀。"

张镜伸手，拉掉了捡破烂的人脏兮兮的帽子与大胡子："我给你讲个故事好吗，私人陪护先生？这个故事有一半我也是从骑在你身上的那位警察那儿听来的，你就告诉我，哪些是对的，哪些是错的。起码我知道，第一起案子中的死者，有一位不是你杀的。"

周延接近程曦，是为了那卷坊间传闻数年，要作为嫁妆的王羲之真迹书法帖。

他是程曦最信任的保镖。天冷的时候他总是为大小姐带着一件挡风的外套，下雨的时候习惯以特定的角度撑伞，让她精致的妆容不至于被冷雨淋花。他揍过尾随不轨的混混，也深夜接过热恋的小姐回家。

程曦出门时带着周延，去舞会时带着周延，甚至与邵公子约会时也带着周延。

"你以为姓邵的真的爱她吗？不过是程小姐喜欢上了邵公子，给了邵家经济利益。就算为那笔嫁妆，邵公子都会娶她。我提醒过她，她哈哈大笑，问我有什么东西钱买不到？"青年咬着牙，"她指着我，说，比方说你的忠诚，又指着自己，比方说，我的爱情。"

程大小姐有一个毛病，就是觉得全世界的东西都可以用钱买。她付了周延一大笔钱，就觉得理应买到他的忠诚，便毫无顾忌地托付了自己的信任。

"那时她连约会穿哪件衣服好看都会问我，我说好看，她才会欢天喜地地出门。"青年苦笑，“就好像我在指导她谈恋爱，你说她是不是傻？”

“认真挑衣服的那位才傻，”张镜没忍住，“又不是穿给你看。”

“我当然要认真挑了，”青年抬起头，认真地看他，“因为只有大小姐出嫁，程家才会把字帖从银行保险箱里取出来。”

她真的深爱邵家那位公子，因此听信了自己保镖的话，新婚前一夜，带着心上人去某个风景独特的地方赏月。即便她不去，只要字帖从银行保险箱里取出来，周延就有机可乘。他有一系列环环相套的计划，没想到第一环就直接正中红心。

车翻下山崖时，火势并不大，邵公子昏迷在方向盘上，程曦卡在座椅安全气囊当中，动弹不得。这时有人冒着大火拉开了车门。

程曦没想到救援来得如此之快，就像有人在悬崖底下专门等她一样。

对，专门等她。

黑夜中看不清楚那人的脸，只看见他用工具开了门，手越过自己——拿走了装字帖的盒子。程曦想喊救命，喊不出声。她眼睁睁地看着那个人往车内放了某种东西，火势徒然变大！她明白那不是来救她的人，自己应当是要死了。和邵文华一起死，也许并不算太坏的结局。这时男人却没有立刻离开，而是低头打量她，叹了口气，伸手将她抱了出来，放在月光下一片稍微平坦的草地上。借着月光，她终于看清了那人的脸！

他不是、他不是今天生病，在家休息吗？

“大小姐，你太笨了。”青年蹲在她面前，“钱怎么可能买到人的忠诚呢？”

“我跟着你，自始至终，只不过是想要一幅字帖而已。”

程曦看着远处熊熊燃烧，吞没自己爱人的大火，回头看面前对自己微笑的青年，终于闭上眼睛，走向内心深处，从此躲避在内，闭门不出。

换句话说，程家大小姐疯了。但是疯子总有恢复正常的可能性，哪怕一瞬间，对周延来说，都是致命的。他想让大小姐活着，同时也不想自己死。

程曦精神失常以后，很多人离开了，只有周延留了下来，成为她的私人陪护，每天推着她去公园散步。他继续为她撑伞，为她披衣，为她梳理头发，甚至选一支颜色柔和的口红。

他发现自己竟然喜欢这样的生活，因为从汽车翻下山崖那天起，这位大小姐的时间就停止了，永远停留在新婚的前一夜。再也没有人能和他抢这位大小姐，包括他自己的欲望。

“以前你只有钱，”他在女孩耳边说，“看，现在你只有我。”

那天晚上，月色很好，周延偷偷地带她出门，看月亮。

他选的位置是大堤上，杨柳依依，月色正好。他已经很久没有看到程曦笑了，她笑起来两只眼睛像秋天的小船，满眼都是温柔的波浪。他很高兴，夜风微寒，于是想像往常一样，去为自己的大小姐买一杯热饮。

自动贩卖机在不远处，但要拐两个弯，那是深夜，只有一盏孤零零的路灯，周围寂静无人。程曦坐在柳树下看月亮，突然有人在她耳边问："小姐，你手上的戒指，能给我们看一眼吗？"

那是两个黄毛混混，文了身，喝着饮料，满眼戏谑。其中一个人伸手拽走了她紧紧握在掌中的订婚戒指："哎哟，挺好看的嘛！"

戒指被抢走的瞬间，程大小姐仿佛醒了过来。她分外惊慌，从轮椅上站起来，跌跌撞撞地想要抢回来。两个男生觉得分外有意思，便将那枚戒指抛来抛去，让精神不正常的女孩来来往往地抢。

"只是欺负一个深夜在外，精神不正常的女孩，"张镜说，"他们觉得没什么错，甚至以为自己没有恶意。"

青年趴在地上，双拳紧握："放屁。"

那枚戒指是程曦的命。她的人生已经一无所有了，只剩一枚戒指。

现在她的全部正被两个陌生人拿在手里，抛来抛去，像逗狗一样逗她。程曦并不知道她来回奔跑，楚楚可怜的样子像只狗，她只记得自己有一个包，包里有一把自己私人陪护放进去的修眉刀。

于是她拿起了那把刀。

没有人预料到柔弱可爱的小狗会突然发狂，至少在那一瞬间，所有人都没有心理准备。青年回来时，正看见大小姐把修眉刀捅进了一个染了黄色头发的混混胸口。那是他特别打磨过的刀，本来想如果万一有一天，程曦回想起了当初那个大火熊熊的深夜，把她抱出车外的人是谁，就用那把修眉刀切断她的颈动脉，告诉别人是自杀。

那一刀她捅得又深又准，用尽了全身力气，没有一丝犹疑。

过了片刻，女孩才反应过来，看着满手的鲜血，开始歇斯底里地尖叫。

大概那一刻她的记忆，和四年前坠入悬崖之时重叠了。

他曾经以为，那位大小姐死在车里后，自己就解脱了。这种想法像魔鬼一样萦绕心间，可是当他走进那辆坠崖的汽车，他的手仿佛自己会动一样，将那个浑身是血的女孩抱出车外。

他特地准备了一把刀，可是当危险骤然降临时，周延发现自己做不到。

两次都做不到。

周延愣了一秒，也只愣了一秒。然后他冲过来，抱住浑身颤抖的女孩，在她耳畔不停地说："大小姐，没事。大小姐，没事。你从来没有伤害过任何人，你永远……永远是干净纯白的……"

他拿起那把刀，转身冲向正想逃跑的另一个男人。

周延有随身戴手套的习惯。他擦干净了案发时的每一个指纹，小心翼翼地脱掉女孩的鞋，避免带血的脚印暴露女孩的身份，等快处理完时，天边已有鱼肚白。晨练的人很快要来了。

"这就是为什么你一脚踩碎了一位死者的表盖。程曦手中是一枚钻戒，争抢过程中戒指在表盖玻璃上留下了划痕。为了掩盖划痕，你踩碎了整只手表。"张镜说。

"可是智者千虑必有一失，你忘了一样东西。"他摇摇头，"戒指太小了，在月光下必然不方便抛抢，所以这两个人将它扔进了一只刚刚喝完的雪碧罐子里。他们抛抢的，是那只雪碧罐。当程小姐从雪碧罐里把戒指取出来后，你擦掉了上面的指纹，然后将它随手扔到了树上——周围没有垃圾桶，你来不及再处理一个空罐子。可是等你做完这一切以后，突然想起一个失误。程小姐伸手从空罐子里取回她的戒指，易拉罐表面的指纹擦拭干净了，内侧呢？内侧不仅有她的指纹，还带着别人的血迹。"

周延脸色扭曲难看。

"所以你没有办法。你来不及爬树，留下更多痕迹，只能用别的事情掩盖它。"

于是他拿出一支马克笔，在两位死者脸上，写下一些数字与符号。

"你怕警方查到那只易拉罐，于是决定用另一个案子，掩盖了它。当我们根据另一个线索，切实破获当年悬案并且结案时，你的大小姐就能继续纯洁无辜了。"郑语修把青年铐起来，骂骂咧咧地从他身上站起来，"这不是有毛病吗？精神病人在不能辨认或者控制自己行为时犯的罪，是免受刑事处罚的。"

"我知道，"周延从地上站起来，面如死灰，连嘴唇都在颤抖，"但是我的大小姐，必须永远纯洁无辜，不存在曾经被法律赦免与否。"

"你爱她，"张镜盯着青年的眼睛，"你真正想要的不是无价的字帖，是程曦。所以你把字帖压了很多年，没有完成当年的交易。你留下了她当年的嫁妆，假装她嫁的人是你。"

"这就是有毛病。"郑语修重复了一遍。

张镜做完笔录出门时，周延在背后叫住他："你从什么时候开始怀疑我的？"

"郑语修整理东西时，发现易拉罐上没有指纹，说明它被刻意擦拭过。空易拉罐不能作为凶器，行动过程中不应该被接触，为什么凶手会专门擦拭它，然后扔树上？于是我检查了易拉罐的内部。”张镜叙述起来很平静，“后来我去了一趟程宅。我找程小姐周围的所有人都要了电话号码，你写的那串数字与尸体上的最像。后来我们做了笔迹鉴定。”

※ 八 ※

郑语修拿着一罐雪碧走进办公室，正看见张镜在写信。不像大家已经习惯的轻浮的 Email 电子邮件，他一笔一画遒劲有力，像是练字似的。信封已经填好了，就摆在旁边，收信人叫颜青。

“有事打电话就好了，写什么信啊！”郑语修凑过来，“关于增设城市周边电子监控的建议——哎这报告不是已经写了一份了吗？”

“姓颜的家里是厅里的，给他说说也许有用，”张镜停下笔，“不过他一直下放基层派出所，前段时间犯了错，差点儿被他爸调去指挥交通，能不能起作用不好说。”

他开了一罐冰冻雪碧：“周延呢？”

“一会儿就送走啦，他身上涉案挺多的，上面派专人调查，等会儿有人来接。”郑语修道，“说起来，那个精神病让我给你带句话。”

张镜端起茶杯，看着里面碧青碧青的茶水，不是很关心。

“他让你别笑话他栽在程大小姐手上，等你以后抓到那位姓林的小姐，就能体会他现在的心情了。”

张镜猝然起身：“他知道林浅浅？”

光线从窗外打进来，郑语修看不清他的神色，只觉得张警官的语气突然变得冰冷生硬。他撑着桌角站起来，立刻往楼下审讯室走。

他推开审讯室的门，门板“哐当”一声撞在后面的墙上，空气里都是呛人的尘土。审讯室空空如也，已经没有人了。

李顺丰端着午饭走过来，探头：“你是来看那个变态啊？刚刚被带走了。那是上面重案组的人，这一去深似海，想必回不来了。我吃饭前还专门去围观了一趟。”

“那个变态在审讯室里哭，挺伤心的，”小李拿筷子敲搪瓷碗，“说早知如此何必当初。如果两亿能买一轮四年前八月十五的月亮，该多好。”

他扒了一口饭，盖棺定论：“傻。”

第十四章

穿过黑暗与你相见

※ 一 ※

熊熊烈火中，林初摸索着穿过狭窄的走廊。他向来不擅运动，眼盲以后更是如此。此时拐杖已经不知道丢到哪里了，手指因为触摸烤得滚烫的墙面而烧焦发黑，每一步都像走在炙热的铁板上。当林初几乎觉得这条路没有尽头时，忽然感觉到迎面而来一阵凉风。

他知道这个地狱终于走到头了。

有人向他冲过来，喊他的名字："林初！林初！"

张平怀。

是张平怀。

肩膀被人扶住，林初一把将人推开。推开的刹那他没站稳，一个趔趄摔在地上，又摸索着站起来往前走："你走开。小偷。"

"我怎么可能！我偷、我偷——"

"林初你受伤了！"

"林初——"

林初越走越急躁："骗子，滚！"

他的头"砰"的一声撞上坚硬的东西，痛得七荤八素，汗毛都立起来了。张平怀的声音模模糊糊，像是从另一个世界传来的："面前是堵墙。"

林初整个人痛得蜷起来，蹲在地上，有人把手放在他肩膀上："没事吧？是从火灾里逃出来的吗？受伤了——你看不见？"

说话的人声音很年轻，像是三伏天里的一捧冰水，落在心上说不出的妥帖，林初靠着他站起来，喘了口气："实验室着火了，快找人撤样本，撤样本！"

扶住他的人仿佛有个转身向后看的动作，忽然手臂肌肉绷紧，有些僵硬。林初察觉到异样，青年随即回过神来："不好意思，刚才好像看到了一个熟人。"

就像一朵花从满是落叶的秋天穿过，茫茫人海中一瞥，就让人印象深刻。

是她。

好像是她。

林初找人撤离样品时，背后五层楼高的研究楼已经一片火海。大火是从小楼副楼向东面蔓延的，主楼里一片手忙脚乱。人们尖叫着冲出来，又有人冲回去，喊："样品，数据！实验样品！"

这是A大在青岗市的高校实验基地，楼虽然不高，年代也久，里面的研究却是国际前沿。冲回去的是年迈的教授和几位年轻的研究生。浓烟已经从副楼蔓延到主楼走廊上，教授脱了外衣在花园水池里一浸，一头就扎回大门里。主楼二楼实验室有一排冰柜，里面每一管制剂都弥足珍贵。教授依次把样品取出来，争分夺秒放在保温箱里，推进研究生怀里。

一个又一个学生抱着箱子跑出来，楼下有人喊："李大海你出来！你要研究不要命了吗！"

教授一边听一边装样品，手都没抖一下。

浓烟已经到实验室门口了，他怀里抱着最后一个样品。一位隔壁实验室的女学生拉了他一把："李老师，来不及了！"

教授踉跄了两步，女学生接过他怀里的保温箱，拉着他在浓烟火势尚小的地方穿行，最终逃到楼外空地上。隔壁实验室的导师冲过来，当时就要打人："李大海叫你出来你、你——实验可以再做，不过就是十年二十年，只要活着什么不可以？对了你东西都抢出来了吗？"

教授点头："都抢出来了。千金方制剂的样本我是亲自抱出来的，交在学生手上。"

他茫然四顾："哎，刚才和我一起跑出来的女生呢？"

当时情况太危急了，烟雾与火光中他只记得女生有一双剪水清瞳，笑起来像是秋天的苹果，可是谁会在那么危险的时候笑呢？

他想再看一眼女生。女学生已经和试验品一起，消失不见了。

※ 二 ※

肖桐坐在病床前，拿着记录本，问：“你确定是个女生？”

病房雪白雪白的，林初靠着铁架床的枕头，闭着一双眼睛，手上缠着厚厚的纱布，整个人像个苍白的影子：“对。”

“她说她是我的学妹，让我帮她拿一样东西，”他说，“我就拿了，是个圆圆的金属球，有点儿重。当时整个实验室就我一个人。”

林初并不是天生眼盲。他读医科大学三年级时，家里出了车祸，从此失去了视力。刚刚失明的那段时间林初很痛苦，后来渐渐学会了忍受，开始练习盲文，学一些简单的生活技巧。失明后教授怕自己爱徒饿死，就堵了几天校长的门，把他留在青岗市里，在自己的项目里做了一名研究员。

那日林初守着档案室，突然有人推门进来，像是一位小学妹：“师兄，能帮我拿个东西吗？”

林初对于女生的请求向来不善拒绝，便接了过来，是个略沉的金属球。正想着难道是运动会上的铅球，手中的金属球就开始发烫。烫到不能忍受的程度时，他叫学妹，档案室里没有任何回应。

林初提高了音量，档案室里只有自己空空荡荡的回声。

学妹已经不见了。

他只好将球扔出去——球落地的时候，只听轰然一声巨响，热浪袭来。

老旧的柜子与文档在烈火中熊熊燃烧起来。

这是一起明显的人为纵火。放在林初手中的是一个爆炸燃烧装置，装置启动以后会缓慢升温，直到温度到达一定条件，被人扔到地上发生撞击，保险断裂，里面的金属钠与水发生化学反应，点燃档案室的文件，引发火灾。

林初所在的实验室，研究出了一种预防疫病的中药制剂。这种制剂价格比进口药便宜，效果比进口药好，如果能顺利投产必将是一件惠民大事，甚至有外国企业千里迢迢来考察，想花钱买配方。老教授没卖，想在自己国内普及，卖五毛钱一袋，进驻千家万户，但是没想到研究楼会着火。

副楼着火，主楼的东西包括设备材料都必须迅速转移。转移就会发生混乱，混乱便有机可乘。于是有人趁机窃走了这个制剂样品与资料。重要样品与实验数据失窃，如果要重新做研发实验，至少要数年时间。而在那之前，很可能别的国家已经依照配方与样本，注册新药，并且定以高价。

林初听到窗外有人尖叫，但是他在三楼，又是个瞎子，只能在烈火中摸索着前行。他凭着对路线的记忆一直走一直走，直到找到一条背风的通道，走出起火的范围，撞在墙上。把他扶起来的，就是接到报警电话，赶在消防分队来之前维持秩序的肖桐肖警官。小警察尽职尽责地把人送上了救护车，第二天还拿着本子来医院慰问，顺便做笔录。

“那个学妹，是不是声音特别好听，像个风铃相互碰撞一样，”肖桐问，他突然有点儿词穷了，“有点儿与众不同？”

林初眉头皱起来。

肖桐叹了口气：“可能是我的错觉。”

总觉得是她。

那个青花瓷一样的，和自己演过情侣的女人。肖桐的直觉向来很好，他知道那是一片锋利的，有毒的青花瓷碎片，但是总觉得哪里不对。究竟哪里不对，他也说不出来。

“隔壁主楼有我们项目组的研究室，研究中药预防疫病的制剂，如果火蔓延过去，后果十分严重。”林初转向他坐的地方，耳朵微微侧过来，“怎么样，我们的样品都及时转移了吗？”

肖桐没有说话。

林初又转向另一个方向，提高音量：“张平怀，张平怀？”

陷在病房唯一一个单人沙发上抽烟的青年跳起来：“你怎么知道我在！”

林初平静下来：“出去。你在，警察都不愿意说实话。”

只见青年迅速掐了烟头，把烟屁股藏在口袋里，冲到床前，食指几乎要指着林初鼻子尖骂：“忘恩负义！血口喷人！当初谁教你系鞋带的，谁教你瞎眼上厕所的？跟你说小爷我要在乎那几个破钱，我还做什么义工！就你那点儿钱，还请得起爷我？你和你老师天天宝贝的项目材料，大火的时候被人偷走了。人家警察之所以不告诉你，就是怕增加你心理负担！你——”

手差点儿戳到林初鼻子尖时，被旁边的小警察拦下来：“先生你是？”

青年从屁股口袋里摸出一张坐弯了的名片：“我是康乐盲人康复中心的义工，主要帮助残障人士恢复生活能力。警察同志我看你也不瞎，这张名片就不给你了。”

青年声音实在太大，李浩刚从医院停尸房出来，提着手术刀把头探进来：“什么义工，再吵我——哟张二少？你不开公司啦？”

张平怀把名片塞回口袋里，一把拉住小警察，麻溜地出门关门背抵在病房门上：“嘘，小声点。哪条法律规定老板不能兼职义工啦？”

“这是我朋友，我不想用金钱破坏我们纯粹的友谊，”张平怀把食指放在唇上，转向旁边姓肖的小警察，“麻烦这位小兄弟也帮忙保密。”

肖桐没开口，李法医倒是对纯洁的友谊很有兴趣：“那贵友谊是怎么产生裂痕的？”

张平怀痛苦道：“他非说我偷了他东西。”

“哦？”

“你说我一个开宝马七系的，为什么要偷他连毛票数完都没一百块的钱包和那堆破书啊？绝版书？呵呵，我高数都不想看会看绝版医科书？”他指了指小警察问李浩，“比方说李浩，你会去蹭一个穷同事的酒钱吗？还是地摊夜市那种？”

李法医穿着白大褂，橡胶手套还在手上没有取下来。他看了一眼身边的小警察，笑得高深莫测：“难说，看心情。”

※ 三 ※

林浅浅靠在沙发上看报纸，山寺午睡刚醒，戴着一只黑眼罩，困惑地躺在地板上：“有人会真心喜欢一个瞎子吗？”

“有的。”

“那连心都瞎了的人呢？”他可怜兮兮地问，“就是不管别人对他多好，无悔付出，义无反顾，依然视而不见听而不闻的那种。”

“有的。”

山寺长长地叹了一口气，忧伤地将眼罩摘下来：“我也觉得。你说你眼瞎喜欢那个姓张的警官，究竟有什么好处呢？”

房间内只有一张沙发，一个小冰箱，林浅浅占了沙发，因此山寺只能躺在地上。地板一直在震动，林浅浅站起来打了个电话，震动就停止了。她推开门，刺目的阳光照进来，外面是一条柏油马路的正中央。

这是一辆内部空间很大的车，正在平整的柏油马路上缓缓停下。

※ 四 ※

林初是车祸致盲的。父母双亲在车祸中身亡，只有他活了下来。肇事司机酒驾，被判了七年，但是林初的家庭再也回不来了。

第一年他把自己关在房间里，抱着父母的遗像吃了一瓶安眠药，被前来催毕业论文的教授抢救了过来。

第二年他留在教授的项目组做研究员，同时向一家帮助盲人的公益机构提出申请。

提出申请的第二天，有人敲门，林初摸索着打开，门外的人却没有声音。他正要关门，对方开口道："你就是林初？你鞋子都穿反了外套一看两星期没洗卧槽这房间是几个月没——"

那人推开他挤进来："让开让开让我来。"

他挽起袖子打了个电话，片刻后来了一支提着水桶拿着抹布的小分队，乒乒乓乓把林初的出租屋打扫得焕然一新。清洁工们也没找林初要钱，做完就走了，只有那个义工坐在他家清洗干净的沙发上，跷着二郎腿找他聊天："我叫张平怀，以后你就是我一对一的帮助对象了。听说你父亲叫林静焕，就是那位有千金褪伤膏配方的林老师？"

"你明明可以卖配方生活，"义工问，"为什么还一个人住在这样的小破屋里？"

林家原本是中医世家，单传一味叫千金褪伤膏的跌打止血药。这味药据说当年差点儿像云南白药一样申请国家机密，方案刚提出来林家就遇到了车祸，配方随着林父去世隐没。林初当时就打电话向机构要求更换义工，张平怀抱着他的腿哭："我特别穷，就只能靠做义工赚点儿补贴。你要是投诉我，我会走上人生绝路的。"

后来张平怀每周来一次，教他一些盲人生活小常识，比方说如何走盲道，如何用电饭锅煮饭。饭虽然夹生，胜在可以吃。于是林初就没有再打电话换人。

最初发现张平怀不对，是钱包里的钱，经常会莫名其妙地少几张。倒不是说数额巨大，但是终究是少。他想既然张平怀穷，就算了。

突然有一天回家，放在床头的书不见了。

那是一本父亲留下来的绝版的医科书。失明后虽然不能再读书，林初却习惯放在身边，没事一页一页地摸过去，莫名觉得心安。当初车祸缺药费时有人曾说过这样的绝版书在市场上能卖个不错的价格，林初拒绝了。这时书不见了，他觉得心中一痛。

于是林初有一天和张平怀谈话。

"肯定是你放失手了，"张平怀说，"早晚找得回来的。"

林初坐在沙发上，觉得自己好心喂了狗："你说你每个月穷，我理解，每次你来我都补贴你五十块钱。但是这本书对我很重要。"

张平怀跳起来："卧槽你怀疑我偷书？我高数都挂科你怀疑我偷书？鬼知道你那破书

值多少钱，我缺钱？我缺你个——”

他想起之前痛哭流涕的哭穷史和五十块钱，及时打住。

后来林初就不让张平怀进门了。他一个人摸索着用电脑，一个人煮饭，一个人穿西装打领带，然后拄着一根盲人手杖一个人去教授的研究室。他觉得只有实验室是自己的容身之地，直到有一天因为自己轻信学妹，大火把最后的容身之地夷为平地。

他悔痛自己识人不清与烂好人，给教授写了一封奇长无比的悔过信，闭门思过。没想到才思过三天，就有人来敲门。

※ 五 ※

一份实验样品与资料不会凭空蒸发。

要将物品从案发地转移，一般只有三种手段：空运，陆运与水运。

首先样本制剂是必须低温保存的液体，不太可能走空运。其次青岗市虽然有河，却正是枯水期，向来也不怎么行船，于是只剩下陆运这一条。

肖桐跟着黄队加了几天班，在所有出城路口设卡，拦截检查过往车辆，一无所获。对所有可疑区域排查走访，成效并不是很大。那晚十点钟他从局里出来，走在小巷子里，正碰上李法医靠着路灯抽烟，专程等他：“借一百块钱。”

肖桐警惕道：“怎么了？”

“喝酒忘带钱包了，”李浩挺平静的，“所以在这里等你。”

路灯的光线昏暗，他抽了一张钱递过去，李浩接过来仔细摸了摸：“这是五十的。”

纸币上有盲文，一般较好辨识。如果盲文的凹凸点被磨损了，也可以试着感觉大小尺寸的不同。李浩拿手术刀的手很敏感，一摸便知。灵感向来只在电光火石之间，肖桐转身就跑！

警车在黑暗寂静的街道疾驰而去时，李法医靠着电线杆点了根烟：“还差五十。”

肖桐把车停在一个距离研究所不远的破败街区。低矮待拆迁的平房，因为设备老化经常停水断电，很难租出个好价格。临街拐角的那间他认得，是那个叫林初的盲人研究员住的地方。

老房子里没有光，大概因为住的人眼睛本来看不见。有人在门口拍门：“林初你开门！不就是丢了个实验样本至于吗！是是是我知道那是你教授的心血！但是饭总是要吃的！”

张平怀拍到一半，门突然打开了，林初端着一个披萨外卖盒子，探出半个身体：“小肖警官，进来吧。”

张平怀吓得退了一步，肖桐迈进去：“你怎么知道我在？”

“警车的声音和脚步声，”林初道，“深夜特别明显。”

张二少扒着门框愤愤然：“那我叫门声你怎么听不见？”

林初把头转了个方向：“耳朵突然不好使了。”

肖桐来的目的特别简单——他是来查林初丢的钱和书的下落。

本来丢一本书、丢几十块钱，很难达到立案标准，但是人们以为无关的事物往往是相互关联的。肖桐靠着小破出租屋的窗户坐着，问：“说说你们实验楼的大门门禁系统。”

“没有什么特别的，就是指纹打卡，”林初道，“门口有个指纹识别器，进门前把手指按上去，开门，记录一次上班时间。下班再刷一次。说是特别先进的生物识别技术，比别的指纹打卡机更准确。”

“你们实验室的机器，比别的打卡机多了20个细节核对点，因此要精确一些。然而再先进的指纹打卡技术，都有一定的容错范围。因为人体的温度日常都在变化，手指脱皮程度也是如此，这就有机可乘。我们猜测犯人进入实验室方法，是复制了一枚可用指纹，”肖桐点头，“但是那场大火太大，那台打卡机和门卫室的电脑都烧焦了，查不到记录。不过我知道，犯人用的谁的指纹。”

林初猛然一震。

“林先生，她用了你的指纹。”肖桐道。

采集指纹的方式有很多种，但是非法采集的手段却并不多。你总不能拿着指纹采集器，在实验室门口拦住一位工作人员，说小哥来帮忙按一下。而人们日常留在建筑物，餐桌，椅子上的指纹通常是残缺不全的，一来很难光明正大地采集，二来完整度达不到要求。

但是有一种人，他的指纹特别好获得，并且十分完整。

盲人。

“纸币和书——仔细想想，你丢的东西都带有特别利于留下指纹的平面。你付钱和收钱的时候，一定会仔细触摸钱币，才能判断面值。而这些细致的触摸辨别，会在钱币上留下大量清晰的指纹。日常爱翻的书也是如此，”肖桐看着林初，“林先生，你仔细想一想，到底是谁偷走了你的东西？”

张平怀举手：“真的不是我。”

“我相信不是你，”肖桐看了一眼坐在一边一脸无辜的富二代，“你和他太近了，如果要取指纹，是不会拿钱这种容易暴露的东西。”

张平怀没开口，肖桐找了半天找到了出租屋里满是灰的电灯开关，按亮电源，围着屋子转了一圈，在立柜处停了下来。他伸手往柜子顶层一摸，把指尖放在鼻子下看。柜子顶上干干净净，并没有灰尘。

肖桐意味深长地看了一眼张二少："借一步说话。"

肖桐把张家二公子借到了警察局，正想跟李浩打个电话细问张平怀的来历，张二少就招了。

"以前我受过林家的恩。我爸呢，其实和我妈并没有结婚。他原本明媒正娶了一位富家小姐，把我丢在山里的外婆家。那是个荒山野岭的小村庄，有一天我爬山被动物咬了，血流不止，县医院要翻两座山头，村诊所医疗设备又差，正好林初他爸来巡诊。他有个叫什么千金褪伤膏的方子，一顿折腾把我救了。那时我还和林初一起抓过泥鳅呢，只是他现在不记得了。"张平怀道，"后来富家小姐的儿子死了，我爸又把我接了回去。有钱人不是总喜欢开慈善机构吗？有一天我去我爸名下的助盲机构喝茶，正巧看到林初的申请。过去多少年了，想来他也不记得我了。"

"当初林初跟他爸来村里巡诊时，穿得周周正正，五岁就会把脉，像个小明星，"张二少拿着手机长吁短叹，"我根本没想到他会瞎，于是每个星期抽空去看他一次。"

"继续。"肖桐鼓励道。

"我就趁着他出门，偷偷让清洁工打扫了他的房间。"张平怀悔不当初，"然后谎称自己打扫的。他每次还给我五十块钱。"

肖桐发现洁净无尘的立柜顶端时就觉得不对。那种高度不是盲人能够打扫得到的，而清洁程度也不像游手好闲无事可做的张家二公子的能力范围之内。

"哪家公司？"

"叫什么蓝天白云，是手机 APP 推荐给我的，看地址离他家近。据说是个专门做新房入住清理的搬家公司，也接家政的活。每次都是一个女孩子来，打扫得挺干净的。你看就是这个手机号，打过去——诶，空号？"

肖桐手交叠起来，俯过身去："你记得那个女孩的样子吗？"

"总是戴着橡胶手套和白口罩，"张二少绞尽脑汁，"就记得胸大，眼睛挺漂亮的。"

当警察们在各个出城路口设卡拦车时，犯人并没有离开。她安然地留在市内，安然地做着一份工作，安然地等风头过去。她光明正大地走在街上，却不会向路过的行人露出自己的脸，甚至不会留下一片指纹。对，她将自己伪装成了一个搬家公司的清洁工。

"林浅浅。"

“什么？”

肖桐撑着桌子站起来，冒死半夜给黄队打电话：“老大，这次样品失窃案不简单。我觉得拿走疫苗的是熟人。对，是她，蓝帽会的林浅浅。”

“在我们设卡拦车的时候，她并没有走，还在市区。我们需要查搬家公司——什么，查过了？不，我们是要查正在路上行驶的，搬家公司的货车——专门拦家具里有冰箱的那种！”

※ 六 ※

货车被拦下来时，司机情绪很激动。

他说他不过是普通的货车司机，在这行干了十年，第一次遇到警察拦车检查车厢内的顾客家具。门被打开，里面堆着一张旧沙发，两个柜子，还有乱七八糟的小家电。

这已经是被拦截的第十辆车了，如果再没有，青岗市的搬家公司就被查得底朝天了。警察本来想离开，又走两步倒回去：“最里面的家具里，是不是有台冰箱？”

“旧冰箱一台。”师傅说。

肖桐弯下腰，在杂乱无章的货车车厢里拉出一根线：“这台旧冰箱，还连着一根电源线？”

冰箱很快被打开，正处于通电制冷状态，里面放着一只保温箱。打开保温箱，是数管药品制剂。副驾驶的位置上坐着一名戴着鸭舌帽的女孩。鸭舌帽压得很低，看不清女孩的脸。警察开车厢检查时，她已经下车，头也不回地向小巷走去。

巷口站着一名年轻的小警察，伸手拦住她：“小姐，又见面了。”

女孩迷惘地抬头。

小警察却直接举起枪：“把帽子和口罩取下来，举起手。对——咦！”

素面的女孩很好看，有一双秋水翦瞳，但是明显不是林浅浅。

女孩的五官太精致了，林浅浅要更淡一些。像水墨画那样的淡。

女孩的低呼太惊恐了，林浅浅会更轻一些。像风铃草那么轻。

肖桐一时甚至有些失望：“你不是？”

一同在车上被查获的，除了冰箱里低温保存的药品制剂，还有林初的绝版医学书和一些别的东西。这是一个盗窃团伙，正蛰伏在青岗市，寻找药品的买家。更有意思的是，那本旧书有几张空白页，被林初翻过无数遍。肖桐问他为什么特别喜欢这几页，林初说因为上面有父亲的笔迹。

于是肖桐将书拿回去，对着电灯烤，白纸上竟然渐渐浮出了字迹。

那是一份用碘酒在纸上密写，遇热才会显现的古方，抬头正是“千金褪伤膏”。

对于旁人来说，这不过是几张白纸，对于眼睛看不到的林初来说，却透过白纸，摸到了父亲当初留下的密密麻麻的笔迹。

夏天已经过去了，秋天的树叶铺得满地金黄。如织的游人已经从这座旅游城市离开，街道开始变得冷冷清清。肖桐拿着报纸，看这个案子的报道。媒体对找回来的实验样品并不是很在意，长篇累牍报道的是失而复得的千金方。据说已经有很多制药公司着手联系，想找林初收购配方。林初看上去要一夜暴富了。

“那个配方这么值钱？”肖桐不理解。

“云南白药知道不？”隔壁技术科的王顺天过来聊天，“和它一个级别的。”

“林初给的条件太苛刻了，”肖桐叹息，“要卖并不简单。”

“已经卖了，卖给了新星药业，明天就签合同。”

肖桐大惊：“你怎么知道？”

“因为我炒股啊，”王顺天说，“因为这件事新星药业的股票连涨一个星期了——可惜我没买。”

※七※

五星级酒店的会议室，每一个进出的客人都经过了严格的检查。安检设备是头一天到位的，为了第二天的协议签署现场不出任何安全问题，几十名保镖彻夜通宵。国内数一数二的制药企业，新星药业董事长将从首都飞临青岗市，专程签署一个配方转让合同。

媒体说千金方重现人世是一次奇迹，因此奇迹的主角林初对合作方百般挑剔，也是情理之中，而他坚持要求董事长本人亲自来青岗市签约，也是谨慎的体现。毕竟你让一位盲人千里迢迢去首都签合同，情理上有些说不通，派个代理人来，排场上总是弱了些，林林总总都是情有可原。

林初真正坐在签约席上时，觉得额头微微有些发热。有小姐问他需不需要冰水，林初摆手拒绝了。他拿起事先摆好、贴心地放在自己手边的自来水笔，笑着问对面的人：“董事长先生，您怎么知道我手中这张配方是真的呢？万一是我骗您的呢？”

他笑得很真诚，对面的老人也笑了：“我看了千金方回来的报道，还仔细读了警察的通报。我相信国家。”

“我听说警方的物证照片里似乎拍到了这张配方的一部分，那个算不算参考？”

男人的声音苍老稳健：“对，也算一种参考。”

林初把手中的笔握紧了，握得指尖有些发痛。签约合同贴心地设计了盲文版，他摸到了签字的地方：“我记得当初家父驱车接我回家时，正巧有一家公司前来谈转让的事情。父亲想把配方上交国家，拒绝了。就是在正式拒绝的第二天，发生了车祸。没想到，家父一向随身携带的配方与研究资料全都毁在了火中。”

苍老的声音叹息道：“那真是太可惜了。”

“但是目击者说，当时配方表被风吹了出去，烧了一半。只是留下的那半截，在警察来之前就神秘失踪了。”林初摇头，“你说一个赔不起治疗费的司机，怎么会想着贷款买一辆保时捷？说起来贵公司去年推出的烫伤膏新药，有一半的配方和我家的类似。”

“年轻人，你想得太多了，”老者摇摇头，“你既然已经到了这个场合上，这字是签，还是不签？”

林初把笔放下：“如果我突然不想签了呢？”

一只手放在他的肩膀上，沉稳有力的保镖的手。林初进来前被搜过身，手无寸铁，又是个盲人，连椅子在哪里都要人扶着过去。这只手是赤裸裸的威胁，他除了签字，别无办法。

老人在对面叹息：“钱，是个好东西啊。”

林初重新拿起笔，摸到合同签字的地方，签了名字。他站起来，向老人伸出手：“那希望我们今生不见了。”

握住的那只手苍白无力，有着被多年的放纵生活导致的皮肉松弛，一瞬间他有一种厌恶感。这种厌恶感几乎让他无法呼吸。老人也笑道：“好，拿得起放得下的后生，那今生不见了。”

迅雷不及掩耳之势，林初拉过老人的手，一口咬在手腕上！

他那一口咬得又狠又准，当场满口血腥味。几乎就是瞬间，林初被保镖们扑倒在地上，老人喊：“你疯了！你不要命了？打，给我打！”

到底打在自己身上的是拳头还是棍子，林初分不清楚。他满口是血，苍白的手指陷在厚厚的地毯中，勉强把脸抬起来，向着声音的方向：“我知道当初父母是枉死，那是一场设计好的，抢夺配方的车祸，只是没能成功。这么多年、这么多年我一直在查当初那家傀儡公司，发现它背后原来有一条医药界的资本大鳄。是你，是你要我家的配方。是你，是你授意杀了我父母。是你，是你根据那半张配方研发新药。我多想接近你，多想接近你啊！”

老人在他面前蹲下来，就像秃鹫看一只将死的猎物：“林家当年的事情，我不是通过今天的合同，补偿给你了吗？这么多的钱将要进你账户上，这些都是你父母一辈子都给不了你的。一辈子。”

林初笑了，一边笑一边把被打碎的牙齿和血吐出去：“跟你说个事。”

老人怀疑地“嗯”了一声。

林初笑得更大声了：“那场火是我放的，是我放的！”

※八※

电话响起来时，肖桐正在数钱。李浩说最近缺钱，找他借三百块。那通电话先从聊城一位姓郑的警官那里，打到青岗市警察局专门修电脑的王顺天手机上。王顺天接起来，穿过半条走廊：“什么，你同事要找这个案子的负责警察？”

王顺天推开肖桐的门，探进来：“聊城那边找你，说千金方的案子有问题……”

肖桐接过手机：“郑警官？”

电波有点儿不清晰，那边的声音很低沉，倒是有种莫名的悦耳：“不，我姓张。我借了同事的手机。我叫张镜。”

肖桐愣了一秒，就好像在暴雨的天气中，忽然看见两滴一模一样的水滴，有种说不出的奇怪。他听过张镜这个名字，在警察系统中赫赫有名，但是没想到有一天他会打电话到自己手机上。

“我碰巧对青岗市千金方的案子有兴趣，就在内部系统上看了物证的照片，看到了那张你复原的密写配方。”电话那头声音顿了顿，“那张配方有问题，是伪造的。”

肖桐一时没反应过来：“怎么有问题？”

“因为它的笔迹，绝对不是林初父亲生前的笔迹。”张镜缓缓道，“我认识那个字，烧成灰都认得出来。那是林浅浅的字。”

肖桐差点儿没拿稳手机。

林初没有配方。

林初自始至终都没有千金方的完整配方，有的只有脑海中从小记忆的一小部分。他最大的问题是如何证明自己有。如果他有一天突然找到记者，说在家中找到了当初失传的千金方，有多少人会信？但是如果一个重大刑事案件中，警察破案的同时，顺便找到了林家失传的珍贵药方，并且将它物归原主，这个故事又如何呢？

最为重要的是，逮捕归案的两位犯人说他们有一个情报的来源，但是那个线人手机现在是个没有绑定身份证的空号。

“你是说，”肖桐拿着手机的掌心渗出一层薄汗，“林初和蓝帽会联手，卖一张根本不存在的假配方？可是如果他参与了实验楼纵火事件，他怎么能保证自己活下来？不可能，他是个盲人。”

“水。”电话那头说。

肖桐没有明白，张镜又说了一遍：“在你的案件报告中，档案室内有一个洗手槽，连着一个水龙头。”

女孩将金属球放在林初手中时，林初拧开了身边洗手槽的水龙头。水开始哗啦啦地流入水槽中，顺着连接的软管进入下水道。

林初将金属球扔出去，大火开始燃烧。

这是一条独立的，专门为副楼供水的水管，从研究楼外一直接到他的档案室。也是林初认为的最安全的逃生路线。大火引燃室内易燃材料，浓烟滚滚，不辨方向。然而盲人本来就不需要眼睛。盲人的耳朵，比普通人灵敏很多。

他用心听，听水在管道中流动的声音。木材燃烧与炸裂声中，他跟着微不可闻的水声，在走廊与走廊之前穿行，终于到了室外。

他在医院问肖桐的第一个问题是：“样本安全撤离了吗？”

知道样本与资料失窃后，林初把自己关在出租房内，向老教授写了一封万字悔过书。所有的内容都是胡扯，只有一句话情真意切。

“我有罪，以死谢之。”

于是教授给他所在的盲人公益机构打电话，张平怀连夜过去敲门，林初端着披萨盒子让他和肖桐进门了。

“他现在卖了配方，”肖桐不懂，“谈什么以死谢之？”

张镜叹了一口气。

“大部分样本被抢救出来了，没有被抢救出来的有什么？研究所研究的是疫病防疫，必然有病毒样本，其中不乏尚具活性的。有些东西在大火中烧毁了，不失为安全的处理方式，不过林初逃生路线那么复杂，需要根据管道的水流声才能找到出路，他一定绕了路。绕路去了自己不熟悉的地方——很有可能取走了其中一种病毒。你想想，教授研究的是对抗什么疫病的中药制剂？”

肖桐挂了电话就往外冲。

※九※

肖桐带着人赶到新闻上说千金方签约的五星酒店时，林初正趴在地上笑。

他明显被人揍得很惨，整张脸都变形了，勉强撑起半个身体，笑得疯狂："董事长先生，你听过败血性鼠疫吗？由血液感染全身，感染者发烧，全身长满黑斑，最快一天就会死亡。这种病毒，可以通过唾液传播的。"

"对，我手无寸铁。但是在见你之前的早上，我给自己注射了这种病毒。我体力不行，胜在牙口好。"

"你感觉到发热了吗？当初车祸时，我觉得整个人都在发热，全身像烧起来一样。"

"董事长先生，我们今生不见。"

他面前是一位脸色灰白，全身发抖，站在一身高级定制西装中抖得像糠筛一样的老人。老人手腕被咬过，血流如注，死鱼般浑浊的眼睛没有聚焦在任何人身上，只是不停地大声喊："医生，医生呢？"

他扑向每一个大厅中的保镖："谁来帮我止血！去开车，带我去医院！开车！"

保镖们看着他，惊恐地往后退。

老人从一个手提箱里抓住现金往外撒，粉红色的纸币纷纷扬扬落在地上："给你们钱！给你们钱！带我去看医生！"

那些忠实的保镖们，甚至不敢弯腰捡一张他落在地上的钱。

肖桐想上去帮忙，被李浩拉住："败血型鼠疫，传染能力很强的，等专业医护人员。"

救护车很快就到了，两个全副武装的医护人员抬着担架冲进来，把林初放上去。

"隔离运输防止交叉感染，那位老先生等下一辆车，"担架前面的救护人员喊，"这位伤重的先上！"

肖桐帮忙抬了一段担架，目送救护车离开，回来正看见李浩在打电话。

"怎么了？"他问。

"同一种病毒，谈什么交叉感染？"李浩皱着眉头，"现在救护人员水平怎么这样？"

话才刚刚说完，第二辆救护车已经驶到酒店门口。一大群医护人员冲了下来："听说有两位鼠疫患者，在哪里？"

"不，我们只派了一辆车，"领衔医生困惑道，"我们整个医院就一台救护车啊！"

他摇头："不过救不救得过来就要看天意了。青岗市是没有针对这种类型鼠疫的特效药的，唯一有的也就A大实验室还在研究的样本，听说在失窃事件中受了污染。"

※十※

这是肖桐最不想回顾的案子。因为在这个案件中，他与犯人曾经如此近距离接触过而毫无知觉。新星药业的董事长最终死在了医院里，对外宣称心脏病突发，然而住院期间他触碰过的一切物品，都按照医疗标准焚毁了。有意思的是，中药制剂失窃案件的审问中，黄队发现了这两位职业惯偷的买家，据说是事先接了国内一家大型医药企业的单，才开始行动的。由于盗窃后保管不善，所有样品都受到了污染。唯一能够针对这种鼠疫的特效药，彻底失效了。

虽然没有证据，但是犯罪嫌疑人说，这个买家的名字叫新星制药。

那位董事长去世后，财产落在次子身上。次子是个二世祖，把父亲的公司卖了，据说准备出国环游世界。在出国前，李浩在林初的出租屋外，见了这位二世祖一面。

张平怀坐在昏暗的房间内，像林初还在时一样，没有开灯："如果我父亲晚死一两天，他可能就会改遗嘱，把公司留给我弟弟了。也算是死得及时。"

"你家小肖警官还问我怎么能这么冷血无情？在外面找小三小四小五生了五六七八个私生子的男人，也配叫父亲？当初他把我丢在深山里，对重病的母亲不闻不问，直到母亲去世。我早就盼他死了，这就叫苍天有眼。"

"哦，"李浩说，"我不是很感兴趣。"

"林初执行计划之前，千方百计地赶你走，是怕你被连累。那时鼠疫病毒就在他家冰箱里，这个房间不安全。"李浩盯着他的眼睛，"我感兴趣的是，你知不知道林初的计划？"

张平怀站起来："不知道，真不知道。我要赶飞机了。"

"你教他如何生活自理，教他如何用盲人专用笔记本查当初车祸的资料，鼓励他在医学的领域坚持下去……你教会了他一切复仇的技能。你有没有利用他，从背后推了他一把？"

张平怀推开门，离开晦暗的房间，走到外面的夕阳中："没有没有真没有。"

背后抵着一把手术刀。

张平怀僵住了："你好歹是警察，要做什么？"

"送你走，"李浩说，"别再在肖桐面前晃悠。前几天在酒店里，不是我拉着，他就毫无防备地冲上去给你父亲止血了。"

张平怀走了，临走时回头跟法医旧友挥了挥手："跟你说，要获得友谊，就要不断地让对方为你付出。我至今都不后悔每个星期找林初要五十块钱。要不是给过我钱，他早就把我赶出来了。”

※ 十一 ※

林初被送上救护车时，觉得不太对。这辆救护车里没有冷冰冰的病床和设备，而是摆着一张沙发，一个小车载冰箱。冰箱里还有几瓶可乐。救护车一路拉着警笛所向披靡，却没有驶向医院，而是驶出了城市。

有人在他脖子上打了一针，他浑浑噩噩地睡了过去，醒来时正在一架私人直升机上，有人在为他注射药物。那人的嗓音十分悦耳，像是风铃草，又像是水莲花：“林先生，你想杀的人已经死了。”

林初问：“那我为什么还活着？”

“因为我们救了你。”

“谢谢，”林初问，“你们为什么要救我？”

“你不需要知道。”

“我会被送到哪里？”

“你不需要知道。不过那里有一个叫康乐的助盲公益机构的分部，”她说，“告诉你一个好消息，为了防止你不能适应新生活，那个机构把你以前一对一结对的义工打包送过来了。什么，退货？这个不支持退货。”

张平怀走出林初以前住的老街，坐了一辆宝马车，直接驶往机场。航班准时起飞，最终在海洋彼岸另一片大陆上落下。

接机的女孩推着一辆轮椅，轮椅里坐着一位眼盲的年轻人。夕阳落在年轻人阴翳的额头上，仿佛能把他整个人融化掉。

张平怀快步走过去，像任何一个义工对待自己负责帮助的盲人一样，接过轮椅，推了起来。义工长途出差，特别不满意：“告诉你啊，我对你那些绝版书一点儿兴趣都没有！做人不能像你这样忘恩负义，血口喷人……”

轮椅交接，擦肩而过之时，在不容易传播声音的下风向，女孩轻声开口：“欢迎加入蓝帽会，我想找你要一份资料。”

张平怀点了点头：“说。”

“我们老板曾长期在令尊公司订制一种药，我想知道是什么药？”

第十五章

写给我的挽歌

※ 一 ※

林志铭遇见童海琪时，他已经很红了，海报贴满全国各个唱片店的玻璃门，广告身价飙到了天价。他离最顶尖最当红的歌星只差一线，并且似乎永远差一线。

“那是一道天堑，”林志铭向经纪人摇头，“不是每个人都有那样的机遇。”

他去一个剧组友情客串，在剧组包的酒店餐厅用餐，经纪人出去接电话了，正巧从外面进来一个女孩。女孩抬头看见他，脚步忽然顿了顿，一脸震惊。此时能进餐厅的都是内部人员，或许是新来的实习生，林志铭想，正好是自己的粉丝，希望不要被追着要签名。

他早已厌倦了那些“林老师我们好喜欢你”的尖叫声，当然他从来不会对媒体这么说。相反他特别擅长面对镜头含情脉脉地表示，粉丝的每一声支持都是自己前进的动力。

然而震惊只是一刹那，女孩的神情柔和下来，坐到了一个角落。林志铭想大概是自己自作多情了。经纪人还没有回来，他一个人坐在空荡荡的餐厅里琢磨片尾曲。他习惯一个字一个字地推敲自己的新作，一个音节一个音节地调整，手常常不由自主地抬起来，仿佛空气中有一排看不见的琴键，在轻抚之下轰然作响。这部电影由某位著名导演执导，歌词填得非常美，但是有一个字，总是唱起来不对。

倒不是不能改，但这是点睛之笔，改了整首歌味道就变了。

他撑着桌角想站起来，一时大脑缺血，手肘撞在台面上，不知道什么东西哗啦洒了一地。

“林老师，”有人为他把咖啡勺捡起来，然后将散落的糖包放好，“没事吧？”

林志铭愣了愣：“谢谢。”果然是自己的粉丝，被认出来了，他想。

“刚才的片尾曲，”女孩开口道，“要是您觉得最后一个字不太好唱的话，我可以换一个字。”

“我叫童海琪，”她浅浅一笑，“是个写小说的。这部电影是根据我的小说改的，制片方让我填个词，但是没想到会由林老师您亲自演唱。”

林志铭这时才第一次仔细打量面前的女孩。怎么说呢，这个圈子里的女生总是要化妆。他见过化淡妆的，但是没见过妆这么淡的，像是一碗清水泼在墨迹上，素是太素了，倒也挺好看。所有人都说他与最顶尖的歌手只差一线，其实他是差一个机遇。林志铭缺一位非常优秀的词作，把他的作品往上推一步。可是歌坛里的顶尖词作说起来就那么几位，这事看上去虽易实难。林志铭随口与她谈了几分钟，突然发现自己捡到宝了。

“你签约过工作室没有？”他问，“我缺一位长期合作的词作者。”

所有人都说林志铭疯了，竟然从三流网络小说家中为自己的新专辑找了一位词作者。

※二※

“你说林志铭是不是有毛病？”郑语修咬着甜甜圈问黑炭脸，“找个网络作家来写歌词，连五线谱都不认识！五线谱都不认识哟！”

公安厅厅长家的公子颜青因为一位叫阮冬然的钢琴家隐退而颓废过一段时间，差点被父亲扔去做交警，好不容易拼实力留在刑侦岗位上，又因为脸黑不受同僚欢迎。毕竟顶着一张和厅长本人一样黑的脸，面无表情给你倒杯水，大部分人第一反应是跳起来立正敬个礼。因此最近和他走得近的，就只有远在聊城警察局的郑语修郑警官了。

“张镜呢？”颜青把一张CD塞进光驱里，“林志铭的新专辑《倾世惊城》，听听看。”

“你已经第十次问我张镜了，”郑语修警惕道，“你不是专程邀请我千里迢迢来参加你妹妹婚礼的吗？”

“不是。”颜青打开音响，清越的男音响彻出租屋，“我是有事想请张兄来帮忙的，他不来，只好先把你骗过来。”

颜青的话刚说完，出租屋的门“砰”的一声，一位细腰长腿的男人走进来，抬手按下暂停键：“郑语修你是不是傻？他一厅长的长公子，哪有妹妹？颜青把我同事骗走——”

他一转头，看见电脑面前啃甜甜圈的郑语修，沉默三秒：“郑语修。”

郑语修“啪”地立正，把甜甜圈盒子递过去：“老大。”

张镜叹了口气：“警界的耻辱。”

他绕着二十平方米的出租屋转了两圈，发现墙壁上依旧贴着那位隐退钢琴家的海报，除了书架上的唱片碟洁净无尘外到处都是灰，沙发上还露出了根弹簧，不禁又叹息：“家徒四壁，艰苦朴素，厅长真是教子有方。颜青你大费周章找我来，做什么？”

“我有件私事，正巧听说你在休年假，想找你帮忙。”颜青在露了弹簧的沙发上坐下来，拍了拍旁边示意张镜也坐，张镜一屁股下去扬起一股灰尘，“你喜欢林志铭的歌吗？就是你刚才进门按停的那首，网上特别火，我家小师妹特别喜欢。”

“那歌手怎么了？”

“他发行了这张专辑以后就疯了。他特别怕一种颜色，见到这种颜色就说鬼来了。”

“那关你小师妹什么事？”

“我师妹是他的词作者，靠他赚钱，”颜青从郑语修手里接过甜甜圈的盒子，然后递给张镜，“专门给你买的，吃一个？”

※ 三 ※

童海琪确实不认识五线谱。她是个写言情小说的，撞狗屎运，小说被拍成电影，偷偷混进剧组围观，没想到遇见了自己的偶像。

偶像问她：“小姐，你签约过工作室没有？我缺一位长期合作的词作者。”

她当天晚上回家就上论坛发帖子：“我的偶像让我帮他填词，可是我不识谱！怎么办？对了，我的偶像叫林志铭！”

网友回复得快且整齐，都只有三个字：“你醒醒。”

最后一张回帖，有人打了一段挺长的话：“苏东坡的《水调歌头》，明月几时有，把酒问青天，是词，柳宗元的《雨霖铃》，寒蝉凄切，对长亭晚，是词。如果你能找到宋词与诗经的感觉，倒是可以试一试。”

当上帝为你关上一扇门，必定会打开一扇窗。童海琪是专业写言情小甜文的，乐感虽然为零，有一种感觉却是满分——语感。她找到了诗词之间的韵味。

童海琪交的第一首词叫《江南风起》，用 QQ 发给了林志铭的助理，没想到竟然成了新专辑的主打歌曲。《江南风起》发布后人气一路飙升，里面有一句“春风又绿江南岸，而你在杏花里，不予还”在手机铃声排行榜上排名第一，早高峰坐地铁，十分钟里能听见十一次。后来她又写了《月色》和《倾世惊城》，三首歌分别是三张专辑主打曲目，一时红透半边天。

林志铭的新专辑一张比一张火，眼看就要跨过那一道天堑，网上却突然流传歌星林志铭是天煞孤星，谁跟他亲近谁就会死。分析帖子说得头头是道——《江南风起》爆红时，林志铭他爸爸在庆功宴上多喝了几口酒，心脏病突发去世了。《月色》发布时，从林志铭出道起就一直指导他唱歌的老师回家路上没走稳，从楼梯上滚下去，当场没了气息。

“其实网友并不知道，林老师的父亲本来就有心脏病，不应该多饮酒，他老师年纪很大，走路向来不是很稳当，”童海琪道，“但奇怪的是，《倾世惊城》发行不到一个月，销量破了百万，林老师却突然疯了。”

他不再唱歌，不配合公司的任何一项宣传，并且突然开始恐惧一种颜色，只要看见这种颜色，就不停地对人说“鬼来找我了”。林志铭很快被签约公司送进一家私人精神康复所治疗，对外说在度假。他的经纪人正忙着四处找道士驱邪时，只有他的新词作，童小作家想到了报警。她哭唧唧地去找了自己当警察的师兄。

“林老师是个很温和的人，”那是一家咖啡厅，童海琪定的座，郑语修点的单，颜青付的账，只有那位叫张镜的年轻警官从头到尾一言不发地听，“我是个三流作家，不懂音乐，跟他签合作协议时还把曲谱拿倒了，林老师只是笑着帮我正过来，完全没有发脾气。我不相信他是个承受不住压力的人。”

“你怎么想？”张镜问。

“每个行业都有局限，资源并非无穷无尽的，你每往上走一步，都踩在别人的肩膀上。我想他可能挡了谁的道。”

童海琪穿了件淘宝上买的白纱裙，长发挽起来，插了根十块钱的木簪子，看上去像个穷兮兮的女学生，和网上当红词作者的身价相去甚远。不过怎么说呢，看上去挺顺眼，就像被不要钱的春雨洗过以后，白润细腻的玉兰花瓣。

她的怀疑很简单，怀疑有人为了逼林志铭退出乐坛，下了黑手。

“像他这么红的明星，肯定会收到一大堆黑粉的威胁信。什么不和哪个女明星分手就泼你硫酸啦，立刻退出乐坛不然杀你全家啦，我家 Star break 的 Linda 酱就经常收到。这些威胁他应该习惯了，并没有重视，等想重视时，已经太晚了。第一，他不知道雪花般的威胁信中，究竟哪一封导致了现在的局面。第二，他不停地怀疑，怀疑父亲和恩师到底是不是意外。于是在他不断怀疑与自我问责，重压之下，”郑语修掰断一根牙签，“林志铭不堪所负——折了！”

郑语修进行推理时，颜青一直在看手机。他用的是最便宜的国产智能机，屏幕被摔碎过，又被他用透明胶粘起来。他在看一个深度八卦林志铭如何丧门星的帖子，突然把手机伸过来："或许前两位的死，真的不是意外。这是当时的现场照片，被流传到了网上。我手机屏幕不好看不太清楚，你们看一下他们的衣服，是不是都有一小片蓝色？"

林志铭的父亲是心脏病突发身亡的，网上拍的是他在酒会上倒地昏迷的照片。苍白的脸，白衬衣下方不知在哪里蹭上了指甲大的蓝色印痕。而那位德高望重的歌坛前辈，正躺在楼梯的底端，黑色长裤上，隐隐有一小片蓝色的痕迹。

都是不起眼的细节，完全有可能是死者在哪里蹭上了未干的油漆，但是黑炭脸接着问了一句："林志铭怕的颜色，是不是正是蓝色？"

※ 四 ※

颜青见到林志铭时，他正在私人精神疗养院的独立病房里砸东西。经纪人颤颤巍巍地捧着个缺了口的水晶奖杯，一个穿白衬衫的青年拿着个乐谱本坐在窗前奋笔疾书。三个护士拿着束缚带，把一位相貌英俊，歇斯底里的男人围在中间。

"老子说不唱，就不唱！这不是我的奖杯！走开！"

"你们让那个穿蓝衣服的人走开！他是鬼啊！"

白衬衫把眼皮抬起来："你声音再高一度音阶，这支摇滚我就能写成打击乐了。"

颜青推开门就被一张签名CD砸中脸，莫名其妙："蓝衣服？领带是蓝色的也算？"

经纪人迎了上去："哦哦两位是童小姐介绍的，可以驱——哎，林老师最近特别讨厌这种颜色，麻烦脸黑的先生把领带解了。这位是孙信，林老师的专属曲作者，为人特别体贴，老师病了经常来陪护。就连他都不敢沾蓝色。"

颜青一把扯下领带，把郑语修往满地狼藉的私人病房里一推："对，我是童海琪介绍来的，祖传降妖除魔看风水的。这是我助手，姓郑，对付现在这种状况特别在行。"

郑语修绕过一地杂物向林志铭走去，手搭在他肩膀上，退步侧身，一个漂亮的过肩摔——把人按死在了床上。他俯身在林志铭耳边说了几个字，刚才还歇斯底里的男人突然安静了下来。颜青转向经纪人，黑漆漆的脸上一点表情都没有："刚才是厉鬼上身的典型表现，幸亏我助手念咒得当，否则要出人命的。你们房间里是不是放了镜子？做法时不能有镜子，镜子聚阴气。"

经纪人诚惶诚恐地围着套房转了一圈："洗手间的整理台上有一面。"

郑语修立刻走过去，把梳妆镜砸了。

颜青道："找找还有没有。"

经纪人指着天花板角落里的监控犹疑道："摄像头算不算？"

颜青说："算。"

郑语修立刻把那个缺了口的奖杯往上一抡，哗啦啦碎了一地玻璃。

病房里的护士小姐们突然尖叫起来："康复所规定每个房间都必须装摄像头！那是德国进口的！换新的至少要等一个星期！"

颜公子的驱邪过程是从网上百度来的，挺简单，撒撒纸钱画个符，就连跳大神的咒语都是用手机放的，所幸病人十分配合。走出私人康复所大门时，颜青问郑语修："你跟林志铭说了什么，他那么快就老实了？"

"没说什么啊，"郑语修迷惘道，"我就说了句再叫老子弄死你。"

颜青点点头，拿出手机给张镜打电话："你那搭档挺好用的，我想这个案子我破得了。"

※ 五 ※

颜青驱完邪后就走了，穿西装的男人是第三天晚上出现在林志铭床前的。

那时林志铭刚刚打了镇静剂，又服用了精神类药物，神志不清地蜷缩在床头，被子蒙着头。灰西装就在床边坐下来，一下一下地伸手抚摸他的背脊骨，轻声道："千算万算，算不过命，躲到这里来有什么用？你啊，搞什么驱邪，不是脑子进水吗？"

他伸手拿起放在床边的杯子，里面有半杯喝剩的咖啡。他往杯子里加了点东西，扯掉林志铭的被子，掰过他木讷暗淡的脸，把咖啡往他唇边送："人呐，为什么总是善变。至少你现在死，比我们撕破脸皮后死，要好得多。"

一只手抓住他手腕，咖啡杯"哐当"一声摔到地上，粉碎一地。

"你的脸——"

"怎么这么黑？"颜青从床上翻身坐起来，一腿横踢，把男人反手扣在地上，"我跟林大明星不一样，一出生脸就黑。"

灰色西装在挣扎中扯落，里面是一件干净柔软的白衬衫。

病房的灯光一瞬开得雪亮，门从外面被踹开，只见郑语修穿着警服，晃着一副明晃晃的手铐："孙先生，粉丝们都以为你和林志铭的关系比较好？"

孙信脸贴着地，眯起眼睛适应光线，一瞬间脸色阴晴不定："你们这是唱哪一出？"

“最开始，是我大学师妹找我，说她偶像是个精神病。我看了照片，觉得这事不简单，因为他身边去世的两个人衣服上都蹭上了蓝色的东西。我猜测那个蓝色的东西，是引发他精神异常的根源。有可能这是两起谋杀案，只是凶手并没有引起怀疑。我注意到了那片蓝色，林志铭也注意到了。他之所以注意到，可能是有一天突然发现，自己的衣服上，也被蹭上了同样的东西。”颜青侧过身，让郑语修把压在身下的人铐起来，“前两次事故都卡在自己新专辑问世的节骨眼上，他意识到，可能对方的目标是自己，却误杀了别人。”

他并不知道那种蓝颜料意味着什么，只是猜想也许正是因为自己对音乐的坚持害死了父亲和老师。也许连他的生命也正在受到威胁……这个猜想一直折磨着林志铭，最终他精神失衡了。精神失衡前的他做了一个很正确的决定，把自己关进这家私人精神康复中心。

“你知道为什么吗？”

孙信没有说话。

“你当然知道为什么。”颜青笑了，难得地露出一行白牙，“这是针对精神病患者的高级康复中心，每间病房内部都有 24 小时监控摄像头，并且很难从外面切断。所以他一旦进来，你就很难得手，直到我们专程挑你在的时候把摄像头砸了。过去的事情死无对证，但今天这事是板上钉钉。晚一些你的咖啡会取样送检，欢迎一起查看房间监控录像。”

白衬衫的脸像一具石膏像，被敲开一丝裂痕：“这间病房的摄像头不是坏了吗？”

“我家的监控跟这医院一个牌子，三天前就拆下来换上了。”颜青心情很好，“为此我还专门回了一趟本家，差点儿被家父训死。”

※ 六 ※

孙信问了一个问题：“你怎么怀疑到我的？难道你看过我的合同？”

“我不知道你说的合同，”颜青坐在审讯室里，“我猜到你，是通过一种颜色。”

林志铭之所以会如此恐惧，因为他怀疑有人想伤害自己，却又无法断定是谁。他身边不断地出现奇怪的蓝色，有时候在衣服上，有时候在桌面上，直到后来，他对一切蓝色都感到紧张，甚至一条蓝领带，都足以让他紧绷的神经“啪”的一声断开。可是不管他多恐惧地避开这种颜色，蓝色依然会莫名其妙地出现在他身边。就仿佛一个看不见的“鬼”，阴魂不散。于是颜青推测，如果一切不是林志铭的臆断，那么他身边一定有一位凶手，而这位凶手身边一定有蓝色的东西。到底是什么人，可以自然地穿着或者戴着一位精神病人最恐惧的颜色，而安之若素呢？

所有人都觉得他身上应该有这种颜色，却自然地忽略了这种颜色，没有引起任何关注。

“其实起因，是因为我查找第一位死者，林志铭父亲的去世信息时，在网上看到的一条微博——你的小粉丝发的。林父是在《江南风起》庆功宴上喝多了，心脏病突发去世。现在他老爷子早已火化，已经查不出到底是心脏病还是别的原因——比方说诱导药物。参与庆功宴的人很多，每个人都可疑，正好你的小粉丝也去了，找你要了一张签名。她把签名照放微博上炫耀，”颜青递过自己贴了透明胶的手机给孙信看，“谁会在意一位著名曲作的钢笔，用的是蓝墨水呢？”

孙信用来签名的钢笔，不仅用的是蓝墨水，还漏墨。

粉丝的签名本上有一滴墨迹，像淡蓝色的天空一样，在白色的纸上晕染开来。

颜青只用了一秒钟，就意识到，这和林父衣服上蹭的颜料很相近——枪是战士的生命，舞蹈鞋是芭蕾舞演员的翅膀，为什么一位著名作曲家，给粉丝签名还用一支漏水的钢笔？

颜青找到了晒签名照的小粉丝，要走了那张签名，从干涸的墨迹中，检测到了某种强效安眠药的成分残留。

“仔细想，谁会怀疑一位作曲家随身带的曲谱和钢笔？自然也不会有人关心，钢笔内胆里用的是什么墨水。你用强效安眠药和色素配备了一种近似墨水的东西，将它灌注到了钢笔内胆里，挤压时，“墨水”会自动滴出。只是药物微溶于水，一支笔的墨胆太小了，因此你改装了墨囊。”他同情地叹了口气，“可是你没想到，你那大师定制级的钢笔改装后，漏墨。”

觥筹交错，莺歌燕舞，孙信站在宴会大厅中，端着一杯淡蓝色的玛格丽特。他正要把酒递给林志铭，只等药效发作，将他扶进休息室。单独相处时，要置一个毫无反抗之力的人于死地，有很多种方式，安眠药只是前奏曲。老人正是这时候走过来的。儿子新专辑红遍全国，父亲打心里高兴。他有心脏病，不能饮酒，但是实在太高兴了，于是还是与儿子碰了一杯。林父顺手，接过了孙信手中那杯看上去酒精含量不高，浅蓝色的鸡尾酒。

“强效安眠药对正常人来说，只不过快速进入睡眠状态，但是对于心脏病人和老人来说特别危险。第一次你本意是想把酒给林志铭喝，没想到林父喝了，诱发了心脏病。第二年你又尝试了一次，这一次大概是差不多的情形，阴差阳错，那杯酒在宴会结束时被林志铭的老师喝了。老师年纪大，新陈代谢缓慢，因此在回家上楼的过程中发作，导致老人从楼梯上摔下来。严格来说，这两次都是意外，你从头到尾没留下什么痕迹，”颜青指着穿白衬衣的男人，对身后的人说，“除了那支漏墨的钢笔。因为漏墨，你挤压墨囊时手指染了墨水，然后你的手指碰到了死者的衣服，留下一小片蓝色。因为勾兑过，那种墨迹颜色和正常的纯蓝墨水还不太一样，因此不容易被认出来，是吗？”

白衬衫垂下眼睛想了片刻，慢慢抬起头：“但林志铭父亲与老师的死，跟我没有关系。我确实两次带了安眠药去参加志铭的庆功宴，那支笔确实漏墨水，但是我没下手。林志铭的父亲身上有墨迹，是因为他找我借过钢笔，墨水蹭在他衣服上，仅此而已。另外一次也一样，我很犹豫，没有下手。你相信吗？”

颜青猛然跨过去，一把抓住白衬衫的领子，声音一字一字从牙缝中蹦出来：“你否认，只不过是因为尸体火化了，我们没有证据。”

一只手搭在他肩膀上。

这桩案子因为证据确凿，正式立案了，于是本来跟编制在聊城，并且正在休假的张镜没有太大关系。他这几天带着郑语修在图书馆翻旧报纸，偶尔颜青查案子时，也来旁听，此时忽然前迈了一步，按住颜青：“我相信他。”

“我更关心的是，”他的目光越过暴怒的男人，对上白衬衫晦涩幽暗的眼睛，轻声问，“你为什么要杀林志铭？咖啡的化验结果出来了，这回不是强效安眠药，是砒霜。仇杀，还是情杀？”

白衬衫整个人靠在审讯椅上，手被铐起来，脸色灰白灰白的。他沉默了很久。

很长一段时间审讯室里只能听到外面风吹过树叶的声音，最后他开口了。

“有人给我开天价协议，让我换合作对象，我接受了这个诱惑。我和他曾经签过一纸人身约，我用安眠药只是想找机会威胁他，逼他签解约协议。”他说，“只不过现在我突然发现一种更便捷的方式。这一纸人身约，是我和他之间的合约，他死了，合约就解除了。”

“你知道林志铭喜欢那个叫童海琪的女词作者吗？他对那个女孩一见钟情，把这个完全不懂音乐创作的人，扶植成了自己的词作者。当然，童小姐有天赋，我不否认，但是在此之前，他的词作是我。我为他作词，为他谱曲，而他为一个刚见面的女人，就让我挪位置。”白衬衫语气很平静，甚至还对面前聆听的人笑了笑，“你说，如果我不趁早抽身离开，当他找到更合适的作曲人时，会不会就被弃之如敝屣？”

张镜点点头。白衬衫扬起眉毛：“哦，如果你见到他，他又恰巧没吃药比较清醒的话，麻烦转告他。人心是会变的，不仅他会变，我也会变。”

白衬衫说他不是幕后真凶，说的是实话。因为在审讯完的那天晚上，他死了。

孙信有咽炎，一直定期服药，被捕时药自然没有带在身上。一位小警察去帮他把药取来了，他服完半小时后，急性中毒，死在看守所。那只是一些寻常的药品，其中有一瓶止咳糖浆。按剂量孙信应该只喝五毫升，但是他喝完了两瓶。

※七※

童海琪去见了林志铭。

孙信死后，林志铭就从精神康复所里出来了。如同一座压在心头的五指山轰然崩塌，土石下的植物种子终于见到久违的阳光，迸发出盎然生机，他的内心渐渐平静下来。那些昔日的焦躁与不安随着流水逝去，他觉得生活重新归于平静安然。

他给自己的词作者打电话，希望能见上一面。

林志铭把见面的地点选在一家内部会员制的咖啡馆，他靠窗坐着，身形消瘦，精神却很好。他在手边放了一束鲜红的玫瑰花，在苍白的晨光中红得有些刺目。他微微将玫瑰往对面的女孩面前推了一点，笑道："童小姐，谢谢你。"

"要不是你去找了你师兄，我至今都会被莫名其妙的恐惧所萦绕，满脑子都是莫名其妙的猜想。"他说，"我曾经特别恐惧一种颜色，就连自己也不清楚为什么那么恐惧它，总觉得有什么深藏在黑暗中的东西要露出来了。现在我好了，我想也许该报答你。"

童海琪那日只穿了一条简单的白裙子，并非名贵品牌，被红玫瑰一衬竟然说不出的养眼。她似乎有些惊慌，问："怎么报答？"

林志铭又笑了："用我自己，怎么样？"

一瞬她惊慌失措地退了一步，玫瑰花落在地上。

"我失去了最亲的亲人，最尊敬的老师。我把孙信当作很信任的朋友，不允许他解约离开，但是最后我连他也失去了。我想如果我再不做点什么，把最爱的女人留在身边，很快就一无所有了。"林志铭起身，半跪在地上，捡起一支玫瑰花，递过去，"童小姐，从第一眼看见你时，我就爱上了你。你愿意留在我身边吗？"

童海琪惊慌失措地往后退，一连撞翻了两把椅子，然后轻声问："你能为我唱几支歌吗？"

林志铭唱了一首《江南风起》——春风又绿江南岸，而你在杏花里，不予还。

他又唱了一首《月色》——月色记得你，而你不记得我。深夜里所有的罪恶，都被一一湮没。

他唱了第三首歌《倾世惊城》——我的城池从此苍白衰落，你却一笑而过。盛夏的骤雨落满我心中的每一个角落，你也应当尝一尝永失至爱的苦果。

林志铭唱完第三首，童海琪递过来一张纸："这是第四首歌，孙信谱的曲，我昨天填好了词。你试试看。"

那支歌还没有名字，用红色墨水写在一张洁净的白纸上。歌词是个故事，大意是说一个小女孩和家人，在一棵杏花树下遭遇车祸。她是唯一一个活下来的人，从此沉浸在哀伤中，孤独地活着。她失去了自己最亲的父母，最好的朋友，最爱的哥哥。她看着这些人在她眼前气息奄奄，渐渐死去，而无能为力。小女孩长大以后，为了缅怀过去，写了四首歌。

“我为你写了四支挽歌，以埋葬我心中悲伤的河……”

林志铭开始还轻声地唱出来，后来脸色越来越白，手开始颤抖，几乎拿不稳歌词。

歌词下面还有一张纸，是从网上打印出来的照片。那是孙信死时的场景，为了表达对逝者的尊重，记者为死者的脸打了马赛克。这是林志铭第一次看见孙信死去的场景。他的手抖得太厉害，照片落在桌面上。林志铭闭上眼睛，不敢看。他浑身颤抖，眼睛闭得很紧，仿佛闭上了，那些过去，那些黑暗，那些罪恶，就能够被挡在视线之外。

童海琪的声音像夏风一样轻柔，就附在他耳边，甚至能感受到她的呼吸：“你之所以恐惧蓝色，是因为你想起来了。你记起来，那个夜晚，杏花树下，发生了什么事情。我用三首歌，帮你回忆了当年的故事。第一首歌时，你最爱的父亲死了；第二首歌时，你最尊敬的老师去世了；第三首歌时，你至信的朋友不在了。林先生，这是第四首歌，我想，是时候让你想起当年那个小女孩了。”

林志铭捂着耳朵，忽然爆发出一声凄厉的叫喊。他不停地敲打自己的头，扯自己的耳朵，伸手挖自己的眼睛，仿佛只要看不见，听不到，想不起，某些事物就不存在。

“林先生，你失去了至亲，至敬，至爱和至信，现在终于和我一样，一无所有，”童海琪站起来，悲悯地看了一眼发狂的男人，转身离开，“谢谢你的玫瑰花，再见。”

他身后，是一个跪在地上，痛苦不已的疯子。

※八※

童海琪没有回家。她的行李箱早已收拾好，寄放在机场。她有另一份身份证与护照，机票早已预定好了。

离登机还有一段时间，她找了一家有 Wifi 的休息室，打开笔记本电脑上网。依旧是常去的网站，童海琪搜了一个用户 ID，点击发送站内信。

“我要走了，可能有很长一段时间不能再与你联系。谢谢你，希望以后有机会，能见面。”

这是她接到林志铭作词邀请后，第一次上论坛发帖时，那位回复她诗经与宋词的网友。在后来的日子中，这个 ID 一直在温和地鼓励她，教她一些声乐的小常识。他从来不嘲笑她犯的外行错误，也很有耐心地回答她的白痴问题。如果说童海琪在乐坛是一株越爬越高的藤蔓，那么这个 ID 的主人，是藤蔓缠绕向上的主心树。

她发完消息后，顺手点进用户中心，想看一看他最近在论坛上的发言，却突然发现，这个人已经沉寂很久了。他最近的发言是 5 月 21 号，回复一个无聊的帖子——“如果有喜欢的人，追，还是不追？”

这个 ID 回复说：“如果我能挺过这一关，就追。”

帖子很快就沉下去了，该 ID 再也没有登录记录。

“5 月 21 日，”童海琪身边的椅子被拉开，有人在她旁边坐下来，“正是林志铭进精神病院那一天。在那之后他被大量注射镇静剂，再也没有办法上网。童小姐，你说巧不巧？”

童海琪猛然一惊！

旁边的男人细腰长腿，穿着白衬衫，因为腿比较长，坐在小巧的茶座前腿有些憋屈。他拿着一份泛黄发旧的报纸：“我跟那位姓颜的警察不一样，他是实战派，我比较倾向于推理，正巧最近又很闲，为了找到这份报纸，我蹲了很多天图书馆。最开始怀疑你时，是看了前几次新专辑上市答谢宴上的照片。在这种名流聚集的交际场所，有人端鸡尾酒，有人端红酒，最不济的端杯可乐，我第一次看见有人端糖浆的。”

都是些网上流传的照片，偶然间拍到了童海琪。她在大厅的最角落，一张沙发上，拿着一瓶止咳糖浆。

“一共两张照片，第一张时你的糖浆瓶子还是满的，到第二张时仔细看，已经空了一半。”张镜看着面前的女孩，把打印出来的照片推过去，“你连续两年去参加林志铭的酒会，都带了糖浆。就算你两次都碰巧感冒了，糖浆一次喝 5 毫升就够了，你是怎么在一场宴会上，喝完半瓶的？”

童海琪靠在机场茶座的藤椅上，觉得身上有些发冷。这不是她第一次见这位姓张的警察，并且他也相当的谦逊有礼，她不知为什么自己会发冷，就像张镜那双平静的眼睛，能够一直看尽她所有过往。

“有一种有毒化学物质，很容易买得到，叫乙二醇，是汽车防冻剂的主要原料。它是甜的，为防止被误食，一般会被染成特别难看的深绿色。乙二醇中毒有三个阶段，首先是中枢神经系统的抑制。你会头昏，走路不稳，意识不清——和醉酒极其类似。然后肺水肿与心衰，最后肾功能受损。这跟林志铭身边的两起死亡，是不是特别相似？”张镜伸出手，在一杯泡好的竹叶青上轻轻一比，“你糖浆瓶里的剂量，已经可以让三个成年人致死，何况需要剂量小得多的心脏病人与老年人。”

水晶灯华丽的投影下，童海琪只用走到受害者面前敬一杯酒。林志铭父亲的心脏病，老师步履虚浮地从楼梯上滚下来，都是乙二醇中毒的阶段性症状。

老人新陈代谢缓慢，发作时已经快要到家了。

“这只是推断，”童海琪摇头，“也许那天我就是高兴，愿意多喝一点儿糖浆。”

张镜叹息道：“小姐，你是挺聪明的，可是别忘了孙信，他有糖浆成瘾症。要不是孙信死了，我也不敢百分之百确定就是你。”

孙信死在了看守所。他死在了层层监控之下，警戒严密的看守所。孙信有咽炎，一直在吃某种特别配置的药，辅以糖浆缓解。最初张镜觉得奇怪，是因为孙信死的时候，把整整两瓶糖浆都喝完了。医疗界一直有一种说法叫“糖浆成瘾”。用于止咳的糖浆含有微量可卡因，对于一些体质敏感的人，如果长期服用，有可能成瘾。一旦成瘾，每日必喝，甚至一喝十几瓶，否则心焦气躁，全身无力。孙信就是这样的人，他因为咽炎长期服用糖浆，轻微成瘾。那天他服药后喝了警察从自己家中取来的糖浆，剂量没变，心中依旧焦躁，于是他又喝了一口，再喝了一口……

“孙信之所以喝那么多糖浆，因为他有轻度糖浆成瘾，然而他的糖浆被人勾兑了，可卡因含量很低，所以为了缓解焦躁他只能不停地喝。”张镜问童海琪，“小姐，你猜我们从空糖浆瓶子里，检测出了什么残余？”

乙二醇。

所有的猜疑，迎刃而解。

“然而你依然没有证据。”童海琪说。

“至少孙信这次，我们有证据，”张镜笑了，“你私自配了孙信的房门钥匙，在他被捕时去了他的房间，物业有监控记录。还有一些细节，包括你拿到乙二醇的途径，这些可以等我们回警察局再说。”

“童小姐，”他将手中一直在看的报纸递过去，“你落下的东西。”

报纸是十五年前的，头版头条的新闻是：《豪车夜撞行人，司机连夜逃逸》。

新闻大致讲了一位单亲母亲带着孩子看电影归来，在深夜的路上，被夜晚高速飙车党碾压而过。母亲，大儿子与邻家小孩当场身亡，剩下只有五岁的小女儿，在马路边哭到天明。那个年代没有摄像头，刑侦技术并不如现在发达，小女孩只记得肇事车辆是黑色，凶手穿着一件蓝衣服，案子至今未破。

张镜递过来的旧报纸裹成筒状，里面有一支凋零的，被扔在地上又捡起来的玫瑰花。

有人在林志铭精神崩溃后，赶到了那家咖啡馆，从地上散落的花束中，将它捡起来。

※ 九 ※

童海琪原本有一个幸福的家庭。

她的父亲很早就去世了，但是母亲温柔体贴，还有一位处处照顾她的哥哥。

那年她才五岁，还没上小学，市里正好热映一部动画片，于是母亲带着全家，还有她童年的玩伴一同去看。现在回想起来，那部动画片依旧很好看，整个电影院都是孩子们的欢笑声。散场稍微有些晚，十五年前的城市路灯铺设得并不好，昏暗又晦涩。母亲牵着哥哥，她牵着自己的好朋友，沿着临河的马路往回走。河边开了一树杏花，花枝繁盛，在月色中特别美。童海琪盯着多看了一眼，用手指着：“妈妈，花！”

母亲回头看她，笑道：“这是杏花。”

母亲的笑容在她记忆中永恒定格。那一瞬间，伴随着那一回头，黑色汽车轰鸣而至！母亲和哥哥被当场碾压进车里，她只觉得半边身体都很痛，和玩伴一起，被车从侧面撞得高高飞起又落下。玩伴落在地上以后就不动了，小海琪向车的方向爬过去，找被卷进车轮下的母亲。

这时她看到了惊人的一幕。黑色的汽车往后倒车，车轮下露出了母亲和哥哥的身体。车门打开，一个穿蓝色夹克衫的年轻男人下来。他俯身查看了母亲的伤情，摇了摇头。蓝色夹克衫又转身上车，汽车车轮从两具躺在地上的身体上再次碾压了过去。尔后汽车熄灭灯光，顺着道路，扬长而去，消失在黑夜里。

小海琪摇晃血泊中的母亲与哥哥，但是无论怎么用力摇晃，他们都不再醒来。她一个人在空无一人的马路上放声大哭，直到天色渐明，杏花花瓣落在尸体上，已经积满了一层。

“后来我被送去了孤儿院，”童海琪说，“再后来我成了一个三流言情小说家，靠写一些甜蜜的故事，告诉自己世界原本是美好的。”

“直到我长大以后才明白，那辆车重新碾压我亲人的意义——撞死人，与撞伤人导致终身残疾相比，要赔偿得少一些。当然最终警察没有抓到凶手，所以他也没有付出任何代价。可是我永远会记得，那辆车的车轮在重新压向我母亲之前，我清楚地看到，她的手指动了动。我记住了男人的脸。所以很久以后我在时尚杂志上再次见到他时，一眼认了出来。我接近他，了解他，谴责他，可是你知道最可悲的是什么吗？”她语气轻缓，像是唱一首哀伤的挽歌，“这件事情在他生命中无足轻重，不影响他出专辑，成明星，甚至我旁敲侧击地问，发现他早已忘记了那个深黑的夜晚。于是我想我有必要让他想起来。”

因此童海琪为他写了三首歌，讲述了当初发生的故事。

每一首歌都让他失去一位重要的人，直到像自己一样，变得孤苦伶仃。

张镜安静地听完，没有打断一个字。他听的时候十分专注，就像听情人的低语，最后直到所有声音都消失了，一切安静下来，才说："小姐，我今天来，其实还有一个故事。你知道林志铭一直在做心理辅导吗？"

"在当初的事情上，林志铭确实犯了不可能被原谅的错误。在调查你的时候，我也调查了他。我发现从十五年前，他一直在接受医生的心理辅导与治疗。辅导过他的心理医生说，他失去了一段记忆，想必这点你也发现了。这段记忆是在极度恐慌，恐惧和应激条件之下，被他主动遗忘的。后来医生对他进行了心理催眠，听到了他的一段自述。这段自述被林家用重金封了口，我费了些手段，才让医生重新开口。

"林志铭在心理催眠中说，他犯了不可饶恕的罪行。他还没有出名时，曾经开车，在一棵杏花树下，撞死了人。他下车查看，发现被撞的人还有生命气息，就回到车上，想找人帮忙送医院。那辆车的副驾驶上只有他的父亲。父亲说，撞死一个人不过赔钱而已，撞伤一个人，你一生就赔进去了。酒驾，飙车，无驾照，你是我最爱的儿子，我不忍心看见你前途被毁。在林志铭下车时，他父亲已经换到了驾驶座。父亲说，爸爸替你承担所有的过错，你只要闭上眼睛，然后父亲踩下了油门。

"如果你对娱乐圈更熟悉一点，就知道十五年前林志铭有很长一段时间的沉寂期。那件事情之后，他一直活在深深的内疚与自责中，这种内疚与自责将他压垮，最终让他封闭了那段记忆。再次遇到你，唱了你的歌以后，那些尘封的记忆冲破禁锢摇摇欲坠，于是他开始惧怕蓝色。蓝色，并不是孙信墨水的颜色，而是那个夜晚，那个身穿蓝色衣服，双手血淋淋，站在罪恶深处的自己。

"他拒绝唱歌，摔碎自己的专辑和奖杯。因为他本能地知道，那些是不应该属于自己的荣誉。"

"他知道自己罪无可赎，却又因为太软弱自私而无能为力。让你做他的词作者，大概是他一生所用的最大勇气。"张镜伸出手，"童小姐，走吧。"

颜青带着整个 B 市刑侦科的人站在离他们不远的地方。

童海琪站起来，向颜青的方向走了两步，突然又转回来，拿起圆桌上的玻璃茶杯："机场的茶座挺贵的，这杯竹叶青要七十呢，别浪费了。"

普普通通的玻璃杯，无色透明的液体，几片碧绿茶叶舒展开来。执行逮捕的警察默许了这个行为，张镜还没来得及开口，童海琪就仰头将茶水一饮而尽。

张镜目送整个行动队离开，总觉得那一瞬间有什么不对。是茶水颜色太淡了，还是茶叶浮在水中的方式不太对？他走了好远，又折回候机厅的茶座，服务生没来得及收拾茶杯，空玻璃杯就放在那张小桌子上。张镜伸出食指在杯底一抹，然后放在舌尖上，入口是微微的甜味。

童海琪为林志铭写了三首歌，带走他至亲至爱至信的人。只是她没有想到，林志铭最爱的人是自己。她带走了自己。第四首歌，是她写给自己的，随时准备唱响的挽歌。

如同暴雨当头浇下，他蓦然清醒，给颜青打电话："带她去洗胃，杯子里不是茶，是乙二醇！"

※十※

童海琪最终死在救护车上。一来她喝下的剂量太大，洗胃又太晚，二来当时正是B市堵车的高峰期，救护车堵在路上寸步难行，很多治疗设备没有用上。

案件最终结案，张镜站在灯红酒绿的人群中，端着一杯鸡尾酒，一个人喝。

郑语修在旁边喋喋不休："老大你看，黑炭脸竟然有Rubinacci的西装！不愧是厅长家的公子，他平时是不是在装穷！"

"不，他只有那么一套，"张镜冷笑，"自己攒零花钱买的，专门在见他那位姓阮的钢琴家时穿，现在都落两年灰了。后来阮冬然隐退，他还颓废过很长时间，差点儿被他爸骂去当交警。"

林志铭彻底疯掉的消息并没有传开，宴会厅里还在放他的抒情专辑。光球在舞池中央缓缓旋转，灯光雪花一般地落在地面上，端着鸡尾酒的侍者在清亮的歌声中穿梭往来。这场婚礼的排场特别大，新娘是商界大牛的独女，要嫁给某国际财团的公子，场面不可谓不奢靡。歌声渐渐停止，新娘身穿白色婚纱，缓缓步入幕布中央。

郑语修在人群中伸长脖子："黑炭脸不是没有妹妹吗？"

颜青就站在旁边："那是我表妹。"

钢琴声骤然响起。张镜目光越过会场，落在舞台一角："你千里迢迢把我从聊城叫来，就是为了这件事？"

颜青微微侧身："对。我没有妹妹，但是确实有这么一位特别远房的表妹，要结婚。我在婚礼筹备的邀请函上，看到了他的名字。"

蓝色的聚光灯打到舞台的角落，一位眉目俊秀的青年坐在一架白色三角钢琴前，弹起了《致爱丽丝》。大约是怕冷，暖意盎然的天气里，他依然穿着长袖衬衫和深蓝色西装。

郑语修记得那张脸，他的海报贴满了颜青的出租屋，隐退多年之后，至今未撕去。他曾经因为那双天上折梅手被恶徒伤了一根指头，而退出钢琴界，但是直到现在，提起阮冬然的名字和肖邦奖，依旧如雷贯耳。

这场商界盛会般的婚礼，竟然邀请到了隐居国外的钢琴家阮冬然。

“我一直在想，”颜青问张镜，“他当初有没有参与盗窃国家机密？”

“你自己认为呢？”

颜青摇摇头：“我的判断通常不准，所以才问你。”

《致爱丽丝》并不是太难的曲目，而阮冬然十指拂过时，就像春风唤醒了万物，一瞬熨平了每一位听众焦躁的内心，大厅里刹那生机盎然。司仪开始念冗长的祝词，新娘的微笑像画一样，定格在所有观众的眼里。

张镜把手中分毫未动的鸡尾酒递给颜青。黑炭脸接过来，对着舞台遥遥致意，然后低头正要饮酒，突然钢琴声断了。阮冬然的演奏不可能失误，琴声却消失了，一时万籁俱寂。

继而他十指按在琴键上，一声轰鸣！在逐渐欢乐与热烈的氛围中，阮冬然接了另一段旋律，又将音符徐徐展开。宴会厅里掌声雷动，而在他琴键轰鸣的瞬间，颜青手一抖，没有拿稳的鸡尾酒杯子落在地上摔得粉碎。服务生立刻上前清理，张镜蹲下去帮忙，触碰到冰凉的水渍，忽然觉得过分的黏稠，于是用手指蘸了一点，舔了舔。

“这不是玛格丽特的味道，”他转头对颜青道，“是乙二醇。”

张镜已经不记得把酒端给他的服务生是谁。宴会里侍者如云，那人早已消失在人群中，无处寻觅。他只是突然在盛夏感到一股凉意，透心发凉。

有人在等他喝了那杯酒……只要他喝了那杯酒……

婚礼散场，人行匆匆，阮冬然正好迎面而过。

“颜警官，好久不见，”他竟然记得颜青，“我本来是来接一位新的词作者，没想到回国以后发现她已经不在人世了。童海琪，真可惜，她是个特别有天赋的作词人。”

“至于林志铭，”俊秀的青年摇摇头，“他输在太软弱，是个失败品。”

阮冬然随着人流往外走，转身挥了挥手：“颜警官，以后酒杯要拿稳。”

颜青一愣。

阮冬然有绝对音感与远超旁人的听觉能力，也许听到了玻璃破碎的声音。但是那一瞬，颜青想叫住他，问那个骤然停止的音符和突然变换的曲目到底是什么意思。那是不是一个警告，在提醒自己，那杯有毒的饮料是给张镜的，让自己扔掉手中的酒杯。

这怎么可能呢？他对自己摇了摇头。

番外篇

百合花信笺

※一※

周小明眉清目秀，外形尚可，毕业后在聊城老城区小巷子里开了一家二得不能再二的旧书租书店。顺着青石板小路弯弯曲曲绕进去，书店楼下租书楼上住人，左边是废品回收点，右边是个干杂店。周老板是个衰人，开业第一个月被人拉了电闸；第二个月上街交水电费，高楼上的花盆落下来，差点儿就可以让他永远不用向祖国交水电费；第三个月在玻璃上贴了辟邪符，玻璃被砸了。周小明拉住图书批发市场来送书的小哥哭诉：“为什么上帝总把他的快乐建立在我的痛苦之上？”

戴着鸭舌帽的小哥冷静地安慰道：“会时来运转的。”

此后不久，果然时运转换。周小明一天晚上清理读者归还的书时，无意中发现其中一本里夹了一张信笺纸。信纸洁白无瑕，右下角用蓝黑墨水画了一朵百合花。

字是用打印机打印的，娟秀漂亮的楷书，带着各种表情符号，初步判断未成年。

致求知书屋老板：

好喜欢你老低头看书的样子哦，能不能一起吃饭哇。

我5月2日下午3点在Sweet heart咖啡厅等你呀。

萝莉控李老板心花怒放，旋即赴约，当日铩羽而归。第二天书里又夹了一张纸条：

抱歉抱歉，昨天有事不能来嗷。

老地方，明天见可以吗？（星星眼）

右下角依然缀着那支淡蓝色的百合花。

此后信笺常常夹在还来的书里面。周小明收书时特地留意了是谁在里面夹的信笺，然而附近有所中学，中午下课和下午放学时来还书的学生太多。而且信笺是随机夹在还来的书中的，还有一次甚至夹在一个男生还的武侠小说里。

每次周老板风度翩翩去赴约，都被放鸽子。隔几天会收到道歉的信笺，送信的女孩不是大姨妈来了就是出门裙子脏了，只好重新约时间。

“你为什么每次都要去？”被拉去陪喝闷酒的旧书批发市场送货小哥问。

“因为我是一个二十三年没有女朋友的单身汉啊！”周老板含泪敲啤酒瓶，“你说，如果我抱着被子去家乐福草市街店睡一星期，能见到人吗？”

送货小哥理智地沉吟片刻：“让隔壁废品回收点把你收走算了。”他又拍拍周小明的肩膀，“那个小女生应该没有借书。她只是每天过来，偷偷把信塞进换回来的书中。你注意一下有没有这样的女生。”

周小明的收银台就在书店门口，读者们还回来的书高高地在收银台上摞成一摞，摇摇欲坠。小萝莉完全有可能趁人不注意，往还来的书里塞一张纸。

小女生的最后一封信约在傍晚八点，人民公园正门边的大榕树下。周小明请隔壁干杂店的老婆婆帮忙看店，拿着信笺独自赴约。他特地在公园门口买了一份地方小报消磨时间。一翻开就看见宋体大黑字：盗贼黑三流窜聊城，望市民提高警觉。

据说黑三以前在东北活动，在当地黑社会中排行老三，因而被称之为黑三。此人作孽甚多，终于被公安盯上，网上通缉，被迫全国流窜。最近警方得到消息说他到了聊城，因此提醒市民多加防范。周小明翻完小报，依旧没有等到对方赴约。现在他已经可以很淡定地走回去，当作饭后散步了。天已经完全黑了下来，刚走到小巷口，就看见警车红蓝色的车灯亮得晃眼，警笛震天响。巷子口挤满了围观群众。不知谁喊了一声“周老板回来了”，人群自动让开了一条路。

周小明丈二和尚摸不着头脑。

※ 二 ※

在案发现场做记录的是一名年轻警察，清瘦高挑，寡言少语。他叫张镜，据说本来是公安部很有前途的人物，因为一次文物案的失职被流放到这个小城。他一直戴着白手套低头检查尸体，专注自己的事情，偶尔对同事说话也是只言片语。

案发时间大约在晚上九点。死者姓张，是求知书屋隔壁开杂货铺的孤寡老婆婆。子弹穿过她的心脏，一击致命。她并不是死在自己杂货铺里的，而是死在隔壁书店的收银台旁边。脸朝下倒在地板上，喷溅而出的血液一直流到店门口，汇聚成一汪黑色。

据说她是帮书店老板看店时，被歹徒袭击的。尸体的旁边，站着不知所措的书店老板。

警方认定这是一起抢劫杀人案件，因为收银台的抽屉被拉开了，里面的营业收益不翼而飞。

周小明是什么时候觉得那名叫张镜的警察与众不同的呢？

聊城是小城，很少发生凶杀案，到场的警察都显得如临大敌，只有这个人从头到尾很冷静，甚至有两次离开现场不知所踪。他带着一杯热咖啡回来，递给脸色苍白的周小明，声音低调温和："第一次遇见命案，紧张是正常的。方便的话我想问你几个问题。"

"所谓帮忙看店，是怎么看法？"他取出旧记事本和钢笔。

"李婆婆就在隔壁，每隔几分钟过来看一眼，如果有还书的就帮忙登记一下。"

"你为什么请李婆婆帮你看店？"

"我有个约会。晚饭后八点就去了人民公园，十点才回来。"

"和谁？"

"不知道，对方没有来。"周小明把收到百合花信笺的事情从头到尾说了一遍，"我觉得被那女孩耍了。你可能会嘲笑，但是我就是这种明知道没希望还要尝试的矬货……"

张镜没有嘲笑。讲述时他一直在安静地听，时不时打断问一些细节问题，然后做笔录。他最后合上笔记本，叹气："我之所以问得这么仔细，是因为这其实不是一起抢劫杀人案，案件远比抢劫杀人案严重得多。"

"我检查了尸体。子弹击碎胸骨，径直穿过心房，致使心包严重受创——先穿透纤维层，接着进入内部的浆液层，最后抵达心脏前端的大动脉。这是职业杀手才有的精准枪法，一击致命，并不是普通抢匪能办到的。"他侧脸看店门外闪烁的红蓝警灯，抬手虚指，"刚才买咖啡时我顺便勘察了这里的地形。这是条南北通行的小巷子，九点的时候人特别少。你左边的废品店已经关门了，对面的服装店也关门了，唯一开着的只有周老板你的书店和隔壁杂货铺，是这样的吗？"

"我住在店里，所以关门晚，只有李婆婆一个人常常和我做伴。"周小明渐渐冷静下来了，"你是说，凶手选择这个时间段作案，很可能是对这一带考察过的？"

张镜点点头："不错。首先我们假设凶手是抢劫杀人。他考察过这个时段还在开门的杂货铺和书店，决定抢劫你的书店。选择原因有可能是因为觉得书店钱多，有可能是因为位置更加隐蔽。不管怎样，考察时他一定发现了杂货店的老板是个孤寡老婆婆。你能看出问题所在吗？"

周小明摇摇头。

"问题是，为什么抢匪杀了帮忙看店的老婆婆后，只抢走了书店的钱，没有抢走隔壁杂货店的钱？隔壁杂货店那时应该已经没有人了。"

※三※

根据张镜的推论，刑侦队把视线从抢劫杀人案上移开了。但是既然不是抢劫杀人，那么凶手为什么会杀掉李婆婆，伪装成抢劫杀人的样子呢？

死者面朝下倒在地板上，右手弯曲伸出，食指僵硬，手掌上有一条红色勒痕。法医检验认为，这是她生前死命抓住了某样东西，该物体在她死后被强行掰开手指取走所留下的痕迹。勒痕呈长条形，约两厘米宽，形状非常规则。仿佛手心握住一根木条留下的痕迹。

这里当然没有木条，但是有其他能留下类似痕迹的东西。

"书。"张镜若有所思，"她死前死死地抓着一本书。这是书脊在手掌上留下的痕迹。"

这本书有两厘米厚，极有可能是精装硬壳本。凶手强行把它从死去的老人手中抠出来，带走。

凶手的真正目的不是钱，而是这本书。为了掩饰这本书，他将现场伪装成了抢劫杀人案。

"你收藏了价值连城的孤本古籍吗？"张镜问。

周小明当然没有这类东西。他出租的都是武侠和言情小说，《冰山小蜜酷总裁》什么的，有时候也去批发市场淘一些旧书让人送货上门，都是廉价货。

姓张的警察跟着周老板巡视了书店。书店共分上下两层。楼下是放着书架的店面，楼上是他的卧室兼书库。典型的宅男寝室——靠墙成堆地码着没有清理上架的书，地板上扔着几天没洗的袜子。张镜摇了摇瘸腿的衣柜，发现下面垫着本马克思文集，勉强保持其屹立不倒——一问果然是旁边废品店淘来的。租书店收益不好，看样子应该没有余钱收藏孤本书。

"有可能你无意中拿到了这类书，自己不知道。现在我想知道的是，那天晚上，书店里少了什么书。"张镜困扰地蹙眉，转身对同行警察道："黑三这次目的很难摸清。"

“黑三？”周小明糊涂了，“晚报上说的那个流窜犯？”

张镜没有笑，但是同行的警察笑了。他从包里取出周小明收到的百合花信笺纸复印件，说：“让张警官跟你解释什么叫‘调虎离山’。”

※四※

批发市场送货小哥再次上门时，现场已经清理干净了，尸体也早已被装入黑色裹尸袋里运走。周小明的书店挂了一个“今日不营业”的牌子。店里一摞一摞都是书，乱室英雄周老板屁股朝天扎在书堆里，逐本核对清单。

他悲愤道：“警察让我查少了什么书！都三年没清理过了，哪里查得到？我好像只有一条花裤衩找不到了……”

他拖着送货小哥去大排档喝啤酒，醉得一塌糊涂。他拿筷子指着爆炒毛肚说：“这是黑三！”然后把毛肚一口吃掉，又指着空啤酒瓶说是黑三，把啤酒瓶“啪”地拍在地上。

“我早就知道自己弱智，可是没想到这么弱……根本没有什么暗恋我的小妹妹！是黑三借故把我约出来，趁机进店翻东西！警察说有线人透露黑三来聊城是为了找一本书，他妈的谁知道那本倒霉的书就在我书店里！要早告诉我是哪本书，我直接送到他手上！这样……这样……这样隔壁的李婆婆就不会死了。”

隔壁总是叨唠的老婆婆，每天晚上九点以后，小巷里唯一陪着他一同亮起的灯光。

为了省电，只是非常微弱的橘黄色，黑暗里却格外温暖。愧疚和悲伤是同一道阀门，一旦开闸，洪水汹涌而下。如果自己没有请她帮忙看店……

警方给出了一个模糊的推论。

周小明书店里有对某个人、或者某个组织特别重要的东西，可能是一份涉密文件，可能是某种绝版古籍。有人利用夹在旧书里的信引诱他离开书店，并且在这段时间内进入书店搜寻这本书。最后一次，周小明并没有像平常那样闭店，而是请隔壁李婆婆帮忙看店。

小偷来到书店，发现店门开着，老板不在。这次他幸运地找到了想要找的东西，然而出门时却突然撞上隔壁杂货店的老太婆……

当时天色已暗，光线不好，对方也没有防备，老太婆以迅雷不及掩耳之势从他手中把猎物夺了过去，还大喊：“抓偷书贼！”

慌乱之中，对方开了枪。

从子弹判断，那是黑市上入手困难的便于携带的小口径消音手枪。凶手开枪以后，夺回猎物，消失在茫茫夜色中。直到一位晚来的读者发现书店开着门却没有亮灯，一时好奇走进去，才发现现场打电话报警。

犯罪嫌疑人被锁定为黑三，原因有三点。第一，他确实来聊城找一本书。第二，他惯用小口径消音手枪。第三，现场发现了一根他掉落的头发。

小哥安慰他："警察说得有道理，我也认为是黑三干的。人各有命，像黑三这种人渣早晚会进监狱的。"

周小明翻了一整天书，拿筷子的手抖了又抖，半天夹不起一粒蚕豆。他哑声道："除了查出黑三要的是哪本书，我没有其他能为李婆婆做的事情了。一定要把凶手绳之以法！"

※ 五 ※

黑三很痛苦。他一直是个痛苦的小偷，可是媒体却喜欢把他宣扬成牛逼大盗。

他身上有三颗黑痣，因此绰号黑三。不知从何时起，这个名字被赋予了穷凶极恶的色彩。他经常蹲在墙角一边啃馒头一边读报纸的社会版块，感叹同行们的犯案手段真是狠辣绝伦。再看一眼，发现凶手那栏竟然写着自己的名字。

黑三只好默默把报纸摊开盖在脸上，倒头睡觉。

他从来都只是个小偷而已。流窜遍全国，背负了无数不知道哪里来的罪名，可他其实只是一个比较聪明的小偷而已。

现在这位传奇人物在找一本书，一本能够改变自己命运的书。为了找这本书，他绞尽脑汁伪装小萝莉给求知书屋的宅男老板写情书，把人骗出来后方便自己潜入店内翻书库。

黑三一直以为自己是唯一一个知道这本书下落的人。可是最近他发现不是这样。

有人悄无声息地跟在他后面，踏着他的每一步脚印，最终收走了胜利果实。

因为求职书屋隔壁杂货店的李婆婆死了。

那天黑三吃了一碗葱花面，溜达到书店时比往常稍微晚一点。书店门开着，店内没开灯，黑黝黝的一片。黑三很诧异，难道小老板急着去约会，店门都忘记关？他一边摇着头一边往里走，忽然猛地收住脚步。

空气里充斥着血腥味。

距离他脚尖不到五厘米的地方有一摊暗红色血液。顺着血液流动的方向，不远处躺着个暗蓝色的物体，从外形判断应该是一个人。黑三取出背包里的手电筒，疾步上前，弯腰仔细端详。是隔壁杂货店的老婆婆。不是书店老板，黑三仿佛松了一口气，他轻车熟路走到收银台边，从里面摸出一条大花裤衩，熟练地把花裤衩套在手上，隔着布料检查尸体。他翻开死者手掌，看到一条红色勒痕，随即又将尸体原样摆好。

黑三再次对地上尸体投以深深一瞥，摸出手机，转身快速离开。

“我记得买到这条情报的只有我一个人。”

“哦，是的。”手机那头的回复显得油腔滑调，漫不经心，“鄙行最讲信誉，我确实只把遗书的情报卖给了你一个人。但是不保证有其他人，通过其他渠道，得到和你一样的消息啊。”

黑三暗地骂了声娘，愤愤然掐了手机，从衬衣贴身口袋里取出一张叠成四方形的打印纸。展开来看，那是一份遗嘱。遗嘱签署时间在三个月前的 2 月 1 号。

“……我勤勉一生，无所建树，愿将平生所得赠予知音。本遗嘱之外，本人另立遗嘱一份。有缘发现第二份遗嘱者，将获得我的全部财产。谨此立证。”

※ 六 ※

这份遗嘱的设立者是著名的房地产公司万柯前董事赵天佑。他在遗嘱公证后的第七天，心脏病突发，与世长辞。赵董事一生致力于资本运作，在全国范围内投资了几处极好的地产，已然亿万身家。他一直未婚，只和情人育有一女。情人在被他遗弃后孤独病逝，女儿从此与爸爸断绝父女关系。晚年的赵天佑把自己关在豪宅里，花了十年时间写了一部《悔思回忆录》，并且自费出版。

赵董不是文人，不善文辞，出版的书一半送了朋友，一半摆在书店。送朋友的书被人束之高阁，摆在书店的书大部分被退了回来。只有赵天佑书房里，永远放着一套《悔思回忆录》的烫金精装本，摆在最显眼的位置。

这份遗嘱并没有向外界公开。黑三花了大价钱，才搞到遗嘱的原件。他逐字研读，发现遗嘱是将遗产赠与“知音”，成为知音的条件应该是受赠者至少得通读赵天佑的作品。黑三花了两周的时间把《悔思回忆录》一行一行看过，只差戴放大镜了。平心而论，书写得并不好，大部分都是杂文片段，有些地方甚至字不成句，然而他找不到第二份遗嘱的任何痕迹。

他又费时费力地调查赵天佑的生活秉性，忽然灵光一现——有一套书他没有看到。

赵天佑摆在办公室里，自己做批改笔记的那套。

遗嘱里除了“知音”，还有两个字——有缘。

黑三开始思考——什么才算有缘人？人海茫茫，特定的人遇到特定的书，才能算作缘分。他突然产生了一种大胆猜想——第二份遗嘱或许就在赵天佑放在身边的那套书里——也许是页边的一句批注，也许书里写着线索，总之一定和那套书有关系！

然而这套书早已随着其他没用的小件物品，在一场拍卖会上被随意处理了。

买家几经转手，最后这套书被求知书屋的年轻老板买走。

他没有想到，在自己身后，有另一股势力同样盯着遗产。它藏在黑暗中，悄无声息，只在最后关头带走猎物。如果当夜自己先于对方潜入书店找到书，当时死在冰冷地上的人岂不是自己了？五月熏风里，黑三不禁打了个寒颤。

所幸《悔思回忆录》分为上中下三册。从老太婆手中的勒痕看，对方只带走了其中一册，还剩下两本留在书店里。

那股势力必然还会再次行动。

黑三蹲在墙角，摸出打火机，烧掉接触尸体时顺走的宅男老板的那条花裤衩。随后从上衣口袋里摸出一个小笔记本，开始写写画画。

※七※

周老板重新开了店。因为杀人案，来书店的读者越来越少。大部分时间，人们只看见年轻老板一个人坐在收银台前，寂寞地用手撑着头看书。有人劝周小明把书店卖了，重新干点儿别的，并且开了价码，然而周老板梗起脖子回绝了。

那天他依旧守着书店，忽然看见缓缓走来一个人。逆着光，身材颀长，撑起一身英挺的警服。

张镜走进书店，靠在书架上，点燃一支烟。

“我以为你会把店卖出去，对方开的价格很高。”

“在没查清楚谁杀了李婆婆之前，我不会卖书店。”周小明咽了咽口水，手不知不觉握紧，“万一凶手拿走的东西并不是全本，说不定他还会回来。”

淡蓝色的烟雾袅袅升起，张镜神情模糊。他问："你不觉得奇怪吗，周小明？你的书店位置偏僻，又不怎么赚钱，还刚发生了凶杀案，怎么有这么多人争着买店面？开的价格还都不低……我听说有三家出过价。"

"警方消息就是灵通啊！两家小公司要租这里做库房，还有一家叫万柯的房地产公司联系我，说愿意买下来做门市部。实话说，开价很厚道。"

"警察就是老鼠，嗅来嗅去总能发现点儿什么。"张镜深吸了一口，掐灭烟头，慢慢吐出余气，"我今天是来告诉你，这三家公司幕后是同一位老板。不止这次，以前他也通过其他机构，企图收购你的书店。"

他把烟头扔进垃圾桶："和万柯谈谈卖店面的事情。看看能不能找到线索。"

万柯总部的办公楼在聊城算是很宏伟的。市中区黄金地段，三十层高，抬头时金光闪闪的"万柯地产"四个字几乎晃瞎了周小明的眼睛。他踏上大理石台阶，前厅衣着考究的秘书小姐立刻热情迎上来："周先生，钱总等您很久了。"

周小明判断这位"钱总"应该就是和他谈书店买卖的负责人。

他在一间装潢考究的小会议室落座，无聊地看四壁上悬挂的公司元老录，有些相框一角缀着一朵小白花。根据旁边附的简介，缀小白花表示该人物已经谢世。他仔细一一看过，发现有两张带花的相框是新挂上去的。

其中一张比另一张又更新一些，很明显是才悬挂上去的。

"这是我们董事会的元老赵天佑先生。"秘书小姐见他好奇，在一旁礼貌地解释，"三个月前心脏病突发去世了。赵老精通文墨，还出版过书呢！叫什么来着……《悔思回忆录》。"

周小明挠头，这本书的名字仿佛在哪里听过。

赵天佑？

在哪里听过呢……

"那这一位是？"旁边相框里的人年纪轻轻，不过三十，斯文地戴着一副眼镜。周小明不解道："他这么年轻，怎么也……过世了呢？"

"哦，您说的是孙总啊！孙总是前董事长的儿子，叫孙路。他一直留洋在外，年纪轻轻回国接任总裁，谁想被杀死在自家别墅里。他的案子当初闹得可大了，警方来了好多人，闹了整整两个月，我们这边还请了公关经理——"

话到一半，戛然而止。会议室的门开了，进来的年轻人剑眉星目，翩翩公子。他大步向周小明走过来。

“鄙姓钱，单名亮字。孙总过世后我接任万柯总裁。几次想买周老板的门面，您一直不肯赏光莅临……”

周小明愣了愣。他原以为和自己接触的只是一位业务经理，没想到是对方的大老板，并且待人接物礼数周到。

※八※

周小明坐在地上冥思苦想，为什么钱亮愿意花那么高的价钱买自己生意差到爆的店呢？而且他提的要求很简单，只有轻描淡写的两点。

“我们要店面很急，想请周老板务必出售。您可以马上搬出去，书店里的东西不必搬走，万柯会买下来，按市价付款。阁下意下如何？”

周小明回到店里，冥思苦想。除了黑三，这个叫钱亮的人很可能也对自己店里的东西感兴趣。一定有一样东西，能把自己的书店和万柯联系起来。可是，这究竟是什么东西？

他忽然一拍脑袋：“靠！”

周小明爬上卧室，拖开废品回收点淘来的瘸腿床，扒拉出两本垫床脚的书。他拍干净灰尘，用细布擦拭后拿到五月的阳光下面，缓慢读出封面上的字：

《悔思回忆录》。

作者：赵天佑。

周老板对这本书印象很深刻，因为它不厚，却被分成了上中下三本，每一本都是精装硬壳——厚薄适中，质地坚硬，符合垫床脚的一切要求。当旧书市场老板表示必须搭卖几本杂书时，他毫不犹豫地选了这个。

黑三几次入室找不到书，不怪他专业技术不过关，而是谁也想不到这书被拿去垫了床脚，还是里面靠墙的那两只脚。

现在这套书三本只剩下上册和中册，下册放在楼下书架上，已经不翼而飞。

拿直尺测量，书脊果然宽度 2 厘米。

周小明把书交给张镜。张警官沉吟片刻，勾起嘴角冷笑：“很快我们就知道万柯想要的是不是这套东西了。”

很快，位于聊城中心区的东方商贸世界顶层豪华大厅内，举办了一次无限制性质的拍卖会，拍卖品中包括了一套旧书残本——过世资本家赵天佑私藏作品集《悔思回忆录》上册和中册，附赵天佑本人的藏书章和批改笔记。

“你真想卖掉这套书？”周小明不可置信。

“不，我只是想看看谁会出价购买。不管对方价码开到多高，最后我们都会宣布没有达到预期的价格，拍卖品流拍的。”张镜笑道，“除了黑三，有一股势力已经渗透到了你身边，只是我们无法察觉。”

※ 九 ※

拍卖会现场嘉宾众多。展厅大门两侧各站着四位礼仪小姐，手捧大红签名簿，请进展厅的客人依次签名。忽然一位正准备签名的客人指着签名簿惊道：“这不是报纸上说的盗贼黑三吗！”

“我看看！”

“真的是黑三！快叫警察！”

签名簿马上在人群中传开。果然最后一栏上赫然登记了黑三这个名字。堂堂正正，龙飞凤舞的钢笔字，签得颇有气势。人群骚动起来，便衣警察迅速到场，而刚才发起喧嚣的客人已经收起笔，戴上太阳帽，消失在场外。

警方立刻布控现场，暗中排查，一无所获。

“当然不会那么简单抓捕成功。”一位老警察怏怏道，“黑三精通化装术，现场人又这么多，早溜了！”

“问题在于，黑三为什么特地在拍卖会的签名簿上留下名字。”说话的警察声线冷清，不高不低，单手插在制服口袋里，扫视人群，“知道我们在抓他，还特地来签个到，是不是太嚣张了？”

张镜的问题没有得到回答。他食指摩挲鼻梁，沉思着——这个签名并不是给警方，而是给钱亮看的。参与这个案件的有两股势力，黑三在明，钱亮在暗。他和警察一样，想确认还有谁对这套书感兴趣。他的出现无疑会给暗处那方施以压力，敦促“它”不惜代价把猎物拍下。

他只用做一个观众，静观拍卖会落幕。最后竞价攀升到了警方想象之外的高度。出价最高的一方是个投资机构，钱亮个人控有对方百分之三十的股份。

拍卖会结束以后，聊城刑侦队的调查员气喘吁吁赶过来："张警官，我们弄到万柯前董事赵天佑的遗嘱了！"

※ 十 ※

五月的天空湛蓝高远。周小明在自己的书店里百无聊赖，翻一本影印的书。旧书市场送货的小哥坐在书店门口喝水，望着旁边关闭的杂货店，问他："我听说你要把书店卖出去？"

"不卖了……拍卖会后，对方突然变卦不买了。"

发现《悔思回忆录》的正本已经不在周小明手里后，钱亮的态度一百八十度大转变。他让女秘书冷冰冰地给周老板打了个电话，说公司业务调整，不需要青台巷的店面，以后不用再联系了。

周小明把正本交给公安局后，自己留了一套影印本，没事天天翻着玩。

"姓张的警察说这套书里可能藏着赵天佑的遗嘱，所以很多人想要。我天天翻，上面屁都没有！"周老板抱怨道。

送货员小哥问他："警察说得有道理。如果想从租书店老板那里拿到一本书，最简洁的办法是什么？"

"从我这里租走。"周老板说。

"对，可是不管黑三还是钱亮都没有这么做——为什么？因为对方不希望你注意到这本书，甚至不希望你翻开这本书。这极有可能是因为书里含有隐藏信息——比方说一则遗嘱什么的。在没看到书前对方也不知道信息的形式，万一极其浅显，直接写在扉页上，那你不是赚了大便宜？"送货小哥接过书翻了翻，忽然指着一处地方皱起眉头，"你在书上乱涂乱画过？"

"怎么可能！"周小明凑过去，发现是正文中有人用笔把一个字涂成了黑色。从前后文来看，应该是个随笔的"随"字。周小明本来没有注意到这些，经过小哥一提醒，觉得有点儿意思，于是继续查找，发现书页上乱涂乱画的地方还不少。

有些字被涂黑了，有些字上被用横杠划掉。

他把字连起来，轻声读："随上吃水恨……什么东西，完全没有意义嘛！"

凶杀案使书店的读者日渐稀少，周老板日日无事，闲坐在柜台前仿佛有深仇大恨一般指着影印本上的涂鸦字，正着读，倒着读，七巧板一般拼凑——依旧毫无意义。

小哥安慰他，钱财乃身外之物，何必上心。

周小明只是笑笑。他对遗嘱没有兴趣，但是如果它能成为抓住杀害李婆婆的凶手的线索，上天入地他也要把这东西从书里挖出来。

真相只在特定的时刻闪光。

事情起源于周小明清理了书架没有洗手。他像往常一样研究书上的字，手指按在书页上，留下了黑指印。他怔怔地盯着这些印迹，半天不说话。

当我们还是孩子的时候，看书时常常用指读法。小孩子要指示书中某个特定的字时，通常用食指指着它，大声地念出来，这就是指读法。举一个很简单的例子：

锄禾日当午，

汗滴禾下土。

谁知盘中餐，

粒粒皆辛苦。

如果我们要指“日”字，由于手指肌肉用力的偏转性，人们通常把食指放在“下”字上，有一部分覆盖了“禾”字。如果要指“汗”字，食指则完全覆盖“知”字。手指越纤细，覆盖的字越少，手指越粗，覆盖的字越多。如果用大拇指进行指读（事实上几乎没有人这么做），可以直接覆盖三个字。

因此手指的宽度和文本的行距，也决定着指读时覆盖的单字内容。

周老板不常做体力活，手指细瘦清秀，因为常年蜗居书店不见阳光而显得苍白。他的手指按在书页上，留下的灰色指印，恰好只覆盖了所指示字的右下方。无意中按下的黑手印，串联起来竟然是一则遗嘱。遗嘱并不是书中做记号的部分，而是那些记号斜下方，指读法时食指覆盖的文字。

因为第三本书失窃，这份遗嘱并不完整。

“残年感言，不登大雅之堂，承蒙阁下耐心细读。人海茫茫，萍水相逢，谨将毕生所得相送……XX 银行，4 号保险柜……”

※ 十一 ※

周小明对遗嘱的发现使案子有了很大的进展。要想知道谁杀了杂货店的李婆婆，首先要知道对方想从书店要什么东西，通过判断谁想要这份东西，锁定凶手身份，进而寻找犯案证据——这是聊城警方典型直线型思维。有时候这种思维非常有用，但是在这个案件上，周小明表示不理解："现场已经发现了黑三的头发，为什么不直接抓捕他，反而迂回调查这么多东西？"

张镜摇摇手指："因为黑三不是这次的凶手。现在有两方势力加入了遗嘱争夺中，一方是黑三，另一方是万柯的钱亮。一根头发只能说明黑三到过现场，但是不能排除他是在李婆婆死后到现场的。事实上，我们找到了他无辜的证据。"

"黑三是无辜的？"

"子弹从枪管里高速射出时，弹道上加速用的螺旋纹会在高温的子弹上留下痕迹。凭借这类指纹一样的东西，我们可以鉴定子弹是从哪把手枪里发射出来的。我把李婆婆尸体里取出的子弹和三年前万柯孙总裁遇害时的那颗子弹拿到专业检测机构，发现它们来自同一把消音手枪。"张镜从提包里取出一张旧报纸，"你看这个。"

这是三年前一份东北地方报纸，根据报道黑三当时正被东北警方追得鸡飞狗跳，险些落网——他当然不可能来远在南方的聊城杀死万柯前总裁孙某。也就是说，杀死孙某和杀死李婆婆的是同一人，惯用一把小型消音手枪。周小明不知道"他"是谁，但很可能是一名受人雇佣的职业杀手。

※ 十二 ※

守夜的保安喝了一口中午叫外卖时赠送的提神醒脑茶，眼皮越来越重，最终耷拉下来再也睁不开。

有人悄无声息地进屋，按下红外线报警器总控台的 OFF 按钮。瞬间，密布于黑暗中的红外线网消失于无形中。

黑三戴着夜视镜，咬着手电，悄无声息地翻进一栋别墅的外墙。他猫着腰，一路蹿到墙根，再顺着垂直的墙壁往上爬。

黑三轻巧地从窗户翻进书房，蜡像一般定在原地，打量四周。房间里四壁都是书，靠窗有一张红木书桌，摆着几封文件。靠墙立着一只保险柜，保险柜旁边立着一株半人高的观赏芭蕉盆栽。

他走到保险柜前，取出工具袋，将里面造型怪异的镊子小刀一样一样取出来摆在地板上。这些东西黑三入行时就带着了，像珍惜自己手脚一样珍惜它们。手和脚到不了的地方，有了它们，才能够畅通无阻。

他却并没有碰那只笨重的保险柜。

深夜中很安静，黑三咬着手电看手中的信，昏黄的光线中只能听见墙上古董摆钟走动的声音。

突然，他拿起东西躬身一跳，退回窗口边。

灯猛然亮了，刺目耀眼。

黑森森的枪口指着窗边盗贼，举枪的人年纪很轻，姿势标准，似乎受过专门训练。钱亮站在保安身后，穿着睡衣，脸色难看得要死，一字一句像咬着吐出来：

“黑三兄，幸会幸会。”

黑三苦笑着举起手：“阁下竟然听过鄙人大名。”

他随即恍然大悟，抖抖拿着的《悔思回忆录》下册和一封信：“你根本不知道书在哪里，所以一直跟在我身后。你一步一步踩着我的脚印，当然能猜到我是谁。我没想到的是，钱总要的和我要的竟然不是一样东西。哈哈，我只是要钱而已，你想要的是自己的命。这是赵天佑给你的威胁信，说掌握了你雇凶杀万柯前总裁孙路的证据，如果你不向警方自首，这份证据最后会公之于众。他已经死了三个月了，证据还没有公布，按道理说钱总您可以不用操这份心了呀？”

“指望我自首，老糊涂了吧？”钱亮森然冷笑，“不过老头子也挺能折腾，他还给了我一封信，信中说如果我敢像干掉姓孙的一样干掉他，遗嘱上会公布证据的放置地点。我不能容忍任何人找到老头子的第二份遗嘱，当然包括你。”

杀手枪口微抬，钱亮伸手制止：“让他多活两分钟。我还想知道，你是怎么发现我保险柜的？”

“钱兄竟然在书房里装了三个红外线探头，而且这三个探头的角度还很奇妙，并不是对准保险柜的。”黑三咧咧嘴，“它们对准的竟然是保险柜旁边的盆栽。要判断什么是真正的保险柜很简单，看看摄像头对准的是什么东西。”

他遗憾地看了一眼钱亮：“深夜叨扰，深感惭愧，再送一条消息——遗嘱已经破解了，里面并没有提及你害怕的东西。想必钱总也注意到了书中的铅笔做的记号。真正的密文其实在记号的右下方，只有用指读法时才有可能发现。不过指读法有一个特点，用右手指读的时候，食指覆盖右下方文字，用左手指读时，由于习惯性用力方向，左手食指会覆盖左下方的文字。作为一个左撇子，钱总你就是把赵天佑的书翻得再烂，也是发现不了遗嘱在哪里的啊！死老头子只是临死前耍耍您而已。”

猛然一道手电光刺入持枪保安眼睛，随后是玻璃破碎的声音。黑三鹞子翻身，消失在窗外黑暗里。

楼外的保安想追，只有暗夜一片。

钱亮走到保险柜的盆栽旁。盆栽已经被移开了，地板上露出一个嵌入式保险箱的小门，里面空空如也。

他从求知书屋弄回来的《悔思回忆录》下册已经不见了，一同不见的还有赵天佑写给他的威胁信。

“没关系。”钱亮嘶声道，“信不能作为证据。他即使把这些东西给警察，也不能成为实质性的证据。”

※ 十三 ※

黑三蹲在网吧里玩游戏，退出时看见 QQ 弹出万柯总裁钱亮被警方拘捕的消息，无声地扯了扯嘴角。

根据报道，聊城公安局刑侦队两天前收到一封举报信，信里包括两封署名赵天佑的威胁信和一封说明《悔思回忆录》下册在哪里的指示图。地图上是钱亮在郊区的一栋别墅，包括养了几条狗、有多少安保人员都画得相当详细。最引人瞩目的是书房的盆栽旁，寄信人用红圆珠笔画了一颗桃心。

寄信人署名是黑三。

搜查科到钱宅后，发现钱亮相当配合警方工作。

他主动打开保险柜，笑容满面，直到一名叫张镜的警察轻描淡写地提了一句：“盆栽下面的保险柜还没看。”

钱亮笑道：“这里面是空的。”

他移开盆栽，取出钥匙，坦然打开——

租书店杀人案件里失踪的《悔思回忆录》下册映入眼帘。

检验科从书皮封面上检测到了死者李婆婆的血液反应，同时也有钱亮的指纹。

脸色苍白的钱总被拘捕了。

“我能把书拿走，当然能重新放回去。”黑三惬意地走出网吧，走进六月温暖过头的阳光里。

※ 十四 ※

钱亮被拘捕后，遗嘱的事情公之于媒体。冷清已久的求知书屋被记者踏破了门槛。

周小明买了一堆报纸，一张一张翻开它们，依次读黑体字标题——《天上砸下一个亿——穷老板变身富豪》《深度采访赵天佑遗产继承人：小人物周小明》《谁说穷人没有好运气》……

“如果他们知道钱都捐出去了，用词会不会和善一点？”周老板习惯了一遇到伤心事就向送货员小哥倾诉。

小哥在啃馒头，差点儿被噎住：“你真的一分钱都没留？你！你……”

“赵天佑是想把遗产给通读他书的人，我没有看完他的书，没有资格得到他的遗产。况且，”周小明看着自己的手指，“要通过指读法发现遗嘱的秘密，手指的宽度和行距关系非常重要。解密人的手指必须很细，才能恰好覆盖斜下方的单字……这其实更接近女性手指的宽度。赵天佑有位一直没有原谅自己的女儿。我想他真心希望的，其实是让女儿读一读自己的书，原谅自己，并且继承遗产。这本书字里行间都是一位不尽责的父亲和丈夫晚年的悔恨之情。”

送货员小哥已然背过身去：“你有钱交水电气费吗，矬货？”

钱亮被判刑，并不是因为在他家发现了犯案丢失的书（他一口咬定书是托朋友从黑市上买回来的），而是第三份遗嘱。

谁也想不到有第三份遗嘱，并且隐藏在第二份遗嘱之中。

除了新调入聊城的那名姓张的警察，没有人想到去查死者的购书记录。张镜弄到了赵天佑惯常买书的书店的购书清单，清单上都是一些清心寡欲的佛学作品。然而在这些书籍中，张镜发现了一本《摩斯简码教程》。

更让人惊奇的是，他竟然参加了好几次本市举办的儿童摩斯码讲座！他是唯一参加的老年人，因此接待小姐印象深刻，肯定到场的就是他。

赵天佑的生活中，有任何需要用到摩斯码的地方吗？

张镜终于发现，赵天佑在《悔思回忆录》里做的记号可以分为两类：一类是把字涂黑的点，一类是把字划掉的横线。

这是一种双重加密结构。如果用指读法，能够发现写着银行密码的遗嘱，如果把点和线连在一起，就是基本的摩斯码结构。

翻译出来的英文极为简单：

The evidence was buried under the apple tree.

证物隐于苹果树之下。

聊城有无数苹果树，但是赵天佑的别墅花园里只有一棵。警方从树下发现了一只装着U盘的铁盒。

U盘里有包括钱亮指使人干掉万柯前总裁孙路的音频、杀手交回给雇主的照片、笔录在内的一系列证据。

谁也不知道赵天佑通过什么渠道得到了这些东西，但是作为一位亿万资产的富豪，他确确实实做到了。

钱亮因此走向审判台。

和他一同走向审判台的还有雇佣杀手。犯案记录上同时包括今年五月租书店杀人事件中杀害杂货店李婆婆一案。

※ 十五 ※

在U盘被发现后，图书市场送货的小哥和书店穷老板喝了最后一场酒。小哥说经济不景气，要辞职去南方打工。

周老板痛失吐槽求安慰的对象，如断手脚，痛苦万分。两人在大排档喝得天昏地暗。周小明拍着小哥肩膀说："男儿志在四方！兄弟别嫌弃，要是以后江湖上混不下去了，回来和我开书店！"

小哥嫌弃地扯扯嘴角："太穷。"

小哥出了大排档，吹了声口哨，挥手叫的士。

停在他面前的却是一辆警车。

从车上下来的警察看起来极为年轻，神情淡漠地靠在车门上，向他打招呼："黑三，初次见面。"

黑三猛然一惊。

"你可能在想我为什么知道你就是黑三。我检查了你写给周小明的情书，发现每行最后一个字的文字笔画间会有断点，因此很容易看出这是一台老式针孔打印机，其中一根打印针坏掉了。我想知道聊城哪家打印店的机器符合这种情况，发现有一台符合——周小明书店楼上的报废打印机。我试了试，用它打出的字和情书上的笔画断点情况一模一样。”年轻警官笑了笑，“我问过他谁总是借他的打印机，周老板说，只有送货员小哥借来打过书单。”

“很聪明，还有呢？”黑三评价道。

“我试着换位思考，如果我是黑三，想找一套被处理掉不知道在哪里的书，会怎么做呢？我会像你一样，去旧书批发市场做一名送货员，可以随时查阅以往的送书记录，顺藤摸瓜。”

“可是你不准备逮捕我。”黑三皱起眉头，“你虽然开了警车，但是没有带同伴。”

“还你寄给我匿名信的人情。我叫张镜。”警察回到车里，挥挥手，“下次有情报，希望继续提供。”

黑三目送张镜的车消失在晚班车辆的洪流里，留在原地，从上衣口袋里翻出随身携带的笔记本。

最新的一页上，赫然记录着《悔思回忆录》下册做过记号的字词，以及拼凑出来的完整遗嘱：

“残年感言，不登大雅之堂，承蒙阁下耐心细读。人海茫茫，萍水相逢，谨将毕生所得相送。请前往某地某国际银行，4 号保险柜，密码如下……”

黑三撕下这页纸，掏出打火机烧干净，忿忿说道：“周小明那个矬货，竟然真的全捐掉了！”

一个月后，求知书屋的单身周老板大热天里打了个喷嚏。他收到一封信，拆开看，依然是打印字体，右下角缀着一朵淡蓝色百合花。

信很短，只有一行。

对不起总是让你等我，朋友。如果我混不下去，会回来和你开书店的。

黑三

番外篇

凶宅旧事

※一※

小小鸭子爬楼梯

上了十九下七梯

二十二，退十一

抖抖羽毛再一次

扑通摔了十六级

小小鸭子不丧气

妈妈妈妈最爱你

或许你觉得这只是一首普通的童谣，可是我愿意付出任何代价，让自己从来没有听过它。

我叫肖桐。事情发生在三年前的一个冬天，我警校毕业刚调入青岗市刑警大队的时候。一位隐居在此的富豪突然在自己的豪宅暴毙，五位子女奔丧，三位先后在家族佛堂前离奇死亡。他们其中有一位死时尚睁着眼睛，表情惊恐万状，仿佛面前那尊祖传的千手千眼观音像将要化作厉鬼，将他带入万劫不复的地狱深渊。我跟随经验丰富的黄剑队长介入了这个案件的调查。

刚进这座发生凶案的豪宅，我就看见一个五六岁的小女孩，穿白色蓬蓬裙，站在一楼大厅通往二楼的宽大台阶顶端。她摇摇晃晃地在最高一层阶梯上走来走去，咿咿呀呀地唱着这首歌。我怕她摔下来，紧赶几步走上去，差三四阶的时候她果然摔倒了，正好被我接住。我从来没有见过这么好看的孩子。皮肤白得几乎透明，眼睛大而清澈，小鼻子小嘴巴，抱在怀里轻飘飘的像一片茉莉花瓣。

黄队长从后面赶过来，一巴掌把我拍开，抱过小妹妹，递给跟在他旁边的管家，教训我说："毛手毛脚的，叫你乱逗小孩——"

管家大约四十岁，戴着黑框眼镜，黑色西装挺直挺直的。他小心翼翼地接过小女孩放在地上，看了我一眼："小小姐有劳肖警官了。"

人都走了，李浩从背后拍我肩膀，幸灾乐祸："哎呀哎呀，你这人就爱管闲事。看吧又被冤枉了。"

李浩是法医，比我早几年进局里，平时总爱穿着白大褂晃来晃去，看上去随随便便，但据说他拿解剖刀的水准很厉害。这点我没观摩过，不得而知。我们下班经常勾搭在一起喝啤酒。

"那就是张晓晓，死者张永凌和后妻生的小女儿。据说性格内向，有自闭倾向。张夫人在生她的时候难产死了，张永凌分外疼爱这个五十六岁时得的小女儿，一直留在身边。张永凌前后娶了四个老婆，无一例外都早死了，这可是座不折不扣的凶宅啊！"李浩向管家离开的方向扬扬下巴，"走吧，跟上黄队，我们也去看现场。"

※二※

我只知道死去的张永凌有钱，没有想到他竟然这么有钱。

张永凌在景区的这座别墅装修得豪华气派，随处可见名贵瓷器和古董家具。在别墅东北角落，他打通了一楼和二楼，大约一百平方米，改装成了一间阴森森的佛堂。

地面铺着红地毯，没有窗户，电灯光线很昏暗。在这样欧式风格的建筑里修建一间中式佛堂，有一种诡异的不协调感。我见到了资料上说的那尊千手千眼观音铜像。它供奉在佛堂最深处，出乎我想象的高大——大约三米高，头部叠了六层，每层六面，每面都有一双姿态各异的手。正面的观音宝相庄严，柳目微垂，让祭拜的人不由自主产生一种压迫感。

李浩头天就来了一趟，指指地面的粉笔痕迹和血迹："喏，那就是被害人尸体发现的地点。"

离佛像最近的是张家大少爷尸体的位置，几乎就在佛像脚下。二少爷尸体在它的右边，三少爷离得最远。

“据说老大和老二死的时候是夜里，早上打扫佛堂的女仆发现的。老三是大中午死在这里的，眼睛还睁着。都是面部中弹，后脑被板状凶器击中。很有可能是凶手先从后方击晕了受害人，然后再开的枪。”李浩在我耳边说，“离谱的是，每具尸体旁边都落着一只手电筒。我检测后发现沾着被害人的唾液。肖桐同志，这说明了什么？”

“他们死前都叼过一只手电筒？”我摸不着头脑，“晚上带手电无可厚非，大中午死的那位带这玩意儿干吗？还有李浩同志你怎么知道得这么清楚，来前背过资料？”

他耸耸肩，很不满：“我就是那个负责验尸的法医啊，下午还得赶去殡仪馆。真是的，瞒了这么三天才报警，严重妨碍法医的职业判断。”

佛堂里挤着几个刑侦队成员。物证昨天就取过了，今天只是听管家在原案发地再次叙述案发时的情况，采集口证。基于初步判断，黄队认为这是一起针对遗产继承的凶杀案，重点嫌疑人落在幸存的四少爷张雾身上（五小姐张晓晓年纪太小，排除犯案可能）。我第一次参加重案，之前死命背过资料，因此再听一遍竟然有些走神。李浩有一搭没一搭地跟我聊天：“你觉得为什么他们会叼着手电筒？”

“把手空出来？”

“嗯。”李浩若有所思，“我也觉得。肖桐，你说他们死前会不会都是嘴里咬着电筒，在往观音像上爬？”

※ 三 ※

整个下午我们搜查了别墅，没有发现枪支，也没有发现击打死者后脑勺用的板状凶器。我负责大厅，其间又见到了张晓晓，她唱着那首童谣从我面前走过，仿佛我不存在一般。一会儿管家慌慌忙忙追了过来，似乎是小女孩没有按时吃药。

我叫住他：“小妹妹唱的歌很好听，叫什么名字？”

管家礼貌地站住：“老爷在世时编的，没有名字……代替过世的夫人。小小姐很喜欢它。她有些自闭，除了哼这首歌几乎不说话。”

我仔细搜查，甚至搭着凳子拆下了墙壁上悬挂的大石英钟检查背后。石英钟很重，我差点儿摔下来，幸好有人从背后推了我一把。我道谢后，回头看见一位身材瘦高的男子，穿着休闲衬衫：“我叫张雾，你好。”

他就是张雾，张家四少爷，唯一幸存的成年继承人，黄队说的重点盯梢对象。

“我本来在英国留学，惊闻父亲死讯连夜飞机赶回来的。不想回来后三位兄长也接连出现意外了。”他叹了口气，“四点是遗嘱宣读会，本来五兄妹一起参加的，现在只剩下我和晓晓了。”

他前倾一点儿靠近我，声音很轻：“我知道警察一定会怀疑我。可是我向你保证，不是我做的。父亲生前做过很多不善的事情，说不定是菩萨要我们家绝后……说不定下一个死的就轮到我。”

我只是个初出茅庐的小警察，这些话告诉我也没有用。他走后，我苦闷地坐在台阶上，想李浩的推理——肖桐，你说他们死前会不会都是嘴里咬着电筒，在往观音像上爬?

重物打击和头部撞在平滑地面上造成的伤口非常相似，有时候很难分辨，尤其是尸体保存条件不好的情况下。我明白李浩的意思，他认为受害人头部的伤痕不是击打所致，而是从观音像上掉下来撞击地面所致。随后有人从正面给了他们一枪，结束了他们的生命。

过了一会儿，手机响了，是李浩打过来的。他已经干完了手里的活，啃着鸡腿从殡仪馆给我打电话：“肖桐，那个遗嘱搞笑死了。”

“什么？”我不理解。

“你怎么反应总是慢半拍？刚刚从黄队那里听来了遗嘱内容，说是张永凌大部分财产都已经转移成了票据形式，托给国外一家机构保管，要取钱得凭一把钥匙在那个银行在国内的代理办事机构办理手续。老头的遗嘱是三年前立下的，说日后会亲手把钥匙交给继承人——问题是他心脏病突发死得这么突然，谁知道钥匙在哪里啊？”

“嗨，那不是谁也继承不了了？话说你刚解剖了尸体能吃下东西？”

“怎么不能？我最喜欢吃腿部平滑肌了，大肠和肝脏也喜欢。”他说，“喂肖桐你别挂电话……”

我默默地掐了李浩的电话，开动自己的大脑思考。

为什么死亡地点一定选在佛堂?

为什么明知道有兄弟死在那里，另外两位依然靠近它，最终死在那里?

黄队的逻辑比我直接。第一，继承权问题杀人。第二，目前的遗产受益人只剩下两位，张雾和六岁的张晓晓。晓晓年纪太小，排除掉，因此下一步就应该是监控张雾。

可是聊天时张雾的眼睛里分明充满恐惧。他对我说：“肖警官，我知道下一位就轮到我去死了，我接受，可是心里依然很害怕。”

※四※

三位被害人死时手里空空如也，嘴里叼着手电筒。只有两手不空的时候才会把手电筒叼在嘴里。从他们与佛像所处的位置来看，我认为法医李浩的推理是正确的——他们死前是试图徒手爬上那座千手千眼观音像。

回答问题一：为什么地点选在佛堂——因为某种原因必须爬上铜像。

回答问题二：为什么明知道有兄弟死在那里，另外两位依然靠近它——因为钥匙在那里。

晚饭后我把这个想法告诉了黄队。他叫来了负责搜查佛堂的老赵。

赵警官进公安系统十年了，搜查经验相当丰富。他摇摇头："佛像上没有能够藏东西的地方，我和老周早搭着梯子上去看过啦。"

"要是小肖实在放心不下，就安排他今天晚上守现场吧。佛堂对面的房间可以住人，想再检查也方便。"

我住的房间和案发的佛堂只隔着一条走廊。半夜睡不着，突然听见外面有脚步声。

由远及近，慢慢向佛堂这边走来。低头看表，已经凌晨两点。

为了随时注意对面的情况，我的门没关死，留了一条小缝。从我在床上躺的位置正好能看见对面佛堂的门。我忽然看见了一个白色人影，一手摸着对面墙壁，一手毫无生气地垂着，身体扭曲成一个怪异的角度。月光从走廊高高的窗户落下来，他悄无声息地穿过了地上银白色的月光，消失在我视野的尽头。如果是现在的我，那一瞬间我已经追出门了。可是当时我初出茅庐，由于恐惧，留在了原地不敢动。

听见脚步声渐行渐远。

第二天我脸色苍白地出门，正好遇见管家给张晓晓送早饭。我叫住他，稍微觉得有点儿丢人："贵宅……没有闹鬼的传闻吧？"

管家很诧异，听我把昨夜的经历说完后笑了："肖警官莫非是遇见了四少爷？"

"张雾？"我丈二和尚摸不着头脑，"他半夜装鬼做什么？"

"四少爷从小有梦游的习惯，总是从二楼自己的房间出来，沿着每层楼的走廊走一遍。四少爷小的时候，我早上起来经常看见他躺在走廊角落里睡得呼呼的，还得重新抱回床上去。这里工作久了的佣人都习惯了，没有什么大不了的。"他又想了想，严肃起来，"肖警官，可能有些下人多嘴，说过这座宅子不干净，是凶宅。老爷确实前后娶了四位夫人，并且无一例外都早死了，但是现在说这些话会让四少爷和小小姐更伤心。”

上午李浩回来汇报尸检情况。我告诉他昨天的猜想，他若有所思：“我觉得你是对的，肖桐。我觉得三位死者的后脑伤口比起像钝物重击，更像是自然撞击地面。一定有什么东西逼迫他们必须爬上那座观音像……最近有白天断电的情况吗？”

断电？确实断电过一次，正好是三少爷死的那个中午。人们都注意刚发生的凶杀案去了，很少有人关心什么时候来电的。

李浩拉着我去查电表，他从电闸上取走几份指纹。最近的一份竟然是死去的三少爷张鸣起的。也就是说，他临死前，自己亲手拉下了整栋宅子的电闸，然后进了佛堂，爬上观音像，直到被人一枪打中头颅。

我突然注意到一个细节，突然明白了李浩调查停电问题的含义——三位死者的手电都是咬在口里的。如果仅仅是有地方要用上手电，攀爬佛像时直接关掉放在口袋里，或者留在地上就可以了。可是他们无一例外地都选择了咬在嘴里。

我拉住他：“这说明了他们当时处于黑暗状态，需要手电照明——他拉掉电闸是为了在中午制造黑暗，一定有什么东西是需要在黑暗中才看得到的！”

※ 五 ※

我第一次觉得如此兴奋。我们以最快速度冲进佛堂，李浩关掉了灯，我紧闭门窗。佛堂的光线顿时暗了下来。我环视四周：“你看到什么了吗？”

“没有，你呢？”

“也没有。”我失望地叹了口气。

李浩拍拍我的肩膀：“小肖同志，走吧，你尽力了，去帮黄队做笔录调查。我还得去做尸检汇报。”

我走进笔录室，正看见张雾坐在里面。他虽然是重点嫌疑人，可是目前为止没有搜集到任何对他不利的证据。深夜里发生的两起凶杀案不论，中午的那一次他确实有不在场证据。

可能是昨天梦游过的缘故，张雾看上去精神状态很差。他不断地向黄队重复：“不是我做的……”

我在笔录室待了一下午，中途出来透气，在别墅里随意走走。忽然又听见张晓晓唱童谣的声音。顺着声音走，是她的儿童书房。有小孩用的一整套家具，还有彩色旋转木马和积木。小女孩骑在木马上，抱着马脖子，小声地哼唱着这首歌。

我看得正出神，冷不丁听见有人在背后说话。

“下周小小姐的姨妈要过来，接她去美国。”

我回头，看见站得笔直的管家。

我们聊了一会儿。我这才知道，管家姓温，二十来岁时就跟着张永凌干，隐退后做了张宅的管家。据说当年也是铁血汉子，出生入死，帮老爷挡过仇家的子弹，也曾风光过一把。说到过去，他平时看不出表情的脸上似乎蒙上一层惆怅：“纵是如花美眷，也抵不过似水流年，现在我只想安安稳稳过一辈子。”

他有些感伤：“老爷要是不走得这么突然，小小姐现在也有个依靠。几个孩子中，老爷最疼爱的就是她，几乎接近溺爱了。张家有个传统，为了不分散家财，上位者永远只有一位——每次遗产传承都意味着一次‘九龙夺嫡’。不瞒你说，就连老爷也是踩着不少手足的血走上家族顶点的。发生这种事情……如果老爷还在，多少能给小小姐一点儿保护吧。”

几乎接近溺爱。

保护。

仿佛有什么东西点醒了我的思维。

如果真的是溺爱，张永凌会不会在这场九龙夺嫡中给小女儿一点暗示？有什么东西，能让小朋友记住和理解的呢？

张晓晓依然在哼唱着她喜欢的童谣：

小小鸭子爬楼梯

上了十九下七梯

二十二，退十一

抖抖羽毛再一次

扑通摔了十六级

小小鸭子不丧气

妈妈妈妈最爱你

我和管家靠着门聊天，风吹开小女孩儿童书桌上的课本，一页一页翻过。

管家似乎说过，这是张永凌为小女儿亲自编写的童谣。会不会暗示就藏在这里面呢？提到上十九，下七这类数字，是说明需要根据什么东西数数。最后凑出的东西需要具有小学生能够理解的实际意义……或许是一张表。英文二十六字母表肯定太难……

儿童书房墙壁上就挂着一张非常大的卡通声母韵母表。

灵光一闪而过。其实张永凌一直把给小女儿的暗示摆在最显眼的地方，只是没有人发现。当知道真相时，每个人都会惊奇真相竟然是如此之简单。

上楼梯代表声母表，下楼梯代表韵母表，声母表数十九位“z”，韵母表数七位是“ai”。“上了十九下七梯”拼出的字是“在”。“抖抖羽毛再一次”是指声母表再往上数二十二位，根据后句对应韵母表数十六位……

最后的结果是三个字：“在右眼”！

张永凌一定把继承遗产的钥匙藏在了佛像的右眼，而我们搜查时都漏掉了那个细微的部位！

这可以构成张晓晓三位兄长爬观音像的全部理由。

※ 六 ※

这一次我没有急着告诉李浩，黄队和其他同事。毕竟我们办案的重点在于找出杀害三位继承人的凶手，而不是代表继承证明的钥匙藏在哪里。我只是隐隐觉得两者必然有联系而已。我再一次走进佛堂，因为依然有一个疑点没有解决。

那是一座三点五米高的千手千眼观音像，六层头，每层六面，一共三十六面，也就是有三十六只右眼。而佛像同时有十二只手，每只手手心里还有一双眼睛。佛像背后的光环仔细看，是由一圈密密麻麻的天眼所构成。要说右眼，加起来恐怕有上百只，究竟哪一只藏着我在寻找的钥匙？

我又想到之前的推测，一定有什么东西需要在黑暗中才能看见。

三少爷死前，他明明可以直接关掉佛堂的灯，却选择了拉掉整个电闸，这样所有光源，连同走廊白天依旧点亮的壁灯也灭掉了。

他为什么要这么做？

他在……制造绝对黑暗？

一定有什么东西，需要拉灭整个电闸才能熄灭掉。

我仔细打量观音像，忽然明白了那是什么——即使所有的灯都关掉了，佛前的长明灯依旧亮着。这是上次我和李浩什么都没有发现的原因。

为了防止火灾，现在很多长明灯都是特制的电灯。佛前的灯灭掉是不吉利的事情，张永凌特地为长明灯做了不一样的电路系统，以保证即使佛堂电灯保险跳闸，它也不会突然熄灭。要关掉它，必须拉下总电闸。只有拉下总电闸，佛堂才能有绝对的黑暗。或许只有这个时候，我们才知道究竟是哪只右眼藏着遗产继承的钥匙。

拉下总电闸后，在千手千眼观音像最顶层右边的那只眼睛，发出了微弱的幽幽绿光。

※ 七 ※

李浩拍着我肩膀："哟，看不出小肖同志长进了嘛。这次推理很漂亮，回去喝酒你请客啊！"

我鄙视他："你是前辈，总蹭后辈酒喝就没有罪恶感吗？"

李浩毫无罪恶感，他吭哧吭哧就准备往上爬。黄队在一边看着，请管家搬来了梯子。李浩顺着梯子爬到观音像接近顶端的地方，回头向我们做了一个胜利的手势。

就在他侧身的一刹那，一颗子弹擦着他脸颊飞过。

所有人目瞪口呆。

如果当时没有那个侧身，李浩恐怕现在就跟其他三位少爷一样，头部中弹，仰面摔下了。

技术组很快被派遣来。子弹的来源查清了，是观音像有绿光的眼睛下面的一只眼睛。那是个热力感应装置，只要感觉到靠近的动物就会自动攻击。

拆掉会发射子弹的眼睛后，我们找到了有绿光的那只"右眼"。按下眼珠之后，整个眼眶凹陷进去，出现一个不大的暗格。依然是李浩戴着白手套取证，他在暗格里摸了摸，很奇怪："空的。"

不可能！他仔细看沾在手套上的东西，嗅了嗅，皱起眉头："黄队，里面有残留粉末，我回去分析试试。"

李浩很快就从局里打电话回来，说是白粉。

我们可以这么推断：这个家族早年参与过贩毒，这尊千手千眼观音像就是当年藏匿毒品的容器之一。它带有热源感应装置，只要有人试图接近藏匿毒品的暗格，这个如同手枪一样的机关就会自动发射子弹——这解释了为什么死者的弹洞都在脸部。他们都是从下往上爬，仰视角，而观音像有轻微的俯下视角。最让人防不胜防的是，这个机关竟然是消音的。它仿照了消音枪的设置，你几乎感觉不到子弹发射的声音。如果李浩没有侧身，或者如果之前调查佛像的老李或者老周爬得再高一点，现在我们面前就可能再摆着一具尸体。

张家前三位继承人恐怕是通过某种途径知道这里藏有暗格（比如像我一样破译了张晓晓的童谣），以为继承人的钥匙就藏在这里面，因而先后爬上佛像，最后死于佛像的机关之下。他们的后脑伤痕的确是中弹下落过程中与地面撞击的结果。只是因为面部有弹孔，我们首先想到的是他杀。

这也说明了张家在出现第三起凶杀案时才报警的原因。几位继承人或多或少从父亲那里听到过一些家族史，害怕警察在调查这个案件时牵扯出贩毒史，影响遗产继承。

其实这种担心是多余的。因为调查后发现，张家已经在三十年前就退出了贩毒集团，已经超过了刑法二十年的最高诉讼时效。

张雾知道后松了一口气："我说过不是我杀害的三位兄长。我也不奢求遗产，只想和妹妹好好地过一辈子。"

然而第二天，张雾死了。

他梦游的时候走下了三楼的窗户。掉下去时头正好撞上楼下花园喷水池，脑浆迸裂。

※ 八 ※

我们彻底地调查了现场。

这栋别墅每一层走廊两端都有一扇可以推开的木质雕花落地窗。平时窗户都锁着，只有傍晚的时候开半个小时换风。这次不知道为什么，别墅顶楼走廊右边的窗户忘记了锁，张雾梦游时就恰巧掉下去了。

这件事调查的结果是不折不扣的意外，但是有用人开始窃窃私语，说张永凌早年缺德事情做得太多，妻子儿子们一个一个都遭了报应。

黄队最终把整个案件以"事故"结案。为了防止再出现意外，张晓晓被她姨妈提前接到了法国。遗产继承的事情暂时先搁置起来，等打听到了其他线索再说。我还时刻担心着小朋友，按着顺序，怕下一位出意外的人就是她。

我们回了局里，李浩写他的法医报告，我整理案件材料。晚上一起出去喝酒，他还是老欺负新人，要我请客。

有一天我突然想起了一个问题，冲进李浩办公室。

"手电筒是头重尾轻，发光的那头更重，手柄相对更轻，是吗？"

李浩很不耐烦："这不是废话吗？"

"如果你横咬着一只手电筒，松口的时候，电筒会倒向重的那头，是吧？如果你灯泡那头向左叼着，平躺，松口时手电筒会掉在你的左边。如果你向右叼着，松口时手电筒会掉在你右边。”

“哼嗯？”

“但是三位死者，死者手电筒都掉在他们的左边。说明当时发光面一定向着左面。他们攀爬铜像的过程中无一例外地都选择用手电照左边的墙壁……你说，左边会不会有什么东西？”

比方说一个人。

所谓第六感。即使黑暗中，依然感觉得到左面方向有什么不对，因此才让电筒一直照着左边。左边有尊殿前童子铜像，和观音像是配套的，铜像后面也不是不能藏人。

这个案件始终有一个谜题没有解开。如果老二和老三都知道观音像有暗格，为什么在看到老大死法之后，依然重复同样的事情？他们应该知道观音像很危险，可是没有采取任何防范措施。

“哎，肖桐，你说会不会有人告诉了他们如何采取防范——比方说这个机关是热源感应的，子弹只有一发，只要用手挥一挥把那发子弹引出来就安全了？当然子弹不可能只有一发，所以他们都死了。”李浩看着我，摇了摇手指，“我和你的想法一样，这是一场谋杀。”

观音像机关里取出来的未用的子弹是新的，没有长年放置生的锈迹。弹道也新上过油。黄队认为这是因为张永凌直到死前都在定期维护这座铜像的机关，现在看来或许有其他解释。有人维护了这个机关，换上新的子弹。他告诉三位继承人铜像里有暗格，通过铜像之手杀死了他们。但是这个过程中这个人必须在现场——为了引诱另外两位死者上钩，他必须得捡走落在地面上的多余子弹。而且万一机关失败了，他需要亲自动手，用同样子弹型号的手枪向被害人脸上开一枪。

整个过程中，他都躲在左边的童子像的背后，注视着这一切。

“这和张雾的死亡也可以联系起来！”仿佛有火花在脑内一闪，我忽然明白过来，“我想查一个东西！”

李浩开车，我们出城，再次来到案发的景区别墅。大门已经封了，只留了个守门的老伯。管家和用人都跟着张晓晓和她的姨妈去了法国。我们出示警官证，进入了大厅。

我带着李浩走到佛堂所在的那条走廊。就是在这里，我看见了梦游的张雾。他一手摸着对面墙壁，一手毫无生气地垂着，动作诡异。我比划着张雾手指轨迹的大致范围撒了荧粉，指纹很快就显现出来了。是食指的指纹，沿着整条走廊墙壁延伸过去，到尽头时折向相邻墙壁。我一直很好奇，梦游的状态下张雾闭着眼睛怎么能够走路?

现在我明白了。他梦游时有食指接触墙壁，顺着墙根走的习惯。走到墙壁尽头时直接转到相邻墙面继续走。当手指触碰到障碍物时就说明这条路走不通，需要转身往回走。虽然看上去他上楼梯下楼梯，走过一条一条走廊，梦中的张雾始终在走一条直线。

确认了这一点后就很好理解为什么张雾会走到落地窗外面，跌下楼了。

走廊尽头那扇窗户向外九十度打开，与走廊墙壁处在同一个平面上。直接地说，就仿佛是走廊向外的延伸。平常张雾梦游到拐角时会自然地顺着关闭的窗户拐弯，可是这次他的手指摸到的是与墙面处于同一水平面向外打开的窗户。他把窗户当作走廊的墙面，梦里理所当然地认为走廊还在延续，因此按照惯常状态直走。

可是，虽然他手指触碰到了“墙面”，脚下却是悬空的深渊。

※ 九 ※

“你是说有人故意打开了张宅的窗户?”李浩靠着墙，“可是张雾住在三楼，他有可能往楼上走，也有可能往楼下走，你怎么肯定他那天晚上一定会梦游到五楼上呢?”

“这叫无成本犯罪。如果他走上去了，就会发生意外，没有走上去，也不会有损失——对方只需要推开那扇窗户而已。能如此了解张雾习惯的人，能博取前三位死者信任的人，对这里所有房间布置如此了解的人，我想只有一位。”我看着李浩，“你知道是谁——那位姓温的管家。”

李浩叹了一口气：“要真的是他，他没有留下任何证据。三位少爷已经死了，泄露佛像暗格的事情现在是死无对证。而仅仅推开窗户这种事情，只要戴着手套，甚至连指纹都不会留下。”

别墅有安保录像，只涉及前门和后门。我们调出了录像，企图寻找出管家的蛛丝马迹。时间倒回几周前，他在门口迎接赶回来的四位少爷。张雾提着黑手提包走在最前面，英姿挺拔。管家赶紧几步去接过他的行李，然后回头拉住往哥哥身上扑的张晓晓……

张雾和三位兄长一起进了大厅，温管家远远地站在门口，向他消失的方向追去，目光很温和。

“啧，如果不是今天的推论，我觉得管家和四少爷感情还是不错的。”李浩说。

“嗯，与其说感情不错，不如说四位少爷中他最喜欢的是老四……等等，倒回来!”

录像再一次倒回来，温管家的目光再一次投向消失在门厅里的少爷们。

我终于找到了违和感。平常人看右前方和右方的东西，不需要转头，或者最多转动四十五度。然而管家看这些东西无一例外需要转身九十度，就仿佛——他是在用左眼看右边的东西。我们又找到了其他例子。有一次管家寻找张晓晓。他先向左看，然后向右看——竟然没有察觉小女孩就站在自己右边——他的右眼是义眼，不转九十度的话当然不能真的看到右边。

忽然，所有的东西联系起来了。我和李浩终于明白过来了，“钥匙”到底是什么。

这不是一把真正的开保险柜的“钥匙”，而是一个凭证。只要向那个国外托管组织拿出这个凭证，并且出示能证明血缘关系的证明，就能够取得遗产。而所谓“在右眼”，根本不是指佛像的右眼和那个暗格，而是指管家右边的这只义眼。

这位贩毒出生的富豪遭遇过各种各样的搜查，因此一直致力于想出一个比观音像右眼暗格更加保险的地方藏财产继承的“钥匙”。这时，他想起了帮自己挡过子弹的管家。他给了右眼失明的管家一只昂贵精良的义眼，并且把它设定为了“钥匙”——类似于现在通行的瞳孔识别技术。而管家为了保护“钥匙”，一直装出自己双眼完好的样子。这就是为什么他永远戴着一副变色眼镜，室外时是黑色，室内时是浅茶色。

之前我一直有个疑虑。如果是因为继承权杀人，就算只剩下一位继承人，没有“钥匙”的话依然不能继承财产。现在这个道理就很明白了，管家一直有钥匙，他站在了小小姐一边。因为遗嘱还没有来得及指定继承人，所以他杀死了所有有可能与张晓晓竞争继承权的人。

“这一切都只是我们的推论。”李浩拍拍我的肩膀，“我们没有任何证据。别难过，肖桐，它不一定是真相的全部。况且你是新人菜鸟，我只是个法医，凭我们的能力能推理出来已经很不错了，别谴责自己没有事先阻止。”

我确实有些难过。如果早一点儿发现右眼的问题，或许张雾就不会死了。即使没有证据逮捕管家，至少我能够提醒张雾。

我有张晓晓姨妈在法国的地址，也知道管家和他们在一起，因此按照这个地址给他写了一封信。

李法医在解剖室里抖着我的信纸笑了半天，说：“肖桐，你知道我欣赏你哪一点吗？你单纯。如果他真的是杀人犯，你以为通过这样一封信能够让他良心发现，投案自首吗？”

但是我仍然把信寄出去了。信里我写了自己的推理，谴责了他蔑视生命的行为，告诉他这种行为不仅玷污了自己的灵魂，也玷污了张晓晓的灵魂。如果小女孩长大后知道自己能够继承遗产的真相，一生都会背负深重的罪孽感。我在信的末尾告诉他，一切都是基于我和李浩的推论，警方无法立案，因此无法追究他的刑事责任。如果他有一天回青岗，有机会的话想和他再谈谈。

当然，我没有收到回信。

※十※

如果事情就这样了结了，我想它还不会在我记忆中停留得如此深刻。

结案一年后，我再次去了张宅。在一年来的反复思考中，另一个疑点产生了。这个疑点就像吞噬心灵的虫子，如果我不用真相满足它，终有一天自己的理智会被吞噬殆尽。我只好进一步求证。

问题依然回归到张晓晓一直唱的童谣。我甚至因为破译了这首童谣而受到局里的嘉奖。

可是他真的指的是温管家右边的那只义眼吗？

童谣拼写出来的文字是“在右眼”。

如果右眼本身就是“钥匙”，那么他应该说的是“是右眼”，而不是“在右眼”。

一个字的差别，意思就产生了微妙的差异。“在”意味着东西存在于某样事物之中，而“是”意味着它就是事物的本身。

直到这时，所有的真相才真正浮出水面。

那年秋天，温管家回国处理张晓晓的一些事情。他回到了青岗市，竟然约我出去吃饭。那是一家不起眼的小店，我们选择了靠窗的位置，点了几盘小菜。一年不见，他几乎没变，气质依旧温和而有礼。他首先挑出话题，提到我写给他的信。

我什么东西都吃不下去，盯着他的脸。

他笑了笑：“你会成为非常优秀的警察，肖警官。”

“你算是默认了？”我问。

“不，我可没有这么说。”他摇头笑了笑，“我什么都没有说。我进张家之前，是黑道上的小混混，吃了不少苦头。有个规则叫‘先下手为强，后下手遭殃’，我只是为了自己主人的利益忠实地贯彻这个信条而已。不过我可以很确切地告诉你，‘钥匙’确实是我右边的眼睛。”

窗外的梧桐叶子在大风的天气里簌簌往下落。正是旅游淡季，街上的行人非常少。我的声音几乎被风声所掩盖。我示意他不要说话，然后开始了自己单方面的讲述。

“因为这个疑点，我再次调查了那尊观音像。你也记得，当时我们彻底地搜索了铜像右眼里的暗格，里面确实没有东西。其实谁也没有想到，那个暗格里还套着一个暗格。它存在于装过白粉的暗格的上面，因此如果外人只是敲打底面和侧壁，是很难发现的。我取下夹层的铜板，里面有一封信。这是张永凌最近的一封遗书，落款就在他死亡前的三周。那首童谣指向的确实是观音像的右眼。它与你的义眼形成一个巧妙的双关，可能是张永凌最后的幽默。”

我把遗书推向管家，在他想取时按住：“温先生，我想最后问一个问题。你是为了张晓晓做的这一切吗？你可以不必回答我。”

然后我松开了按住信封的手。

温管家阅读速度比我想象中更快。他脸色突然变得苍白无比，他的手在发抖。最后信纸掉在桌面上，显得单薄而脆弱。

“遗产本来就留给了张晓晓，你没有必要为她背负杀人的罪孽。你要做的仅仅是等待这封遗书被发现而已。”我轻声说，“现在，你一生都忘不了，死在自己手上的四条生命，他们是白白牺牲的。你本来可以不犯这个罪。法律无法审判你，可是你的良心会。”

管家脸色越来越白，最后他笑了，笑得非常苦涩。他指了指自己的右眼，问我：“你知道它为什么会瞎吗？”

我困惑地看着他。

“很多用人都知道我帮老爷挡过一次仇家的子弹。其实我还挡过一次，是帮夫人挡的。子弹如果不射中我的右眼，就会射中我旁边的女人。她是四少爷张雾的母亲，很温柔的女人，只是身体不好，像一株茉莉花，最终枯萎在这座大宅子里。我们曾经是非常好的朋友。四少爷很像他母亲，有时候我甚至……常常认错他的背影。”他痛苦地用手捂住脸，几乎说不出话来：“然而我竟然……我竟然把他……我一直告诉自己我别无选择……”

他歪歪斜斜地站起来，走向门外。

我拉住他，问：“既然如此，你为什么要站在张晓晓这一边？”

他回头看着我，笑得比哭还难看：“我在老爷面前发过誓，效忠小小姐。在张家，不忠诚的人……活不下去。”

这是我们最后的交集。我看见他走进秋天大风的街道，摔摔跌跌地消失在我的世界之中。

蓝帽会

作者
原晓

封面设计
杨小娟

内文版式
严岩

图片总监
杨小娟

特约编辑
简鸣琅

责任发行
周冬梅

出版社
中国致公出版社

总出品
湖北知音动漫有限公司

制作出品
知音动漫图书•漫客小说绘

图书在版编目（CIP）数据

蓝帽会 / 原晓著. -- 北京 : 中国致公出版社,
2019
ISBN 978-7-5145-1488-9

Ⅰ. ①蓝… Ⅱ. ①原… Ⅲ. ①长篇小说－中国－当代
Ⅳ. ①I247.5

中国版本图书馆CIP数据核字(2019)第208159号

蓝帽会/ 原晓 著

出　　版 中国致公出版社
（北京市朝阳区八里庄西里100号住邦2000大厦1号楼西区21层）
出　　品 湖北知音动漫有限公司
（武汉市东湖路179号）
发　　行 中国致公出版社（010-6612708）
作品企划 知音动漫图书 · 漫客小说绘
责任编辑 徐　慧 简鸣琅
装帧设计 杨小娟 严岩
印　　刷 浙江新华数码印务有限公司
版　　次 2019年11月第1版
印　　次 2019年11月第1次印刷
开　　本 710mm×1120mm 1/16
印　　张 21
字　　数 370千字
书　　号 ISBN 978-7-5145-1488-9
定　　价 39.80元
